FLIC À HOLLYWOOD

Joseph Wambaugh

FLIC À HOLLYWOOD

roman

TRADUIT DE L'ANGLAIS (ÉTATS-UNIS)
PAR ROBERT PÉPIN

ÉDITIONS DU SEUIL
27, rue Jacob, Paris VIe

COLLECTION DIRIGÉE
PAR ROBERT PÉPIN

Titre original : *Hollywood Station*
Éditeur original : Little, Brown
and Company, New York

ISBN original : 978-0-316-06614-3

ISBN : 978-2-02-090903-7

www.seuil.com

I

– On s'fait une partie de pit-bull polo, mec?

– C'est quoi, ça?

– Un truc que j'ai appris quand je bossais à la brigade montée de la Métro.

– Ça fait drôle de t'imaginer en cow-boy.

– Moi, les chevaux, tout c'que j'en sais, c'est que c'est des sales cons. Mais on avait les heures sup. Tu vois ma p'tite BM ? Je l'aurais jamais eue si j'avais pas bossé pour la Métro. La dernière année que j'y ai passée, je me suis fait 100 000 dollars et des poussières. Ces bidets de malheur me manquent pas, mais les paris mutuels, ah si ! Et porter un Stetson, ça aussi, ça me manque. Un jour qu'on bossait aux mini-émeutes de la convention démocrate, y a une petite bombe de lobbyiste avec des nichons assez gros pour s'envoler tout seuls qui m'a dit qu'avec mon Stetson je ressemblais à Clint Eastwood jeune. Et j'avais pas un Beretta 9 mm à l'époque. J'avais un Colt à canon six pouces. Ça faisait mieux quand j'étais à cheval.

– Quoi ? Un truc à barillet ? Au jour d'aujourd'hui ?

– L'Oracle en a toujours un.

– Ouais, mais lui, ça fait quasiment cinquante ans qu'il bosse. Il pourrait se mettre une braguette de haut-de-chausses s'il voulait. Et toi, t'as pas vraiment le look Clint Eastwood. Tu ressemblerais plutôt au mec de *King Kong*, sauf que t'as un plus gros pif et les cheveux décolorés.

– Mes cheveux, moi, ils sont méchés soleil parce que j'fais du surf, monsieur. Même qu'à cheval j'fais cinq centimètres de plus que Clint.

– Comme tu voudras, mec. Debout, moi, j'fais un bon trente centimètres de plus que Tom Cruise. Que lui, il fait un mètre vingt-cinq.

– Bon, bref, toujours est-il que nos pacifistes qui manifestaient au palais des Congrès nous balançaient des balles de golf et des roulements à billes sur les chevaux quand on a chargé à une vingtaine. Et t'sais, quand tu t'fais marcher dessus par un bestiau qui pèse dans les sept cents kilos, ça fait salement mal. On n'a eu qu'un bidet d'abîmé. Faut dire qu'il avait vingt-huit ans et qu'il s'appelait Rufus. Ça l'a démoli. L'a fallu le mettre à la retraite. Une de ces buveuses de jus d'fruits m'a balancé un sac-poubelle enflammé sur Big Sam, c'était l'nom de mon cheval. J'ai dérouillé c'te petite salope avec mon koa.

– Avec ton quoi ?

– C'est comme une épée de samouraï taillée dans du bois de koa. Sauf que c'est à peu près aussi utile qu'une tige de céleri quand t'es sur un bourrin qui fait dix-sept paumes de haut. On est censé frapper à la clavicule, mais devine un peu : elle a voulu me feinter et j'y ai cogné l'dessus du crâne. Comme qui dirait que c'était un accident, mon œil, ouais. Elle m'a fait un super-looping et a atterri sous une bagnole garée. J'ai vu un de ces écolos planter une aiguille à tricoter dans un bourrin. Foutu, le bourrin, après ça. Trop stressé. L'a fallu le refiler à la brigade de sauvetage des chevaux. Bah, tôt ou tard, ils finissent tous par clamser. C'est comme nous.

– C'est dégueu, ça. Piquer un bourrin.

– Mais lui au moins, il a eu droit à la télé. Le flic qui s'fait blesser, lui, il a rien. Tout l'monde s'en branle. Mais quand c'est un bourrin, tu passes à la télé, même que des fois c'est avec la nénette à bonnets taille 95 de Channel Five.

– Où t'as appris à monter ?

– À Griffith Park. Cinq semaines de cours au centre d'entraînement d'Ahmanson. Avant, j'étais jamais monté que sur des chevaux de bois au manège et j'me fous pas mal de plus jamais remonter sur un bidet. J'avais eu le boulot parce que ma belle-sœur était allée au même lycée que le lieutenant. J'te dis, mec : les bidets, c'est des sales cons. T'as un bus régional qui te passe devant l'nez à cent à l'heure que lui, il bronche même pas. Mais t'as un p'tit bout de papier qui lui file devant le museau tout d'un coup et hop, il t'expédie direct par-dessus un tas d'accros à la blanche et de types en manque affalés sur le trottoir au croisement de la 6e et de San Pedro Street que t'atterris dans le caddie à Mama Lucy au milieu de ses canettes en alu et de ses bouteilles à déconsigner. C'est comme ça que j'ai eu droit à une prothèse de la hanche à trente ans. Moi, maintenant, tout ce que je veux chevaucher, c'est une planche à surfer et les bidets de ma BM.

– J'ai trente et un ans et t'as l'air sacrément plus vieux que moi.

– Ben, je l'suis pas. C'est juste que j'ai des tas de soucis. On m'a filé un docteur qu'est si vieux qu'il croit encore aux sangsues et aux saignées.

– Bon, d'accord. Peut-être que tu souffres de vieillissement précoce. Ça te donne des rides au cou et aux paupières que tu ressembles à une tortue des Galapagos.

– Bien, mais tu veux faire une partie de pit-bull polo ou tu veux pas ?

– Mais c'est quoi, ce bordel ?

– Moi, comme j'ai appris, un soir ils nous emmènent à une dizaine en bétaillère jusqu'à la 77e Rue parce qu'ils ont décidé de faire le ménage sur trois rues de labos clandestins et de nids à racaille. Toute la zone, que c'était une scène de crime. C'est pour pouvoir vivre à côté de ça qu'on a inventé le barbelé rasoir. Bref, y a tous ces Bloods et tous ces Crips qu'ont des pit-bulls et des rottweils, et les trois quarts du temps ils les laissent cavaler partout, qu'ils terrorisent le quartier et bouffent tous les chiens lambda qu'ils rencontrent. Et v'là que toute la meute de ces clebs de gangs, y sont assoiffés de sang dès qu'ils nous voient arriver et qu'ils nous attaquent comme si on était montés sur de la hampe ou des steaks dans l'aloyau.

– Combien vous en avez abattu ?

– Abattu ? J'en ai besoin, moi, de ce boulot. Faut être plus riche que Donald Trump et Manny le Plombier[1] pour tirer un

1. Célèbre plombier de la San Fernando Valley *(NdT)*.

coup de feu quand t'es au LAPD, surtout si c'est pour flinguer un chien. Tu flingues un mec, disons que t'auras deux inspecteurs et une équipe de l'Évaluation des tirs qu'essaieront de savoir ce que tu faisais. Tu zigouilles un clebs, t'as trois contrôleurs, quatre inspecteurs et tous les mecs de l'Évaluation des tirs qui sont prêts à dérouler du ruban jaune. Surtout dans la zone. On les a pas flingués, nous, on a joué au pit-bull polo avec les bidules.

– Ah, ça y est, je comprends. Le pit-bull polo !

– Putain, j'les ai traversés, ces clebs, et pan, que j'te cognais ces machines à tuer en gueulant : « Et un chukker de plus pour l'équipe ! Et deux de plus pour l'équipe ! » J'ai qu'un regret : pas avoir pu déglinguer leurs propriétaires.

– Hé, mec, un chukker, c'est pas un point, c'est une période de jeu. Je l'sais parce que j'ai vu une émission spéciale sur la famille royale d'Angleterre. Ce gros cochon de Charles, y s'faisait un chukker ou deux pour Camilla avec un gros barreau dans ses jodhpurs. C'te vieille peau ? J'vois pas.

– Comme tu veux. Alors, tu marches ou tu marches pas ?

– Ouais, ouais, je marche. Mais d'abord, j'veux savoir un truc : y en a qui t'ont fait chier pour avoir joué au polo avec les pits de la racaille ?

– Ben oui. Y a toujours un ABM pour appeler les Affaires internes[1], son conseiller municipal, voire le révérend Al Sharpton à l'autre bout du pays, que lui, il a jamais vu une caméra sans pouvoir s'empêcher de l'embrasser.

– Un Anti Ballistic Missile ?

– T'es pas un rat d'la racaille, toi ! Non, pas un Anti Ballistic Missile, mec. Un Angry Black Male ! Un Black en colère, quoi !

– J'ai fait mes neuf ans à Devonshire, West Valley et West Los Angeles avant d'être transféré ici le mois dernier. Des ABM, j'en ai jamais vu atterrir sur mon bureau.

– Ben, j'te conseille de pas aller à une réunion du conseil municipal ou de la commission de la police. Les ABM, c'est eux qui mènent la danse. Mais nous, on n'en a pas des masses à

1. Équivalent américain de l'IGS *(NdT)*.

Hollywood. En fait, aujourd'hui, les trois quarts de L. A. Sud, c'est latino, même Watts.

– J'ai lu quelque part que tout le centre-ville, c'est quasi que des Latinos. Où qu'ils sont passés, les frères ? Je me l'demande. Et pourquoi tout le monde il s'inquiète du vote noir s'y s'cassent tous dans les banlieues ? F'raient mieux de s'inquiéter du vote latino vu qu'ils tiennent la mairie et qu'ils sont à une génération de reprendre la Californie et de nous obliger à leur entretenir leurs jardins.

– T'es marié ? C'est la combien ?

– Je viens juste d'échapper à la deuxième. Genre druidesse, mais pas aussi câline. Une fille de trois ans. Elle vit avec Manman, Manman dont le baveux sera content que le jour où j'aurai plus de maison et où j'vivrai sur la plage en bouffant des algues.

– Et la numéro 1 est toujours en cavale ?

– Oui, mais elle, j'ai rien à y payer. Mais elle m'a piqué ma bagnole. Et toi ?

– Divorcé, moi aussi. Une seule fois. Pas d'enfants. Je l'avais rencontrée dans un bar à flics de North Hollywood, le Fauteuil du metteur en scène. Elle se fardait que c'était criminel. Même qu'elle avait l'air trop pute pour le Mustang Ranch, mais n'empêche : j'l'ai épousée. Ça devait être son arrière-train à la Jennifer Lopez.

– Les premiers mariages, ça marche jamais pour les flics. Faut pas compter l'premier, mec. Bon mais comment qu'on joue au pit-bull polo sans bidets ? Et où ?

– J'connais juste l'endroit qui faut. Sors-moi mon bidule à rallonge de mon barda.

Le gang salvadorien des Mara Salvatucha, alias MS-13, a démarré à la Los Angeles High School il y a moins de vingt ans, mais comporte maintenant, au moins à ce qu'on dit, quelque dix mille membres à travers les États-Unis et plus de sept cent mille en Amérique centrale. Nombre de pensionnaires des pénitenciers de l'État arborent des tatouages « MS » ou « MS-13 ». C'est un membre du MS-13 qu'a arrêté l'officier Tina Kerbrat dans une rue de North Hollywood en 1991. À peine sortie de l'Académie de police, elle s'apprête à lui coller un PV pour consommation d'alcool sur la voie publique, rien de plus, lorsque le type l'abat. Ainsi périt assassinée la première femme flic dans l'exercice de ses fonctions.

Plus tard dans la soirée, une Mexicaine assiégée dans son appartement à l'est de Gower Street appelle les flics du commissariat d'Hollywood pour leur dire qu'elle a vu une voiture de patrouille du LAPD tourner tous feux éteints autour d'un horrible immeuble d'habitation rose, dont elle leur a déjà signalé plusieurs fois qu'il est plein de types de la Mara Salvatucha.

En d'autres occasions, les flics de l'accueil ont déjà essayé de lui expliquer les règles d'interpellation des membres de gang, en particulier celle du « motif vraisemblable[1] », toutes choses qu'elle ne comprend pas et qui n'existent pas dans son pays. Toutes choses qui à ses yeux interdisent que les gens comme elle et ses enfants soient à l'abri des criminels qui évoluent dans cet horrible bâtiment rose. Aux policiers elle raconte alors comment ces chiens particulièrement vicieux ont mis en pièces, puis tué le colley de sa voisine Irene, et comment de fait les enfants du quartier ne peuvent plus se promener dans les rues en toute tranquillité. Elle leur précise aussi que des types de la fourrière ont bien piqué deux clebs à la racaille des gangs, mais qu'il en reste assez. Plus qu'assez, même.

Les policiers lui répondent qu'ils sont navrés, mais que c'est au service des animaux qu'elle doit s'adresser.

Elle regardait une chaîne de télé en espagnol et se préparait à aller se coucher quand elle a entendu le premier grondement de chien qui l'a attirée à sa fenêtre. C'est là qu'elle a vu la bagnole de flics : tous feux éteints, elle fonçait dans la ruelle à côté de l'immeuble, poursuivie par quatre ou cinq chiens qui aboyaient. Au deuxième passage de la voiture, elle a vu le conducteur se pencher à la fenêtre et écraser une espèce de queue de billard sur une de ces brutes qui s'est caltée en glapissant pour entrer dans l'immeuble rose. Après, la voiture a refait une boucle et ça a

1. Les policiers américains n'ont le droit d'interpeller un individu que s'ils ont un « motif vraisemblable » de le faire *(NdT)*.

recommencé avec un autre gros clebs, le conducteur gueulant alors un truc que sa fille a entendu de la véranda.

Elle a déboulé tout endormie dans la minuscule salle de séjour et a dit en anglais :

– Mama, « chukker » c'est un truc sale comme « fucker » ?

La Mexicaine téléphone au commissariat d'Hollywood et parle à un sergent très âgé que tous les flics appellent l'Oracle. Elle veut lui dire merci d'avoir envoyé les types à la queue de billard. Elle dit son espoir de voir la situation s'améliorer dans le quartier. L'Oracle est paumé, mais pense qu'il vaut mieux ne pas chercher à en savoir plus. Il lui répond seulement qu'il est content de lui avoir rendu service.

Une fois les phares de la voiture de patrouille 6-X-32 rallumés, ils patrouillent dans Hollywood Boulevard lorsque le conducteur dit soudain :

– Tiens, mec, c'est là que ma carrière à la brigade montée a pris fin. C'est là que j'ai décidé qu'heures sup ou pas, je réintégrais la patrouille ordinaire.

Son coéquipier jette un coup d'œil à droite et lui répond :

– Quoi ? Au Grauman's Chinese Theater ?

– Ouais, là-bas, dans l'avant-cour. C'est là que j'ai appris qu'il faut jamais se balader à cheval dans l'Hollywood Walk of Fame[1].

– Mauvaise ambiance ?

– Non, ça dérape.

À cette époque, le célèbre théâtre chinois de Sid Grauman avait l'air malheureux, minuscule et pris en sandwich par l'Hollywood & Highland Center, plus connu sous le nom de Kodak Center, et comportant des allées marchandes et des centres de divertissement qui s'étendaient sur deux pâtés de maisons. On y trouvait le Kodak Theatre et le bâtiment des Academy Awards, tout cela croulant jour et nuit sous les touristes. Il n'empêche : côté bizarreries, le Chinese Theater se défendait vaillamment.

1. Ou « promenade de la Gloire » : célèbre allée des étoiles du showbiz américain *(NdT)*.

Même à cette heure tardive, on y voyait un certain nombre de personnages costumés posant pour la photo avec des touristes qui, pour l'essentiel, photographiaient les empreintes de chaussures et de mains dans la célèbre petite cour. Entre autres créatures s'agitaient à ce moment-là un Mister Incredible, un Elmo, deux Darth Vader, un Batman et deux Pluto.

– Ils posent avec les touristes. Photo contre fric, reprend le conducteur à l'adresse de son coéquipier. Les touristes croient que ces personnages travaillent pour le théâtre, mais c'est faux. Les trois quarts d'entre eux sont accros au crack ou en manque. Regarde le petit Pluto.

Il donne un coup de frein qui oblige les voitures à contourner leur véhicule. Ils regardent le plus petit des deux Pluto en train d'emmerder deux touristes asiatiques qui, c'est clair, ont refusé de le payer ou ne lui ont pas donné assez pour la photo. Lorsqu'il attrape un des deux Asiatiques par le bras, le conducteur donne un coup de klaxon. Pluto lève la tête, aperçoit la voiture de patrouille, renonce à mendier un instant et tente de disparaître dans la foule alors même que son énorme tête de Pluto dépasse toutes les autres, hormis celles des individus les plus grands.

– Le métro là-bas derrière permet de filer facilement vers la zone. Les dealers traînent à côté des rames et des décroche dans le boulevard.

– Les « décroche » ? C'est quoi ?

– Les types qui t'abordent en te disant : « J'te décroche tout ce que tu veux. » Maintenant, c'est presque toujours du caillou. Tout le monde est drogué. Le speed est la drogue de choix dans les rues d'Hollywood.

Ça lui rappelle sa dernière soirée à la Métro, l'opération chirurgicale qui a suivi et sa hanche droite qui est plus précise qu'un baromètre quand il faut prédire la chute de température intempestive.

Ce soir-là, il était de contrôle des foules avec un autre flic de la Montée ; ils chevauchaient dans Hollywood Boulevard tout calme et tout poil poil, là, le long du trottoir, les foules du vendredi soir se pressaient près de la station de métro et eux allaient vers l'ouest lorsque tout d'un coup il repère un décroche qui regarde dans leur direction d'un air inquiet.

– On le serre, lance-t-il à son coéquipier, qui monte une jument qu'il appelle Millie.

Il descend de cheval et lâche la bride. Son coéquipier tient les deux chevaux tandis qu'il s'approche du décroche à pied, un Blanc tout maigre et couvert de sueur, très grand, peut-être même plus grand que lui, bien qu'avec son Stetson du LAPD et ses bottes de cow-boy il domine tout le monde. Et c'est là que ça tourne mal.

– J'étais, tiens, à peu près là à parler à ce décroche, reprend-il en montrant le trottoir devant le Kodak Center. Et lui, il fait demi-tour et y file comme un lapin. Pfuit. Comme ça. Alors, j'y cours après, mais y a Major qui pète les plombs.

– Ton coéquipier ?

– Non, mon bourrin. L'avait peur de rien, le Major. J'l'avais vu tout calme à l'entraînement alors qu'on lui balançait des pétards et des fusées de détresse sous les naseaux. Les autres bidets se cabraient et filaient à cent vingt à l'heure, mais lui, y bougeait pas. Sauf que là… C'est ça, le problème avec les bidets : c'est des sales cons.

– Qu'est-ce qu'il a fait ?

– Et d'un, il s'est cabré comme un malade. Et après, il a mordu mon coéquipier au bras. Comme si on y avait monté le voltage. Peut-être qu'un drogué y avait tiré dessus avec un pistolet à plombs, je sais pas. Toujours est-il que j'ai arrêté de poursuivre le décroche, qu'il aille se faire foutre, et que je suis revenu en courant pour aider mon coéquipier. Mais Major a pas voulu se calmer jusqu'à ce que je fasse semblant de vouloir remonter en selle. Et là, j'ai fait un truc vraiment con.

– Du genre ?

– Je suis remonté en selle avec l'intention de le ramener à la bétaillère et de finir la journée. Ouais, c'est ça que j'ai fait au lieu de le ramener à la bride, que n'importe quel mec sans petites bulles dans la cervelle, il l'aurait fait dans ces circonstances.

– Et alors ?

– Et alors il a recommencé à péter les plombs. Et a foncé. Direct sur le trottoir.

Cet instant devait lui rester à jamais. Lui qui galope sur les étoiles du trottoir, qui fait des étincelles avec les sabots de Major, qui éparpille les touristes, les mendiants, les arracheurs de sacs, les drogués, les femmes enceintes, les mecs en costume de nonne, un Bob l'Éponge et trois Elvis. Et Major qui plante ses sabots sur l'étoile de Marilyn Monroe, de James Cagney, d'Elizabeth Taylor, ou de cet enfoiré de Liberace et de tous ceux et toutes celles qui ont leur étoile sur le trottoir parce que son cavalier ne sait pas de qui il s'agit et n'a jamais cherché à savoir après.

Il insulte le grand cheval, il s'accroche d'une main et de l'autre il fait signe aux connards de la multitude de s'écarter. Il sait bien que Major est capable de monter une volée de marches en béton et l'a déjà fait dans sa longue carrière, mais il sait aussi que ni lui ni aucun autre cheval de la Montée ne peut galoper sur du marbre, et encore moins sur les incrustations en cuivre dudit trottoir en marbre où les gens renversent leurs gobelets de café Starbucks et leurs glaces Slurpee en toute impunité. Aucun cheval ne saurait piétiner pareilles légendes hollywoodiennes, alors oui, peut-être que c'était pas le bon vaudou. Toujours est-il que brusquement v'là Major qui fait de l'aquaplaning sur les glaces Slurpee et qui… ben… s'effondre, quoi.

Son coéquipier l'interrompt dans son flash-back à vous donner des sueurs froides.

– Qu'est-ce qui s'est passé, frangin ? demande-t-il. Après… quand il a filé avec toi ?

– Et d'un, personne n'a été blessé. Sauf Major et moi.

– Sérieux ?

– Ils disent que j'ai atterri dans l'empreinte des bottes de John Wayne, là, au milieu de l'avant-cour du théâtre. Ils disent qu'il y a aussi l'empreinte du poing du Duke. Moi, je me rappelle rien : ni les bottes, ni le poing, rien. Je me suis réveillé sur un brancard dans une ambulance avec un infirmier qui me disait que oui, j'étais bien vivant alors qu'ils criaient tous code 3[1] à

1. Soit appel d'extrême urgence : se rendre immédiatement sur les lieux avec sirène et gyrophares *(NdT)*.

l'Hollywood Presbyterian Medical Center. J'avais une commotion cérébrale, trois côtes cassées et une hanche bousillée, que plus tard on l'a remplacée, et tout le monde trouvait que j'avais vraiment eu de la chance.

– Et le bourrin ?

– Ils m'ont dit qu'au début il allait bien. Bien sûr, il boitait. Mais quand ils l'ont ramené à Griffith Park en bétaillère et qu'ils ont appelé le véto, c'est à peine s'il tenait debout. Il était en mauvais état et ça s'est pas arrangé. Ils ont été obligés de l'abattre dans le courant de la nuit.

Et là il ajoute :

– Putain, mec, de vrais connards, ces bidets.

En regardant son coéquipier, il croit voir ses yeux briller dans le mélange de lumières qui montent du boulevard : les fluos, les néons, les phares et les stops, jusqu'à l'éclat réfléchi d'un flood pointé vers le ciel et qui annonce à tous : « Vous êtes à Hollywood ! » Sauf que toutes ces lumières qui leur coulent dessus rendent floue la voiture de patrouille et la transforment en une bouillie de jaunes maladifs et de violets meurtrissures. Sans en être sûr, son coéquipier croit voir trembler le menton du chauffeur et fait donc semblant d'étudier sérieusement les flingués en costume qui traînent devant le Chinese Theater.

Au bout d'un moment, le conducteur lance enfin :

– Donc, bref, j'ai fini par dire : « Au cul tout ça ! » Dès que j'ai été guéri, j'ai fait une demande de transfert pour la division d'Hollywood. Étant donné ce que j'en avais vu du haut de mon cheval, ça m'avait l'air d'un chouette endroit où travailler du moment qu'on a quelques centaines de chevaux sous les fesses plutôt qu'un seul. Et me voilà.

Son coéquipier ne dit rien pendant un petit moment. Puis il lâche :

– Moi, je faisais beaucoup de surf quand je travaillais à West L. A. Je vivais avec la laisse de ma planche dans la main. Et j'te parle pas des bosses que j'avais partout aux genoux. Je deviens trop vieux pour ça. Je songe à m'acheter une longboard et à me taper des petits verres le soir.

– Dément, mec. Les petits verres le soir, c'est super-cool. Moi, après mon transfert à Hollywood, je suis d'venu accro à la vitesse, et que j'te montais à Santa Barbara dans ma BM, et que j'te redescendais à San Diego en faisant ronfler mon engin ! Mais au bout d'un moment, plus être dans le tube, ça m'a manqué, tu vois ? Plus être dans le tube avec l'écume qui t'éclate tout autour… Maintenant, j'ai quasi tous les matins de libres. Et Malibu, ça attire les nénettes. T'as qu'à venir, j'te prêterai une longboard. Peut-être que t'auras des visions.

– P't-être même que j'aurai une déferlante au cerveau en m'tapant un p'tit verre le soir. Même que j'en ai besoin pour trouver un moyen que ma deuxième ex, elle m'oblige pas à vivre sous les arbres en bouffant de l'eucalyptus comme un bordel de koala.

– Sûr que tu vas vite avoir droit à un blaze de surfeur dès que les mecs qui traînent autour du commissariat d'Hollywood seront au parfum. Tout le monde m'appelle le Bris, c'qui fait que si tu viens, tu sais comment qu'on t'appellera…

– Ouais, ouais, le Débris, répond-il en poussant un soupir de résignation.

– Hé, mec, tu sais que ça pourrait être le début d'une amitié super-éclate ?

– Le Débris ? Dis donc, tu sais que c'est fou, ça ? Complètement pété.

– C'est juste un nom.

– Oui, bon, comme tu veux. Et donc, qu'est-ce qui est arrivé à ton Stetson après que t'as joué aux fléchettes pelouse dans la cour du théâtre Grauman ?

– Comme si y avait de la pelouse dans c'te cour ! C'est tout du béton. Je m'dis qu'un camé a dû le ramasser. Probable qu'il l'a vendu pour deux ou trois doses de speed. J'arrête pas d'espérer le retrouver un jour, ce jojo. Rien que pour voir avec quelle rapidité y peut passer de trente-sept cinq à la température ambiante.

Ils sont encore en train de parler quand la voiture 6-X-32 reçoit un bip sur le terminal léger embarqué. Le Débris ouvre l'ordi, accepte le message, appuie sur la touche « En mission » et ça y est, ils filent vers une adresse dans Cherokee Avenue qui est apparue sur l'écran du tableau de bord avec la mention « Aller voir femme, code 415[1] – musique ».

– 415, musique, dit le Bris. Putain de nénette ! Peut pas aller voir le voisin et lui dire de baisser le lecteur de CD ?! À tous les coups, c'est un toxico qui s'est endormi avec Destiny's Child à fond les manettes.

– Black Eyed Peas ? suggère le Débris. Ou alors... Fifty Cent ? Tu montes les décibels avec ce mec, ça pousse à l'homicide. T'as déjà entendu son album intitulé *The Massacre* ?

Il n'est pas facile de trouver une place près du pâté d'immeubles locatifs, la 6-X-32 est obligée de faire plusieurs passages avant de pouvoir se glisser entre une Lexus dernier modèle et une Nova vieille de douze ans garée assez loin du bord du trottoir pour mériter une prune.

Le Débris appuie sur la touche « Arrivée sur les lieux », ils s'emparent de leurs lampes torches et descendent, le Bris grognant :

– Dire que ce soir, y doit y avoir à peu près treize places et demie de stationnement dans tout Hollywood !

– Justement, v'là la treizième, dit le Débris. Nous, on a la et demie. (Il se gare sur le trottoir et ajoute :) Putain, j'l'entends d'ici et c'est pas du hip-hop !

C'est la *Schreckensfanfare*, la « fanfare de la terreur », de la neuvième de Beethoven.

S'ensuit un hurlement dissonant de cordes, puis une explosion tout aussi discordante de cuivres et de bois qui leur déboule dessus de l'escalier extérieur d'un immeuble locatif modeste mais respectable. Beaucoup de locataires semblent être sortis ce vendredi soir. Des lanternes devant les portes d'entrée et des veilleuses de sécurité sont allumées dans quelques appartements, mais, dans l'ensemble, tout est très calme à l'exception de la musique qui leur agresse les oreilles et leur bousille l'ouïe. Les passages poignants où Beethoven voyait une introduction aux mauvais présages font ce qu'il faut à l'équipe 6-X-32.

Ils ne se donnent pas la peine d'aller voir la femme qui a

1. Soit trouble à l'ordre public *(NdT)*.

porté plainte. Ils frappent directement à la porte de l'appartement d'où la musique monte comme un hurlement, un avertissement.

– C'est sans doute un mec bourré, dit le Débris.

– Ou un mort, lui renvoie le Bris en plaisantant à moitié.

Pas de réponse. Ils essaient encore, en frappant plus fort. Toujours pas de réponse.

Le Bris tourne le bouton, la porte s'ouvre au moment même où les timbales aident le grand compositeur à intensifier ces sonorités terrifiantes. Ils n'y voient rien, à l'exception d'une lumière dans une pièce qui donne dans le couloir.

– Y a quelqu'un ? lance le Bris.

Pas de réponse. Rien que les timbales et les cuivres qui leur hurlent dessus.

Le Débris entre le premier.

– Y a quelqu'un ?

Pas de réponse. Pur réflexe, le Bris dégaine son 9 mm, le tient le long de sa jambe droite et promène le faisceau de sa lampe torche dans toute la pièce.

– La musique vient de là-bas, au fond, dit le Débris en montrant le bout du couloir plongé dans l'obscurité.

– Et si c'était quelqu'un qu'a eu une crise cardiaque ? Ou une attaque ? lance le Bris.

Ils commencent à descendre lentement l'étroit et long couloir qui conduit à la lumière, au bruit, alors que les timbales font un raffut d'enfer.

– Mauvais vaudou, dit le Débris.

– Y a quelqu'un ?

Le Bris attend sa réponse, mais n'a droit qu'à cette putain de musique de fous.

La première pièce qui donne dans le couloir est la chambre. Le Débris allume la lumière. Le lit est fait. Une robe de chambre rose et un pyjama de femme sont étalés dessus. Pantoufles roses sous le lit. La stéréo n'a rien de génial, sans être bon marché non plus. Quelques CD de musique classique sur un rayon, à côté des haut-parleurs. À croire que la personne vit dans sa chambre.

Le Débris éteint l'appareil, le vacarme s'arrête.

Le Bris gagne la porte de la salle de bains et trouve. Elle est nue, une moitié du corps dans la baignoire, l'autre en dehors, ses jambes longues et pâles par-dessus le rebord. Vivante, il ne fait aucun doute qu'elle devait être jolie, mais là, elle regarde dans le vide, les yeux comme des fentes, les lèvres tirées en arrière dans l'ultime rictus de la mort violente qu'il a déjà vu chez tant d'autres : « Ne m'emmène pas ! Je me battrai pour rester ici. Vivante ! Je veux rester vivante ! »

Le Débris décroche sa radio, l'allume et se prépare à passer les appels. Immobile, son coéquipier regarde fixement le cadavre. Quelques secondes durant, il est pris de panique et se demande si la jeune femme n'est pas encore vivante et si des infirmiers n'auraient pas une chance. Puis il fait un pas vers la baignoire et jette un coup d'œil derrière le rideau de la douche.

Il y a des giclées de sang artériel tout partout sur le carrelage bleu du mur, jusqu'au plafond. Le fond de la baignoire n'est plus qu'un bac de viscosités qui noircissent, et de l'endroit où il se trouve il découvre au moins trois blessures à la poitrine de la victime et une entaille béante au niveau de sa gorge. À cette seconde précise et pas avant, l'odeur âcre du sang et de l'urine le renversant presque, il repasse dans le couloir pour attendre les inspecteurs du commissariat d'Hollywood et les gars de la Scientifique.

La deuxième chambre – elle semble appartenir à un compagnon de la dame – est bien rangée et inoccupée, enfin... c'est ce qu'ils croient. Le Débris y a brièvement braqué le faisceau de sa lampe pour vérifier tout en parlant à la radio, le Bris, lui, y a jeté un rapide coup d'œil, mais ni l'un ni l'autre ne se sont donné la peine d'entrer et d'ouvrir la petite penderie, dont la porte est entrebâillée.

Les deux flics sont revenus dans la salle à manger et y prennent quelques notes en veillant à ne rien déranger – ils vont jusqu'à appuyer sur l'interrupteur du mur avec un crayon – lorsqu'un jeune homme entre dans le couloir derrière eux.

– Je l'aime ! hurle-t-il d'une voix perçante et râpeuse.

Le Bris laisse tomber son carnet de notes, le Débris sa radio. Tous les deux pivotent sur leurs talons et dégainent leurs armes.

– Bouge plus, enculé d'ta mère! hurle le Bris.

– Bouge plus! ajoute le Débris qui fait dans la redondance.

Le jeune homme ne bouge déjà plus. Aussi pâle et nu que la jeune femme qu'il a assassinée, il se tient immobile, la paume des mains en l'air et les poignets fraîchement tranchés tendus en avant comme une offrande. Pour quoi faire? Montrer qu'il est contrit? De ses poignets gicle du sang, fontaines qui éclaboussent le plancher et ses pieds nus.

– Putain de Dieu! s'exclame le Bris.

– Putain! s'exclame le Débris qui fait dans la redondance.

Les deux flics rengainent leurs pistolets, mais lorsqu'ils se jettent sur lui, le jeune homme a déjà fait demi-tour et se rue à la salle de bains, où il bondit dans la baignoire avec la femme qu'il aimait. Bouche bée devant tant d'horreur, les deux flics le voient se rouler en position fœtale et gémir à l'oreille de celle qui n'entend plus.

Le Bris a enfilé un gant en latex, mais laissé tomber l'autre. Le Débris hurle dans son micro qu'il veut des infirmiers et laisse tomber ses deux gants, eux aussi en latex. Ensemble ils se jettent sur le jeune homme et tentent de l'extraire de la baignoire, mais avec tout ce sang ses bras leur glissent dans les mains. Ils continuent de jurer et de l'insulter tandis que lui continue de gémir. Deux fois, trois fois il se libère de leur emprise et retombe sur le cadavre ensanglanté de la femme en faisant floc.

Le Débris lui passe une menotte autour du poignet, mais quand il la referme, le bracelet s'enfonce dans la chair ouverte et il voit un tendon s'agiter violemment autour de la roue à rochet et hurle: «Fils de pute! Fils de pute!» Et sent comme de la glace lui monter du coccyx au cerveau et l'espace d'une seconde ne veut plus que déguerpir.

Le Bris, qui est plus grand et plus fort que le Débris, arrive à ressortir le bras gauche complètement rigide de dessous la poitrine du jeune homme qui gémit; il le lui remonte dans le dos et parvient à lui passer l'autre menotte autour du poignet. Et la voit s'enfoncer dans les béances rouges des chairs et du tendon et en dégueule presque.

Ils le tiennent tous les deux par un bras, ils le soulèvent, tous les trois ils dégoulinent de son sang qui jaillit et de celui de la jeune femme qui, lui, s'épaissit. Ils le laissent tomber, la tête du jeune homme allant heurter le bord de la baignoire. Il est au-delà de la douleur, il se contente de gémir plus doucement. Ils le soulèvent à nouveau, le sortent de la baignoire et le traînent dans le couloir, où le Bris dérape et tombe, le jeune homme lui dégringolant dessus en continuant de gémir.

Debout à son balcon, une voisine se met à hurler lorsque les deux flics essoufflés traînent le jeune homme dans l'escalier extérieur, son corps nu et souillé de sang se cognant aux marches plâtrées en faisant des floc-floc assourdis qui la font hurler encore plus fort. Les trois hommes s'écroulent en tas sous un réverbère, le Bris se relève et commence à fouiller dans le coffre de la voiture pour y prendre la trousse de première urgence – il ne sait pas trop ce qu'il y a dedans, mais un garrot, ça non, il est à peu près sûr qu'il n'y en a pas. Le Débris s'accroupit à côté du jeune homme qui saigne, ôte son ceinturon et tente de lui faire un garrot de fortune au bras avec sa ceinture de pantalon lorsque l'ambulance déboule au coin de Cherokee Avenue, tous pneus crissant, sirène aboyant et gyrophares allumés.

La première patrouille sur les lieux est celle du sergent qu'on appelle l'Oracle; il s'est garé en double file une rue plus loin et a laissé les environs immédiats aux infirmiers, aux inspecteurs d'Hollywood, aux gars de la Scientifique qui vont ramasser les éléments de preuve et à l'équipe du coroner. Il n'y a pas moyen de confondre avec un autre le très vieux sergent de la patrouille, même dans le noir. Sa silhouette à la carrure impressionnante approchant, ils découvrent ses galons pâles sur sa manche gauche – ils lui montent quasiment jusqu'au coude. Quarante-six ans de métier lui ont donné droit à neuf sardines et font de lui un des hommes qui ont servi le plus longtemps le LAPD.

« Il a plus de lignes blanches sur la manche qu'un terrain de football américain », dit-on de lui.

L'Oracle, lui, dit seulement :

« Je ne reste que parce que le jugement de divorce file la moitié de ma pension à mon ex. Je resterai ici jusqu'à tant que cette salope ou moi, l'un ou l'autre de nous deux, crève le premier. »

Le jeune homme qui saigne ne bouge plus et vire au gris lorsqu'on le roule dans une couverture, l'attache au brancard et le rentre dans l'ambulance, les deux infirmiers travaillant à enrayer le sang qui ne fait plus que suinter. Ils regardent l'Oracle et hochent la tête pour lui signifier que le jeune homme a probablement saigné à mort et ne peut plus être sauvé.

Même si un vent de Santa Ana a soufflé sur Los Angeles en cette soirée de mai, le Bris et le Débris grelottent aussi fort l'un que l'autre en rassemblant leur équipement éparpillé sur le trottoir à côté d'un bac à fleurs en béton contenant du myosotis et des pensées pleines d'espoir.

L'Oracle regarde les deux flics trempés de sang et leur lance :

– Vous êtes blessés ? Pas la moindre égratignure ?

Le Bris hoche la tête et lui répond :

– Patron, à mon avis, on vient de se payer une situation tactique dont on ne nous a jamais parlé aux cours de l'Académie de police. Ou alors, c'est que j'ai dû le manquer.

– Vous filez au Cedars Hospital et vous vous faites soigner, que ça soit nécessaire ou pas, leur assène l'Oracle. Et après, vous vous nettoyez sérieusement. Et vous pourrez brûler vos uniformes, vu leur état…

– Sergent, dit le Bris, si ce mec avait une hépatite, on est dans la merde.

– Et s'il avait le sida, on est morts, ajoute le Débris.

– Ça n'en a pas l'air, dit l'Oracle, dont la brosse rétro grisonnante semble scintiller dans la lumière du réverbère.

Sur quoi, il remarque les menottes du Débris qui traînent par terre. Il braque le faisceau de sa lampe dessus et lance au flic épuisé :

– Fous-moi ces bracelets dans de la Javel, fiston. Y a des bouts de viande coincés dans la roue à rochet.

– Faut que j'aille faire du surf, lui renvoie le Débris.

– Moi aussi, précise le Bris.

C'est à son ancienneté et son penchant pour les paroles de sagesse que l'Oracle doit son sobriquet, mais ce soir-là rien ne lui vient. Il se contente de regarder ses jeunes flics tout tremblants, couverts de sang et l'œil vague, et leur dit :

– Bon, écoutez, les enfants, vous foncez aux urgences de Cedars et vous laissez un médecin vous examiner.

C'est alors que Charlie Gilford arrive sur la scène de crime. Inspecteur de nuit de classe 2, il est paresseux, mâche du chewing-gum et a un faible pour les cravates nullardes. Il ne dirige aucune enquête, son travail consistant seulement à donner des coups de main à droite et à gauche. Cela dit, avec vingt ans de service au commissariat d'Hollywood, il n'aime pas rater la moindre affaire un tant soit peu sensationnelle et adore y aller de commentaires lapidaires. Ses sentences lui ont valu le surnom de « Charlie le Compatissant ».

Ce soir-là, après que l'Oracle lui a fait un bref résumé des événements de Cherokee Avenue et a appelé une équipe des Homicides du commissariat, Charlie le Compatissant jette un coup d'œil à la scène de meurtre-suicide particulièrement macabre et les traces sanglantes du sinistre combat qui n'a pas permis de sauver l'assassin.

Et se suce les dents une ou deux secondes et lance à l'Oracle :

– Je comprends pas les jeunes flics d'aujourd'hui. Pourquoi se donner tant de mal pour une affaire qui se résout toute seule ? Z'auraient mieux fait de laisser le type sauter dans la baignoire avec la nénette et saigner à mort comme il voulait. Z'auraient pu écouter le morceau de musique jusqu'à la fin. Parce que tout ce qu'on a ici, c'est rien d'autre qu'une énième histoire d'amour hollywoodienne qu'a tourné de travers.

2

Farley Ramsdale pensait depuis toujours que les boîtes aux lettres bleues, même celles installées au coin des rues les plus minables d'Hollywood, contenaient bien plus de trésors et étaient beaucoup plus faciles à piller que celles des appartements et copropriétés haut de gamme. Il appréciait tout spécialement celles qu'on trouve devant les bureaux de poste parce qu'elles sont vraiment très pleines de courrier entre la fermeture des bureaux et 10 heures du matin – pour lui le moment le plus propice. Les gens ont tellement confiance de les voir si près d'un bureau de poste qu'ils y déposent abondance de choses, y compris parfois de l'argent.

10 heures du matin marquaient le milieu du jour pour un Farley que sa mère avait ainsi prénommé parce qu'elle adorait l'acteur Farley Granger, le vieux thriller d'Hitchcock *L'Inconnu du Nord-Express* étant une de ses œuvres préférées. L'acteur y jouant le rôle d'un tennisman professionnel, elle avait payé des leçons de tennis à son fils quand celui-ci était au collège, mais Farley avait trouvé cela assommant au possible. Un vrai calvaire. Comme l'école. Et le travail. Mais pas le speed.

À l'âge de dix-sept ans et deux mois, Farley Ramsdale était passé du stade de fumeur et planteur de marijuana à celui de camé à fond. Le grand amour, l'amour éternel, il l'avait découvert en fumant du speed. Cela dit, même si c'était bien moins cher que la cocaïne, ça coûtait assez pour qu'il cavale jusqu'à pas d'heure à piquer dans les boîtes aux lettres des rues d'Hollywood.

La première chose qu'il avait à faire cet après-midi-là était de se rendre dans une droguerie afin d'y acheter d'autres pièges à souris. Pas qu'il en aurait eu à foutre – les souris passaient les trois quarts de leur temps à se balader tout partout dans son immeuble locatif. Sauf que bon... un immeuble locatif, ce n'en était pas vraiment un, il aurait été le premier à le reconnaître. Il s'agissait seulement d'un vieux bungalow en stuc blanc en retrait de Gower Street – soit la maison familiale que sa mère lui avait léguée juste avant sa mort quinze ans plus tôt; Farley, qui avait dix-huit ans, fréquentait alors le lycée d'Hollywood et y découvrait les joies du speed.

Il falsifiait et touchait toujours les chèques de pension de sa mère dix mois après la mort de cette dernière, lorsque, vraie salope qui fourrait son nez partout, une assistante sociale avait percé son stratagème. Parce qu'il n'était encore qu'un adolescent et en plus orphelin, il n'avait eu aucun mal à plaider coupable et voir sa condamnation se réduire à une peine de mise à l'épreuve avec promesse de remboursement – qu'il n'avait jamais honorée. C'est alors qu'il avait commencé à appeler son deux-pièces-salle de bains de bungalow « immeuble locatif » et s'était mis à le louer à d'autres toxicos qui allaient et venaient, rester plus de quelques semaines dans l'appartement étant un maximum.

Non, ça, les souris, il s'en foutait complètement. De fait, il avait besoin de crack. De joli crack, bien propre et clair comme de la glace, de l'hawaïen, pas de la merde dégueu qu'on vendait partout en ville. Le crack, pas les souris, voilà ce qui lui occupait l'esprit dès qu'il arrivait à l'état de veille.

Il regardait les articles de la droguerie et passait devant le rayon des forets, couteaux et autres outils plus petits lorsqu'il s'aperçut qu'un employé en gilet rouge l'avait à l'œil. Comme s'il allait piquer ces trucs de merde! Arrivé au rayon salles de bains, là, à la lumière impitoyable de l'après-midi il se vit dans une glace et sursauta. Sur son visage les petites bosses du speed avaient grossi, signe qu'il était passé au stade de l'accro. Comme tous les types en manque, il mourait d'envie de manger des bonbons et des sucreries. Ses dents commençaient à noircir et il avait mal à deux molaires. Sans parler de ses cheveux! Il avait oublié de les peigner, ils n'étaient plus que foutoir emmêlé couleur paille brûlée, tout cela disant un début de malnutrition et le désignant encore plus comme fumeur de crack de longue date.

Il se tourna vers l'employé, un Asiatique plus jeune que lui et l'air en pleine forme. Probablement un petit con d'expert en arts martiaux, se dit-il. Vu la façon dont Korea Town se développait, sans même parler des restaurants thaïs qui s'ouvraient à tous les coins de rue et des Philippins qui vidaient les bassins dans les dispensaires, ce serait bientôt tous ces enfoirés de bouffeurs de clebs qui puent de la gueule qui tiendraient la mairie.

Cela dit, c'était peut-être un mieux par rapport à ce trouduc de Mexicain dégoulinant de chili qui gérait la ville et lui faisait croire que L. A. allait bientôt être à quatre-vingt-dix pour cent mexicain plutôt que seulement presque à moitié. Bref, pourquoi ne pas filer couteaux et flingues aux Jaunes et aux basanés et les laisser se massacrer ? Voilà ce qu'il aurait aimé voir. Même que si les négros du South End commençaient à envahir Hollywood, il vendrait sa maison et irait s'installer en plein désert, où il y avait tellement de labos clandestins que les flics ne pourraient pas beaucoup l'emmerder, pensait-il.

Ne pouvant pas se débarrasser de ce connard de bridé, il décida de ne plus évaluer la marchandise et fonça droit sur le rayon pièges à souris et mort-aux-rats, sur quoi l'Asiatique le rejoignit et lui demanda :

– En quoi puis-je vous aider, monsieur ?

– Parce que j'aurais l'air d'avoir besoin d'aide ? lui renvoya Farley.

L'Asiatique l'examina, regarda son T-shirt Eminem et son jean graisseux et lui répondit avec un léger accent :

– Si vous avez des rats, le mieux, c'est les pièges à ressorts. Les pièges à colle sont très bien pour les souris, mais les rongeurs un peu plus gros peuvent s'en libérer.

– Bon, ben, moi, j'ai pas de rats chez moi. Et vous, vous en avez ? Ou bien y a quelqu'un qui les bouffe avec tous les fox-terriers qui se baladent dans la cour ?

L'employé asiatique qui ne souriait pas fit un pas vers Farley, qui glapit : « Tu me touches et je t'attaque en justice, toi et toute cette putain de chaîne de magasins», avant de pivoter sur ses talons et de filer vers le rayon de produits nettoyants, où il prit cinq boîtes d'Easy-Off.

À la caisse, il dit en grondant à l'ado effrayé qui la tenait qu'il n'y avait plus assez d'Américains parlant anglais à L. A. pour flanquer une telle tournante à Courtney Love qu'elle le remarque.

Une fois dehors, il dut rentrer à pied: son tas de boue de Corolla blanche avait un pneu crevé et il avait besoin de liquide vite fait pour le remplacer. Arrivé chez lui, il déverrouilla la porte de devant et entra, en espérant que sa seule et unique locataire – qui ne payait pas – ne soit pas là. Maigre à faire peur, elle avait quelques années de plus que lui (même si, de fait, ce n'était pas facile à savoir) et portait ses cheveux noirs et graisseux bien collés sur le crâne et tirés en chignon sur la nuque. Sans le sou ni domicile fixe, elle aussi était toxico et Farley l'avait appelée «Olive Oyl» en référence à *Popeye*.

Il jeta ses achats sur la table de cuisine au chrome tout rouillé. Il avait envie de roupiller une heure, une heure de repos étant, il le savait, le maximum qu'il pouvait espérer avant que ses yeux ne se rouvrent d'un coup. Comme tous les toxicos, il lui arrivait de rester éveillé des jours entiers, qu'il passait à bricoler son tacot japonais ou à jouer à des jeux vidéo jusqu'au moment où il s'effondrait au beau milieu du living, la main toujours sur la commande avec laquelle il flinguait une douzaine de flics virtuels qui essayaient d'empêcher son double virtuel de piquer une Mercedes tout aussi virtuelle.

Pas de pot. Au moment même où il se laissait tomber en travers de son lit pas fait, il entendit Olive Oyl entrer dans la maison par la porte de derrière. Putain, ce qu'elle avait le pas lourd pour une femme maigre comme un clou! *Riverdance* faisait moins de bruit. Il se demanda si elle avait chopé l'hépatite C. Ou alors... putain de Dieu! Le sida? Il n'avait jamais partagé l'aiguille les rares fois où il s'était injecté du crack, mais elle, il y avait toutes les chances qu'elle l'ait fait. Il se jura de ne plus jamais la tringler, seulement de la laisser le sucer quand il n'en pouvait plus.

Enfin il entendit sa petite voix tremblante :

– T'es rentré, Farley ?

– J'suis rentré, oui, dit-il. Et faut que je pionce un peu. Tu te casses un moment, d'accord ?

– On bosse, ce soir, Farley ? demanda-t-elle en entrant dans la chambre.

– Oui.

– Tu veux une p'tite branlette ? Ça t'aidera à dormir.

Putain ! Ses bosses de speed étaient pires que les siennes. On aurait dit qu'elle se les grattait avec un outil de jardin. Et elle avait trois dents qui lui manquaient. Quand diable avait-elle perdu la troisième ? Comment se faisait-il qu'il ne l'ait pas remarqué avant ? Elle était encore plus maigre que Mick Jagger et lui ressemblait un peu, en plus vieux.

– Non, j'veux pas de branlette, répondit-il. Va donc jouer à un truc vidéo ou autre.

– Je pense avoir une chance de décrocher un boulot de figurante. J'ai rencontré un type au Pablo's Tacos. Il recrute des figurants et m'a dit qu'il cherchait quelqu'un dans mon genre. Il m'a filé sa carte et m'a dit d'appeler lundi. C'est pas cool, ça ?

– Super-cool, Olive. C'est quoi, le film ? *La Nuit des morts vivants 2* ?

Elle ne se laissa pas démonter :

– C'est pas grand, ça ? Moi dans un film ! Bien sûr, c'est peut-être qu'un truc pour la télé.

– Grand de chez grand, dit-il en fermant les yeux et tentant de se débrancher les circuits.

– Bien sûr aussi que ça pourrait être un mec qu'en a après mon cul, reprit-elle avec son sourire à trous.

– T'as pas à t'inquiéter des Casanova, grogna-t-il. T'as rien à fesser. Bon, et maintenant tu dégages.

Une fois débarrassé d'elle, il réussit à s'endormir et rêva de matchs de basket au gymnase du lycée d'Hollywood et de parties de baise avec la pom-pom girl qui l'avait toujours débiné et évité.

Trombone Teddy s'était fait un après-midi pas trop minable à mendier dans Hollywood Boulevard. Rien à voir avec le bon vieux temps, celui où il avait encore une trompette et se postait dans le boulevard pour jouer des trucs cool comme Kai Winding et J. J. Johnson, qu'il pouvait s'faire un bœuf aussi bien que n'importe quel jazzman noir avec lequel il avait joué dans Washington et La Brea y avait quarante ans de ça, à l'époque où le jazz cool était roi.

En ce temps-là, les publics noirs étaient toujours les meilleurs et le traitaient comme s'il était un des leurs. Il s'était même fait sa part de chattes noires avant que la marijuana, l'alcool et les amphés le ravagent, avant qu'il mette son trombone au clou plus de cent fois et finisse par devoir le vendre. Cela lui avait rapporté assez d'argent pour tenir oh, disons... une semaine ou à peu près, s'il se rappelait bien. Et non, pas de bibine pour Teddy. C'était du Jack Daniel's qu'il buvait à l'époque, de l'or en liquide qui lui glissait dans le gosier et lui réchauffait le ventre.

Ce passé, il se le rappelait comme si c'était cet après-midi même. C'était hier dont parfois il ne se souvenait plus bien. Maintenant il buvait tout ce qu'il trouvait, mais ah ! comme il se rappelait le Jack, le jazz et toutes les bonnes mamas qui lui murmuraient des trucs à l'oreille et l'emmenaient chez elles pour lui donner du gombo à manger. Comme la vie était douce en ce temps-là ! Il y avait quarante ans et un million de verres de ça.

Tandis que Trombone Teddy bâillait et se grattait en sachant que l'heure était venue de lâcher le sac de couchage qui lui servait de chez-soi dans l'entrée d'un bureau à l'abandon, un immeuble à l'est de l'ancien cimetière d'Hollywood, l'heure aussi de reprendre la route pour faire un peu de mendicité nocturne, Farley Ramsdale sortait de sa petite heure de sommeil agité après un cauchemar dont il n'avait plus souvenir.

– Olive ! hurla-t-il.

Pas de réponse. Cette conne se serait-elle remise à dormir ? Ça lui arrachait le cul de voir à quel point elle pouvait être accro au speed et dormir autant. Et si elle se shootait direct dans la foufoune ou ailleurs qu'il irait jamais voir où et que l'héro lui faisait passer tout le speed qu'elle fumait ? C'était ça ? L'allait falloir la surveiller de plus près.

– Olive ! hurla-t-il à nouveau. Où c'est que t'es, bordel ?

C'est alors qu'il entendit sa voix ensommeillée monter du living.

– Farley, j'suis ici.

Bien sûr qu'elle avait dormi.

– Bon, ben, faudrait te magner ton p'tit cul tout maigre à monter des pièges à souris. On a du boulot ce soir.

– D'accord, Farley, lui renvoya-t-elle d'un ton plus réveillé.

Lorsque enfin il eut fini de pisser, de se passer de l'eau sur la figure, de démêler l'essentiel de ses nœuds dans les cheveux et d'engueuler Olive qui n'avait pas lavé les serviettes dans la salle de bains, elle avait fini de monter les pièges.

Il entra dans la cuisine, elle était en train de faire frire des sandwichs au fromage à la poêle et avait préparé deux verres de jus d'orange. Les pièges étaient attachés à des bouts de ficelle d'un mètre cinquante de long. Il les prit tous et les vérifia.

– C'est bien comme il faut, Farley ?

– Ouais, ça va.

Il s'assit à table en sachant qu'il devait absolument boire le jus et avaler le sandwich quoiqu'il n'eût envie ni de l'un ni de l'autre. S'il y avait une chose de bien à laisser Olive traîner à la maison, c'était ça. Il suffisait qu'il la regarde pour savoir qu'il avait besoin de se soigner mieux. Elle avait l'air d'avoir soixante ans alors qu'elle jurait n'en avoir que quarante et un, et il la croyait. Elle avait le QI d'un schnauzer ou d'un député US, et trop peur pour mentir alors même qu'il n'avait jamais levé la main sur elle de colère. Pas encore, en tout cas.

– T'as emprunté la Pinto de Sam comme je t'avais dit ? lui demanda-t-il lorsqu'elle déposa le sandwich au fromage devant lui.

– Oui, Farley. Elle est garée devant.

– Y a de l'essence ?

– J'ai pas d'argent, Farley.

Il hocha la tête et se força à mordre dans le sandwich, à mâcher et à avaler. Mâcher et avaler. Mourir d'envie de manger un bonbon.

– T'as préparé deux ou trois pièges auxiliaires au cas où ?

– Deux ou trois quoi ?

– Pièges supplémentaires, bordel de Dieu ! Avec du scotch toile ?

– Oui, oui.

Elle gagna la petite véranda de derrière qui donnait sur la cour et descendit les pièges du haut de la machine à laver, où elle les avait rangés. Elle les apporta et les posa sur la paillasse. Des bouts de vingt-cinq centimètres de long, face collante en dehors, avec les ficelles passées dans des trous perforés dans le scotch.

– Olive, mets pas la face collante sur la paillasse, 'de Dieu ! lâcha-t-il en se disant qu'avaler le reste du sandwich exigerait beaucoup de volonté. Tu vas enlever du collant. C'est pas évident, ça, dis !

– D'accord, Farley, répondit-elle en entourant les ficelles autour des boutons de porte du buffet et les laissant pendre.

Putain, l'allait falloir qu'il la vire, cette nana ! Elle était encore plus conne que toutes les Blanches qu'il avait jamais connues, à l'exception de sa tante Agnès, qu'elle, c'était une demeurée patentée. Trop d'amphés avaient fait de la bouillie de sa cervelle.

– Bouffe ton sandwich et on y va, dit-il.

Trombone Teddy lui aussi devait aller au boulot. Le soleil une fois couché, il avait quitté son sac de couchage et se dirigeait vers l'ouest en se disant que s'il arrivait à faire assez bien la manche dans le boulevard ce soir-là, il se paierait des chaussettes neuves. Il commençait à avoir une grosse ampoule au pied gauche.

Il était encore à huit rues des quartiers riches, à l'endroit du boulevard où touristes et gens du coin se rassemblent quand la nuit est douce et que soufflent des vents de Santa Ana, qui chez les uns déclenchent les allergies mais à d'autres donnent la bougeotte et l'envie d'agir, lorsqu'il découvrit un homme et une femme debout près d'une boîte aux lettres au croisement de Gower Street, à quelques maisons de là. Au coin sud du boulevard, la rue était un mélange d'entreprises, d'immeubles locatifs et de maisons.

La nuit était noire ce soir-là, noire et super-brumeuse, bref les étoiles ne donnaient pas de lumière et, enveloppée dans un linceul de brouillard, la lune était basse; il n'empêche, Ted les voyait bien, ils étaient penchés sur la boîte aux lettres, l'homme trafiquant quelque chose, la femme, elle, donnant l'impression de faire le guet. Teddy s'approcha en se tassant dans l'ombre d'un immeuble de bureaux de deux étages d'où il pouvait mieux les voir. Il avait peut-être perdu l'ouïe, et peut-être aussi l'art de jouer du trombone, et ça, c'était sûr, il avait perdu toute envie sexuelle, mais il voyait bien depuis toujours. Et voyait donc très bien ce qu'ils étaient en train de fabriquer. Des accros en manque, se dit-il. En train de piquer du courrier.

Teddy avait raison, évidemment. Après avoir enfilé le piège à souris dans la boîte aux lettres, Farley avait commencé à pêcher avec la ficelle en essayant d'attraper des lettres sur la partie collante du piège. Ça y est, il tenait quelque chose qui devait être une grosse enveloppe. Il la remonta lentement, très lentement, mais c'était lourd et pas assez collé – et ça retomba.

– Putain de merde, Olive!

– Qu'est-ce que j'ai fait de mal, Farley? demanda-t-elle en quittant son poste de guet au coin de la rue et courant vers lui.

Incapable de dire ce qu'elle avait bien pu faire de mal, il lui gueulait toujours dessus quand la vie lui jouait un tour de con, ce qui était le cas les trois quarts du temps, et lui lança donc:

– Tu surveilles pas la rue, quoi! T'es là à jacasser, v'là ce qui va pas.

– C'est parce que t'as dit: «Putain de merde, Olive!», lui expliqua-t-elle. C'est pour ça que j'ai...

– Putain, mais retourne au coin de la rue, bordel! lui renvoya-t-il en réintroduisant le piège à souris dans la boîte aux lettres bleue.

Il réessaya, encore et encore, et non, il n'arrivait toujours pas à poser le piège à colle sur la grosse enveloppe lorsque là, après avoir renoncé, il réussit enfin à attraper plusieurs plis, jusques et y compris une enveloppe 24 × 30 assez lourde et presque aussi épaisse que celle qu'il n'avait pas pu avoir. Il essaya le scotch toile, mais ça ne marcha pas mieux que la souricière.

Il tâta l'enveloppe et dit :

– On dirait un scénar. Comme si y avait besoin d'un scénar de plus !

– Qu'est-ce que tu dis ? lança Olive en revenant une fois de plus vers lui en courant.

– Tiens, celle-là, tu peux la prendre, lui répondit-il en lui tendant l'enveloppe. La future star du cinéma, c'est toi ici.

Il cacha le courrier sous la chemise ample et dans le jean d'Olive au cas où les flics les auraient interpellés. Il savait qu'ils l'arrêteraient et elle avec, mais se disait qu'il aurait une meilleure chance de l'emporter au plaider coupable s'ils ne trouvaient pas de pièce à conviction sur lui. Il était à peu près certain qu'Olive ne le dénoncerait pas et qu'elle prendrait tout sur elle. Surtout s'il lui promettait de retrouver son lit chez lui à sa sortie de taule. Comme si elle pouvait aller ailleurs !

Ils passèrent juste devant un des sans-abri d'Hollywood Street en prenant le croisement près de la voiture. L'homme flanqua une trouille à chier à Farley en sortant de l'ombre et lui lançant :

– T'aurais pas du fric, mec ?

Farley mit la main dans sa poche, la ressortit sans rien et répondit :

– Poisson d'avril, merdeux ! Et maintenant, tu dégages !

Teddy les regarda rejoindre une vieille Pinto bleue, en ouvrir les portières et monter. Il regarda le type mettre les phares et démarrer le moteur. Une minute durant il fixa des yeux la plaque d'immatriculation et dit le numéro à haute voix. Et le répéta. Il savait pouvoir s'en rappeler assez longtemps pour emprunter un crayon et l'écrire sur un bout de papier. La prochaine fois qu'un flic l'éjecterait pour ébriété en public, mendicité ou, tiens, pour avoir pissé dans la vitrine d'un magasin, peut-être qu'il pourrait s'en servir comme ticket de sortie de prison.

3

Il y avait plus joyeux que les deux types de la voiture 6-X-76 en ce dimanche de mai. Fausto Gamboa, un des plus anciens officiers de la patrouille du commissariat d'Hollywood, avait depuis longtemps renoncé à son statut de P3 et en avait marre d'entraîner des bleus qui avaient tout à prouver. C'est avec satisfaction qu'en tant que P2[1] il bossait avec un autre vieux de la vieille du nom de Ron LeCroix, qui avait toutes les chances de prendre bientôt sa retraite et pour l'heure était chez lui à se remettre d'une ablation d'hémorroïdes assez douloureuse et trop longtemps repoussée.

Fausto Gamboa. On le prenait toujours pour un Hawaïen ou un Samoan. Si cet ancien combattant du Vietnam n'était pas grand – il faisait à peine un mètre quatre-vingts –, il en imposait. Dans sa jeunesse, il s'était fait aplatir l'arête du nez dans des bagarres de rue et avait les poignets, les mains et les épaules d'un type assez grand pour faire un dunk de basket sans problème. Et ses jambes étaient si massives qu'il aurait sans doute pu en dunker une en détendant les mollets et les muscles de la cuisse en un bond vertical. Il avait les cheveux ondulés gris acier et un visage brun selle de cuir parcouru de rides, comme s'il avait passé des années entières à cueillir du coton et du raisin dans la Central Valley, ainsi que l'avait fait son père en arrivant en Californie dans un plein camion d'immigrants clandestins du Mexique. Fausto n'avait jamais posé les yeux sur un champ de

1. Policier de grades 2 et 3 *(NdT)*.

coton, mais Dieu sait comment avait hérité des traits usés de son père.

Et depuis quelque temps il était d'une humeur particulièrement massacrante et en avait marre de raconter à tous les flics du commissariat d'Hollywood comment il avait perdu son procès contre Darth Vader. Il faut dire que cette histoire avait cavalé à toute allure grâce au tam-tam de la jungle des rues.

Ce n'est pas tous les jours qu'on peut coller un PV à Darth Vader, même à Hollywood, et tout le monde est d'accord pour reconnaître qu'il n'y a que là que ça peut arriver. Fausto Gamboa et son coéquipier Ron LeCroix étaient en train de patrouiller en ce début de soirée sans incident lorsqu'ils avaient reçu un appel sur leur ordinateur embarqué : Darth Vader faisait de l'exhibitionnisme près du carrefour d'Hollywood Boulevard et d'Highland Avenue. Ils s'y rendirent et repérèrent le bonhomme : tout en noir, il descendait Hollywood Boulevard sur un vieux Schwinn à trois vitesses. Sauf qu'il y avait souvent plus d'un Darth Vader qui traînait aux alentours du Chinese Theater, disons qu'il y avait du Darth Vader d'ethnies différentes. Celui-là était de l'ethnie Darth Vader noire miniature.

Ils n'étaient pas certains de tenir le bon jusqu'à ce qu'ils découvrent ce qui avait bien évidemment suscité l'appel. Ce soir-là, Darth ne portait pas son collant noir sous son short noir, et là ses attributs pendaient sur le devant de sa selle. Un automobiliste les avait vus et avait appelé les flics.

Fausto, qui conduisait, se mit dans la roue de Darth Vader et klaxonna un petit coup, ce qui ne ralentit en rien la vitesse du cycliste. Fausto klaxonna de nouveau. Même résultat. Alors il enclencha la sirène et le klaxonna sérieusement. Deux fois. Sans plus d'effet.

– Putain ! s'écria Ron LeCroix. Mets-toi à côté de lui.

Fausto une fois à la hauteur du cycliste, son coéquipier se pencha à la fenêtre et attira l'attention de Darth en lui faisant signe de se rabattre sur le trottoir. Arrivé là, Darth abaissa la béquille de son vélo, en descendit et ôta son masque et son casque. Alors seulement les flics comprirent pourquoi tous les efforts qu'ils avaient déployés pour l'arrêter s'étaient révélés inefficaces : Darth Vader portait un casque audio et écoutait de la musique.

C'était au tour de Fausto de lui coller un PV, il sortit son carnet et lui demanda son identité.

Darth Vader, alias Henry Louis Mossman, lui jeta :

– Minute, minute. Pourquoi vous me collez un PV ?

– Rouler à vélo en portant un casque audio est une violation du Code de la route, répondit Fausto. Et, à l'avenir, je vous conseille de porter des sous-vêtements ou un collant sous votre short.

– C'est pas vrai, ça ! s'exclama Darth Vader.

– Vous avez même pas entendu la sirène, renvoya Fausto au plus petit des Darth.

– Des conneries, tout ça ! On se retrouve au tribunal, mec, putain de putain ! N'importe quoi !

Les deux flics étant remontés dans leur voiture pour reprendre la patrouille, Fausto se tourna vers Ron LeCroix et lui dit :

– Jamais ce petit clodo ne me déférera devant un tribunal. Il va déchirer le PV et quand ça se transformera en mandat d'amener, on lui collera son cul en taule.

Fausto Gamboa ne connaissait pas Darth Vader.

Quelques semaines plus tard, il se retrouvait au tribunal des affaires de circulation d'Hill Street, dans le centre de L. A., avec une bonne centaine d'autres flics et pas mal de petits voyous qui attendaient de passer devant le juge.

Avant que son affaire ne soit appelée, Fausto se tourna vers un flic en tenue à côté de lui.

– Mon bonhomme est un clodo un rien cinglé, dit-il. Jamais il se pointera.

Non, Fausto Gamboa ne connaissait pas Darth Vader.

Non seulement il se pointa, mais il se pointa en costume, avec, cette fois, un collant noir sous son short plus que court. Tout s'arrêta dans le prétoire lorsqu'il y entra après qu'on eut appelé son nom. Jusqu'au juge au regard endormi qui s'anima un rien. De fait, flics, mecs du genre la-loi-je-m'en-tape, greffier, jusqu'à l'huissier, tout le monde regardait avec intérêt.

Debout devant le juge, comme il est de coutume au tribunal

des affaires de circulation, l'officier Fausto Gamboa raconta son histoire : comment il avait reçu l'appel du commissariat, repéré Darth Vader et compris que ce dernier ne se rendait pas compte que son engin s'agitait dans la brise. Comment aussi il n'avait pas été facile de l'arrêter parce qu'il écoutait de la musique au casque, ce qu'ils n'avaient découvert que lorsque enfin ils avaient réussi à arrêter l'homme de l'espace.

Son tour venu, Darth Vader ôta son casque et son masque, dévoilant ainsi le casque que, précisa-t-il, il portait ce jour-là. Sur quoi il récita le paragraphe du Code qui interdit le port du casque quand on roule à vélo en ville.

Et d'ajouter :

– Monsieur le juge, j'aimerais faire observer à la cour que ce casque n'est muni que d'une oreillette. Or le paragraphe du Code ayant trait à ce problème parle de deux oreilles qu'on empêcherait d'entendre. Bref, l'officier de police ici présent ne connaissait pas le Code alors et ne le connaît pas davantage aujourd'hui. De fait, oui, j'ai bien entendu son klaxon et sa sirène, mais je ne pensais pas que c'était pour moi. Vu que je ne faisais rien d'illégal, pourquoi aurait-il fallu que je me sente tout con et m'arrête parce que j'entendais une sirène ?

Sa tirade achevée, le juge se tourna vers Fausto :

– Officier Gamboa, avez-vous examiné le casque que portait M. Mossman ce jour-là ?

– Je l'ai vu, monsieur le juge.

– Cet objet lui ressemble-t-il ?

– Ben… ç'a l'air… semblable.

– Officier Gamboa, pouvez-vous nous assurer que le casque que vous avez vu ce jour-là comportait deux oreillettes, ou n'en avait qu'une seule, comme le casque que vous regardez en ce moment même ?

– Monsieur le juge, j'ai déclenché la sirène à deux reprises et il a refusé de céder le passage à un véhicule de police. Il est clair qu'il ne m'avait pas entendu.

– Je vois, dit le juge. Dans ce cas, je suis d'avis de laisser le bénéfice du doute à M. Mossman. Nous le déclarons donc non coupable du délit dont il est accusé.

Il y eut force applaudissements et gloussements dans la salle jusqu'à ce que l'huissier demande de faire silence, sur quoi, l'affaire étant jugée, Darth Vader enfila son casque et, tous les yeux fixés sur Gamboa, lança :

– Que la force publique soit avec toi !

Ron LeCroix et ses hémorroïdes ayant disparu, Fausto Gamboa, qui souffrait encore de s'être fait botter les fesses par Darth Vader, avait engueulé très fort l'Oracle en apprenant que celui-ci lui avait assigné l'officier Budgie Polk comme coéquipière. Dans sa jeunesse, au LAPD les femmes ne faisaient pas habituellement la patrouille et il n'avait pu que ricaner en lâchant à l'Oracle :

– C'est une de ces nanas que peut-être elle échange son badge avec son petit copain de flic comme on faisait avec nos bagues de promotion à mon époque ?

– C'est un bon officier, lui avait renvoyé l'Oracle. Donne-lui sa chance.

– Ou alors elle serait pas du genre à se faire assigner son petit copain comme coéquipier pour pouvoir le tenir par le petit doigt quand ils font la patrouille dans le boulevard ?

– Allons, allons, Fausto. C'est juste pour la rotation du mois de mai.

Tout comme l'Oracle, Fausto portait encore un vieux revolver Smith & Wesson à canon six pouces, et la première nuit qu'on l'avait collé avec sa nouvelle coéquipière, il l'avait foutue en rogne après qu'elle lui avait demandé pourquoi il portait encore un truc à barillet quand le chargeur d'un Beretta 9 mm contient quinze projectiles, plus un dans la chambre.

– S'il te faut plus de six coups pour gagner un duel, tu mérites de le perdre, lui avait-il assené ce soir-là, et sans l'ombre d'un sourire.

Fausto ne portait jamais de gilet pare-balles et quand elle lui avait posé la question, il lui avait répondu :

– Cinquante-quatre flics se sont fait tuer dans ce pays l'année dernière. Trente et un portaient un gilet. Ça leur a servi à quoi ?

Ce premier soir il l'avait surprise à contempler sa poitrine imposante et lui avait dit :

– Oui, tout ça, c'est moi. J'ai un tour de poitrine plus fort que le tien.

Et de lui reluquer les seins et d'ajouter :

– Beaucoup, beaucoup plus fort.

Ce qui avait foutu Budgie Polk très en colère dans la mesure où ses seins d'ordinaire plutôt menus avaient gonflé, justement. Beaucoup. Elle avait une fillette de quatre mois chez elle, fillette qu'elle faisait garder par sa mère. Et de retour au boulot après son congé de maternité, elle avait de fait quelques kilos de moins qu'avant sa grossesse. Elle n'avait vraiment pas besoin que ce vieux schnock y aille de plaisanteries à peine voilées sur la taille de ses seins, surtout quand ceux-ci lui faisaient un mal de chien.

Son ancien mari, un inspecteur de la division de West L. A., l'avait quittée trois mois avant la naissance de leur fille en lui expliquant que leur couple vieux de deux ans avait été une « erreur regrettable ». Et qu'ils étaient tous les deux « matures ». Elle avait eu envie de lui flanquer un coup de matraque dans les dents, à lui et à la moitié de ses copains flics dans lesquels elle n'arrêtait pas de se buter depuis son retour au travail. Comment pouvaient-ils être encore copains avec ce sac de merde ? Elle lui avait confié les clés de son cœur, il était entré, avait renversé les meubles et saccagé les tiroirs comme le dernier des cambrioleurs accros au crack.

Et d'abord pourquoi les femmes flics épousaient-elles des flics ? Elle s'était posé la question des centaines de fois depuis que cet enfoiré les avait jetés, elle et son seul enfant, et bien sûr en lui faisant la promesse à chier de lui régler promptement les frais de pension alimentaire et de rendre souvent visite à sa fille « lorsqu'elle aurait l'âge qu'il faut ». Sauf qu'au bout de cinq ans de boulot dans la police, tout au fond de son cœur Budgie connaissait la réponse à la question de savoir pourquoi-les-femmes-flics-épousent-des-flics.

Lorsqu'elle rentrerait chez elle ce soir-là et aurait besoin de parler de toutes les merdes qu'elle s'était farcies en patrouille, qui donc, hormis un flic, pourrait la comprendre ? Épouser un assureur-conseil ? Que pourrait-il lui dire lorsqu'elle rentrerait comme elle l'avait fait un soir de septembre après avoir répondu à l'appel d'un type des Hollywood Hills qui, propriétaire d'une baraque de 3 millions de dollars à flanc de colline, s'était payé du crack et de l'ecstasy, avait pété les plombs et étranglé sa belle-fille âgée de dix ans, disons parce qu'elle avait refusé ses avances sexuelles, enfin… c'était ce que les inspecteurs avaient déduit de l'affaire ? Personne n'en saurait jamais rien parce que ce fils de pute s'était cramé la moitié du cerveau avec un Colt Magnum au moment même où Budgie et son coéquipier se tenaient devant la porte du voisin qui disait avoir entendu hurler un enfant.

Après avoir entendu le coup de feu, le pistolet dégainé, Budgie et son coéquipier s'étaient précipités dans la maison d'à côté, elle en appelant les secours avec le micro fixé à son épaule. Et là, alors même que les secours arrivaient et que les flics sautaient de leurs voitures le fusil prêt, Budgie était entrée dans la maison et n'avait pu que rester bouche bée devant le cadavre de la fillette étendue par terre en pyjama dans la chambre principale. Déjà les marques de ligatures commençaient à foncer, déjà elle avait fait une hémorragie des yeux, déjà son pyjama était taché d'urine et de merde. Le beau-père, lui, était étalé sur le canapé de la salle de séjour, le coussin dans son dos couvert de sang, de cervelle et d'éclats d'os.

Sans parler de la femme, la fumeuse de crack qui tenait lieu de mère à la fillette et qui lui gueulait :

– Aidez-la, quoi ! Ressuscitez-la ! Faites quelque chose !

Encore et encore elle hurlait, jusqu'au moment où Budgie l'avait prise par l'épaule et lui avait renvoyé en hurlant elle aussi :

– Ferme ta grande gueule, connasse ! Elle est morte !

Voilà pourquoi les femmes flics épousaient toujours des flics, semblait-il. Si faible le pourcentage de réussites conjugales fût-il, elles se disaient qu'il serait pire d'épouser un civil. À qui pouvaient-elles parler après avoir vu une enfant assassinée dans les Hollywood Hills ? Les flics n'avaient peut-être pas besoin de parler de ce genre de choses en rentrant chez eux, mais les femmes flics, elles, ne pouvaient pas faire autrement.

En reprenant le travail, Budgie avait espéré avoir une femme comme coéquipier, au moins jusqu'au moment où elle cesserait d'avoir du lait. Mais l'Oracle avait déclaré que c'était la merde pendant cette rotation, des tas de flics ayant été blessés dans une brusque montée de violence, sans parler des types en vacances, etc. Elle pouvait quand même travailler avec Fausto jusqu'à la prochaine réorganisation, non ? Toute la vie du LAPD tournait autour des tableaux de service et Fausto était un vieux pro qui n'aurait jamais laissé tomber un coéquipier, avait ajouté l'Oracle. Oui, bon, mais merde ! Vingt-huit jours de cet enfer ?

Fausto, lui, regrettait le bon temps où, au commissariat d'Hollywood, après s'être tapé le service de nuit, tous se rassemblaient dans le parking du théâtre John Anson Ford, en face de l'Hollywood Bowl, dans un coin qu'ils appelaient « l'Arbre », pour descendre des bières en s'apitoyant sur leur sort. Des fois, des fliquesses se pointaient, et si l'une d'elles attendait dans une voiture en suçant la pomme de son collègue, on pouvait être sûr qu'un autre flic allait gagner la voiture de patrouille en douce, regarder par la vitre et hurler : « Crime en cours ! »

Un de ces soirs-là, c'était l'été, il faisait doux – alors l'Oracle parlait toujours de nuit « à lune hollywoodienne » –, Fausto et l'Oracle s'étaient assis sur le capot de la Coccinelle de Fausto, ce dernier encore jeune et rentrant à peine du Vietnam, et l'Oracle déjà sergent qui en avait vu d'autres, mais avait quand même moins de quarante ans.

Et l'Oracle avait surpris Fausto en lui lançant :

– Hé, le jeune, regarde un peu là-bas ! (C'était de la croix illuminée au sommet de la colline derrière eux qu'il parlait.) C'est ça qui serait un chouette endroit où avoir ses cendres répandues quand vient son tour. Là-haut, juste au-dessus du Bowl qu'on pourrait voir ! Mais il y a encore mieux.

Et l'Oracle avait alors parlé au jeune Fausto Gamboa de ce « meilleur endroit », et Fausto ne l'avait jamais oublié.

C'était vraiment le bon vieux temps au commissariat d'Hollywood. Mais après le « règne de terreur » du dernier patron, personne n'osait plus s'approcher de l'Arbre à moins de quinze cents mètres. Plus personne n'avait plus osé descendre de la bonne bière mexicaine. De fait, la jeune génération de flics bouffeurs de barres chocolatées Granola craignait sans doute plus d'avoir de l'*E. coli* dans leur Évian. Petit à petit, Fausto les avait vus boire, oui… du lait bio ! Avec une paille, bordel !

Et donc, là elle se retrouvait, à rouler dans Sunset Boulevard, assise sur le siège passager, à côté de ce vieux schnock qui râlait, même qu'il était facilement plus vieux que son père qu'aurait eu cinquante-deux ans s'il n'était pas mort. Vu le nombre de galons qu'il avait sur la manche, Fausto devait être flic depuis plus de trente ans, et presque tous passés à Hollywood.

Pour briser la glace ce soir-là, elle lui avait lancé :

– Ça fait combien de temps que tu bosses pour la maison, Fausto ?

– Trente-quatre ans, lui avait-il répondu. Je suis entré dans la police quand les flics portaient encore un chapeau et, nom de Dieu, fallait l'avoir sur la tête dès qu'on descendait de voiture. Et l'étui à trique, c'était pour la matraque, pas pour le portable.

Sur quoi il avait marqué une pause avant d'ajouter :

– C'était bien avant que tu sois arrivée sur notre planète.

– Ça fait vingt-sept ans que j'y suis. Et cinq ans que je bosse pour la maison.

La façon dont il avait haussé le sourcil droit en la regardant une seconde, juste avant de se détourner… à croire qu'il lui répondait : « Comme si on s'en balançait pas, de ton passé ! »

Eh bien, qu'il aille se faire foutre, s'était-elle dit, mais là, juste au moment où la nuit tombait et où elle espérait que Dieu sait comment ses seins se calment, il avait décidé de faire la causette.

– Budgie, hein ? avait-il lancé. C'est un drôle de prénom.

– Ma mère était australienne, avait-elle répondu en essayant de ne pas paraître sur la défensive. Un « budgie » est un perroquet australien. Ce surnom m'est resté. Elle devait trouver ça mignon.

C'est alors que Fausto, qui conduisait, s'était arrêté à un feu rouge, l'avait regardée de la tête aux pieds, de sa queue-de-cheval blonde (tressée à la française et remontée sur la nuque pour obéir au règlement interne du LAPD) jusqu'à ses chaussures brillantes de cire, et lui avait dit :

– Tu fais quoi ? Un mètre cinquante-cinq sur la pointe des

pieds ? Et tu pèses quoi ? À peu près autant que ma jambe gauche ? On aurait dû t'appeler Cigognette.

C'est alors qu'elle l'avait sentie. La pire douleur qu'elle ait jamais eue aux seins. Les chiens aboient, les chats miaulent, les bébés vagissent et elle, elle avait une montée de lait. C'était la voix de ce fumier qui lui faisait ça.

– Emmène-moi au poste de Cherokee, lui avait-elle dit.

– Pour quoi faire ?

– J'ai un mal de chien. J'ai un tire-lait dans mon barda. Je pourrai faire ça là-bas et garder le lait.

– Putain ! Je le crois pas ! Encore vingt-huit jours à se taper ça ?

Arrivé à mi-chemin, il lui avait lancé :

– Pourquoi on reviendrait pas au commissariat ? Tu pourrais faire ça au vestiaire des femmes, pour l'amour du ciel !

– Je ne veux pas qu'on le sache, personne. Même pas les femmes. Y aura quelqu'un qui dira quelque chose et après je serai obligée de me farcir toutes les remarques petit malin des bonshommes. Je te fais confiance, Fausto.

– Faut que je dégoupille la grenade[1], avait-il dit sans attendre de réponse. Plus de mille nanas dans la police ? Dans pas longtemps, le grand chef aura des chromosomes à deux X ! Trente-quatre ans, ça suffit. Je dégoupille.

Après que Fausto eut garé la voiture de patrouille au poste près du restaurant Musso & Frank, Budgie avait sorti son sac et son tire-lait de son paquetage dans le coffre, ouvert la porte avec sa clé 999 et était entrée dans le poste en courant. L'endroit était passablement vide, à l'exception de quelques tables et chaises, où les parents s'asseyaient pour avoir des renseignements sur la Police Activity League[2] ou signer un papier permettant à leurs enfants de rejoindre le Police Explorer Program[3]. Parfois il y

1. Expression propre à la police et signifiant qu'on va rendre son tablier *(NdT)*.

2. Programme destiné à aider les enfants à ne pas tomber dans la drogue *(NdT)*.

3. Programme destiné à favoriser le recrutement de jeunes officiers de police *(NdT)*.

avait des brochures du LAPD qui traînaient, en anglais, espagnol, thaï, coréen, farsi et autres langues pour les citoyens de la grande métropole polyglotte.

Budgie avait ouvert le frigo avec l'intention de déposer ses petits paquets de glace bleus au congélateur et avait laissé son sac isotherme à côté du frigo ; elle pourrait le reprendre après avoir quitté son service. Elle avait allumé la lumière dans les toilettes, où elle avait décidé de tirer son lait assise sur le siège des WC plutôt que dans la grande salle, au cas où Fausto en aurait eu assez d'attendre dans la voiture et serait venu faire un tour dans le poste. Mais l'odeur de mildiou était à vomir.

Elle avait décroché sa radio de son ceinturon, enlevé son arme et quitté sa chemise, son gilet pare-balles et son T-shirt. Puis, après avoir enroulé tout ça sur la petite table dans les toilettes, elle avait mis la clé sur la paillasse du lavabo. La table vacillant un rien sous la charge, elle avait sorti son pistolet de son étui et l'avait posé par terre à côté de sa radio et de sa lampe torche.

Elle tirait son lait depuis une minute lorsque la douleur avait commencé à s'apaiser. Le tire-lait faisant du bruit, elle espérait que Fausto n'entre pas dans le poste. Aucun doute n'était permis, il se fendrait d'une remarque sarcastique en entendant le bruit de succion qui montait des toilettes.

Fausto avait entré le code 6 dans l'ordinateur embarqué pour dire qu'ils se trouvaient au poste et enquêtaient, de façon à ne pas recevoir d'appel jusqu'à ce que ce calvaire soit terminé.

Il s'était presque endormi lorsque l'appel d'urgence arriva à la voiture 6-A-77 de la ronde numéro 3.

À la radio, la voix disait d'un ton pressant :

– À l'unité 6-Adam-77 et toutes celles dans les environs, coups de feu dans le parking au coin de Western Avenue et de Romaine Street. Officier de police pris dans fusillade. Unité 6-A-77, code 3[1].

Budgie, elle, reboutonnait sa chemise après avoir rangé le lait dans le congélateur, à côté de ses paquets de glace bleus. Elle

1. Soit sirène et gyrophares allumés *(NdT)*.

venait de glisser sa radio dans son étui lorsque Fausto ouvrit la porte du poste et hurla :

– Officier de police pris dans fusillade au croisement de Western Avenue et de Romaine Street ! T'as fini ?

– J'arrive ! cria-t-elle en attrapant son ceinturon et sa lampe torche.

Elle reboutonnait encore sa chemise, remettait le lait et les sacs de glace dans son fourre-tout isotherme et se ruait vers la porte lorsqu'elle faillit se taper contre une chaise qu'elle n'avait pas vue dans le noir alors qu'elle passait son ceinturon autour de sa taille de guêpe.

Il y a peu de choses plus urgentes qu'un officier de police pris dans une fusillade et Fausto faisait déjà ronfler le moteur lorsqu'elle arriva à la voiture. Elle avait eu à peine le temps d'y monter qu'il déboîtait du trottoir à toute allure. Elle était énervée, elle suait, et lorsqu'il prit le virage suivant, elle faillit dégringoler, attrapa la ceinture de sécurité et... ah ! mon Dieu !

Depuis son arrivée, le nouveau grand patron avait décidé de mettre un terme aux collisions impliquant des voitures conduites par des officiers grillant feux rouges et panneaux de stop sans avoir mis en route leurs sirènes et gyrophares pour répondre à des appels d'urgence n'ayant pas droit au code 3. Bref, les appels qui n'auraient eu naguère droit qu'au code 2 s'étaient retrouvés hissés au niveau 3. Autant dire que les citoyens de Los Angeles entendaient sans arrêt des sirènes. Les flics de la patrouille se disaient que toutes ces sirènes qui hurlaient devaient rappeler au patron les jours qu'il avait passés à New York en qualité de chef de police. Et les flics s'en foutaient. C'était super-chouette de rouler tout le temps en code 3.

Parce que l'appel ne leur était pas destiné précisément, Fausto ne pouvait pas rouler en code 3 ; cela étant, ni le nouvel arrivant de la côte est qui dirigeait le service ni Jésus-Christ ressuscité n'auraient pu empêcher des flics de patrouille de se ruer à toute allure vers une fusillade. Fausto ralentissait aux croisements, puis, feu vert ou pas, le franchissait dans un grondement de moteur, obligeant ainsi les autres voitures à piler pour le laisser passer. Lorsque enfin ils arrivèrent au croisement de

Western Avenue et de Romaine Street, cinq voitures les avaient coiffés au poteau et, tous descendus de leurs véhicules, les flics pointaient leurs fusils ou leurs 9 mm sur le véhicule garé tout seul dans le parking – on y voyait un type tassé sur le siège avant.

Fausto s'empara de son fusil, s'approcha de la voiture la plus proche de l'action et s'aperçut qu'elle appartenait aux deux surfeurs, le Bris et le Débris. Il regarda Budgie qui le suivait un peu en arrière et se demanda pourquoi elle ne braquait pas son arme sur la voiture.

– Où est ton flingue ? s'enquit-il, et il ajouta : Ne me dis pas qu'il est avec le lait !

– Non, le lait, je l'ai, lui renvoya-t-elle.

– Ben, braque ton doigt alors, lui rétorqua-t-il, et il resta bouche bée en la voyant, certes avec une mine déconfite mais bon, pointer son doigt dans la bonne direction.

Il marqua une pause, puis reprit :

– J'ai un Smith à canon deux pouces dans mon sac de guerre. Tu veux l'emprunter ?

Toujours à braquer son index long et fin sur la voiture, elle lui répondit :

– Les trucs à barillet et canon deux pouces, ça touche rien. Ça vaut mieux comme ça.

Ça faisait longtemps qu'il n'avait pas été aussi près d'éclater de rire. Rapide, la dame, fallait le lui reconnaître. C'est alors qu'il vit s'ouvrir la portière de la voiture et en sortir deux ados latinos les mains en l'air. Ils furent vite couchés par terre et menottés.

Le code 4 fut alors lancé par le central : il y avait assez de flics sur les lieux. Et pour empêcher d'autres flics excités de débouler, la nénette ajouta :

– Aucun officier attaqué.

Fausto vit l'un des deux surfeurs, le Bris, venir vers eux. Il songea à l'époque où il était jeune flic et où jamais, au grand jamais, on n'aurait toléré des cheveux décolorés dans la police. Et son coéquipier, le Débris, qui roulait les hanches à côté de lui, avec ses cheveux blond foncé enduits de gel et montés en crête de cinq centimètres, hein ? C'était quoi, ces merdes ? L'heure était venue de prendre sa retraite, se dit-il à nouveau. L'heure de dégoupiller la grenade.

Le Bris s'approcha de lui.

– Le mec de la sécurité du grand immeuble s'est fait emmerder par des racailles qu'il avait coincées en train de monter une bagnole sur cric pour en faucher les jantes. Ce connard a tiré un coup de feu en l'air pour leur foutre les jetons. Ils ont sauté dans la voiture, se sont planqués et veulent plus sortir.

– Il a tiré en l'air ? répéta Fausto en ricanant. Ce type a vu trop de westerns. On devrait pas permettre à ces gardiens privés d'avoir plus que des pierres et des frondes.

– Tu devrais voir la chiotte qu'ils étaient en train de démonter ! lança le Débris qui avait rejoint son coéquipier. Une Chevrolet 39. Entièrement restaurée. Couleur cerise. Du super, mon frère !

– Ah ouais ? répondit Fausto que ça commençait à intéresser. Moi, j'avais une vieille 39 quand j'allais au lycée.

Il se tourna vers Budgie et ajouta :

– Allez, on va voir ça une minute.

Puis il se rappela l'étui de pistolet vide de la dame et songea qu'ils feraient mieux de décamper avant que quelqu'un s'en aperçoive.

– J'viens juste de me souvenir d'un truc, lança-t-il aux surfeurs. Faut que j'y aille.

Budgie se retrouva collée au siège lorsqu'il écrasa le champignon. Elle lui décocha un regard coupable.

– Je t'en prie, ne me dis pas que t'as aussi oublié la clé, lâcha-t-il.

– Et merde ! T'as pas ta 999 ?

– Putain, où est ta clé, bordel ?

– Sur la table dans les toilettes.

– Et ton flingue, hein ?

– Par terre dans les toilettes… À côté des clés.

– Et moi qui laisse mes 999 dans mon casier avec mes autres clés parce que je m'dis que j'ai pas à m'en faire vu que j'ai une jeune coéquipière qui en veut !

– Toi, laisser tes clés dans ton casier ? lui renvoya-t-elle sans le regarder. Pas toi, non ! Toi, faire confiance à une jeune coéquipière ? Même à une vieille ? Même à un chien ?

Alors il la dévisagea, découvrit un léger sourire au coin de ses lèvres et se dit : « Elle a vraiment des couilles, celle-là ! Et impertinente, avec ça ! » Et, bien sûr, elle avait raison – jamais il n'aurait oublié ses clés.

Encore et encore il hocha la tête en retournant au poste. Puis, plus pour lui-même que pour elle, il grogna :

– Enfoirés de surfeurs. Non mais… t'as vu ce gel dans ses cheveux ? De mon temps…

– C'est pas du gel. C'est tout le mix maï taï qu'on leur balance sur le crâne dans tous les bars de la côte où ils traînent qui leur donne les cheveux raides et collants. Ils reniflent partout comme des caniches et ils se font virer. Et, s'il te plaît, ne viens pas me dire que ça serait différent s'il y avait moins de femmes flics dans le paysage. Comme à ton époque.

Fausto se contenta de grogner et ils continuèrent de rouler un moment sans rien dire, en faisant semblant de surveiller les rues tandis que la lune se levait sur Hollywood.

Ce fut Budgie qui rompit le silence en lançant :

– Tu vas pas me cafter à l'Oracle, dis ? Même pas pour te marrer un bon coup avec les autres, hein ?

Les yeux fixés sur la rue, il lui répondit :

– Ben, c'est ça ! Comme si je passais mon temps à baver sur mes coéquipiers pour rigoler !

– Y a une fenêtre dans les toilettes du poste ? demanda-t-elle ensuite. J'ai pas remarqué.

– Je pense pas, non, répondit-il. J'y suis rarement allé. Pourquoi ?

– Ben, parce que si je me trompe sur ton compte, que t'as pas les clés et qu'il y a une fenêtre, tu pourrais me faire la courte échelle pour entrer.

– Et si tu me demandais plutôt de monter moi-même vu que t'es une toute nouvelle maman et que tu peux pas prendre le risque de te blesser ? lui renvoya-t-il, la voix pleine de sarcasme.

– Non, parce que faire passer ton gros cul par une fenêtre, tu y arriverais jamais alors que moi, je pourrais si tu me faisais la courte. Y a des fois où ça paie de ressembler à une cigogne.

– J'ai mes clés.

– C'est bien ce que je m'disais.

Pour la première fois, elle le vit presque sourire.

– Bah, on n'a pas tout perdu, conclut-il. On a le lait, c'est déjà ça!

Au moment, ou presque, où Fausto Gamboa et Budgie Polk reprenaient le barda de cette dernière au poste de Cherokee Avenue, Farley Ramsdale et Olive Oyl étaient revenus chez eux et, assis par terre, finissaient de fumer le peu de caillou qu'il leur restait. Étalées autour d'eux sur le plancher se trouvaient les lettres qu'ils avaient pêchées dans sept boîtes aux lettres bleues en cette soirée de grand labeur.

Olive avait chaussé les lunettes que Farley avait fauchées pour elle au drugstore et déchiffrait avec peine les courriers d'affaires, les demandes de travail, rappels d'impayés, bouts de factures réglées et autres lettres de toutes sortes. Dès qu'elle découvrait quelque chose dont ils pouvaient se servir, elle le passait à Farley, qui, enfin de meilleure humeur, triait les chèques qu'ils pourraient peut-être échanger, cela en grignotant un biscuit salé parce que l'heure était venue de se mettre quelque chose dans l'estomac.

Le caillou commençait à le déglinguer, se disait Olive. Il clignait plus des yeux que d'habitude et avait de plus en plus de rougeurs. Des fois, elle s'inquiétait de voir son cœur battre à cent cinquante et plus, mais quand elle le lui disait, il lui criait si fort dessus qu'elle ne disait plus rien.

– C'est du boulot, fit-elle remarquer quand ses yeux commencèrent à se fatiguer. Y a des moments où je me demande pourquoi on ferait pas notre speed nous-mêmes. Y a dix ans, je sortais avec un mec qu'avait son labo à lui et on en avait toujours assez sans trop se casser. Jusqu'au jour où les produits chimiques ont explosé et l'ont brûlé sérieux.

– Y a dix ans, y avait qu'à entrer dans n'importe quel drugstore pour pouvoir s'acheter toute l'éphédrine qu'on voulait, dit-il. Aujourd'hui, y a toujours un employé qui te renvoie à un comptoir où on te demande ton identité quand tu veux acheter une boîte de Sudafed[1]. La vie est plus aussi facile. Mais toi, t'as de la chance, Olive. Tu peux habiter chez moi. Si t'avais une chambre d'hôtel minable, ça s'rait drôlement dangereux de faire le boulot qu'on fait. Même que si, tiens, tu te servais d'une carte de crédit volée ou que tu donnais un faux nom pour avoir une chambre comme que tu faisais avant, tu serais plus protégée des flics qui veulent fouiller. La loi dit que quand on fait ça, on n'a plus le droit à son intimité. Bref, les flics pourraient te défoncer ta porte sans mandat de perquise. Mais t'as de la chance. T'habites chez moi. Et pour entrer chez moi, un mandat de perquise, il en faut un.

– Ça, j'ai vraiment de la chance, acquiesça-t-elle. Avec tout ce que tu sais en droit et tout et tout.

Elle lui fit un sourire, il songea : « Bon Dieu de bon Dieu, ces ratounes ! »

Olive trouvait chouettes les moments où, comme là, ils étaient ensemble à la maison, à travailler devant la télé. Vraiment chouettes quand Farley était pas tout parano parce qu'il était en manque, à se dire que le FBI et la CIA allaient descendre par la cheminée. Les deux ou trois fois où il avait halluciné, elle avait vraiment eu peur. Après, ils avaient beaucoup discuté pour savoir combien il fallait fumer et quand. Mais ces derniers temps, elle trouvait qu'il enfreignait beaucoup ses propres règles quand elle ne regardait pas. Elle trouvait que le crack, il en fumait beaucoup plus qu'elle.

– On a pas mal de numéros de cartes de crédit, dit-il. Beaucoup de numéros de Sécu et de permis de conduire et tout plein de chèques. On va pouvoir échanger tout ça contre un sacré paquet de MDMA[2] quand on les filera à Sam.

– Y a du liquide ?

– 10 dollars avec une carte adressée à « mon petit-fils chéri ». Non mais, si c'est pas minable de donner que 10 dollars à son petit-fils ! Où elles ont filé, les valeurs familiales !

1. Médicament pour la grippe *(NdT)*.
2. Ecstasy pure *(NdT)*.

– C'est tout ?

– Y a une autre carte d'anniversaire, « À Linda de la part de l'oncle Pete ». 20 dollars.

Il releva la tête et ajouta :

– Tonton Pete, probable que c'est un pédo et que Linda, c'est la fille de dix ans du voisin. Hollywood est rempli de monstres. Un jour, moi, je vais dégager.

– Vaudrait mieux que j'aille vérifier le fric, dit-elle.

– C'est ça, le fais pas cuire à mort, dit-il en constatant que le biscuit salé lui donnait envie de vomir.

Peut-être qu'il ferait mieux d'essayer de la soupe de légumes, s'il y en avait encore une boîte.

L'argent nageait dans une bassine que Farley avait déposée dans la véranda de derrière protégée par une moustiquaire. Les dix-huit billets de 5 dollars qui trempaient dans de l'Easy-Off étaient presque propres. Olive prit une cuillère en bois pour en vérifier quelques-uns ou les retourner. Elle espérait qu'ils auraient plus de chance que la dernière fois où ils avaient essayé d'écouler de la fausse monnaie.

Ce coup-là, Farley avait bien failli se faire arrêter et ça lui flanquait même la trouille de repenser au jour où, il y avait deux mois de ça, il lui avait demandé d'aller acheter du papier vert clair à grammage léger à l'Office Depot du coin. Ils l'avaient apporté à Sam, le type qui leur louait sa voiture de temps en temps, et Sam avait passé deux jours entiers à le couper et à imprimer des billets de 20 dollars sur son imprimante à laser super-chère. Une fois satisfait, Sam avait dit à Olive de vaporiser de l'amidon à lessive sur le tas de faux billets de 20 et de les laisser sécher complètement. Ce qu'elle avait fait et lorsqu'ils les avaient regardés, Farley et elle les avaient trouvés parfaits.

Ils avaient évité les magasins du style supérettes où les mecs ont un stylo qu'ils passent sur les gros billets. Farley n'était pas certain qu'ils se donneraient la peine de le faire pour des billets de 20, mais il avait peur de risquer le coup. Un employé de supérette lui avait dit un jour que quand on voit du marron sous le stylo, c'est bon ; mais que quand c'est du noir ou pas de couleur du tout, c'est mauvais. Enfin… quelque chose comme ça.

Et donc, ce jour-là, il y avait deux mois de ça, ils étaient allés dans un Target pour essayer de fourguer la fausse monnaie.

Devant le magasin il y avait un jeune type musclé avec une brosse courte sur le dessus et longue sur les côtés qui distribuait des tracts pour un défilé de la Gay Pride prévu le week-end suivant. Il portait un T-shirt jaune moulant avec « PD pervers » écrit en lettres violettes en travers de la poitrine.

Il avait tendu un tract à Farley, qui avait aussitôt montré à Olive les mots inscrits sur son T-shirt et déclaré :

– C'est redondant.

Le mec avait fait jouer ses pectoraux et deltoïdes et lui avait renvoyé :

– J'aurais pu aussi mettre « Kick Boxer ». Tu veux une petite démonstration ?

– T'approche pas ! avait hurlé Farley. Olive, t'es témoin !

– C'est quoi, « redondant », Farley ? avait-elle demandé.

Il s'était contenté de lui dire de « rentrer vite dans le magasin, bordel de merde ! ».

Olive avait alors compris qu'il était de mauvaise humeur et dès qu'ils étaient entrés, ils s'étaient retrouvés bloqués en partie par six femmes et jeunes filles en tchadors et burkas, deux d'entre elles jacassant sur leurs portables et deux autres soulevant leurs voiles pour boire dans de grands gobelets Starbucks.

Farley les avait effleurées en passant et lancé :

– Et si vous rameniez ces déguisements d'Halloween au magasin les Fringues occidentales ?

Puis il s'était tourné vers Olive et avait ajouté :

– C'est des négresses des sables qu'en veulent. Ou alors peut-être des romanichelles qui passent de la came sous leurs putains de moumous.

Une des femmes ayant lancé quelque chose en arabe d'un ton coléreux, Farley avait marmonné :

– Ben c'est ça, *hasta lasagna*, salope !

Il y avait des tas de choses qu'Olive aurait eu envie d'acheter, mais Farley avait dit qu'ils allaient se dominer jusqu'à ce qu'ils aient essayé le fric une ou deux fois sur des petits achats. Farley n'arrêtait pas de loucher sur un lecteur de CD à 69,50 dollars qu'il disait pouvoir revendre en cinq minutes au Ruby's Donuts de Santa Monica Boulevard, où traînaient des tas de travelos qui faisaient le trottoir.

Olive était une tendre qui souffrait toujours pour tous ces transsexuels coincés entre deux sexes. Certains de ceux avec qui elle avait parlé avaient entamé une série d'opérations pour changer de bord, deux ou trois ayant subi toute la procédure, ablation de la pomme d'Adam et le reste. Cela dit, Olive voyait bien qu'ils n'étaient pas nés femmes. Ils lui paraissaient tristes et étaient toujours gentils avec elle bien avant qu'elle rencontre Farley – à cette époque-là, elle mendiait et vendait de l'ecstasy pour un certain Willard qui était très, très méchant. Plus d'un lui donnait 5 ou 10 dollars après une passe et lui disait d'aller s'acheter de quoi manger.

– T'as l'air inquiète, lui dit Farley tandis qu'ils se baladaient dans le magasin.

– Un peu seulement.

– Ben, arrête. Faut que t'aies l'air normal, si c'est possible.

Sur quoi il avait regardé une très jolie télé vingt et un pouces, mais avait dit « Non, faut attaquer petit » en hochant la tête.

– On peut y aller, Farley ? J'ai juste envie que ça soit fini.

Farley avait quitté le magasin, Olive apportant le lecteur de CD à une caissière, la plus occupée pour qu'elle n'ait pas le temps de vérifier la fausse monnaie. Sauf que juste au moment où la cliente qui la précédait payait les draps et les couvertures qu'elle avait pris, le chef de rayon s'était pointé et avait proposé de remplacer la pauvre employée épuisée. Il avait regardé Olive en s'occupant de la cliente et Olive avait eu un mauvais pressentiment.

Mauvais pressentiment qui n'avait fait qu'empirer quand son tour était venu de régler et qu'il lui avait demandé :

– Vous payez par chèque ?

– Non, en liquide, lui avait-elle répondu innocemment, juste au moment où un préposé s'approchait du chef et adressait un signe de tête à Olive.

Et lançait :

– Où est votre ami ?

– Mon ami ?

– Oui, le type qu'a insulté les musulmanes. Elles se sont plaintes et m'ont demandé de le flanquer dehors.

Olive était si choquée qu'elle n'avait même pas remarqué qu'elle avait laissé tomber les trois billets de 20 sur le comptoir avant que le chef de rayon ne s'en empare, ne les examine à la lumière et ne les fasse glisser entre ses doigts. Prise de panique, elle avait pris ses jambes à son cou, dépassé en courant des clients qui poussaient leurs caddies, foncé jusqu'aux portes du parking et ne s'était arrêtée qu'en se retrouvant devant le magasin.

Lorsque, la voyant enfin arpenter le trottoir, Farley l'avait reprise en voiture, elle n'avait pas voulu lui parler du type et de la plainte des musulmanes. Sachant que ça ne ferait que le mettre encore plus en colère et le rendre d'une humeur massacrante, elle lui avait raconté que le caissier avait tâté les billets et lui avait dit: « Ce sont des faux. » Voilà pourquoi Farley était retourné voir Sam, qui lui avait alors conseillé d'essayer de se faire du bon papier en faisant tremper des vrais billets dans un bain d'Easy-Off.

Ce jour-là donc, ils réessayaient, mais avec du vrai argent. Elle avait mis son pull-over en coton le plus propre et un jean taille basse trop grand pour elle bien que Farley le lui ait fauché au rayon juniors du magasin Nordstrom. Elle avait aussi passé des tennis pour filer en courant au cas où les choses tourneraient mal encore une fois.

– Ce coup-ci, ça se passera bien, lui promit Farley en se garant devant une boutique RadioShack, où il semblait bien décidé à s'acheter un lecteur de CD.

Ils étaient descendus de voiture et se tenaient debout à côté lorsqu'il ajouta:

– Cette fois, t'as du vrai papier de vrai argent, donc pas de panique. Sans compter que ç'a pas été facile de se les procurer, ces billets de 5, alors déconne pas.

– Je sais pas s'ils ont l'air qu'il faut, lui renvoya-t-elle en doutant.

– Arrête de te faire du souci. Tu te rappelles ce que t'a dit Sam sur le liséré et le filigrane?

– Un peu, ouais.

– Le liséré du côté gauche du billet de 5 dit 5, d'accord? Mais c'est petit et pas facile à voir. L'image du président sur le filigrane de droite est plus grosse, mais pas facile à voir non plus. Ce qui fait que s'y se mettent à regarder le billet à la lumière et qu'ils ont les yeux qui commencent à zyeuter de gauche à droite ou de droite à gauche, qu'est-ce que tu fais?

– Je reviens vers toi en courant.

– Mais non, bordel de Dieu! Tu ne cours pas! hurla-t-il avant de regarder autour de lui, mais aucun des clients qui passaient ne leur prêtait attention.

Il reprit avec autant de patience qu'il pouvait:

– Ces connards de mes deux ne remarqueront même pas que le liséré est pas pour un billet de 20 et que sur le filigrane y a un portrait de Lincoln au lieu de Jackson. Ils font juste ça machinalement et bon, y regardent, mais y voient rien. Alors, panique pas.

– Jusqu'au moment où je suis sûre qu'il m'a repérée. Alors là, je reviens vers toi en courant.

Farley regarda le ciel bas et chargé de brume et se dit: «Tiens bon, mec. Tiens bon. Cette nana est conne comme un balai.» Et lentement il lui répondit:

– Non, tu ne reviens pas vers moi en courant. Jamais jamais. Tu-ne-me-con-nais-pas. Je suis un inconnu, bordel. Tu sors vite du magasin et tu vas vers la rue. Et je t'y reprends quand je suis sûr que t'as personne aux fesses.

– On peut y aller maintenant? Dans pas longtemps, va falloir que j'aille faire pipi.

Le magasin grouillait de gens lorsqu'ils entrèrent. Comme d'habitude, il y avait quelques pouilleux qui traînaient autour du parking pour faire la manche.

L'un d'entre eux les reconnut. De fait même, il avait leur numéro de plaque d'immatriculation écrit sur une carte qu'il conservait comme qui dirait «pour les mauvais jours». Olive et Farley, eux, ne remarquèrent pas le vieux SDF qui les regardait quand ils pénétrèrent dans le magasin. Pas plus qu'ils ne le virent y entrer à son tour et s'approcher d'un type avec un badge «Manager» accroché à sa chemise.

Le SDF marmonna quelque chose à l'oreille du manager, qui ne lâcha pas des yeux Olive et Farley tout le temps qu'ils restèrent à faire les rayons. Farley une fois ressorti du magasin, le manager le surveilla encore jusqu'à ce qu'il soit sûr qu'il ne reviendrait pas. Alors il réintégra le magasin et se concentra sur Olive à la caisse.

« Super, se disait celle-ci. Ça marche super-bien. »

Le gamin prit les quatre billets de 20 et commença à encaisser. Mais c'est là que tout arriva.

– Permettez que je voie ces billets.

C'était au gamin que s'adressait le manager, pas à Olive. Elle ne l'avait pas remarqué debout derrière lui, mais elle vit ses yeux aller de gauche à droite et de droite à gauche, et là, que Farley lui ait dit que les employés seraient trop cons pour vérifier les lisérés et les filigranes ou pas, sans parler du reste de ses âneries à la Farley Ramsdale, elle s'en moqua ! Elle savait exactement quoi faire et le fit parfaitement et sans attendre.

Trois minutes plus tard, Farley la rattrapait alors qu'elle traversait la rue au feu rouge et fut frappé de stupeur en constatant à quelle vitesse elle se déplaçait malgré son état. Deux ou trois minutes plus tard, Trombone Teddy, lui, entrait dans le magasin RadioShack, le manager lui disant aussitôt que oui, Olive et Farley étaient bien des escrocs qui avaient essayé de lui fourguer de faux billets de 20. Sur quoi le manager sortit quelques dollars de sa poche et les lui tendit en guise de pourboire. Tout bien considéré, Teddy se dit alors que la journée commençait sous de bons auspices. Et ajouta qu'il aimerait bien se taper plus souvent dans ces deux camés.

4

En se demandant pourquoi diable elle s'était portée volontaire pour leur lire son essai à haute voix alors qu'aucun d'eux ne savait comment elle gagnait sa vie, Andi McCrea décida de s'asseoir sur le coin du bureau comme si les critiques ne lui faisaient rien et qu'elle n'avait pas peur du Pr Anglund, qui n'arrêtait pas de parler des violations supposées des droits civiques par les agents de la force publique.

Avec son quarante-cinquième anniversaire en vue et l'oral de son examen de lieutenant qui approchait, il lui paraissait important de déclarer au conseil des promotions qu'elle avait enfin passé sa maîtrise et qu'elle serait même inscrite au tableau d'honneur du doyen à moins qu'Anglund ne la torpille. Elle espérait convaincre le conseil que réussir ainsi en fac à son âge – après vingt-quatre ans de patrouille et de travail d'inspectrice – prouvait clairement qu'elle était on ne peut plus qualifiée pour décrocher le titre de lieutenant. Enfin… quelque chose comme ça.

Et donc pourquoi n'avait-elle pas gentiment refusé lorsque Anglund lui avait demandé de lire son essai devant tout le monde ? Et pourquoi maintenant encore, alors que le semestre s'achevait et que sa vie d'étudiante touchait à sa fin, avait-elle décidé d'écrire quelque chose qui, elle le savait, allait provoquer ce professeur et révéler à tous qu'elle, la dame entre deux âges assez vieille pour être leur maman, était flic au LAPD ? Réponse honnête autant qu'incontournable : Andi en avait marre de lécher des culs dans cette institution de l'enseignement supérieur.

Elle n'avait pas été d'accord avec grand-chose de ce que ce professeur et d'autres du même acabit lui avaient enseigné pendant toutes ces années qu'elle avait passées à se battre et à jongler avec sa vie de mère et son boulot de flic pour décrocher ce diplôme qu'elle aurait dû avoir vingt ans plus tôt. Maintenant que tout cela était presque fini, elle avait honte de n'avoir rien dit, de s'être félicitée de tous ses A et A+, d'avoir fait semblant d'être d'accord avec toutes ces merdes qu'on débitait dans cette citadelle d'un politiquement correct qui lui donnait souvent envie de vomir. De l'amour-propre, voilà ce qu'elle voulait retrouver au bout de son parcours universitaire.

Pour ce faire, elle avait enfilé le blazer bleu à 200 dollars qu'elle s'était acheté à Banana Republic plutôt que celui à 60 qu'elle avait acquis au Gap. Sous ce blazer elle portait une chemise Oxford du même bleu, elle aussi de chez Banana Republic, et rien de clinquant, juste deux minuscules pieux en diamant. Des chaussures noires à talons plats complétaient l'ensemble, et avec les mèches qu'elle s'était fait éclaircir jusque sur la nuque le jeudi précédent elle se disait qu'elle aurait fière allure pour ce dernier spectacle. Jusqu'au moment où elle avait reçu l'appel la veille au soir... concernant le bain de sang de Cherokee Avenue qui l'avait éjectée de son lit et lui avait à peine laissé le temps de rentrer chez elle en courant, de se doucher, de se changer et d'arriver à l'heure pour ce qui allait se terminer par une débâcle, elle en avait peur. Elle était crevée, avait un peu mal au cœur d'avoir bu trop de café et avait dû s'appliquer des tonnes de maquillage sous les yeux pour faire semblant d'avoir l'air vif qu'arboraient naturellement ses camarades.

– Mon essai s'intitule « Ce qui ne va pas dans la police de Los Angeles », lança-t-elle en regardant les visages de ces vingt-trois étudiants bien trop jeunes pour avoir connu Gumby[1] et dont quatorze étaient du même sexe qu'elle pour seulement quatre de la même couleur. Ce à quoi il fallait s'attendre dans une fac qui s'enorgueillissait de sa politique de « diversité

1. Personnage de dessin animé dont l'origine remonte aux années 1950 *(NdT).*

culturelle» et ne comptait que dix pour cent d'étudiants blancs et non latinos. Souvent elle aurait voulu s'écrier: «Où elle est, votre putain de diversité pour moi? Parce que c'est moi qui fais partie de la minorité.» Mais elle n'en avait jamais rien fait.

Elle s'étonnait que le Pr Anglund soit resté assis juste derrière elle plutôt que de s'être installé dans un endroit d'où il aurait pu voir son visage. Pour elle, il était trop vieux pour s'intéresser à son cul. Ou alors... les hommes n'étaient-ils donc jamais assez vieux pour ça?

Elle commença à lire à haute voix:

– En décembre 1997, l'officier du LAPD David Mack a volé 722 000 dollars dans un braquage de banque pile deux mois avant que quatre kilos de cocaïne ne disparaissent des Scellés après avoir été dérobés par un ami du même David Mack, l'officier de police Rafael Perez de la division de Rampart.

«L'arrestation de Rafael Perez a déclenché le scandale dit "de la division Rampart", scandale qui, après un premier procès, a vu Perez manigancer un plaider coupable avec le district attorney afin d'en éviter un second, et a impliqué plusieurs flics suite à des accusations de fausses arrestations, de parjure, tirs délictueux et violences à l'encontre de suspects, accusations qu'il avait apparemment inventées afin d'améliorer ses chances de succès.

«L'incident le plus énorme, et celui-là, il ne l'a certainement pas inventé, concerne l'officier Perez lui-même et son coéquipier, l'officier Nino Durden, qui en 1996 tirèrent tous les deux par erreur sur un jeune Latino du nom de Javier Ovando, le condamnant ainsi à passer le restant de ses jours en fauteuil roulant, et témoignèrent ensuite qu'il les avait menacés avec une carabine qu'ils avaient eux-mêmes déposée près de son corps afin de couvrir leurs arrières. Ovando dut faire deux ans de prison avant d'être relâché après les aveux de Perez.

Elle leva la tête et lança avec aplomb:

– Mack, Perez et Durden sont noirs. Mais pour comprendre ce qu'il advint de tout cela, il faut commencer par analyser l'affaire Rodney King qui eut lieu cinq ans plus tôt. Bizarre, elle vit un sergent blanc tirer sur M. King avec un Taser après une longue poursuite en voiture et organiser la raclée infligée à cet ancien détenu afro-américain pété à la drogue. Ce sergent semblait décidé à exiger de King qu'il crie « Pitié ! », alors que la douzaine de flics présents autour de lui aurait dû bloquer ce voyou alcoolisé, lui passer les menottes et basta.

Elle adressa un deuxième coup d'œil appuyé à son public et poursuivit en ces termes :

– D'après des interrogatoires récents, c'est ce qui déclencha les émeutes, les trois quarts des émeutiers n'ayant jamais entendu parler de Rodney King, mais y voyant une bonne occasion de passer à l'acte et de se mettre à piller. Suite à ces émeutes, une commission dirigée par Warren Christopher, qui devait plus tard devenir secrétaire d'État sous la présidence de Bill Clinton, débarqua à Los Angeles, commission qui statua très vite et sans beaucoup de preuves que le LAPD comptait dans ses rangs un nombre significatif d'officiers trop agressifs, voire carrément violents, auxquels on devait tenir la bride. Le chef de police blanc du LAPD, qui, comme plusieurs autres avant lui, bénéficiait de la protection à laquelle a droit un fonctionnaire, ne tarda pas à prendre sa retraite.

« Ainsi le LAPD fut-il placé sous le commandement d'un, et plus tard, de deux chefs de police afro-américains. Le premier, un étranger qui venait de la police de Philadelphie, devint le premier chef de police du LAPD à se mettre, et ce sans la protection accordée aux fonctionnaires, au service du maire et du conseil municipal, renouant ainsi avec l'époque où des politiciens véreux dirigeaient la police. Son contrat fut vite rompu par des édiles que ne satisfaisaient ni son travail ni des petits voyages à Las Vegas largement commentés dans la presse.

« Le deuxième chef de police noir – il avait passé toute sa vie d'adulte dans les rangs du LAPD – était encore en poste lorsque éclata le scandale de la division Rampart, ce qui rendit la carte raciale encore plus difficile à jouer par quiconque. Ce chef de police, qui s'occupait des détails et semblait aussi obsessionnel sur le contrôle qu'il était léger pour le moral des troupes, devint rapidement l'ennemi du syndicat. Des flics qui avaient lu *Harry Potter* en vinrent même à le traiter de "Lord Voldemort".

« David Mack, Rafael Perez et Nino Durden allèrent en prison, où Mack déclara appartenir au gang des Piru Bloods. Ce qui pourrait nous inciter à nous demander : avons-nous affaire à des flics qui devinrent des membres de gangs ou à des membres de gangs qui devinrent flics ?

Elle scruta les visages, mais n'y découvrit rien. Elle baissa de nouveau la tête et poursuivit sa lecture :

– En 2002, ce deuxième chef de police noir qui servait la mairie n'avait plu ni aux hommes politiques, ni aux flics, ni aux médias locaux. Il prit sa retraite, mais fut plus tard élu au conseil municipal. L'homme qui le remplaça était lui aussi un étranger venu de l'autre bout du pays, un Blanc cette fois, qui avait été chef de police à New York. En plus de tous ces chefs qui changeaient, la police de Los Angeles finit par opérer sous le décret dit du « consentement civique[1] », accord passé entre la ville de Los Angeles et le ministère de la Justice des États-Unis et obligeant le LAPD à accepter la supervision d'inspecteurs agréés par le ministère fédéral pour une période de cinq ans, période qui, pour des questions d'ordre purement technique, vient d'être prolongée de trois ans par un juge fédéral.

« Et c'est ainsi que la pauvre piétaille d'un LAPD jadis si fier, d'un LAPD qui se plaint d'avoir injustement perdu sa réputation de force de police la plus compétente, la moins corrompue et certainement la plus célèbre de tout le pays, se retrouve à devoir supporter l'humiliation de travailler sous la surveillance de gens qui ne sont pas de Los Angeles. Dûment mandaté, n'importe quel inspecteur a en effet le droit d'entrer dans n'importe quel commissariat et, figurativement parlant, d'en piller les tiroirs, d'y retourner les poches de tout le monde, de menacer des carrières et, pour résumer, de tellement faire peur aux flics qu'ils n'osent plus effectuer le travail de policier qui avait toujours été la fierté du LAPD dans ses heures de

1. *Federal Consent Decree* : accord passé entre le ministère de la Justice et le LAPD après le scandale de la division Rampart, obligeant le LAPD à obéir à des procédures très précises en matière d'interpellation, d'arrestation et de détention des suspects *(NdT)*.

gloire, avant l'affaire Rodney King et le scandale de la division Rampart.

« Et, bien sûr, il y a cette nouvelle commission de la police, dont le chef, un ancien patron de la Ligue urbaine de Los Angeles, a déclaré au *Los Angeles Times* avant de prendre ses fonctions, je cite : “Le LAPD a une culture institutionnelle de longue date, aux termes de laquelle certains officiers de police se croient tacitement autorisés par leur hiérarchie à brutaliser, voire tuer des Afro-Américains, jeunes et vieux.” Cette calomnie sans fondement et grossièrement raciste semble avoir l'aval de notre nouveau maire latino, qui l'a nommé en prétendant vouloir de l'harmonie dans le grand chaudron des ethnies où la police doit faire son travail.

Elle observa encore une fois les regards vides qu'on lui jetait avant d'assener sa dernière remarque :

– En fin de compte, toutes ces surveillances à tiroirs – elles ont pour origine les crimes de quelques flics, sont encouragées par des politiciens cyniques et des reportages partiaux alimentés par un politiquement correct devenu fou et coûtent des millions de dollars chaque année – font qu'enfin on peut répondre à la question jadis posée par le poète latin Juvénal au premier siècle de l'ère chrétienne. Lui aussi s'inquiétait des violations du droit par les forces de l'ordre et demandait : « Mais qui gardera donc nos gardes ? » Sachez donc qu'au LAPD plus de neuf mille officiers de police ont enfin la réponse : tout le monde.

Sur quoi elle se tourna vers Anglund, qui regardait des copies posées sur ses genoux comme s'il n'avait pas entendu un mot de ce qu'elle disait.

– Des questions ? lança-t-elle à la classe.

Pendant un long moment personne ne répondit, puis une des Asiatiques, une petite femme qui devait avoir l'âge de son fils, lui demanda :

– Vous seriez pas flic, des fois ?

– Oui, je suis flic, répondit-elle. Je travaille au LAPD, et ce, depuis que j'avais votre âge. D'autres questions ?

Des étudiants regardèrent la pendule, puis le prof, puis Andi. Pour finir, ce fut Anglund qui parla :

– Merci, madame McCrea. Merci, mesdames et messieurs, pour votre diligence et votre attention. Et maintenant que le semestre de printemps touche à sa fin officielle, pourquoi ne foutriez-vous pas le camp d'ici ?

Cela suscita quelques sourires, rires gras et applaudissements. Andi était sur le point de partir elle aussi lorsque Anglund ajouta :

– Un instant, madame McCrea, vous voulez bien ?

Il attendit que les autres étudiants aient filé, puis il se leva et resta debout, les mains dans les poches de son pantalon de velours, sa chemise en coton tellement fripée qu'Andi songea qu'il devrait ou bien l'envoyer au repassage ou payer une planche à repasser à sa femme. Il avait des cheveux épars et on lui voyait le crâne… parsemé de pellicules. Soixante-dix ans au bas mot.

– Pourquoi nous avez-vous caché votre deuxième vie jusqu'à la fin ? demanda-t-il.

– Je ne sais pas, répondit-elle. Peut-être parce que je n'aime enfiler ma tenue de Batman que lorsque la nuit tombe enfin sur Gotham City.

– Depuis combien de temps suivez-vous des cours ?

– Huit ans, par intervalles.

– Et vous avez tenu votre occupation secrète pendant tout ce temps ?

– Ouais. Je suis une petite cachottière.

– Et d'un, madame McCrea… ou faut-il dire « officier McCrea » ?

– Inspectrice.

– Et d'un, votre essai contient des opinions et des affirmations que vous ne pourriez peut-être pas étayer, sans parler de quelques remarques partiales qui vous sont propres, mais non, je ne pense pas que vous soyez un flic raciste.

– Merci quand même. C'est super-blanc à vous, ça, si je puis me permettre cette phrase.

Et de se dire : « Terminé le tableau d'honneur du doyen. » Elle aurait même de la chance de lui arracher un C+.

– Je m'excuse, dit-il en souriant. C'était très condescendant de ma part.

– Je les ai barbés à mort.

– Le fait est que les droits civiques, ils s'en tapent, tout comme ils se foutent des brutalités policières et du maintien de l'ordre en général, dit-il. Plus de la moitié des étudiants d'aujourd'hui sont incapables de même seulement comprendre les positions défendues dans les éditos des journaux. Ils ne se soucient que de leurs iPod, portables et autres fantasmes en celluloïd. En dehors des cours, l'essentiel de cette génération d'étudiants ne lit que des revues et quelques bandes dessinées, et ne s'intéresse, et encore, à rien de plus passionnant que le téléchargement de vidéos. Alors oui, je pense que vous n'avez pas réussi à les provoquer comme il est manifeste que vous le souhaitiez.

– Faut croire que mon fils n'est pas très différent d'eux pour finir, dit-elle en voyant son C+ se transformer en C–.

– Il est en fac ?

– Non, il est soldat, répondit-elle. Il a insisté pour s'engager parce que deux de ses amis l'avaient fait.

Anglund l'examina quelques secondes et demanda :

– Irak ?

– Afghanistan.

– Malgré les failles de votre thèse, j'ai été impressionné par la passion que vous y avez mise. Vous faites partie de quelque chose qui vous dépasse et vous souffrez vraiment que des gens extérieurs et même pas en tenue viennent faire du mal à ce que vous aimez. Je ne vois plus beaucoup de cette passion chez mes étudiants aujourd'hui. C'est dommage que vous ne nous ayez pas révélé votre autre existence plus tôt.

Maintenant elle était perplexe, fatiguée et perplexe, et sa nausée augmentait.

– Je ne l'aurais pas fait aujourd'hui, monsieur le professeur, si l'anniversaire de mes quarante-cinq ans ne m'attendait pas dans quinze jours, même que le cap de la cinquantaine est tellement réel que j'ai l'impression de vivre avec une grande sœur qui a envie d'enfiler des cuissardes et une minijupe, et de danser le funky chicken. Il n'y a rien de fou que je ne ferais pas ces jours-ci. Et, hier soir, j'ai été appelée sur les lieux d'un meurtre-suicide à la O. J. Simpson et je suis épuisée. Mais je ne suis pas aussi fatiguée ou stressée que les deux jeunes flics qui ont dû se vautrer dans ce bain de sang pour faire un travail que personne ne devrait jamais avoir à faire. Et quand tout a été fini, l'un d'eux m'a ramenée au commissariat d'Hollywood et m'a demandé si j'avais de la crème hydratante. Il surfe tellement qu'il se demandait si son cou et ses paupières ne ressemblaient pas à ceux d'une tortue des Galapagos. Ce que j'ai eu envie de le prendre dans mes bras !

C'est alors que l'émotion dans sa voix l'obligeant à marquer une pause, elle dit enfin :

– Je m'excuse. Je dégoise. Il faut que je dorme un peu. Au revoir, monsieur le professeur.

Elle rassemblait son sac et ses livres lorsqu'il prit le registre de la classe, l'ouvrit et lui indiqua son nom – avec la note qu'il avait donnée à son exposé alors qu'il était assis derrière elle et qu'elle croyait qu'il ne l'écoutait pas. A+.

– Au revoir, inspecteur McCrea, dit-il. Faites attention à vous dans Gotham City.

Andi McCrea rentrait à la division d'Hollywood (elle ne s'habituerait jamais à l'appeler le « secteur d'Hollywood » comme on était censé le faire depuis quelque temps, et les trois quarts des flics étaient dans son cas) afin de s'assurer que tous les procès-verbaux sur l'affaire du meurtre-suicide de la veille au soir étaient complets. Elle était inspectrice de classe 2 dans l'une des trois équipes des Homicides, mais on manquait tellement de personnel au commissariat d'Hollywood qu'elle n'avait ce jour-là personne pour l'aider à travailler les rapports sur ses affaires en cours, pas même celle qui s'était résolue toute seule, le meurtre-suicide de la veille au soir.

Elle décida de faire envoyer un bouquet de fleurs par FTD[1] au Pr Anglund pour le remercier de lui avoir donné le A+ qui lui garantissait d'être portée au tableau d'honneur du doyen. Tout compte fait, le vieux socialiste n'était pas si mauvais que ça, se dit-elle en gribouillant le mot « fleurs » dans son carnet après être

1. Équivalent américain d'Interflora *(NdT)*.

entrée dans le parking sud du commissariat au volant de sa Volvo.

Les emplacements faisaient plus ou moins l'affaire pour l'instant, vu le nombre de véhicules de patrouille, d'inspecteurs en civil et de voitures particulières qui s'y garaient. Qu'on recrute tous les gens nécessaires et il faudrait construire un véritable parking, mais elle savait qu'il y avait peu de chances pour qu'on recrute tous les gens dont avait besoin le LAPD pour être au maximum de sa force. Et d'ailleurs, quand donc la mairie filerait-elle le fric pour un parking alors que dans toute la ville les flics de patrouille se plaignaient de ne même pas avoir des appareils photo numériques et des piles pour les viseurs de carabines et de fusils à lunette, voire seulement pour leurs lampes torches ? Il semblait ne jamais y avoir de pieds-de-biche, de crochets ou de béliers quand le moment était venu de défoncer une porte. Il semblait ne jamais rien y avoir quand on en avait besoin.

Andi McCrea était épuisée, et pas seulement parce qu'elle n'avait pas dormi depuis la veille au matin. À la division d'Hollywood la charge de travail aurait exigé cinquante inspecteurs, mais il n'y en avait que la moitié pour faire le boulot, ou essayer, et depuis peu c'était dans sa tête qu'elle n'en pouvait plus. Elle se traîna jusqu'à la porte de derrière, fut incapable de trouver son porte-clés dans le fouillis de son sac, renonça et gagna la porte d'entrée, dans Wilcox Avenue.

Le bâtiment proprement dit se réduisait à la boîte à chaussures municipale type, avec pour seul agrément une façade en brique, le tout étant déjà obsolète à la fin de sa construction. Quatre cents personnes s'y entassaient comme dans un terrier à lapins rempli de petits espaces. Jusqu'à une salle d'interrogatoire dont il fallait se servir pour ranger des trucs.

Habitude oblige, elle évita de marcher sur les étoiles encastrées dans le trottoir devant l'entrée du commissariat. Il n'y avait rien de semblable devant les autres commissariats d'Hollywood et elles ressemblaient à celles du Walk of Fame, à ceci près que les noms gravés dans le marbre n'étaient pas ceux de vedettes de cinéma. Il y avait là sept noms, tous de policiers du commissariat tués dans l'exercice de leurs fonctions. On y trouvait notamment ceux de Robert J. Coté, abattu par un voleur, de Russell L. Kuster, mitraillé dans un restaurant hongrois par un client fou, de Charles D. Heim, tué pendant une arrestation liée à une affaire de drogue, et de Ian J. Campbell, enlevé par des voleurs et assassiné dans un champ d'oignons.

Sur la plaque murale on pouvait lire : « À tous ceux qui n'ont pas bronché quand il y avait danger. »

Le commissariat d'Hollywood se distinguait aussi de tous les autres du LAPD par ce qu'on découvrait sur ses murs. S'y trouvaient en effet des affiches de film accrochées dans divers endroits, certaines, pas toutes, de films policiers basés à Los Angeles. Un commissariat décoré d'affiches de cinéma laisse clairement entendre aux gens où ils sont.

Dans le couloir qui conduisait à la salle des inspecteurs, Andi fut dépassée par deux jeunes flics de la patrouille qui sortaient. Bien que plusieurs policiers plus âgés y aient été affectés, les officiers de la division d'Hollywood tendaient à être jeunes, comme si les autorités du centre-ville prenaient Hollywood pour un terrain d'exercice – ce que peut-être ils faisaient.

La petite Nippo-Américaine qu'elle connaissait sous le nom de Mag Quelque-Chose lui dit bonjour.

Le grand Noir dont elle ne se rappelait plus le nom fut plus collet monté et lui lança :

– Bon après-midi, inspecteur !

Le sergent des Mœurs avait demandé aux flics de la 6-X-66 de se pointer dans certaines boutiques pornos pour s'assurer qu'il n'y avait pas atteinte aux bonnes mœurs dans les salles de projection vidéo. Deux flics du commissariat d'Hollywood en tenue y passant sans s'annoncer aidaient beaucoup à convaincre la vermine de faire le ménage, leur avait-il dit. Mag Takara, âgée de vingt-six ans – elle était tout à la fois athlétique et la plus petite du commissariat –, avait pour coéquipier Benny Brewster, âgé de vingt-cinq ans – il était, lui, originaire du sud-est de L. A. et comptait parmi les individus les plus grands du commissariat.

Un matin du mois précédent, l'Oracle avait repéré un groupe de flics qui s'étaient rassemblés dans le parking après l'appel et se marraient à en avoir des convulsions parce que, après avoir rangé son sac de guerre super-chargé dans le coffre, Mag Takara n'arrivait pas à refermer le capot, qui bâillait tout là-haut et qu'elle ne pouvait atteindre.

Le paquetage de Mag était à roulettes et bourré d'équipement, en plus de son casque. Elle portait aussi un Taser, une bombe de gaz au poivre de rechange, un fusil à balles en caoutchouc, un « pod » (ou terminal léger embarqué), sa veste, un plein sac de PV, une lampe torche, une matraque à poignée latérale et une autre rétractable en acier, et le fusil on-ne-rigole-pas chargé de chevrotines double zéro qu'elle prévoyait de boucler dans le coffre de l'habitacle. Elle était si petite qu'elle dut gagner la vitre arrière de la voiture de patrouille et pousser sur toute la longueur du capot avec les mains jusqu'à ce que ce dernier se ferme en claquant.

L'Oracle l'avait regardée un moment et entendu le plus grande gueule des flics lancer aux autres des vannes du style :

– C'est pas l'pompon nippon, ça ? Le p'tit pompon nippon ?

Alors l'Oracle lui avait assené :

– Hé, Bonelli ! Ses arrière-grands-parents tenaient un hôtel dans la 1re Rue de Little Tokyo quand les tiens bouffaient encore de l'ail à Palerme. Alors tu nous épargnes tes blagues ethniques, d'accord ?

– Je m'excuse, sergent, avait répondu Bonelli.

Mais pendant que les flics regagnaient tous leurs voitures de patrouille, l'Oracle s'était dit : « Faut que j'équilibre ça », et avait ordonné à Benny Brewster de faire équipe avec elle pendant la rotation pour voir comment ils s'entendraient. Et pour l'instant ça marchait, sauf que Benny Brewster avait des problèmes culturels avec les magasins X où il y avait du porno gay.

– Ces tapettes me donnent envie de gerber, avait-il déclaré à Mag. Les gangs de Compton leur flingueraient le cul s'ils voyaient les trucs qu'on voit partout à Hollywood, lui avait-il expliqué.

Mais Mag lui avait répondu qu'elle s'en foutait complètement que les films de cul soient gay ou hétéros parce que tout ça, c'était répugnant. Un de ses anciens petits copains flics avait essayé de l'inspirer deux ou trois fois en lui passant du porno dans son appartement après le dîner, mais elle avait eu l'impression que le deuxième acte de toutes ces histoires se résumait à des jets de foutre dans la figure de la fille, et comment ces trucs-là pouvaient exciter quiconque, ça la dépassait.

Malgré son blocage sur les homos, elle avait l'impression que Benny était un officier dévoué, jamais à la ramener avec son badge, jamais à user de sa force quand ce n'était pas nécessaire (gay ou hétéro), bref, elle ne se plaignait pas. Elle trouvait même très réconfortant de l'avoir derrière elle, à foutre les jetons à certains de ces cafards qui aimaient bien défier les flics de petite taille, surtout quand c'étaient des femmes.

Ils tombèrent sur M. Tête de Patate dans la première boutique porno où ils débarquèrent. Située dans Western Avenue et plus crasseuse que la plupart de celles qui comportent quelques salles de peep-show où les mecs peuvent se branler en regardant des vidéos avec la porte fermée à clé, celle-ci était équipée d'un théâtre de fortune, à savoir une pièce plus grande avec trois rangées de chaises en plastique en guise de fauteuils, un grand écran et un projecteur de qualité accroché au plafond.

Fermé par de lourdes tentures noires, ce théâtre n'était éclairé que par ce qui passait sur l'écran. La visite occasionnelle de flics en tenue était censée empêcher les clients de se masturber en public, seuls ou à deux, en regardant trois-quatre mecs tringler tout ce qui leur passait devant. Sur des airs de hip-hop avec le viol ou la sodomie pour thème.

Benny descendait une allée en ayant l'air de vouloir en finir au plus vite et Mag commençait à descendre l'autre lorsqu'elle l'entendit lancer :

– Remontez votre pantalon et suivez-moi !

Le client était tellement occupé à faire ce qu'il faisait qu'il n'avait même pas vu le grand flic noir en tenue avant qu'il ne se trouve à moins d'un mètre de lui. Il y perdit, et à peu près tous les autres types dans la salle avec lui, l'érection qu'il cajolait, Mag se disant néanmoins que ces gus étaient tellement tordus que la présence de la police et le danger que cela représentait devaient les exciter encore plus.

Elle braqua le faisceau de sa lampe sur la chaise pour voir ce qui se passait, mais le type avait remonté son pantalon et bouclé sa ceinture. Benny l'avait déjà pris par le coude et l'emmenait vers le rideau noir sans cesser de dire : « Nom de Dieu de nom de Dieu ! »

Après qu'ils eurent sorti leur client de la salle de projection, Mag lança : « C'est quoi ? Paragraphe 647, alinéa A ? », en se référant à l'article du Code pénal traitant de l'atteinte aux bonnes mœurs.

Benny regarda le type, regarda les élastiques noirs qu'il avait autour des poignets et lui demanda :

– Qu'est-ce que vous fabriquiez là-bas dedans ? En dehors de montrer votre bite... C'est pour quoi faire, ces lanières que vous avez aux poignets ?

La cinquantaine rondouillarde, l'homme était blanc, avait une frange de cheveux foncés, portait des lunettes et affichait une petite moue.

– Je préférerais ne pas vous expliquer tout de suite.

Mais une fois qu'il fut enfermé dans la cellule vitrée du commissariat, on découvrit de quoi il retournait. L'homme fit en effet une démonstration qui poussa Benny à quitter les lieux peu après que le prisonnier eut descendu son pantalon et détaché les lanières élastiques qui, reliées entre elles de manière compliquée, lui entouraient la taille et, lui passant sous les couilles à partir de chaque poignet, finissaient par s'enfiler dans des trous à l'extrémité d'une pomme de terre. Pomme de terre qu'il attrapa par-derrière et s'ôta de la cavité anale avec un grand moulinet de magicien et pas qu'un peu de fierté devant son invention.

Sous les yeux de cinq flics qui passaient devant la paroi vitrée et en restèrent bouche bée, le prisonnier montra qu'en s'asseyant sur une fesse et en tirant sur les lanières attachées à ses poignets, il pouvait très élégamment se sortir à moitié la pomme de terre du trou du cul en levant les bras, puis l'obliger à rentrer dans sa « caverne magique » en s'asseyant complètement dessus. Comme s'il dirigeait un orchestre. Bras levés, patate dehors, on se rassoit. Bras levés, patate dehors, on se rassoit. Etc., etc.

– Même qu'il devait faire ça au rythme de la musique de fond de la vidéo, suggéra Mag.

Le bonhomme ne manquait pas d'ingéniosité, elle devait le reconnaître.

– Je ne touche pas à la pièce à conviction ! s'exclama Benny. C'est hors de question. Même que j'ai envie de quitter cet asile de fous tout de suite. Je veux plus travailler à Follywood !

Elle fut déçue. *Follywood.* Pourquoi fallait-il qu'ils disent tous ça ?

À la fin de son service, Benny trouva devant son casier un paquet-cadeau avec un beau ruban et une carte de visite adressée à l'« officier de police Brewster ». Dans la boîte quelqu'un avait déposé une pomme de terre de l'Idaho toute fraîche, mais dans laquelle on avait planté des yeux et des lèvres en plastique, le tout accompagné d'un mot qui disait : « Fris-moi à la poêle, cuis-moi au four, fais-moi en purée, comme tu voudras. Mais mange-moi, Benny. Bisous. M. Tête de Patate. »

5

Au LAPD il y avait toujours un flic dont on faisait précéder le prénom de la mention «Hollywood», qu'il travaille à la division d'Hollywood ou pas. C'était celui qui montrait, et visiblement, de l'intérêt pour les choses du cinéma qui y avait généralement droit. Qu'il décroche un jour un boulot à la télé ou pour une société cinématographique et l'on pouvait être sûr que quelqu'un commencerait à l'appeler «Hollywood Lou» ou «Hollywood Bill». Ou dans le cas de l'aspirant acteur Nate Weiss – qui pour l'heure n'avait travaillé qu'en qualité de figurant dans quelques émissions de télé –, « Hollywood Nate». Pris par le virus du show-business, «Hollywood Nate» s'était inscrit dans un club de gym et s'entraînait comme un malade. Avec ses yeux marron de séducteur, ses cheveux bruns et ondulés qui commençaient à grisonner aux tempes et son physique ravalé de frais, il pensait pouvoir obtenir un premier rôle masculin.

À trente-cinq ans, Nathan Weiss s'épanouissait un peu tard dans le show-biz. Comme beaucoup d'autres policiers de la patrouille, il avait fait la circulation et la sécurité quand des sociétés cinématographiques filmaient en ville. La paie était excellente pour des flics prêts à travailler en dehors des heures de service, mais pour être facile, le boulot n'était pas aussi excitant qu'on l'espérait. Surtout quand toutes ces actrices super-sexy se contentaient de passer la tête quelques minutes à la porte de leurs caravanes pour caler une scène si le metteur en scène voulait plus qu'une remplaçante pour le faire. Après quoi, elles disparaissaient jusqu'au moment de tourner la scène.

Les trois quarts du temps les flics ne se trouvaient pas à proximité du tournage proprement dit, et même quand ils l'étaient, cela devenait vite ennuyeux. Après les prises de vues essentielles, on faisait deux photos des acteurs principaux – en gros plan et en contrechamp –, les acteurs devant s'y reprendre encore et encore. Les trois quarts des flics s'ennuyaient vite et commençaient à traîner avec les équipes de service qui fournissaient toute la bouffe absolument superbe à laquelle ont droit acteurs et techniciens.

Hollywood Nate, lui, ne s'en lassait jamais. En plus, il y avait toujours des tas de nénettes sexy qui, payées comme des sous-fifres, faisaient du boulot d'esclaves à chaque tournage. Certaines étaient des stagiaires qui, metteurs en scène, actrices, scénaristes et productrices, espéraient devenir de grandes stars un jour. Quand il pouvait faire beaucoup d'heures supplémentaires, Hollywood Nate gagnait plus d'argent que toutes ces esclaves du cinéma. Et contrairement à elles, il n'avait pas à souffrir de la plus grande angoisse dans le show-biz : « C'est quoi, mon prochain boulot ? »

Il adorait faire étalage de sa connaissance du « business » en parlant à une petite bombe, disons une fille au service de l'assistant metteur en scène. Alors il lançait des trucs du genre : « D'habitude, je fais ma ronde dans les environs de Beachwood Canyon. C'est le vieil Hollywood. Des tas de petits du cinéma y habitent. »

C'était même une de ces « petites » du cinéma qui, deux ans plus tôt, lui avait coûté son mariage, son épouse d'alors, Rosie, commençant à avoir des soupçons parce que chaque fois que le téléphone sonnait un coup, il disparaissait un instant. Elle s'était mise à noter les dates et les heures de ces appels et les avait comparées avec les relevés de portable de son époux. Et, bien sûr, Nate rappelait toujours les mêmes deux numéros dès après que le téléphone avait sonné une fois. Il y avait toutes les chances pour que la petite pute ait deux portables ou deux lignes fixes chez elle et oui, ç'aurait été du Nate tout craché que de croire que Rosie se laisserait avoir par deux numéros distincts une fois ses soupçons éveillés.

Rosie Weiss avait patienté jusqu'au jour où, par un froid matin d'hiver, Nate était rentré du boulot à l'aube en lui disant qu'il était complètement crevé après avoir passé sa nuit à courir après un cambrioleur dans Laurel Canyon. Un cambrioleur, ben tiens, s'était dit Rosie. Elle s'était alors livrée à une petite expérience dans la voiture de Nate pendant que celui-ci dormait, après quoi elle avait réussi à vaquer à ses occupations pendant la journée et le soir suivant.

Le lendemain, Nate était allé au boulot et, assis dans la salle d'appel, avait écouté le lieutenant ronronner encore et encore sur le décret du consentement du ministère de la Justice sous lequel devait travailler le LAPD – le lieutenant avait en particulier laissé entendre que les équipes qui patrouillaient dans les quartiers hispaniques de l'East Side devaient rendre des rapports factuels de terrain, ou RFT, sur les non-Hispaniques, même s'il n'y en avait pas dans le coin.

Les flics faisaient leur boulot de flics, ceux qui bossaient dans les secteurs afro-américains et latinos se tapant d'Highland Park à Watts. Les policiers du LAPD inventaient donc des suspects blancs et les inscrivaient dans leurs RFT qui, ne comportant ni noms ni dates de naissance, ne pouvaient être vérifiés par personne. C'était cette abondance d'interrogatoires de Blancs qui arrivait à convaincre les surveillants extérieurs que personne ne se livrait à du profilage racial. Dans une division du centre-ville, on avait ainsi enregistré une augmentation de deux cent quatre-vingt-dix pour cent des arrestations nocturnes de piétons blancs non hispaniques, alors même que personne n'avait jamais vu de Blancs se balader dans ce genre de banlieues en pleine nuit. Avec un pneu crevé, un Blanc aurait préféré rouler sur les jantes plutôt que de prendre le risque de s'arrêter. Les flics disaient que même les voitures de patrouille devaient afficher ce petit avis à la fenêtre : « Le chauffeur ne transporte pas de liquide. »

Ce décret fédéral du consentement n'était qu'une version d'« on ne pose pas de questions et on ne dit rien[1] », soit : on ne

1. Allusion à la politique de l'armée US en matière d'homosexualité *(NdT)*.

vous demandera pas d'où vous sortez tous ces Blancs dans vos RFT si vous ne nous en parlez pas.

Avant que le patron arrive à l'appel, un flic avait lancé tout fort :

– Ces merdes de RFT donnent tellement de boulot qu'à côté de ça le clonage ressemble à de la peinture aux numéros.

Et un autre d'ajouter :

– On devrait tous se faire avocats. Ils se font payer des tonnes de fric pour mentir, même s'ils doivent se mettre sur leur trente et un pour le faire.

Il semblait donc bien qu'au lieu de promouvoir l'intégrité de la police, le ministère de la Justice ait fait le contraire en transformant les flics de la patrouille en super-menteurs qui allaient devoir opérer cinq ans durant sous ce décret du consentement et avaler son extension de trois ans ô combien démoralisante.

Pendant cette séance d'appel des plus pesantes, Hollywood Nate écoutait le grand sermon sur le décret du consentement en somnolant lorsque, surprise, l'Oracle passa la tête à la porte et lança :

– Je m'excuse, lieutenant, mais est-ce que je pourrais vous emprunter Weiss une minute ?

L'Oracle garda le silence jusqu'à ce qu'ils soient enfin seuls sur le palier de l'escalier, puis il se tourna vers Nate.

– Ta femme est en bas et exige de parler au lieutenant. Elle veut qu'on te colle un 128.

Nate fut perplexe.

– Quoi ?! Une plainte ? Rosie ?

– Vous avez des enfants ?

– Non, pas encore. On a décidé d'attendre.

– Tu veux sauver ton couple ?

– Évidemment. C'est mon premier, alors j'en ai encore à foutre. Et son père a du fric. Qu'est-ce qui est arrivé ?

– Alors déballonne-toi et demande pitié. N'essaye pas de la jouer petit futé, ça ne marchera pas.

– Qu'est-ce qui se passe, sergent ?

Hollywood Nate eut tout loisir de le savoir lorsque, en cette lugubre et humide soirée d'hiver, Rosie, l'Oracle et lui arrivèrent dans le parking sud et s'immobilisèrent à côté du 4 × 4 de Nate. Toujours déconcerté, ce dernier en tendit les clés à l'Oracle, qui les passa à Rosie, qui sauta dans l'habitacle, fit démarrer le moteur et mit le dégivreur en route. Puis, au moment où, avant de s'éclaircir, les vitres commençaient à s'embuer, elle redescendit du véhicule et, triomphante, leur montra ce que son enquête lui avait révélé. Là elles étaient, dans la buée du pare-brise, juste devant le siège passager : des empreintes graisseuses laissées par des orteils nus.

– Elle doit chausser du 36, lâcha Rosie.

Sur quoi elle se tourna vers l'Oracle et ajouta :

– Nate a toujours aimé les petits papillons. Je suis beaucoup trop costaude pour lui.

Nate commençait à parler lorsque l'Oracle lui assena : « La ferme, Nate », et dit à Rosie :

– Madame Weiss…

– Rosie. Vous pouvez m'appeler Rosie, sergent.

– Rosie… Il est inutile de mêler le lieutenant à tout ça. Je suis sûr que vous et Nate…

Elle l'interrompit :

– J'ai appelé l'avocat de mon père aujourd'hui même, pendant que ce fils de pute dormait pour se remettre de son labeur. C'est fini. Complètement fini. Je déménage samedi.

– Rosie, dit l'Oracle, je suis certain que Nate se montrera très fair-play lorsqu'il s'entretiendra avec votre avocat. Votre idée de déposer officiellement plainte pour conduite inconvenante de la part d'un officier de police ne vous aiderait pas. Vous voulez sans doute qu'il travaille et gagne de l'argent plutôt que d'être suspendu, ce qui vous ferait perdre du fric à tous les deux, non ?

Elle regarda l'Oracle et son mari, qui était tout pâle et silencieux, et sourit en voyant des gouttes de sueur se former sur sa lèvre supérieure. Ce trou du cul suait en plein hiver. Cela lui plut.

– Bien, sergent, dit-elle. Mais je ne veux pas que ce connard mette les pieds dans l'appartement avant que j'aie déménagé.

– Il dormira dans la pièce aux couchettes du commissariat, lui répondit l'Oracle. Et je vais donner ordre à un officier de prendre rendez-vous avec vous pour recueillir ce dont Nate aura besoin jusqu'à ce que vous ayez quitté l'appartement.

Lorsqu'elle les laissa dans le parking ce soir-là, Rosie Weiss avait encore un renseignement à donner à l'Oracle :

– De toute façon, vu qu'il s'est fait tous ces muscles au gymnase, les seules fois où il arrive à avoir une érection, c'est quand il se regarde dans la glace.

Après son départ, Nate parla enfin :

– Un flic ne devrait jamais épouser une Juive, dit-il. C'est une vraie terroriste, vous pouvez me croire. Je suis en code rouge dès que le réveil sonne.

– Elle a un bon instinct d'enquêtrice, lui renvoya l'Oracle. Ça ne ferait pas de mal qu'elle travaille dans la police.

Maintenant que son ex avait épousé un pédiatre et n'avait plus droit à une pension alimentaire, Nate Weiss était un membre satisfait du service de nuit et exécutait autant d'heures supplémentaires à la télé que possible, en espérant une aubaine qui pourrait le faire entrer à la Screen Actors Guild[1]. Il en avait sa claque de répéter : « Non, je n'ai pas la carte de la SAG... »

Hollywood Nate espérait en effet que l'année 2006 serait celle de sa percée, mais avec l'été qui arrivait, il n'en était plus aussi sûr. Son rêve éveillé prit fin lorsque son nouveau coéquipier lui serra la main avec une vigueur qui faisait mal. Wesley Drubb de son nom, celui-ci avait vingt-deux ans et était le fils cadet du propriétaire de l'agence immobilière Lawford and Drubb, qui avait d'énormes intérêts à West Hollywood et Century City. Nate fut appelé à faire équipe avec cet ancien noceur qui avait laissé tomber la fac d'USC dans sa dernière année afin de « se trouver » et, au grand désespoir de ses parents, avait décidé de rejoindre le LAPD sur un coup de tête. Il venait juste de terminer ses dix-huit mois d'essai et de se faire transférer de la division de la West Valley à Hollywood.

Nate se dit qu'il aurait intérêt à tirer le meilleur profit de cette occasion. Ce n'était pas tous les jours qu'on faisait équipe avec quelqu'un de riche. Et s'il parvenait à créer une belle amitié

1. Guilde des acteurs de cinéma *(NdT)*.

avec lui et à devenir le grand frère de ce gamin au boulot, voire le persuader de convaincre son vieux, Franklin Drubb, d'investir dans un petit film indépendant qu'il essayait de mettre sur pied avec un autre acteur raté du nom d'Harley Wilkes ?

Les flics appellent souvent leur voiture de patrouille l'« atelier » à cause du numéro d'atelier peint sur les portières avant et sur le toit. Cela de façon à ce que chaque véhicule puisse être facilement identifié par un hélicoptère du LAPD, toujours appelé « aéronef ». Ils s'étaient donc installés dans leur atelier et suivaient les rues que Nate aimait patrouiller quelle que soit la ronde qu'on lui assignait lorsque le gamin qui en voulait tourna la tête à droite et lança :

– Ce mec m'a tout l'air d'un 505.

Il faisait référence à l'article du Code de la santé qui définit la déficience mentale.

Déficient, le mec l'était. Il faisait partie des SDF qui errent sans arrêt le long d'Hollywood Boulevard, entrent dans les innombrables magasins de souvenirs, librairies pornos et boutiques de tatouage, enquiquinent les marchands de journaux au bord du trottoir et refusent de déguerpir tant qu'on ne leur a pas donné la pièce, qu'on ne les a pas flanqués dehors ou appelé la police.

Il était connu des flics sous le nom d'« Al l'Intouchable » parce qu'il se baladait partout, recevait souvent des avertissements, mais n'avait jamais été arrêté. Al avait en effet un passe « je-sors-de-prison-libre » encore meilleur que celui de Trombone Teddy. D'humeur chagrine ce soir-là, il gueulait beaucoup et faisait peur aux touristes, les obligeant à descendre du trottoir plutôt que de passer à côté de lui sur le Walk of Fame.

– C'est Al, répondit Nate. Il est intouchable. Dis-lui simplement de foutre le camp. Il le fera à moins qu'il se sente super-bougon.

Hollywood Nate prit le virage et se gara dans Las Palmas Avenue, Wesley Drubb, qui voulait montrer à son aîné qu'il n'en manquait pas, bondissant de la voiture pour se planter devant Al et lui dire :

– Dégagez ! Allez ! Tout de suite ! Vous troublez l'ordre public !

Al l'Intouchable, qui était saoul et se sentait effectivement très grognon, lui renvoya :

– Va te faire mettre, petit merdeux !

Frappé de stupeur, Wesley Drubb se tourna vers Nate, qui était descendu de voiture et avait posé les coudes sur le toit du véhicule en hochant la tête : il savait ce qui allait se produire.

– Il est pas dans ses bons jours, dit-il. Il est rond comme une bille.

– On n'a pas à supporter ça, lança Wesley.

Sur quoi il se tourna vers Al et précisa :

– Nous n'avons pas à supporter ça !

Oh que si ! Et Al allait lui montrer pourquoi. Dès que Wesley Drubb eut enfilé ses gants en latex et avancé d'un pas pour poser la main sur l'épaule bien osseuse d'Al, celui-ci ferma fort les yeux, grimaça, grogna, s'accroupit un rien et lâcha tout.

L'explosion fut si forte et mouillée que le jeune flic bondit d'un mètre en arrière, l'odeur sulfureuse le prenant aussitôt aux narines.

– Il est en train de chier ! s'exclama-t-il, incrédule. Il est en train de chier dans son froc !

– Je sais pas comment il arrive à faire ça sur commande, fit remarquer Nate. C'est un talent assez rare. C'est comme sa dernière défense contre les forces de la justice et de la vérité.

– Dégueulasse ! s'écria le jeune flic. Il est en train de chier ! C'est dégueulasse !

– Allons, Wesley, lui renvoya Hollywood Nate. Finissons notre boulot et laissons-le finir le sien.

– Infâme petit merdeux ! lança Al l'Intouchable au moment où la voiture de patrouille s'éloignait rapidement.

Pendant qu'Al l'Intouchable finissait son affaire, un vol extraordinaire était en train de se dérouler dans une bijouterie de Normandie Avenue possédée par un entrepreneur thaï, qui avait aussi deux restaurants. Cette semaine-là, le propriétaire de ladite petite bijouterie, où l'on vendait essentiellement des montres, avait promis d'exposer dans sa vitrine des diamants que son neveu, Somchai « Sammy » Tanampai, vingt-neuf ans, projetait de remporter chez lui lorsqu'il fermerait ce soir-là.

Les voleurs, un Arménien du nom de Cosmo Betrossian, et sa copine, Ilya Roskova – masseuse, elle faisait aussi le trottoir à l'occasion –, étaient entrés dans la boutique juste avant la fermeture, un masque sur la figure. Assis par terre dans la réserve, les poignets attachés dans le dos avec du scotch toile, Sammy Tanampai était en larmes : que les voleurs réussissent à avoir ce qu'ils voulaient ou pas, il était persuadé qu'ils le tueraient.

Sammy s'interdit de regarder la lunch-box[1] de son fils couverte de décalcomanies et posée sur une table près de la porte de derrière. Il y avait rangé les diamants sur des petits plateaux d'exposition et dans des sacs en velours qu'il avait empilés à côté d'un emballage rempli de riz, d'œufs et de chair de crabe à moitié mangés.

Il se dit qu'ils en avaient peut-être après les montres, sauf qu'ils n'en touchèrent aucune. Le type, qui avait des sourcils noirs très épais et réunis ensemble, releva en partie son masque pour allumer une cigarette. Sammy découvrit alors qu'il avait des petites dents cassées, une incisive en or et des gencives pâles.

L'homme se porta vers lui toujours assis par terre, lui releva la tête en arrière en lui tirant les cheveux et lui lança : « Où vous cachez diamants ? » avec un fort accent.

Sammy en resta si stupéfait qu'il ne répondit pas jusqu'à ce que la grande blonde aux lèvres boudeuses et d'un rouge criard sous le bas qui lui servait de masque s'approche de lui et se penche en avant pour lui dire avec un accent moins prononcé :

– Vous dites et on vous tue pas.

Sammy se remit à pleurer et sentit l'urine lui mouiller l'entrejambe lorsque l'homme lui pointa le canon de son Raven calibre .25 sur la figure. « C'est avec une arme de quatre sous qu'ils vont m'abattre », se dit-il.

Puis, sans le vouloir, il porta les yeux sur la lunch-box de son fils, et l'homme suivit son regard et s'écria :

– La boîte !

1. Petite boîte en fer dans laquelle les parents des élèves externes mettent la nourriture pour leurs enfants *(NdT)*.

Sammy sanglota lorsque la grande blonde l'ouvrit et y découvrit pour plus de 180 000 dollars de diamants, bagues et pieux au prix de gros.

– Je les ai ! s'écria-t-elle.

L'homme déchira un bout de scotch toile et en entoura la bouche de Sammy.

Comment savaient-ils ? se demanda celui-ci en se préparant à mourir. Qui était au courant pour les diamants ?

La femme attendant près de la porte d'entrée, l'homme sortit un gros objet de la poche de sa veste. En voyant ce que c'était, Sammy pleura encore plus, mais le scotch toile l'empêcha de faire du bruit. Une grenade à main.

La femme revint dans la réserve et pour la première fois Sammy remarqua qu'elle portait des gants en latex. Il se demanda pourquoi il ne l'avait pas vu avant, puis il perdit la tête et sombra dans la terreur en voyant l'homme tenir la goupille et placer la grenade entre ses genoux pendant que la femme entourait ses chevilles de scotch. La goupille lui entrant dans les cuisses, juste au-dessus des genoux, il regarda fixement la grenade.

Son travail achevé, la femme lui lança :

– Vaudrait mieux que t'as jambes fortes. Tu relâches un peu trop et tu perds la goupille. Et meurs.

Sur quoi le type qui maintenait les genoux de Sammy en place tira sur la goupille et la posa par terre à côté de lui.

Alors Sammy beugla, le bruit de ses cris se faisant clairement entendre bien qu'il eût la bouche fermée par le scotch.

– Ta gueule ! cria l'homme. Tu serres les genoux ou t'es homme mort. Si goupille s'envole, t'es homme mort.

La femme, elle, lui expliqua :

– Nous appellerons flics dans dix minutes et ils viendront t'aider. Serre les jambes, mon trésor. Ma mère toujours me dit ça, mais j'écoute pas.

Alors ils partirent, mais n'appelèrent pas la police. Ce fut un plongeur mexicain nommé Pepe Ramirez qui le fit. Il se rendait à son travail dans Thai Town et passait devant la bijouterie de son patron lorsqu'il avait été surpris de voir de la lumière dans la pièce principale, qui aurait dû être fermée. Le patron la bouclait toujours à cette heure de façon à pouvoir rejoindre ses deux restaurants, où l'on se préparait pour le coup de feu du dîner. Pourquoi donc la boutique du patron était-elle encore ouverte? s'était-il demandé.

Il avait garé sa voiture et était entré par la porte de devant pas fermée. Il ne savait pas beaucoup l'anglais, ignorait tout du thaï et n'avait trouvé qu'une chose à lui dire:

– Miiister! Miiister!

N'obtenant aucune réponse, il s'était dirigé prudemment vers la pièce du fond et arrêté en croyant entendre les gémissements d'un chien. Il avait écouté et s'était dit: « Non, c'est un chat. » Ça ne lui plaisait pas, mais alors pas du tout. Puis il avait entendu des coups, toute une série de coups sourds. Il était sorti du magasin en courant et avait appelé le 911 [1] sur son portable tout neuf, le premier qu'il ait jamais eu.

Parce qu'il parlait un anglais pratiquement inintelligible et qu'il avait raccroché pendant que l'opératrice essayait de transférer son appel à quelqu'un qui parlait espagnol, son message ne fut pas compris. D'autres immigrants clandestins lui avaient dit que la police municipale n'était pas la *migra* et qu'elle n'appellerait pas les services de l'immigration à moins qu'il n'ait commis un crime grave, mais il ne se sentait pas à l'aise avec les gens en uniforme et s'était dit qu'il valait mieux ne pas être là quand ils débarqueraient.

À la radio de bord le message était devenu « trouble de nature inconnue », ce qui rend les flics très nerveux. Il y a déjà assez de troubles connus comme ça. D'habitude, ce genre d'appel attire plus d'une seule voiture en renfort. Mag Takara et Brewster captèrent le message, Fausto Gamboa et Budgie Polk étant les premiers à arriver en renfort, bientôt suivis par Nate Weiss et Wesley Drubb.

En entrant dans la boutique Mag sortit son pistolet, alluma sa lampe torche et en suivit le rayon jusqu'à la pièce du fond, avec Benny Brewster juste derrière elle. Ce qu'elle découvrit lui arracha un cri.

1. Équivalent de notre Police-Secours *(NdT)*.

De désespoir, Sammy Tanampai s'était cogné la tête contre le mur en plâtre afin d'attirer l'attention du plongeur. Il avait les jambes engourdies et les larmes ruisselaient sur son visage tandis qu'il essayait de penser à ses enfants et de rester fort. Et de serrer les genoux !

Mag avait fait deux pas en avant et s'approchait du bijoutier lorsque Benny Brewster braqua le faisceau de sa lampe sur la grenade et hurla :

– Attends !

Mag se figea, Fausto et Budgie, qui venaient juste de franchir la porte de devant, l'imitant aussitôt.

Alors seulement Mag la vit clairement et cria :

– Grenade ! Dégagez !

Et personne ne sachant ni ce qui se passait ni que faire, tout le monde dégaina et s'accroupit.

Fausto n'avait pas dégagé et les autres non plus. Il passa devant Benny, plongea dans la pièce du fond et découvrit Mag debout à trois mètres d'un Sammy Tanampai bâillonné et complètement hystérique. Et vit la grenade.

Sammy, qui avait le visage plein de sang à l'endroit où il s'était arraché la bande de scotch sur un clou, essaya de dire quelque chose avec un bout de collant froissé qui lui pendait au coin des lèvres.

– Peux pas, j'peux..., dit-il en s'étouffant.

– Va-t'en ! hurla Fausto à Mag.

Mais le plus petit de tous les flics du commissariat d'Hollywood l'ignora et traversa la pièce sur la pointe des pieds comme si le moindre mouvement allait déclencher l'explosion. Et tendit très prudemment la main vers la grenade.

Fausto bondit en avant après que Sammy eut poussé le hurlement le plus terrifiant et désespéré que Mag eût jamais entendu de sa vie. Le bijoutier n'en pouvant plus, les muscles de ses cuisses lâchèrent. Les doigts de Mag n'étaient qu'à quelques centimètres de la grenade lorsque celle-ci tombant par terre, la goupille vola à travers la pièce.

– Dégagez ! Dégagez ! Dégagez ! hurla Fausto à tous les flics qui se trouvaient dans la boutique, mais déjà Mag s'était emparée de la grenade et la jetait à l'autre bout de la pièce, derrière un meuble classeur.

Dans l'instant, Fausto attrapa Mag Takara par l'arrière de son ceinturon et Sammy Tanampai par son col de chemise et les souleva tous les deux du plancher, se rua en arrière jusqu'à ce que tout le monde ait quitté la réserve et soit repassé dans la grande pièce, où tout un chacun, les six flics et le bijoutier, se tassa par terre et, terrorisé, attendit l'explosion.

Qui ne se produisit pas. La grenade était factice.

Inspecteurs, criminologues, experts en explosifs, chefs de patrouille, jusqu'au capitaine, pas moins de trente-cinq employés du LAPD devaient converger sur la boutique et les rues environnantes ce soir-là. Des témoins furent interrogés et de l'éclairage installé, tout le secteur étant fouillé sur deux rues par des flics travaillant à la lampe torche.

Rien de probant n'étant découvert, un inspecteur des Vols et Homicides qu'on avait appelé chez lui interrogea Sammy Tanampai aux urgences de l'Hollywood Presbyterian Hospital. La victime lui raconta que le voleur avait fumé brièvement une cigarette, mais aucune n'avait été retrouvée par les inspecteurs arrivés sur les lieux.

Sammy s'endormait déjà sous l'action de la piqûre qu'on lui avait administrée lorsqu'il ajouta quand même :

– Je ne vois pas comment ils ont pu savoir pour les diamants. Ils sont arrivés à 10 heures ce matin et nous allions les montrer demain à un client de San Francisco qui nous avait demandé certains types de pièces.

– De quel genre de client s'agit-il ? s'enquit l'inspecteur.

– Ça fait des années que mon oncle traite avec lui. Il est très riche. Ce n'est pas un voleur.

– Parlez-moi un peu de la blonde que vous prenez pour une Russe.

– Je crois qu'ils l'étaient tous les deux, dit Sammy. Il y a des tas de Russes à Hollywood.

– Oui, mais cette femme-là… Était-elle séduisante ?

– Peut-être. Je ne sais pas.

– Quelque chose qui sortirait de l'ordinaire ?

– Gros seins, répondit Sammy en ouvrant et refermant sa mâchoire qui lui faisait mal et touchant les chairs tuméfiées autour de sa bouche.

Et déjà ses paupières s'alourdissaient.

– Êtes-vous jamais allé dans un des night-clubs du coin ? lui demanda l'inspecteur. Plusieurs d'entre eux sont dirigés et possédés par des Russes.

– Non. Je suis marié. J'ai deux enfants.

– Quelque chose d'autre dont vous vous souviendriez sur l'un ou sur l'autre ?

– Elle a plaisanté en me disant de serrer les jambes. Elle m'a dit qu'elle, elle ne le faisait jamais. Moi, je pensais à mes enfants et me disais que je ne les reverrais plus jamais. Et elle, elle a dit ça en rigolant. J'espère que vous pourrez les abattre tous les deux, dit Sam, les yeux à nouveau pleins de larmes.

Tous les flics qui s'étaient retrouvés dans la bijouterie furent interrogés au commissariat, Hollywood Nate confiant à son jeune coéquipier :

– Tu parles d'un gag, non ? La prochaine fois que je bosse sur un spectacle, j'en parle à l'accessoiriste. Une grenade factice ! Y a qu'à Hollywood…

Depuis plusieurs heures, Wesley Drubb se tenait très tranquille après le traumatisme qu'il avait subi à la bijouterie. Il avait répondu du mieux qu'il avait pu aux questions de l'inspecteur, mais de fait il n'y avait pas grand-chose à dire.

– Ça, la plaisanterie, c'est nous qui l'avons payée, dit-il à Nate.

Ce qu'il avait voulu dire ? « J'aurais pu mourir ce soir. J'aurais pu… être… tué ! » Si la grenade avait été vraie.

Il était très bizarre, très, très étrange d'envisager sa propre mort violente. Il ne lui était encore jamais arrivé de le faire. Il aurait voulu en parler à quelqu'un, mais il n'y avait personne. Il ne pouvait pas en parler à son coéquipier plus âgé, Nate Weiss. Comment expliquer à un vieux de la vieille comme Nate que c'était pour ça qu'il avait lâché une fac d'USC où il faisait partie de l'équipe de voile et sortait avec une des song girls[1] les plus sexy et les plus célèbres du campus ? Il avait lâché ses études à cause d'une des émotions inexplicables qu'il avait éprouvées après son vingt et unième anniversaire.

Ce jour-là, il en avait eu marre de la vie en fac, marre d'être le fils de Franklin Drubb, marre de vivre dans Fraternity Row, marre de réintégrer la grande maison de ses parents à Pacific Palisades pendant les vacances. Il avait l'impression d'être en prison et voulait s'évader. Et pas de doute, le LAPD représentait l'évasion. Il avait fait ses dix-huit mois d'essai et il était là, tout jeune officier de police à la division d'Hollywood.

Wesley Drubb avait cru que ce serait comme de s'engager dans l'armée pour deux ou trois ans, mais sans avoir à quitter Los Angeles. Ç'aurait été comme une espèce de combat dont il aurait pu parler à ses parents et à ses amis bien des années plus tard, au moment où, inévitablement, il serait devenu courtier à la Lawford and Drubb. À leurs yeux, voilà : il serait alors une espèce d'ancien combattant.

Oui, et tout avait marché comme sur des roulettes. Jusqu'à ce soir. Jusqu'au moment où la grenade était tombée par terre, jusqu'au moment où il l'avait fixée des yeux, jusqu'au moment où la toute petite Mag Takara l'avait ramassée tandis que Fausto Gamboa leur rugissait dans les oreilles. Parce que ce n'était quand même pas du boulot de flic, ça, si ? On ne leur avait jamais parlé de ce genre de trucs à l'Académie de police. Quoi, un type avec une grenade à main entre les genoux ?

Il se rappela l'exposé que leur avait fait un expert du déminage sur l'horrible incident de 1986, au cours duquel deux officiers du LAPD avaient été appelés à Hollywood-Nord pour désarmer un engin explosif. Découverte dans le garage d'une résidence, la bombe avait été assemblée par quelqu'un qu'on soupçonnait de meurtre et qui était alors pris dans une bagarre opposant un syndicat et un grand studio de cinéma. Les flics avaient réussi à la désamorcer, mais ne s'étaient pas rendu compte qu'il y en avait une deuxième posée près d'un exemplaire

1. Nom donné aux jeunes pom-pom girls de l'université de Californie du Sud depuis 1967 *(NdT)*.

du *Livre de cuisine de l'anarchiste*[1]. Et cette deuxième bombe avait explosé.

Ce n'était pas de la description qui leur avait été faite de l'immonde et horrible carnage, ni non plus de l'odeur envahissante du sang qu'il se souvenait. Il se rappelait surtout qu'un des survivants qui était entré dans la maison avant l'explosion avait encore des rêves récurrents deux décennies après les faits. Il se réveillait avec son oreiller trempé de larmes et sa femme le secouait en criant : « Il va falloir que ça cesse ! »

Pendant quelques instants ce soir-là, après avoir mis un point final à sa brève déclaration et s'être installé au commissariat pour boire tranquillement un café, Wesley Drubb ne pensa plus qu'à ce qu'il avait ressenti en essayant de rentrer les doigts dans le vieux parquet de la bijouterie. Réaction instinctive. À son essence animale, voilà ce à quoi il avait été réduit.

Alors Wesley Drubb se posa la question la plus affolante, renversante, profonde et sans réponse qu'il se fût jamais posée dans sa jeune vie : « Putain, mais comment ai-je fait mon compte pour atterrir ici ? »

Fausto Gamboa avait remis ses habits de civil lorsqu'il tomba sur Budgie qui gagnait le parking. Ils se dirigèrent tous les deux vers leurs voitures sans rien dire et virent Mag Takara qui montait déjà dans la sienne et s'éloignait.

Alors Fausto déclara :

– Avant, ça me rendait fou de voir cette petite nana se faire les ongles pendant l'appel. Comme si elle se préparait pour aller à un rendez-vous.

– Je parie que ça t'embêtera plus jamais, pas vrai ? lui lança Budgie.

– Pas autant, c'est vrai, lui concéda Fausto Gamboa.

1. Célèbre ouvrage de William Powell publié en 1971 *(NdT)*.

6

C'était censé n'être rien de plus que l'interrogatoire de routine d'un jeune fugueur. Assise dans son box de la salle des inspecteurs, Andi McCrea regardait un écran d'ordinateur et rassemblait des déclarations à apporter au bureau du district attorney pour une affaire où une épouse avait frappé son mari à la tête avec le plat d'un marteau de couvreur : après avoir descendu un six-pack de bière écossaise, monsieur avait en effet ourlé la lèvre et déclaré que le pain de viande qu'elle s'était donné la peine de lui faire « sentait la foufoune à Gretchen ».

Pour madame, cette déclaration posait deux problèmes : un, Gretchen était le prénom de sa charmeuse de cadette deux fois divorcée ; et deux, monsieur avait pris un air paniqué qui avait réduit à néant l'explication faiblarde qu'il avait cru bon d'ajouter : « Bien sûr, je n'ai aucune idée de ce que sent la foufou… » Puis il s'était repris et avait précisé : « Je voulais faire un bon mot à la Chris Rock[1], mais j'ai pas réussi… d'accord ? Non, le pain de viande est parfait. Absolument parfait, ma chérie. »

Elle n'avait rien répondu, mais avait gagné la véranda de derrière, où le couvreur rangeait sa ceinture à outils, et avait réintégré la pièce avec son marteau au moment même où il avalait la première bouchée de viande qui sentait la foufoune à Gretchen.

L'épouse avait été arrêtée pour tentative de meurtre, alors que le type, lui, s'en sortait en tout et pour tout avec une com-

1. Acteur et comique qui fit ses débuts dans *Le Flic de Beverly Hills 2 (NdT)*.

motion cérébrale et vingt-trois points de suture. Andi s'était dit que quel que soit le district attorney qui hériterait de l'affaire, celle-ci serait requalifiée en délit et passée au cabinet du city attorney, et cela lui convenait. La victime du coup de marteau lui rappelait son ex. Jason de son nom, celui-ci avait pris sa retraite du LAPD et vivait dans l'Idaho, près de nombreux flics qui avaient fui vers des lieux plus sauvages. Des lieux où les flics du coin ne portent que la mention « Blanc » ou « paysagiste » sur leurs formulaires d'arrestation.

Jason était un des policiers que plusieurs autres femmes flics avaient essayés – le genre qu'elles appelaient « Twinkie[1] » : ils ne sont pas bons pour vous, mais faut quand même s'en payer un. Andi était jeune à cette époque-là et avait payé le prix pendant cinq années de mariage qui ne lui avaient apporté rien de bon, Max excepté.

Son seul enfant, le sergent Max Edward McCrea, servait maintenant dans les forces américaines en Afghanistan – il en était à sa deuxième rotation, la première l'ayant vu combattre en Irak, époque pendant laquelle Andi arrivait rarement à dormir plus de quelques heures sans se réveiller en nage. Maintenant qu'il était en Afghanistan, elle se sentait mieux. Un peu seulement. Dix-huit ans, à peine sorti du lycée, Max avait attrapé le virus et elle n'avait rien pu faire pour l'empêcher de signer son engagement. Et son ex n'avait rien pu faire non plus lorsque, pour une fois, il n'avait pas refusé de se conduire en père. Max avait dit qu'il entrait dans l'armée avec deux copains de son équipe de foot, point final. Il avait eu droit à l'Irak, elle avait récolté des maux de tête tant elle était tendue et passait des heures entières à ne pas dormir dans sa maison à un étage de Van Nuys.

Elle avait fini de monter son dossier et se préparait à aller chercher un café lorsqu'un des officiers de patrouille de la deuxième équipe de jour s'approcha de son box et lui dit :

– Inspecteur, vous pourriez pas parler à un fugueur de quatorze ans ? On a reçu un appel des Lucky Strike Lanes, où il

1. Nom d'un gâteau fourré. En argot, désigne, entre autres, quelqu'un qui est doux à vomir *(NdT)*.

faisait du bowling avec un type de quarante ans qu'a commencé à lui flanquer des gifles. Il dit avoir été molesté par ce mec, mais le type veut absolument pas parler. On l'a collé en cellule.

– C'est les gars des Mœurs qu'il vous faut, lui répondit Andi.

– Je sais, mais ils sont pas là et je crois que le môme veut parler, mais seulement à une femme. Il dit que ce qu'il a à raconter est trop gênant à dire à un homme. J'ai l'impression qu'il a besoin d'une petite maman.

– Qui n'en a pas besoin, hein ? lui renvoya Andi en soupirant. Bon, d'accord, mettez-le en salle d'interrogatoire. J'arrive tout de suite.

Cinq minutes plus tard, après avoir bu son café, donné un soda au gamin et lui avoir lu ses droits constitutionnels une deuxième fois, elle fit signe au flic en tenue qu'il pouvait partir.

Aaron Billings était un garçon délicat, presque mignon, avec des boucles de cheveux noirs, des yeux bien écartés et expressifs, et un regard langoureux auquel elle ne s'attendait pas. Il avait l'air métis, disons un quart afro-américain, mais elle ne l'aurait pas juré. Il avait un sourire étincelant.

– Comprenez-vous pourquoi les officiers de police vous ont arrêtés, vous et votre compagnon ?

– Bien sûr, répondit-il. Mel était en train de me frapper. Tout le monde le voyait. On était au bowling. J'en ai assez, ce qui fait que quand ils nous ont demandé notre identité, je leur ai dit que j'étais un fugueur. Je suis sûr que ma mère l'a signalé. Enfin, je crois.

– D'où es-tu ?

– De Reno, Nevada.

– Depuis combien de temps es-tu parti ?

– Trois semaines.

– T'es-tu sauvé avec Mel ?

– Non, mais je l'ai rencontré le lendemain, quand je faisais du stop. J'en avais marre de ma mère. Elle arrêtait pas de ramener des types à la maison et ma sœur et moi, on les voyait baiser. Ma sœur a dix ans.

– Tu as dit au policier que Mel te violait, non ?

– Oui, il l'a fait des tas de fois.

– Raconte-moi ce qui s'est passé la première fois que vous vous êtes rencontrés.

– D'accord, dit le gamin, et il avala une bonne gorgée de soda. D'abord, il m'a emmené dans un motel et on a baisé. Je ne voulais pas, mais il m'a obligé. Après, il m'a donné 10 dollars. Après, on est allés au cinéma. Après, on a mangé au chinois. Après, on a décidé d'aller à Hollywood en voiture et de voir des stars de cinéma, mais c'était pas sûr. Après, il a acheté de la vodka et du jus d'orange et on s'est saoulés. Après, on est allés à Fresno en voiture, on s'est arrêtés dans une station-service et on a dormi. Après, on s'est réveillés tôt. Après, on a tué deux personnes et on leur a pris leur argent. Après, on est allés une deuxième fois au cinéma. Après, on est allés à Bakersfield. Après…

– Minute, minute ! s'écria Andi. Revenons à la station-service.

Vingt minutes plus tard, Andi téléphonait à la police de Fresno et, en s'entretenant avec un inspecteur, apprit que oui, un couple d'une cinquantaine d'années avait bien été abattu dans une station-service où il avait décidé de prendre quelques heures de repos. Le couple venait du Kansas et partait en vacances en Californie. Et non, l'affaire n'était pas résolue, on n'avait ni suspects ni pièces à conviction hormis les douilles de .32 retrouvées dans le crâne des deux victimes à l'autopsie.

– On n'a aucune piste, résuma l'inspecteur.

– Ben, maintenant vous en avez une, lui renvoya Andi.

Lorsqu'elle arriva en fin d'après-midi après avoir passé de longues heures à témoigner au tribunal pour une affaire de meurtre remontant à trois ans, la patronne d'Andi, l'inspectrice de classe 3 Rhonda Jenkins lui lança :

– Quelle journée de merde ! Et toi ?

– Juste essayé de m'occuper pendant un après-midi ordinaire du mois de mai à Hollywood, USA.

– Ah oui ? Et t'as fait quoi ? lui demanda Rhonda pour parler de choses et d'autres en ôtant ses chaussures à talons plats et massant ses pieds qui lui faisaient mal.

Sans broncher, Andi lui répondit :

– J'ai commencé par passer quelques coups de fil pour deux rapports d'hier soir. Après, j'ai relu le dossier de l'affaire du coup de feu sur le type de la pizza. Et interrogé un membre de gang à Parker Center. Bu du café. Résolu un double homicide à Fresno. Écrit une lettre à Max. Puis…

– Oh là là ! s'écria Rhonda. Tu remontes au double homicide de Fresno ?!

– Quelle salope ! On trouverait même pas son cœur avec un microscope à champ noir, se plaignit le Débris à son coéquipier.

Le Bris, qui suivait des cours à la fac locale pendant la journée, lui répondit :

– Mec, t'es rien de plus qu'une énième victime des relations incestueuses, ataviques et entremêlées de la communauté des agents du maintien de l'ordre.

Bouche bée, le Débris regarda le Bris qui avait pris le volant pour monter dans les Hollywood Hills et lui renvoya :

– Et si t'oubliais ces grands mots d'étudiant, hein ?!

– Bon d'accord, mec, à être honnête et à en juger par la photo que tu m'as montrée, elle était sphérique. Elle avait l'air d'une Télétubby. En fait, t'as été fasciné par ses énormes glandes mammaires. Il n'y a pas eu fusion véritable entre le cœur et l'esprit.

– Fusion véritable entre le cœur… (Le Débris regarda son coéquipier comme s'il n'y croyait pas.) Écoute, frangin, l'avocat de c'te salope veut tout me piquer, y compris mon aquarium, bordel ! Avec les deux seules tortues qu'il me reste ! Et devine un peu… Le décret fédéral du consentement ne va pas se terminer pile à l'heure parce que ce crétin de juge fédéral dit qu'on n'est pas prêts. Tout ça, c'est des conneries politiques.

– Me dis pas ça, quoi ! s'écria le Bris. À l'appel, j'étais à deux doigts de crier : « Enfin libre ! Enfin libre ! Dieu Tout-Puissant, enfin libre ! »

– Je suis atrocement furibard après notre nouveau maire, reprit le Débris. Transformer la commission de la police en une officine de l'ACLU[1], non mais ! Et je suis aussi très furibard

1. American Civil Liberties Union : groupe d'avocats spécialisés dans la défense des droits du citoyen, concernant en particulier les brutalités policières *(NdT)*.

après l'avocat de mon ex. Il ne veut qu'une chose: me piquer tout ce que je pourrais gagner en rapportant des canettes consignées. Et furibard de vivre dans un appartement avec des champignons si agressifs qu'ils vous plaquent comme des arrières de football. Et furibard après l'inspecteur de Northeast qui se ramone mon ex. Bref, j'ai assez envie de tirer sur quelqu'un.

Ce qui, ça se trouve, arriva.

À la radio une voix alerta toutes les unités sur la fréquence qu'il y avait un code 37, soit un véhicule volé et une poursuite en cours afin de rattraper ledit véhicule.

– Division Devonshire, fit remarquer le Débris en pessimiste confirmé. Il descendra jamais aussi au sud.

– On sait jamais, lui renvoya le Bris qui était plus optimiste. On peut rêver, non?

– Vu que notre politicien de patron refuse de nous laisser poursuivre quiconque à moins que le conducteur ne soit considéré comme dangereux, tu crois que ce maniaque a franchi la limite du conduire dangereux? Ou alors... faut-il qu'il commence par éjecter un flic de la voie publique?

Ils écoutèrent la poursuite en simultané – autoroutes qu'on croise, rues de surface[1] qu'on suit dans toute la vallée de San Fernando, en gros ça se dirigeait vers Hollywood-Nord. En quelques minutes, le conducteur y fut et fonçait vers l'Hollywood Freeway.

– Tu vas voir qu'ils vont retourner vers le nord, dit le Débris.

Mais les poursuivants n'en firent rien. La voiture volée, une Toyota 4Runner toute neuve, prit vers le sud sur l'Hollywood Freeway, le Débris disant aussitôt:

– À ce que j'entends, celle-là a un joli petit six-cylindres sous le capot. Je te parie qu'il va faire demi-tour. Ça doit être un p'tit gangster du coin. Il fait demi-tour, il arrive près de son quartier, il lâche la bagnole et y s'tire.

Sauf que les poursuivants quittèrent l'Hollywood Freeway et prirent vers l'est par le Ventura Freeway, puis vers le sud par

1. Par opposition aux routes et autoroutes du réseau de voies surélevées *(NdT)*.

Lankershim Boulevard. Alors les deux surfeurs se regardèrent et le Bris s'écria :

– Putain de merde ! On y va !

Et ils y allèrent. Le Bris écrasa le champignon et prit vers le nord par l'Hollywood Freeway, dépassa Universal City et quitta l'autoroute à la hauteur du Lakeside Country Club, où une douzaine de véhicules du LAPD et de la police de la route de Californie était déjà au travail, ainsi qu'un hélico des infos télévisées, mais non... pas d'aéronef du LAPD.

Et c'est là que le conducteur largua la voiture dans une rue résidentielle proche du country club, fonça dans une courette, sauta par-dessus une barrière pour entrer dans une autre courette, passa sur le terrain de golf, traversa des fairways et repassa dans une rue résidentielle d'Hollywood-Nord, où près d'une vingtaine de flics étaient déjà descendus de voiture et couraient après lui, la moitié d'entre eux armés de fusils.

Un sergent de la division Hollywood-Nord était déjà près du véhicule volé et tentait d'informer l'opératrice du centre de communications qu'il y avait assez de renforts sur les lieux, mais peu importe : les voitures ne cessaient d'arriver, comme cela se produit toujours lors d'une poursuite qui dure aussi longtemps. Bientôt il y eut aussi des voitures des services du shérif tandis que de plus en plus de véhicules de la police de la route et du LAPD continuaient d'arriver, l'hélico de la télé tournoyant au-dessus de la scène et éclairant les flics qui couraient en dessous.

Le Bris roula encore pour s'éloigner du pandémonium, traversa deux rues et lâcha :

– On descend et on se fait une partie de chasse ? On sait jamais.

– Super ! s'écria le Débris, et ils descendirent de voiture et, lampes torches éteintes, suivirent une allée résidentielle derrière des maisons familiales et des immeubles de location.

Ils entendaient des voix sur leur droite, à l'endroit où cherchaient les flics.

– On ferait peut-être mieux d'allumer nos lampes avant que quelqu'un nous aligne, fit remarquer le Bris.

Puis une voix hurla :

– Le voilà ! Hé, il est là !

Ils coururent vers la voix et virent un jeune flic au teint rose et aux cheveux roux assis à califourchon sur un mur de séparation de deux mètres cinquante de haut, entre un immeuble locatif et l'allée.

Lui aussi les vit, ou plutôt il vit deux ombres en tenue bleue et leur cria :

– Là-haut ! Il est dans l'arbre !

Le Bris braqua le faisceau de sa lampe dans un vieil olivier et oui, tout en haut il y avait un jeune Latino en T-shirt trop grand, pantalon ample et bandana autour de la tête.

– Descends de là tout de suite ! lança le jeune flic en pointant d'une main son 9 mm sur le type et en éclairant le sommet de l'arbre avec sa lampe de l'autre.

Le Bris et le Débris se rapprochèrent, le type dans l'arbre baissant les yeux sur le jeune flic à cheval sur le mur et lui criant :

– Va te faire enculer ! T'as qu'à monter me chercher !

– Pété, le mec, dit le Bris au Débris. Cuit aux amphés.

– Comme tout le monde, non ? lui renvoya le Débris.

Le jeune flic, qui n'avait pas fini sa période d'essai et ça se voyait, sortit sa radio, mais avant d'appeler, il lança :

– On est où ? Vous savez l'adresse ?

– Ben non, répondit le Débris. On est de la division de Van Nuys, nous.

Et ça, c'était bizarre, se dit le Bris. Pourquoi son coéquipier racontait-il au bleu qu'ils étaient de Van Nuys au lieu de dire la vérité ?

– Vous me le surveillez, d'accord ? dit alors le jeune flic. Je redescends voir l'adresse.

– T'as qu'à aller devant et te mettre à gueuler, dit le Débris. Y a des flics dans tous les coins.

Le Bris trouvait aussi assez bizarre que le Débris ait éteint sa lampe torche et se tienne bien dans le noir, sous un deuxième arbre. Presque comme s'il ne voulait pas que le gamin le voie clairement. Sauf que… pourquoi ? Qu'ils se soient un peu écartés de leur juridiction n'avait rien de grave.

Le bleu ayant gagné la rue en courant, le Débris lâcha :

– Ce putain de jeunot ne sait pas quoi faire d'un voleur perché dans un arbre.

Ils continuèrent de regarder le gamin qui clignait des yeux, aveuglé par les faisceaux de leurs lampes.

– Tu ferais quoi, toi, au lieu d'attendre les renforts ? demanda le Bris.

– Hé, Ducon, descends de là ! cria le Débris en regardant en l'air.

– Non, je bouge pas, lui renvoya le voleur de voiture.

– Qu'est-ce que tu dirais que je t'éjecte de ton arbre avec ça ? lui demanda le Débris en braquant son Glock calibre .40 sur lui. J'ai envie de tirer sur quelqu'un ce soir.

– Tu tireras pas, dit le gamin. Je suis mineur et j'ai rien fait de plus que me taper un petit rodéo.

Ce coup-là, le Débris en eut le couple moteur tout échauffé. Et remarqua, et ce n'était pas la première fois, que le jeune flic avait laissé son fusil Remington à balles en caoutchouc avec les plaquettes avant et arrière vertes appuyé contre le mur.

– Vise un peu ça, collègue, lança-t-il au Bris. Le petit bleu a pris un fusil à balles en caoutchouc au lieu du vrai truc. Tu paries qu'il est parti chercher une tronçonneuse pour abattre l'arbre ?

– Dommage que le gamin soit pas plus près, fit remarquer le Bris en caressant sa bombe à gaz poivre. Un p'tit jet de gaz à redresser la conduite lui ferait un bien énorme.

Le Débris le regarda, le Bris le regardant à son tour et s'écriant :

– Non, mec. Je sais à quoi tu penses, mais c'est non. Faut rester sur terre, mec.

– Ce petit bleu n'a jamais vu nos gueules, frangin, et y a des flics partout dans le quartier, lui fit alors remarquer le Débris.

– Non, répéta le Bris. On n'a pas le droit de tirer des balles en caoutchouc pour faire obéir les gens. On n'est pas en train de jouer une partie de pit-bull polo.

– Moi, je m'demande si ça l'aiderait pas un peu à obéir.

– Je veux pas savoir, dit le Bris.

Mais le Débris, qui n'avait jamais tiré une balle en caoutchouc sur quiconque ou quoi que ce soit, glissa sa main dans sa poche, enfila une paire de gants en latex pour ne pas laisser d'empreintes, ramassa le fusil, le braqua sur l'arbre et lança :

– Hé, *vato*, tu ramènes ton cul en bas ou je t'en lâche une qui va t'éjecter direct de l'arbre.

Le canon de l'arme avait l'air assez gros pour contenir une sucette ronde, mais ne fit pas peur au voleur de voiture, qui lui répondit :

– Toi et ton *puto* de collègue pouvez me lécher le cul si ça...

Le feu de bouche et le bruit de l'explosion choquèrent plus le Bris que le gamin, qui poussa un hurlement lorsque la balle le frappa au ventre.

– Aïe aïe aïe, espèce de connasse ! cria-t-il. Tu m'as tiré dessus, connasse ! Aïe aïe aïe !

Le Débris lui en balança donc une autre, et cette fois le Bris regagna la rue de l'immeuble locatif et n'y vit pas moins de cinq silhouettes qui cavalaient en hurlant, le gamin hurlant encore plus fort et commençant à descendre.

– T'as vu ça, frangin ? Il descend, dit le Débris comme frappé de stupeur.

– Lâche ton bazooka ! lui renvoya le Bris, et le Débris laissa tomber son fusil dans l'herbe et rattrapa son collègue en courant.

Les deux flics redescendirent l'allée à toute allure dans le noir et regagnèrent leur voiture sans rien dire jusqu'au moment où le Bris lança :

– Putain, on va avoir les Affaires internes tout partout sur le paletot après ça ! T'es vraiment cinglé ! Y a pas le droit de tirer sur des Blancs comme ça !

Toujours en courant et comprenant qu'il venait de violer des tonnes de règlements, voire le Code pénal tout entier, le Débris répondit :

– Le mec nous a même pas vus, frangin. Il a pas arrêté d'avoir la lumière dans les yeux. Et le petit bleu a pas vu nos gueules non plus. Putain, il était tellement excité qu'il aurait même pas pu identifier sa bite. De toute façon, ici on est sur le territoire de la division d'Hollywood-Nord et nous, on n'y bosse pas.

– Les meilleurs plans des souris et des rats tournent souvent de travers[1], dit le Bris.

Puis, soudain pris de panique, il ajouta :

– T'es passé en code 6 ? (Il se référait au règlement de sécurité qui oblige les flics à signaler où ils se trouvent au moment de quitter leur voiture.) Je me rappelle pas.

Le Débris paniqua un instant lui aussi, puis répondit :

– Non, je suis sûr que non. Personne ne sait qu'on est à Hollywood-Nord.

– Allez, on revient chez nous, bordel ! s'écria le Bris en arrivant à la voiture, en en ouvrant la portière et y montant.

Il roula tous feux éteints jusqu'à ce qu'ils soient à trois rues de la scène de crime et entendent à la radio :

– À toutes les unités : code 4. Le suspect a été appréhendé. Code 4.

Ils gardèrent le silence jusqu'à ce qu'ils soient enfin à l'abri en patrouillant dans Hollywood Boulevard. Alors le Débris lâcha ceci :

– Et si on passait en code 7 ? Notre petite aventure me donne brusquement très faim. Et t'as pas l'air en forme depuis quelque temps. Va falloir qu'on te remonte. Et si tu te tapais un *burrito* bon pour la santé, tu sais, matières grasses minimum et ça nage dans la crème aigre et le *guacamole* ?

Avant d'ajouter :

– J'sais pas, ça doit être ces deux coups de pétoire que j'ai tirés dans l'mec, mais je m'sens super-heureux.

Et le Bris ne put que rester bouche bée lorsqu'il se mit brusquement à chanter la chanson de U2 : « Deux coups de bonheur, un coup de triiiiiste[2]… »

– Tu m'fous les j'tons, mec, dit-il. Tu m'fous autant les j'tons qu'un médecin qui met un gant de caoutchouc.

Le Débris continua de chanter :

1. « Les meilleurs plans des souris et des hommes tournent souvent de travers » : citation du poète écossais Robert Burns, reprise par John Steinbeck *(NdT)*.

2. « *Two shots of happy, one shot of saaaad…* » *(NdT)*.

– Deux coups de bonheur, un coup de triiiiiste…

Le Bris continua de rouler vers Sunset Boulevard et dit enfin :

– J'ai envie de t'emmener au Fauteuil du metteur en scène dès qu'on aura un soir de libre. On se prend des bières, on se fait un billard ou on joue aux fléchettes…

– D'accord, j'ai rien de mieux à faire, mais j'ai jamais trop aimé ce bar-là. T'as pas envie d'aller dans un endroit où y a pas autant de flics ?

– Moi, j'aime bien les bars où y a un panneau qui dit « Pas de chemise, pas de chaussures, pas de badge : pas de consos ». En plus de quoi, dans ces bars y a toujours des minettes à badge qui sont trop heureuses de baiser un flic… même toi.

– Merci, docteur Ruth[1], lui renvoya le Débris. Et qu'est-ce qui te préoccupe tant dans ma vie sexuelle tout d'un coup ?

– Non, c'est à moi que j'pense, mec. Faut que t'oublies ton ex, son avocat et c'te chasse d'eau qui t'a largué. Ou alors faut que je retrouve l'inspecteur de Northeast qu'elle se farcit si j'veux protéger ma carrière et ma retraite.

– Pour quoi faire ?

– Pour le flinguer. On peut pas continuer comme ça. Tu m'entends, mec ?

Cosmo Betrossian avait toujours nié avoir des liens, même ténus, avec la prétendue mafia russe. Les autorités locales et fédérales traitaient de « mafia russe » tous les gens qui débarquaient d'URSS ou d'Europe orientale. Enfin… tous ceux que connaissait Cosmo, vu que tous ceux qu'il connaissait faisaient dans l'illégal. Pour lui ces qualificatifs n'avaient aucun sens, même s'il avait grandi en Arménie soviétique, parlait un russe abâtardi et n'était pas plus russe que George Bush. À ses yeux, les flics américains étaient cons comme des balais pour tout ce qui concernait les immigrants européens.

Cela étant, vu leur obsession pour la mafia russe, il devait faire attention quand il lui fallait traiter avec Dmitri, le proprié-

1. Célèbre sexologue américaine *(NdT)*.

taire du Goulag, un night-club de Western Avenue qui ne se trouvait certes pas dans un des meilleurs coins de la ville, mais était équipé d'un parking très bien gardé et éclairé. Les jeunes de tout le West Side, y compris Beverly Hills et Brentwood, n'avaient pas peur de filer vers l'est et la Petite Sibérie, comme l'appelaient certains.

La nourriture du Goulag était bonne et l'on y servait des boissons généreuses, Dmitri gratifiant tout le monde du son rock enregistré qu'on voulait – on se pressait sur la piste de danse jusqu'à la fermeture. Et lorsqu'il y avait « soirée russe », Dmitri offrait du spectacle vivant avec danseurs russes, balalaïkas, violons et une belle chanteuse de Moscou. Cela lui amenait une clientèle très fortunée qui avait émigré à Los Angeles de toute l'ancienne URSS, et ce, qu'on fût dans les affaires légales, la contrebande ou le blanchiment d'argent. Mais ce soir-là ce ne serait pas « soirée russe ».

Une semaine s'étant écoulée depuis le vol, Cosmo se sentait enfin d'aller voir Dmitri. La police l'inquiétait encore moins. Personne de ses connaissances n'avait été interrogé. Tôt ce matin-là, il se rendit donc au Goulag en voiture, y entra et gagna le bar. Il connaissait le barman – les Américains l'appelaient « Georgie » parce qu'il venait de la République de Géorgie – et demanda à voir Dmitri. Le barman lui versa un verre d'ouzo et Cosmo attendit qu'il ait fini de s'occuper de deux serveuses qui, *happy hour* oblige, lui passaient plus de commandes qu'il ne pouvait en servir.

Le Goulag était un night-club typique d'Hollywood en ce qu'il était équipé d'une salle réservée aux soirées privées. Installée au premier étage, elle était munie de luxueux canapés verts alignés le long de murs recouverts de papier peint rayé de couleurs criardes – l'idée que quelqu'un avait dû se faire du « tendance », l'un des deux clichés préférés des branchés d'Hollywood, le deuxième étant le « vibrant ». Le Goulag était tendance. Le Goulag vibrait mystérieux.

Ce soir-là, le disc-jockey, qui se préparait, venait de mettre des standards de rock soft pour accompagner la fin d'une *happy hour* qu'on avait prolongée. Deux types étaient en train de réparer des stroboscopes et des projecteurs avant que la foule ne débarque et que les corps ne commencent à se tortiller sur la piste. Les serveurs et les garçons de salle essuyaient les tables et les chaises, et époussetaient les sièges des alcôves à câlins cochons du niveau supérieur destiné aux clients qui donnaient de bons pourboires au manager Andrei.

Au bout de dix minutes, Cosmo fut expédié au premier avec ordre de rejoindre le bureau d'un surprenant spartiate du patron. Il trouva ce dernier assis en chaussettes et les pieds sur la table. Une cigarette au bout d'un fume-cigarette en argent, il fumait en regardant un film sado-maso sur l'écran de son ordinateur. Dmitri se permettait toutes sortes d'expériences sexuelles exotiques, tout le monde le disait. Âgé de quarante et un ans et de petite taille, il n'était pas fortement charpenté, avait les mains douces, des yeux bleus injectés de sang et des implants capillaires châtains. Avec sa chemise en lin blanc et son pantalon en coton beige, il n'avait rien d'exceptionnel et l'air parfaitement inoffensif, mais Cosmo avait très peur de lui. Il avait entendu des trucs sur Dmitri et ses amis.

Le patron du club savait que Cosmo s'exprimait très mal en russe. Adorant l'argot américain le plus récent, il lui avait toujours parlé anglais. Sans se lever, il lui lança :

– V'là un mek qui touche ! Un mek qu'a toujours la pêchek ! Salut, Cosmo !

Il lui tendit une de ses mains douces et lui claqua la paume, Cosmo disant alors :

– Dmitri, merci pour cette causerie. Merci, frère.

– T'as kekchose que j'ai besoin.

– Oui, mon frère, répondit Cosmo en s'asseyant sur la chaise du client devant le bureau.

– Pas renseignements carte de crédit, j'espère. En général, je fais plus dans la carte, Cosmo. Je fais dans d'autres directions.

– Non, frère, dit Cosmo. J'ai apporté à toi quelque chose à montrer.

Sur quoi il lui sortit un diamant volé à la bijouterie, un seul mais un des plus gros, et le posa précautionneusement sur le bureau.

Dmitri reposa les pieds par terre et regarda la pierre. Sourit à Cosmo et lui dit :

– Je connais pas diamants. Mais j'ai ami qui connaît. Tu as d'autres ?

– Oui. Beaucoup d'autres. Beaucoup bagues et boucles d'oreilles aussi. Tout très belles pierres.

Dmitri avait l'air impressionné.

– Tu te développes en Amérik, dit-il. Fini business avec camés ?

– Camés ont pas diamants, lui fit remarquer Cosmo. Je crois que tu achèteras tous mes diamants et vendras pour gros profit, mon frère.

– Il est possible que je m'emplique avec toi encore, mon mek, dit Dmitri en souriant. T'es peut-être grand homme en Amérik maintenant.

– Je souhaite apporter chaque diamant vite. Je souhaite vendre seulement pour 35 000 dollars. La nana des infos télévision dit les diamants valent 200 000, 300 000 peut-être.

– La grenade à main ! s'exclama Dmitri en souriant. Alors, c'était toi ? Mais 35 000 dollars ? Pour 35 000 dollars tu dois m'apporter haute qualité.

– D'accord, frère, dit Cosmo. J'apporterai.

– J'ai peut-être besoin un mois pour faire affaire et trouver tout ce fric pour toi. Et être sûr que la police t'arrête pas entre deux.

– Je suis très triste d'entendre ça, dit Cosmo, de la sueur commençant à perler à son front. Je dois avoir argent tout de suite.

– Tu peux emporter ton trésor à quelqu'un d'autre, Cosmo, répondit Dmitri en haussant les épaules. *No problem.*

Cosmo n'avait personne d'autre pour ce genre d'affaire et savait que Dmitri en était conscient.

– Okay, dit-il. J'attends. S'il vous plaît, appelle-moi quand tu as l'argent.

– Maintenant que tu te développes en homme d'affaires, mek, lâcha Dmitri tandis que Cosmo s'inclinait légèrement avant de partir, tu devrais raser entre les sourcils. Les Américains aiment deux sourcils, pas un.

Le soir où le Débris tirait deux coups de bonheur sans coup de triste, une autre fusillade devait se produire, celle-là du ressort de la division d'Hollywood, et occasionner deux coups de triste à deux des policiers impliqués.

L'appel de code 3, « Allez-y avec sirène et gyrophares », avait été lancé à la voiture 6-A-65 de la troisième équipe, celle-ci étant dirigée vers une rue résidentielle dans l'ouest d'Hollywood, région d'où ne partait pas souvent ce genre d'appels. La moitié des voitures de patrouille de la mi-journée s'y rendirent dès que leurs occupants entendirent « homme armé » à la radio de bord.

Grâce aux sirènes et aux gyrophares, l'équipe qui avait été désignée arriva sur les lieux quelques secondes avant les autres, mais deux équipes de la patrouille de nuit avaient déjà bondi de leurs voitures avant que celle de la 6-A-65 soit sortie de la sienne. Le premier véhicule était piloté par Mag Takara. Le coéquipier de cette dernière, Benny Brewster, avait sauté dehors avec un fusil, une autre voiture de la troisième équipe arrivant aussitôt sur les lieux. Huit flics, dont quatre armés de fusils, s'approchèrent alors de la maison d'où était parti l'appel. Les lumières de la véranda étaient éteintes et il faisait très noir dans la rue. Décider s'il fallait s'approcher par la véranda ne fut pas nécessaire. La porte de devant s'ouvrit brusquement, les flics ayant du mal à croire ce qu'ils découvrirent alors.

Un homme de trente-huit ans, plus tard identifié comme étant Roland Tarkington, le propriétaire de la maison, venait de passer dans la véranda. On devait apprendre plus tard que son père avait jadis possédé des biens commerciaux à Hollywood, mais avait tout perdu suite à de mauvais investissements et laissé à son unique enfant, Roland, la maison et assez d'argent pour vivre. Roland agitait maintenant un document dans une main en gardant l'autre dans son dos.

Dans la lumière aveuglante d'une demi-douzaine de lampes torches et d'un spot braqué sur lui de la voiture de patrouille la plus proche, Roland ne disait rien, mais continuait de secouer sa feuille de papier comme on agite un drapeau blanc pour se rendre. Il descendit difficilement les marches en béton de sa véranda et s'avança vers les flics.

Ce qui surprit les agents ? Les dimensions du monsieur. L'autopsie pratiquée le lendemain révéla qu'il mesurait un mètre soixante-dix, le poids porté sur le certificat de décès étant de deux cent quarante-cinq kilos. L'ombre qu'il projetait sur le trottoir derrière lui était vaste.

Benny Brewster lui ayant crié de « montrer l'autre main », il s'ensuivit une belle cacophonie de voix :

– Montre l'autre main !

– Les deux mains en l'air, bordel de merde !

– À plat ventre sur le trottoir !

– Gaffe à sa main ! Faites gaffe à sa main !

Un policier à l'essai de la troisième équipe quitta son officier de formation et rampa le long de l'allée cochère, à environ douze mètres de l'endroit où l'obèse s'était arrêté et continuait d'agiter sa feuille de papier blanc sans rien dire. Enfin capable de voir ce que Roland Tarkington tenait dans son dos, il cria :

– Il a un flingue !

Comme sur un signal, un autre spectacle hollywoodien prit alors fin au moment où Roland Tarkington leur montra ce qu'il cachait et braqua soudain ce qui ressemblait à un pistolet semi-automatique 9 mm sur le flic le plus proche de lui.

Et fut touché par deux tirs de fusil émanant de deux officiers de la troisième équipe et cinq balles de pistolet tirées par deux autres officiers du même service. Malgré sa taille imposante, Roland Tarkington, qu'éclairaient violemment les feux de bouche orange des armes, fut projeté en l'air, retomba sur le dos et saigna quelques secondes par terre avant de mourir, le cœur littéralement déchiqueté par les projectiles. Cinq autres balles de pistolet qui avaient raté leur cible criblèrent la façade de la maison au moment où Roland Tarkington s'effondrait.

Alors les voisins sortirent en masse de leurs maisons en hurlant, au moins deux femmes qui habitaient en face se mettant à sangloter. L'Oracle, qui était arrivé juste au moment où les projectiles explosaient dans le noir, ramassa la feuille de papier tachée de sang qui traînait dans l'herbe à côté du mort. L'arme de Roland Tarkington, on le découvrit à ce moment-là, n'était autre qu'un pistolet à eau des plus réalistes.

– Qu'est-ce que ça dit, sergent? demanda le deuxième flic à avoir tiré avec son fusil.

Et l'Oracle lut tout haut le texte suivant:

– «Je présente mes humbles excuses aux vaillants officiers du LAPD. C'était la seule façon que j'avais d'avoir le courage de mettre fin à ma vie de misère. Je vous demande d'incinérer mes restes. Je ne voudrais pas que quiconque soit obligé de porter mon corps jusqu'à mon caveau de famille au cimetière de Forest Lawn. Merci. Roland G. Tarkington.»

Aucun des officiers du service de nuit n'ayant été en position de tirer, Mag dit à Benny:

– On se casse d'ici, collègue. Ça pue, ce truc.

Ils avaient regagné leur voiture et remettaient leurs fusils chargés dans le compartiment fermé à clé lorsque Mag entendit deux flics parler à l'Oracle.

– Putain! s'écria le premier. Putain de bâtard! Pourquoi qu'il a pas pris du poison? Putain, ce mec!

Et l'Oracle de lui répondre:

– Remonte dans ta voiture et retourne au commissariat, fiston. Les mecs de l'Évaluation des tirs vont arriver.

Un autre s'écria:

– Je suis pas un bourreau, moi, bordel! Pourquoi y m'a fait ça? Pourquoi?

Le dernier commentaire sortit de la bouche de l'inspecteur de nuit, Charlie Gilford, dit le Compatissant. Il venait juste de se pointer lorsque les dernières voitures s'éloignaient. L'ambulance se gara en double file, un infirmier, très content que ce soit l'équipe du coroner qui doive s'occuper de la victime, se tenant au-dessus de l'énorme tas de chairs ensanglantées qui avait jadis été Roland Tarkington.

Charlie le Compatissant s'empara du pistolet à eau, appuya sur la détente et, n'en voyant rien sortir, s'écria:

– Merde alors! Il était même pas chargé!

Sur quoi il braqua sa lampe sur la poitrine défoncée de Roland Tarkington et ajouta :

– Va falloir traiter ça comme la conclusion d'un énième mélodrame hollywoodien à fendre le cœur.

7

Le vendredi soir suivant vit d'énormes foules se presser dans Hollywood Boulevard pour assister à une énième et interminable cérémonie à tapis rouge, celle-là au Kodak Theatre où le monde du show-biz s'embrasse et s'envoie de grandes claques dans le dos avant de retrouver les colères rentrées et les coups de poignard en douce qui rythment ses incessantes crises de jalousie à propos du copain qui a décroché un boulot alors qu'on aurait dû me le donner à MOI, la prière secrète de toute la profession étant: «Mon Dieu, s'il vous plaît, faites que je réussisse et qu'ils... échouent.»

La permanence de nuit était terriblement mal en point côté rotations. Fausto avait pris ses jours de congé, tout comme Benny Brewster. Budgie Polk aperçut l'Oracle qui travaillait à son bureau et trouva rassurant de voir tous les galons qu'il avait jusqu'au coude sur la manche gauche. Ce n'était pas son cœur qu'il donnait à voir, c'était toute sa vie. Qui donc aurait pu le bousculer? Il avait dit vouloir briser le record de l'inspecteur des Vols et Homicides qui avait pris sa retraite au mois de février précédent, au bout de cinquante ans de service. Des fois néanmoins, comme maintenant, il avait l'air fatigué. Et vieux.

Il allait avoir soixante-neuf ans en août et cela se voyait partout autour de ses yeux et sur son front creusé de rides après toutes les années qu'il avait passées au LAPD. Il avait servi sous sept chefs de police. Des chefs de police et des maires, il en avait vu beaucoup arriver, partir et mourir. Mais, en ces lointaines heures de gloire du LAPD, jamais il n'aurait imaginé devoir servir sous la pression d'un décret fédéral du « consentement » qui ôtait toute vie à la police qu'il aimait. Le travail avait cédé la place à la paranoïa et il semblait l'intérioriser plus que tous les autres. Budgie le regarda dévisser un flacon de comprimés contre les brûlures d'estomac et en avaler une bonne dose.

Elle espérait faire équipe avec Mag Takara, mais après être entrée dans le bureau du chef et y avoir découvert le tableau de service, elle prit l'Oracle à part dans le couloir et lui glissa à l'oreille :

– Dites, sergent, c'est le lieutenant qui a distribué les tâches pour ce soir ?

– Non, c'est moi, lui répondit-il, mais il cessa de parler lorsque Hollywood Nate l'interrompit en déboulant par la porte de derrière.

Il portait trois rouleaux de papier comme s'il s'agissait de cartes permettant d'accéder à un trésor.

– Attendez de voir ça, sergent ! lança-t-il.

Il en passa deux à Budgie et déroula soigneusement le troisième, une affiche de *Sunset Boulevard* de Billy Wilder, avec William Holden et Gloria Swanson.

– On n'a pas assez d'affiches de cinéma comme ça ? s'écria l'Oracle.

– Mais celle-là est en parfait état ! C'est une copie, mais elle est assez ancienne. Et en bon état. On me filera les cadres demain.

– Bon, d'accord, mets-les dans la salle d'appel avec les autres, dit l'Oracle en passant la main dans ses cheveux gris coiffés en brosse. Tout vaut mieux que de regarder ces murs vert prison. Le mec qui a dessiné nos commissariats a dû faire ses études en Albanie au temps de la guerre froide.

– Super-cool, sergent, dit Nate. On verra où mettre les autres plus tard. Y en a une pour *Assurance sur la mort* et *La Fureur de vivre*, avec la tête de James Dean juste au-dessous du titre. Y a des tas de beaux clichés d'Hollywood dans ces films.

– Bon, mais tu choisis des endroits où les citoyens ne peuvent pas les voir de l'entrée. Il s'agit pas de transformer ce commissariat en agence de casting.

Hollywood Nate ayant monté l'escalier quatre à quatre, l'Oracle dit à Budgie :

– Je suis un vrai gogo pour les jeunes flics qui respectent les vieilles choses et... à propos de vieilles choses, maintenant que Fausto n'est pas là, je me disais que ça ne vous dérangerait peut-être pas de bosser quelques jours avec Hank Driscoll.

Budgie leva les yeux au ciel. Hank, alias « B. M. » Driscoll, était quelqu'un avec qui personne n'aimait travailler, surtout les jeunes. Ce n'était pas qu'il fût vieux comme Fausto – au bout de dix-neuf années de service, il n'avait encore qu'un peu plus de quarante ans –, mais travailler avec lui, c'était un peu comme bosser avec tata Martha qui n'arrête pas de se plaindre. Le « B. M. » que les flics accrochaient à son nom était les initiales d'un baron Münchhausen dont les maladies inventées s'étaient terminées par des soins médicaux et une hospitalisation, et un trouble qui avait fini par être connu de la communauté psychiatrique sous le nom de « syndrome de Münchhausen ».

B. M. Driscoll totalisait probablement plus de jours d'arrêt-maladie que tout le reste du service de nuit. Qu'il y ait à mettre la main sur un junkie souffrant d'hépatite, moins de quarante-huit heures plus tard B. M. Driscoll allait voir son médecin avec tous les symptômes de ce mal et l'écoutait en doutant quand celui-ci lui assurait que ses assertions étaient médicalement impossibles.

Les dix heures du cinquième service semblaient interminables lorsqu'il fallait les faire avec lui. D'après les anciens, quand on avait l'impression que la vie filait trop vite, on pouvait presque arrêter le cours du temps en se tapant une rotation de vingt-huit jours en sa compagnie.

Grand et noueux, B. M. Driscoll était le petit-fils de fermiers du Wisconsin venus en Californie pendant une Grande Dépression qui, à l'entendre, les aurait empêchés de manger correctement, mais pas de lui transmettre leurs mauvais gènes. Il coupait ses cheveux bruns presque aussi ras que ceux de l'Oracle parce que, à ses yeux, c'était plus hygiénique. Et il avait divorcé deux fois, tout le mystère étant de savoir comment il avait réussi à trouver des femmes qui ne soient pas psychiatres pour l'épouser.

Cela dit, sa carrière comportait un événement qui avait fait de lui une légende aux yeux de ses collègues. Sept ans plus tôt, alors qu'il patrouillait dans le *barrio* de la division d'Hollenbeck, il s'était retrouvé pris dans un affrontement avec un voyou pété à la drogue et la figure couverte de tatouages, ledit voyou menaçant de trancher la gorge de sa petite amie avec un couteau de chasse Buck.

Plantés au milieu de la chaussée, plusieurs flics pointaient leurs fusils et leurs armes de poing sur lui en le suppliant et menaçant tout à la fois, mais sans résultat. B. M. Driscoll, lui, tenait un pistolet paralysant à la main et à un moment donné de l'affrontement, alors que le voyou avait abaissé depuis assez longtemps sa lame en continuant de fulminer de manière incohérente, il avait tiré. La flèche avait touché le voyou à gauche de la poitrine et traversé le paquet de cigarettes qu'il avait dans sa poche de chemise avec son briquet à gaz. Qui s'était enflammé au contact de sa cigarette allumée. Et le voyou avec. Fin de la confrontation.

On avait ôté la chemise du voyou avant que celui-ci ne soit sérieusement brûlé, puis jeté le bonhomme dans une ambulance, B. M. Driscoll devenant aussitôt une espèce de célébrité, surtout chez les putes latinos qui le traitaient de « mec au lance-flammes ».

Mais que B. M. Driscoll soit une légende ou pas, Budgie Polk était très malheureuse de son affectation.

– Dites-moi juste une chose, sergent, lança-t-elle. Dites-moi seulement que vous ne me mettez pas avec Mag parce que je reviens d'un congé de maternité et que c'est une toute petite nénette. J'arriverai jamais à vous dire combien c'est humiliant quand un truc comme ça nous arrive, à nous autres femmes. Quand les chefs nous balancent des phrases du style : « On vous sépare pour votre sécurité. » Après toutes les merdes qu'on a dû se taper pour arriver à ce poste !

– Budgie, lui répondit l'Oracle, je te promets que ce n'est pas pour ça que je t'ai mise avec Driscoll au lieu d'avec Mag. Je ne pense pas à toi en ces termes. Tu es flic, point final.

– Et ce n'est pas pour ça que vous m'avez mise avec Fausto ? Pour que le vieux cheval de retour puisse me protéger ?

– Tu n'as donc toujours pas compris? Fausto Gamboa est amer et déprimé depuis qu'un cancer du côlon lui a pris sa femme il y a deux ans. Et deux de ses fils sont des losers, qui ne l'aident évidemment pas. Quand Ron LeCroix a dû se faire siffler ses hémorroïdes, je me suis dit qu'il n'y avait pas de meilleur moment pour mettre Fausto avec quelqu'un de jeune et de vivant. De préférence une femme, pour l'adoucir un peu. Bref, ce n'est pas pour te faire plaisir que je t'ai collée avec lui. Je l'ai fait pour lui.

On ne l'appelait pas l'Oracle pour rien, songea-t-elle. Elle s'était fait piéger et il n'y avait pas de sortie possible.

– Je me suis fait avoir par ma propre queue-de-cheval, ce fut tout ce qu'elle put marmonner.

– Mets-toi du coton dans les oreilles pendant quelques jours. En fait, Driscoll est un flic décent et généreux. Il te paiera tes *cappuccini* et tes *biscotti* chaque fois qu'il le pourra. Et pas parce que t'es une femme. Il est comme ça.

– Tout ce que j'espère, c'est de pas attraper la grippe aviaire ou la maladie de la vache folle rien qu'à l'écouter, lui renvoya-t-elle.

Ils étaient arrivés à leur véhicule de patrouille et Budgie s'était installée au volant lorsque B. M. Driscoll jeta son équipement dans le coffre et lui dit:

– Essaie de pas te mettre trop près de moi si tu peux. Je sais que t'as un bébé et j'ai pas envie de vous infecter. Je crois que j'ai attrapé quelque chose. J'en suis pas sûr, mais je suis tout raide et j'ai des frissons dans le bas du dos. J'ai eu la grippe en octobre et encore en janvier. Côté santé, j'ai eu une sale année.

Le reste se perdit dans les borborygmes de la radio. Budgie essaya de se concentrer sur la voix et d'oublier ce que B. M. venait de lui dire. Cela lui rappela un événement dont elle avait entendu parler pour la première fois au moment où, transférée à la division d'Hollywood, elle avait fait la connaissance de l'inspectrice Andi McCrea. Elle n'était pas la seule à beaucoup apprécier cette histoire.

On disait ainsi que plusieurs années auparavant un policier du LAPD d'une division voisine avait été victime de coups de feu tirés par un automobiliste qu'il avait arrêté pour excès de vitesse. À l'époque Andi McCrea était flic en tenue à la division d'Hollywood, plusieurs véhicules de patrouille ayant été affectés au service de nuit sur les confins est de la division, où le suspect avait été vu pour la dernière fois en train d'abandonner sa voiture après une courte poursuite.

On arrivait en fin de service et les équipes travaillaient en heures supplémentaires, tous communiquant ensemble pour vérifier les ruelles, les entrepôts et les bâtiments vides car le tireur avait disparu. C'est alors qu'Andi avait appris l'identité du policier : il s'agissait d'un de ses camarades de promotion à l'Académie de police et il était sérieusement blessé. Toute la nuit elle avait braqué sans relâche le faisceau de sa lampe sur les toits et jusque dans les arbres, son coéquipier plus âgé se plaignant autant que B. M. Driscoll maintenant. Pas de maladies imaginaires, non, de son besoin de dormir et de se reposer. Irresponsable, il n'était affecté à aucune équipe particulière.

D'après tous les récits, Andi McCrea l'avait supporté pendant deux heures, mais après l'avoir entendu dire : « On va trouver personne, allez, on se tire d'ici et on finit le service… tout ça, c'est des conneries », elle avait repris vers le nord et l'Hollywood Freeway, s'était garée au bord de la bretelle d'accès et avait coupé le moteur.

Son coéquipier lui ayant demandé : « Pourquoi on s'arrête ici ? », elle lui avait répondu :

– Y a quelque chose qui cloche. Tu veux aller vérifier le pneu avant droit ?

Ça aussi, ça l'avait fait grogner, mais il avait accepté, était descendu, avait éclairé le pneu avec sa lampe et déclaré :

– Y a rien qui cloche.

– Moi, j'te dis que si, espèce de minable ! lui avait-elle renvoyé.

Et elle avait filé en le laissant sur la rampe d'accès, sa radio toujours sur son siège et son portable dans son casier au commissariat.

Elle avait continué de chercher encore une heure et n'avait renoncé que lorsque l'ordre d'arrêter les recherches avait été lancé. Elle était alors rentrée au commissariat, toujours épuisée et prête à prendre ses médicaments.

L'Oracle l'attendait et, au moment même où elle reprenait son paquetage dans le coffre, lui avait lâché :

– Ton coéquipier est arrivé il y a environ une demi-heure. Il a fait du stop. Il est furibard. Vaudrait mieux que tu l'évites.

– Sergent, on cherchait un fumier qui a tiré sur un collègue !

– Je comprends et le connaissant, j'imagine bien ce que tu as dû supporter. Mais il est interdit de larguer un mec sur l'asphalte à moins qu'il soit mort et qu'on soit tueur en série.

– Il dépose une plainte officielle ?

– Il voulait, mais je l'ai convaincu de renoncer. Je lui ai fait remarquer que ce serait plus gênant pour lui que pour toi. De toute façon, il attend son transfert à West L. A. et sera parti avant la fin de la rotation.

C'est ainsi que l'affaire s'était terminée, mais c'était une des histoires préférées des flics du commissariat d'Hollywood qui connaissaient Andi McCrea. Et Budgie se la rappela en entendant B. M. Driscoll geindre qu'il avait les symptômes de la grippe. Elle en retrouva un petit sourire et se demanda : « Jusqu'où va-t-il falloir qu'il me pousse ? Pourrai-je m'en tirer comme Andi ? Parce que… y a quand même un précédent ! »

Et bien qu'elle ait commencé à apprécier l'idée de travailler avec Fausto maintenant qu'elle s'était un peu radoucie… ça ne serait pas génial de faire équipe avec Mag Takara ? Rien que pour pouvoir parler entre filles ? Quand elles seraient en code 7, à grignoter de la salade à la Soup Plantation, elles pourraient plaisanter sur un beau gosse pendant le service de nuit, se dire des trucs du genre : « Ça te dirait de te faire Hollywood Nate si tu pensais qu'il soit capable de fermer sa grande gueule après ? » Ou encore : « Ça te coûterait quoi de te faire une des deux bûches, le Bris ou le Débris, au choix, si tu pouvais l'abattre après ? » Bavardages de filles style flic.

Petite nana cool, Mag avait du cran et un sens de l'humour qui plaisait à Budgie. Et d'origine japonaise comme elle était, dès que ce serait code 7, elle descendrait sans aucun doute au sushi bar de Melrose, celui-là même où elle n'avait encore jamais réussi à faire aller un flic mâle. Bien sûr, deux filles, l'une aussi petite que Mag et l'autre aussi grande que Budgie, seraient la cible de toutes sortes de remarques de mecs, sans parler de toutes les plaisanteries sexistes que les femmes flics devaient supporter à moins de vouloir décrocher une réputation de rat en s'en plaignant. La plus nulle ? Comment appelle-t-on une voiture de patrouille avec deux femmes flics à l'intérieur ? Réponse : un thonier.

Et pendant que Budgie réfléchissait à la manière d'échanger B. M. Driscoll contre Mag Takara sans foutre l'Oracle en rogne, Mag, elle, réfléchissait à celle d'échanger le Bris contre absolument n'importe qui. Avec le Débris en congé, ils s'étaient retrouvés à faire équipe pour la première fois, le grand et la petite, le taciturne et la bavarde. Ah oui, mon Dieu ! et il n'arrêtait pas de baisser son radar perso sur elle chaque fois qu'elle regardait la rue, même que si ça continuait, il allait finir par rentrer dans un cul de bus ou autre.

– On va où pour le code 7 ? lui demanda-t-il alors qu'ils n'avaient même pas fait vingt minutes de patrouille. Et ne me dis pas au sushi bar de Melrose, où j'ai vu ta bagnole garée des tas de fois.

– D'accord, je le dirai pas, fit-elle en entrant le numéro de plaque d'une voiture surbaissée garée dans la voie médiane et en se disant que le surfeur devait emmener ses conquêtes dans des restos avec nappe en papier sur les tables et eau du robinet dans les carafes.

– Pour moi, commander du sushi, c'est bouffer tel quel un plat de mollusques morts depuis peu, reprit-il en espérant lui arracher un sourire. Ces machins-là, on en trouve partout sur les plages à marée basse. Tu fais du surf ?

– Non, répondit-elle, pas amusée.

– Tu dois avoir fière allure dans un tube ! Tous ces beaux cheveux noirs à flotter dans le vent !

– Un tube ? Un tuyau ? Quoi ? Surfer quand la vague se brise sur toi ?

– Oui, un tube, quoi.

« Cette bûche a dû se rétamer trop souvent, songea-t-elle. Il est plat du cerveau. »

– Oui, avec un bikini, que c'est juste un morceau de lycra de la taille d'un petit gâteau.

Survivre à cette nuit et ne plus avoir à supporter ce sac d'hormones, juste ça ! soupira-t-elle. Et de lever sérieusement les yeux au ciel lorsqu'il lui balança :

– Même que pour un surfeur, ça pourrait être le début d'une amitié super-monstre !

Wesley Drubb avait eu l'autorisation de conduire et il aimait ça. Nate s'était renversé sur son siège et faisait ce qu'il faisait le mieux : parler show-biz avec son jeune coéquipier, qui n'en avait rien à foutre du cinéma qu'il lui montrait, là, au croisement de Fairfax et Melrose – on y passait des films muets.

– Y a eu un meurtre célèbre à cet endroit dans les années 1990, dit Nate. Deux des anciens patrons du cinéma dans l'affaire. Le premier s'était fait avoir par un associé, qui avait lancé un assassin à ses trousses. L'assassin a récolté perpète sans possibilité de libération conditionnelle. La presse a appelé ça « le meurtre du muet ».

– Vraiment ? dit Wesley sans enthousiasme.

– Je pourrais faire ton éducation cinématographique. On sait jamais quand ça peut devenir utile dans cette division. Je sais que t'es riche et tout et tout, mais ça te dirait pas d'être figurant dans des films ? Je pourrais te présenter à un agent.

Wesley Drubb détestait que des flics parlent de sa fortune familiale et lui renvoya :

– Je ne suis pas riche, moi. C'est mon père qui l'est.

– J'aimerais bien le rencontrer un jour. Ça l'intéresse, le cinéma ?

– Il y va de temps en temps avec ma mère, répondit Wesley en haussant les épaules.

– Non, le cinéma à faire… les films.

– Lui, son hobby, c'est le tir aux pigeons. Il fait aussi un peu de tir au pistolet avec moi depuis que je suis entré au LAPD.

– Les flingues, moi, ça me passionne pas, dit Nate. Quand je parle millimètres, c'est pas pour les calibres et les munitions, c'est pour le celluloïd. Le 35 mm. Vingt-quatre images seconde. J'ai une caméra vidéo de 1 000 dollars. Panavision. Super.

– Bon, bon.

– Je connais un mec, lui et moi, on fait des films. Un de ces jours, quand on trouvera l'investisseur qu'il faut, on va se faire un petit film indépendant et on le montrera dans des festivals. On a le scénar et on est tout prêts. Tout ce qui nous faut, c'est le bon investisseur. On peut pas accepter n'importe qui.

Ils venaient de s'arrêter à un croisement résidentiel d'Hollywood Est, l'une des deux rues rappelant quelque chose à Wesley. Il regarda une maison à deux étages – où se réunissaient des membres du gang de la 18ᵉ Rue.

Hollywood Nate allait lui demander si, à son avis, papa Franklin Drubb pourrait pas envisager de mettre une start-up de production dans son portefeuille d'investissements lorsqu'un Blanc à crâne rasé, pantalon faux cuir, bottes cloutées et gilet en cuir sur large poitrine nue et entièrement couverte de tatouages, s'approcha de la vitre passager et y tapa fort.

Tous deux sursautèrent et Nate descendit sa vitre.

– Que puis-je faire pour vous ? demanda-t-il à l'inconnu.

On restait poli, mais on se méfiait.

– Emmenez-moi au croisement de Santa Monica et de La Brea, répondit l'homme à voix basse.

Hollywood Nate jeta un bref coup d'œil à Wesley, puis revint sur le type, lui braqua le faisceau de sa lampe sous le menton, découvrit ses grands yeux bien dilatés et répondit :

– Écartez-vous de la voiture !

Puis il descendit du véhicule pendant que Wesley informait vite le central que l'équipe 6-X-72 était en code 6. Il mit la voiture en vitesse parking, coupa le moteur, glissa les clés de contact dans la boucle de son ceinturon, descendit côté conducteur et fit rapidement le tour du véhicule, sa lampe torche dans une main, l'autre posée sur la crosse de son Beretta.

L'homme était bien plus âgé qu'il n'en avait l'air quand Nate l'avait ramené sur le trottoir et l'avait regardé de près. Cela dit, il avait les épaules larges, de grosses veines sur des bras musclés et des tatouages sur toute la longueur. Il faisait très sombre et le réverbère à un coin du carrefour était cassé. Une voiture passait bien de temps en temps, mais personne ne se promenait dans la rue résidentielle.

– Je suis un ancien combattant du Vietnam, reprit le type. Vous, vous êtes fonctionnaire, donc vous me conduisez au croisement de Santa Monica et de La Brea.

Hollywood Nate le lâcha des yeux pour regarder son coéquipier d'un air incrédule, puis il dit :

– Oui, bon, t'as fait le Vietnam et t'as les yeux au napalm pour le prouver, mais nous, on n'est pas un taxi. Tu carbures à quoi, mec ? À l'ecstasy ?

L'homme se fendit d'un sourire rusé bien calé quasi dingue. Puis il ouvrit son gilet, leur montra son torse et se passa les mains sur la taille, les fesses et l'entre-deux dans son pantalon imitation cuir.

– Voyez, pas d'armes. Rien de rien. Juste de chouettes tatouages. Et donc, on va au croisement de Santa Monica et de La Brea.

Hollywood Nate jeta un nouveau coup d'œil à son coéquipier, qui semblait tendu à craquer.

– Oui, bon, je vois. T'as plus de tatouages qu'Angelina Jolie, mais t'es pas elle. Et donc, non, on te conduit nulle part.

Et ajouta le mantra du commissariat d'Hollywood :

– Faut rester sur terre, mec.

Incroyable, ces yeux ! Nate regarda encore une fois sous le menton du type avec sa lampe. Où avait-il trouvé des yeux pareils ? Dieu sait pourquoi, ils ne collaient pas avec sa figure. À croire qu'ils appartenaient à quelqu'un d'autre. Quelqu'un… ou quelque chose.

Nate regarda Wesley, qui ne savait que faire. Le type n'avait enfreint aucune loi. Wesley ne savait pas s'il fallait lui demander son identité. Il attendait que Nate lui donne une idée. Ça commençait à devenir inquiétant. Le mec était sûrement un dérangé code 5150. Cela dit, il n'avait jamais fait que demander qu'on l'emmène quelque part. Wesley se rappela ce qu'on lui avait appris à l'Académie de police : du moment qu'ils ne représentent pas un danger pour eux-mêmes ou pour autrui, on ne peut pas emmener les cinglés au centre médical de l'université de Californie du Sud, anciennement le « vieil hôpital du comté », pour une petite détention de soixante-douze heures.

– Le seul endroit où on peut t'emmener, c'est en taule, dit enfin Nate. Pourquoi ne pas rentrer à la maison et cuver tranquillement ce qui te donne ces yeux-là ?

– C'est la guerre qui me les a donnés, mec. La guerre.

– Bon, j'ai dans l'idée qu'on va te dire bonne nuit, soldat, répondit prudemment Nate. Rentre chez toi. Tout de suite.

Nate fit signe à son coéquipier, recula vers la voiture, y monta et en ferma la portière tandis que Wesley s'installait au volant et mettait le contact. Ils étaient toujours en vitesse parking lorsque le type courut vers eux et flanqua un grand coup de pied dans la portière arrière droite avec sa botte cloutée.

En hurlant comme un loup.

– Putain de Dieu ! s'écria Nate en attrapant le micro de bord. Équipage 6-X-72 demande renfort !

Il donna l'endroit où ils se trouvaient, ouvrit sa portière, bondit avec sa matraque et la perdit dans les trente premières secondes du combat.

Wesley, lui, bondit du côté conducteur sans prendre la clé de contact ni même seulement arrêter le moteur, fit le tour de la voiture en courant et sauta sur le dos du fou qui avait cravaté Nate et tenait sa matraque d'une main.

Tous les muscles qu'Hollywood Nate s'était fabriqués au gymnase et qui faisaient de l'effet sur les nénettes à flics au Fauteuil du metteur en scène n'impressionnaient guère notre flingué. Même lorsque Wesley lui rentra dedans avec ses cent dix kilos, il continua de se battre, de donner des coups de pied et de mordre comme un chien enragé.

Wesley essaya de lui balancer du Jésus liquide sur la gueule, mais la bombe était encrassée et ne fit que déclencher un nuage de gaz poivre devant sa figure à lui, et quasiment l'aveugler. Il réessaya, mais ne réussit qu'à en balancer plus sur Hollywood Nate que sur le suspect, renonça et laissa tomber la bombe.

En un rien de temps, tous les trois se mirent à lutter, tomber et rouler en travers de la pelouse de la maison d'immigrants honduriens, passèrent dans une allée et arrivèrent carrément dans le jardin de derrière, où Hollywood Nate commença à paniquer en sentant ses forces l'abandonner. À paniquer et à se dire qu'il allait peut-être devoir abattre ce fou furieux qui, il le sentait, tentait de lui piquer son arme.

La bataille faisant toujours rage, plusieurs types d'une autre maison à un étage de la 18ᵉ Rue se mirent aux fenêtres, quelques-uns d'entre eux passant même dehors pour mieux voir et encourager le mec à botter le cul au LAPD. Mais lorsque leurs pit-bulls voulurent les suivre, ils les mirent en laisse : ils savaient que des tas d'autres flics n'allaient pas tarder à arriver.

Les chiens avaient l'air d'apprécier la bagarre encore plus que leurs maîtres et se mirent à gronder et aboyer, et chaque fois que le fou en tenue cuir grognait et cognait Wesley Drubb, qui lui infligeait les coups de matraque réglementaires, ils aboyaient encore plus fort. C'est alors que Loco Lennie fit son entrée en scène.

Loco Lennie n'était pas membre du gang de la 18ᵉ Rue, mais Dieu, qu'il aurait aimé ! Il était trop jeune, trop bête et trop impulsif pour qu'on l'utilise même seulement comme petit livreur de drogue. Et là, Loco Lennie ne regardait pas la bagarre entre les membres du gang et leurs chiens fous. Non, Loco Lennie n'arrivait pas à détacher les yeux de la voiture de patrouille, que dans sa hâte à secourir Hollywood Nate Wesley Drubb avait laissée au point mort et moteur allumé. Il avait enfin l'occasion de se faire un nom qui vivrait à jamais dans les esprits et les cœurs de tous ceux qui l'avaient rejeté jusqu'alors.

Il courut jusqu'à la voiture, sauta dedans et fila en hurlant :

– Viva la 18ᵉ Rue !

Hollywood Nate et Wesley Drubb, eux, ne savaient même pas qu'on venait de leur voler leur atelier. Ils avaient enfin réussi à coincer le type contre le garage à une place d'une maison délabrée, Wesley découvrant que tous les coups de jambe et de bras qu'on lui avait appris à l'Académie ne valaient pas un clou quand on se battait avec un costaud qui, en plus, était peut-être pété au PCP ou tout bêtement psychotique.

Et avant que les premiers secours tournent le coin de la rue en crissant de tous leurs pneus et la sirène couinant plus fort que les chiens de la racaille, et plus fort encore que l'espèce de fou furieux qui essayait désespérément de mordre Hollywood Nate, le flic referma son biceps et son avant-bras en une clé autour de la gorge du type. Nate appuya de toutes ses forces sur les carotides de l'ancien combattant tandis que Wesley s'épuisait à cogner partout sur lui, de ses épaules jusqu'au bas de ses jambes, sans grand effet.

Le Bris et Mag, Budgie et B. M. Driscoll et quatre policiers du troisième service se portèrent tous à leur aide en courant au moment même, ou à peu près, où le type était quasiment asphyxié, l'oxygène de son cerveau bloqué sous l'infâme prise, celle qui, appliquée à la carotide, avait certes tué plusieurs personnes au fil des décennies, mais avait sauvé plus de flics que tous les pistolets paralysants, fusils à balles caoutchouc, matraques, Jésus liquide et autres armes non mortelles de leur arsenal. Cela dit, avoir recours à cette forme de coercition non mortelle à l'ère de la surveillance du ministère de la Justice, du politiquement correct en matière ethnique, vous valait d'être traité exactement de la même manière qu'un policier qui a tiré. Et cela exigerait à peu près autant d'enquêtes et de rapports que si pour sauver sa vie Hollywood Nate avait tiré avec de la chevrotine double zéro.

Lorsque enfin il sembla qu'on avait la situation en main, un des chiens de la racaille fit ce que font tous les chiens de garde de la terre. Il avait vu les flics se ruer hors de leurs voitures et se précipiter vers son maître, il bondit en avant, brisa sa laisse et se rua droit sur B. M. Driscoll, qui venait à peine de poser le pied sur le trottoir. En voyant ces mâchoires qui bavaient, ces crocs découverts et ces yeux pleins de méchanceté, B. M. Driscoll poussa un hurlement, sortit son 9 mm et fit feu à deux reprises. Il rata le chien la première fois, mais le tua instantanément la deuxième, d'une balle en pleine tête.

Ces coups de feu parurent tout arrêter. Hollywood Nate s'aperçut que son dingue était complètement asphyxié et le laissa tomber par terre, inconscient. Wesley Drubb regarda pour la première fois du côté de la rue et lança :

– Où est passé l'atelier ?

Maintenant que le spectacle était terminé, la racaille et ce qu'il lui restait de chiens en vie firent demi-tour et battirent en retraite vers leurs maisons sans se plaindre du chien non déclaré qu'on venait de perdre. Et en parlant abondamment de ce Loco Lennie qui avait des *pelotas* en acier inoxydable. Peut-être allait-il falloir revoir le problème et le faire entrer dans la bande, à moins qu'il ne se fasse gauler par un flic qui l'aurait repéré dans la voiture de police volée.

– On y va caillou-papier-ciseau pour voir qui c'est qui lui colle le masque sur la gueule ? demanda le Bris en voyant le fou en tenue cuir étalé par terre.

Mais au moment même où Mag courait à sa voiture pour y prendre son masque de réanimation personnel, l'inconscient se remit à respirer tout seul. Gémit et tenta de se relever, mais fut promptement menotté par Hollywood Nate, qui s'effondra à côté de lui, le visage enflé et couvert de bleus.

C'est alors que le Bris remarqua quelque chose d'accroché au crâne chauve du gars. Il braqua le faisceau de sa lampe dessus et découvrit le mot « Weiss ». La plaque d'identité d'Hollywood Nate avait été arrachée et restait collée à la boule de billard du type.

– Je veux un Polaroid ! hurla le Bris.

L'Oracle était arrivé et avait déjà ordonné au Bris et Mag de repartir avec lui et de laisser leur voiture à Hollywood Nate et Wesley Drubb lorsque le menotté recouvra ses esprits et lança à Hollywood Nate :

– Moi, on peut seulement me faire mal qu'en état physique.

Et Nate, qui essayait toujours de retrouver une respiration normale, roula ses épaules qui lui faisaient mal et lui renvoya :

– C'est le seul état où on vit, espèce d'enfoiré psychotique !

L'Oracle les avertit qu'ils pourraient bien avoir deux équipes de l'Évaluation des tirs sur le dos : une pour la mort du chien et une autre parce que Hollywood Nate avait eu recours à l'horrible étranglement. Les équipes de l'Évaluation des tirs allaient devoir être convaincues que B. M. Driscoll avait agi par peur d'être gravement blessé et qu'Hollywood Nate n'avait étranglé son fou furieux qu'en dernier ressort et pour sauver une vie en danger immédiat, à savoir la sienne.

– Deux équipes de l'Évaluation des tirs pour le même incident, bordel de Dieu ! grogna l'Oracle.

Plein de sympathie, le Bris lui renvoya :

– Le LAPD n'aura jamais assez de couches de supervision, patron. Y a quelqu'un qu'a renversé la pyramide et on est sous la pointe. On a plus de couches qu'un gâteau de mariage pour la mafia.

Une voiture banalisée s'arrêtant pour se garer devant lui, l'Oracle se demanda comment l'équipe de l'Évaluation des tirs avait pu arriver aussi vite, mais s'aperçut qu'il ne s'agissait que de l'inspecteur de nuit Charlie le Compatissant qui, comme d'habitude, se laissait aller à sa curiosité morbide. Il portait une de ces vestes de sport taïwanaises à carreaux qui poussent les gens à se demander si c'est un retardateur d'incendie. Il descendit du véhicule, ôta de la bouffe d'entre ses dents et contempla la scène pour y aller d'une de ses déclarations pleines de sagesse.

Le Bris parla quelques minutes à l'un des petits malfrats du gang de la 18e Rue qui s'était attardé sur les lieux pour être sûr que le chien était mort, puis, ce court entretien terminé, il se porta au petit trot jusqu'à l'Oracle et lui lança :

– Patron, je crois qu'on a des circonstances atténuantes pour cette fusillade, qu'elles devraient vous aider à contenir ces sales rats de l'Évaluation des tirs.

– Ah oui, et ce serait ?

– Qu'un de ces mecs m'a dit que ce clebs était déjà de la barbaque en sursis dans le ghetto quand ils l'ont trouvé, répondit le Bris en montrant le pit-bull décédé du doigt.

– Quoi ?

– Vous savez bien… un de ces chiens abandonnés qui se baladent dans l'quartier. Un de ces mecs l'a trouvé à Watts, l'a ramené ici et l'a lâché dans la meute. Sauf que le mois dernier le clébard a chopé un cancer mortel et qu'ils allaient l'abattre d'un jour à l'autre.

– Et donc ?

C'est alors que Charlie le Compatissant se mêla à la conversation et lâcha :

– Vous comprenez pas ? Vous avez jamais entendu parler des chiens qui sont capables de sentir la tumeur maligne ?

– Bon, mais où veux-tu en venir, Charlie ? demanda l'Oracle.

Il n'avait pas le temps d'écouter le surfeur allumé ou une énième analyse à chaud de Charlie.

De Charlie le Compatissant qui hocha tristement la tête, suçouilla ses dents et déclara alors :

– On peut dire qu'il ne s'agit là que d'une énième tragédie ô combien émouvante parmi toutes celles qui se produisent chaque nuit dans les rues d'Hollywood. Ce putain de clebs savait qu'il avait un cancer. Et comme il le savait, il a décidé de faire honneur à sa bande et a décidé de se taper un suicide par flic interposé.

Le jeune Wesley Drubb resta un rien éberlué tout le reste de son service. Il ne cessait de passer d'une question à une autre. C'est ainsi que lorsqu'ils conduisirent le prisonnier à la prison centrale de Parker Center où il pourrait recevoir des soins, une seule chose lui importait quand ils passèrent devant le parking : « Pourquoi donc le portail d'entrée est-il bloqué par une barrière en acier alors que la sortie est grande ouverte et sans clous pour déchirer les pneus ? Un terroriste n'aurait aucun mal à entrer par la sortie. On est cons ou quoi ? » Voilà comment errait son esprit.

Après que le prisonnier eut été soigné, puis expédié au violon pour agression sur la personne d'un officier de police, Hollywood Nate et Wesley Drubb décidèrent de passer au Cedars Hospital pour leurs contusions et égratignures, et pour les spasmes musculaires de Nate. Quant au prisonnier, Nate dit à Wesley que ce serait au bureau du district attorney de décider s'il était fou à jamais ou seulement pété au PCP ou à autre chose que révélerait l'analyse de sang. La folie suite à ingestion de drogue ne pourrait pas lui servir de ligne de défense, mais la folie suite aux expériences de la vie genre ce qu'il avait vécu au

Vietnam pourrait lui éviter la prison et lui payer de petites vacances dans un hôpital psychiatrique.

Wesley Drubb resta dans les limbes pendant plus d'une heure. Et fut très inquiet suite aux remarques d'un employé de la prison qui avait pris tout son temps pour revenir de la longue pause déjeuner que le syndicat lui avait décrochée.

Lorsque le prisonnier avait été mis à poil pour être fouillé à corps, ce gardien de prison noir avait examiné les marques qui fonçaient partout sur le mec et lancé :

– On dirait un zèbre.

Wesley Drubb n'aurait jamais cru qu'un type de cinquante-sept ans puisse se battre comme ça et en était encore à essayer de trier les sentiments qu'il éprouvait suite à ces premières violences qu'il venait d'infliger à un être humain. Et malade d'inquiétude et de stress d'avoir perdu sa bagnole de flic, il avait tenté d'expliquer les bleus du prisonnier en déclarant :

– On avait pas le choix.

Le garde s'était marré en regardant le jeune flic tout ébranlé et lui avait renvoyé :

– Putain, encore heureux que ce connard soit un blanc-bite. Si ce mec avait été noir, vous auriez à affronter la colère du conseil municipal, du ministère de la Justice des États-Unis et le fantôme de cet enfoiré de Johnnie Cochran[1] !

Il se peut que Loco Lennie ait ou n'ait pas entendu l'avis du central informant toutes les unités que la voiture de la 6-X-72 avait été volée, et qu'il ait ou n'ait pas ouvert les textos envoyés à la voiture par tout un chacun qui avait appris la nouvelle.

Un de ces messages disait : « On te voit, t'es mort. »

Un autre : « On va t'abattre et te brûler. »

Un autre encore, apparemment d'une unité canine : « Mon clebs va te bouffer le cul aussi longtemps qu'il voudra. Avant que tu crèves. »

Toujours est-il que Loco Lennie se dit qu'il avait prouvé ce qu'il avait à prouver à la bande et abandonna la voiture à seule-

1. Célèbre avocat qui obtint l'acquittement d'O. J. Simpson *(NdT)*.

ment dix rues de chez lui. Trouva un caillou près d'un grillage tempête, le ramassa et le jeta sur le pare-brise en guise de coup de pied de l'âne.

Et rentra en courant chez lui – la gloire !

Lorsque, à la fin de cet horrible et interminable service, ils revinrent péniblement à leurs voitures personnelles, Wesley Drubb, qui avait gardé le silence les trois quarts de la nuit, dit à Hollywood Nate :

– Je me fous de ce qu'ils m'ont appris toutes ces années à USC. Et je me fous que ce soit pas très scientifique. Tout ce que je sais, c'est que depuis que j'ai pris ce boulot, je crois plus à l'évolution. C'est au créationnisme que je crois.

– Et pourquoi donc ? lui demanda Nate.

– Un exemple : le mec, cette nuit… Une forme évoluée de la vie ne pourrait jamais ressembler à un truc comme ça !

8

Après s'être arrêté au Goulag pour écluser un petit verre *happy hour*, Cosmo Betrossian avait repris le volant de sa Cadillac vieille de dix-huit ans et roulait vers l'est dans Sunset Boulevard pour gagner Korea Town, où il habitait temporairement. Il repensait à la façon dont il avait impressionné Dmitri lors de leur dernière rencontre. C'était là qu'il était à sa place, avec des gens comme Dmitri. À quarante-trois ans, Cosmo était trop vieux pour avoir affaire à des accros au caillou. Trop vieux pour racheter le journal qu'ils lui piquaient dans sa boîte aux lettres ou pour qu'on lui vole son portefeuille dans sa voiture afin de revendre les infos de ses cartes de crédit à d'autres flingués dans les bibliothèques et les cybercafés où ça s'achète en même temps qu'on fait du trafic de drogue sur Internet.

Cosmo et Ilya n'avaient jamais commis de vol à main armée avant l'affaire de la bijouterie. L'idée de la grenade était venue à Ilya de quelque chose qu'il avait entendu dire à un de ces drogués, qui l'avait lui-même lu dans un journal de San Diego. La raison pour laquelle ledit drogué l'avait donnée à Cosmo ? Les voleurs qui avaient monté le coup étaient des Arméniens censés être liés à la mafia russe. Cosmo n'avait pas pu s'empêcher de rigoler. Il leur avait piqué leur idée et leur *modus operandi*, et ç'avait marché comme sur des roulettes. Tout ça parce qu'il était émigré arménien.

Il avait appris l'arrivée des diamants à la boutique grâce à un autre de ces drogués, avec lesquels il traitait depuis plusieurs mois. Le renseignement provenait d'un reçu envoyé après livraison et expédié par la boutique à un fournisseur de Hong Kong. Avec cette lettre volée en était venue une autre, mentionnant elle aussi l'adresse de renvoi à la boutique, celle-là envoyée à un client de San Francisco et disant au dit client qu'un certain nombre de « pierres excitantes » étaient arrivées, pierres qui correspondaient exactement à ce qu'il avait en tête la dernière fois qu'il s'était rendu au magasin de Los Angeles. Ces missives avaient été volées dans une boîte aux lettres par un drogué qui avait échangé un plein sac de cartes de crédit avec renseignements bancaires en plus des lettres en question moyennant quatre *teeners*[1] de méthamphétamine, que Cosmo avait achetés pour 250 dollars et dont il s'était servi comme appât.

Cela faisait plus d'un an qu'il faisait affaire avec des drogués, et Ilya et lui n'avaient fumé qu'une fois avec eux, et ni l'un ni l'autre n'avaient aimé la manière dont ça les avait fait planer, même si de fait ça les avait excités sexuellement. Ils préféraient la vodka et la cocaïne. Cosmo avait dit à ses drogués qu'Ilya et lui étaient plus normaux et vieille école.

Ce qui l'excitait vraiment maintenant, c'était que le hold-up avait été facile. Cosmo avait beaucoup joui de voir le bijoutier pleurer et se pisser dessus. Après leur coup, il avait tringlé Ilya toute la nuit. Et elle aussi reconnaissait que, sexuellement, ç'avait été stimulant. Même si elle ajoutait qu'elle ne prendrait plus jamais part à un vol à main armée, il pensait pouvoir la convaincre du contraire.

Ilya l'attendait lorsqu'il regagna l'appartement. Dès qu'ils auraient vendu les diamants, ils videraient les lieux, disons pour emménager dans un plus bel appartement de Little Armenia. Le pitoyable deux-pièces qu'ils occupaient au-dessus d'un garage résidentiel leur était loué par un Coréen qui ne posait jamais de questions sur tous les types, blancs et asiatiques, qui montaient voir Ilya pour un petit « massage » et redescendaient environ une demi-heure plus tard. Ilya avait déjà pas mal bossé à l'extérieur lorsqu'elle avait été arrêtée dans une chambre d'hôtel par un beau flic des Mœurs qui lui avait fait miroiter du fric et portait

1. Argot de la drogue : un peu moins de deux grammes *(NdT)*.

de beaux vêtements et de belles bagues aux doigts. Ce soir-là, Ilya avait pleuré lorsqu'il lui avait montré sa plaque. Elle avait été assez naïve pour croire que le bel étranger lui offrirait de plus belles perspectives que celles d'un pompier vite fait, bien fait.

Âgée de trente-six ans et n'ayant plus trop d'années devant elle pour ce genre d'existence, Ilya s'était alors acoquinée avec Cosmo. Il lui avait promis de prendre soin d'elle : elle ne se ferait plus jamais arrêter et il s'était fait assez de pognon pour qu'elle n'ait plus à vendre son cul que de temps en temps. Pour l'instant néanmoins, elle se faisait plus de fric avec ledit cul que lui n'en gagnait avec ses drogués qui lui apportaient des affaires moyennant paiement en camelote.

Cosmo vit la lumière de devant après s'être garé à une rue de là et parcourut l'allée qui conduisait à l'appartement avec son escalier bouffé aux termites. Ça l'étonnait un peu, vu qu'elle n'avait pas de massage prévu. Il le lui avait spécifié. Il sentit la peur s'emparer de lui : ça pouvait être un avertissement qu'elle lui lançait. Sauf que non – il la voyait passer devant la fenêtre. Si ç'avait été les flics, elle aurait été assise et très probablement menottée. Il prit les escaliers quatre à quatre sans faire de bruit et ouvrit la porte sans s'annoncer.

– Salut, Cosmo ! lui lança Olive Oyl avec son sourire édenté.

Elle avait pris place sur le petit canapé.

– 'soir, Cosmo, dit Farley avec son petit sourire satisfait.

Il s'était assis à côté d'elle.

– Bonjour à toi, Olive. Bonjour à toi, Farley, leur renvoya-t-il. Vous avez pas appelé. Je m'attends pas à venue de vous ce soir.

– Ils m'ont appelée, moi, dit Ilya, après que tu es passé chez Dmitri.

Cosmo lui décocha un sale regard. Conne de femme. Mentionner Dmitri devant ces deux camés ! Il se tourna vers Farley :

– C'est quoi que vous apportez à moi ?

– Une affaire, répondit Farley toujours avec son sourire satisfait.

Intrigué, Cosmo regarda Ilya. Elle avait tiré ses cheveux blonds en chignon, ce qu'elle n'aurait jamais fait si elle avait attendu des clients, même des drogués comme ces deux-là. Et elle s'était foutu du maquillage un peu n'importe où, et avait de gros cernes sous les yeux. Il se dit qu'elle devait se taper une de ses grandes siestes lorsque les deux zozos l'avaient appelée et qu'elle n'avait pas eu vraiment le temps de se ressaisir avant leur arrivée. Elle avait l'air très inquiète.

– Quelle affaire ? demanda Cosmo.

– Une espèce de partenariat, dit Farley.

– Je comprends pas.

– On pense que le dernier truc qu'on vous a donné vaut plus que les deux ou trois *teeners* que vous nous avez filés. Beaucoup, beaucoup plus.

– C'est chose très dure vendre renseignements bancaires pour cartes de crédit au jour d'aujourd'hui. Tous ceux qui vendent des amphètes peuvent faire des affaires au jour d'aujourd'hui. Tout le monde connaît… comment ils appellent ?

– Le vol d'identité, répondit Farley.

– Oui. Donc je fais pas assez de fric pour rembourser le speed que je t'ai filé, Farley.

– Quatre *teeners* de merde ! lui rappela ce dernier. Ça fait un quart d'once. Disons quoi, dans ton pays ? Sept grammes, pas vrai ? Qu'est-ce que tu paies ? 60 dollars par *teener* ?

Cosmo sentit la colère l'envahir.

– On a fait affaire, dit-il. C'est conclu. Trop tard pour les plaintes, Farley. C'est fait. Vous cherchez ailleurs prochain coup si vous aimez pas nous.

Le ton qu'avait pris Cosmo inquiétant Olive, celle-ci lança :

– Oh, mais on vous aime bien, Cosmo, et on aime bien Ilya aussi ! Pas vrai, Farley ?

– Ta gueule, Olive ! lui renvoya celui-ci.

Puis il se tourna vers Cosmo et ajouta :

– Je suis pas con, Cosmo. Pas con du tout du tout.

Olive était sur le point de confirmer verbalement lorsque Farley la réduisit au silence d'un coup de coude.

– Cosmo, reprit-il, je lis toutes les conneries que j'apporte aux gens avec qui je traite. Et ces lettres de la bijouterie *x*, je les ai lues. Je m'disais que tu pourrais peut-être en tirer quelque chose. Comme disons... vendre ces renseignements à un voleur qualifié qui pourrait passer par le toit quand le magasin est fermé et piquer les pierres. J'aurais jamais cru qu'un type puisse entrer avec des pétoires et tout faucher comme Bonnie et Clyde. C'est que j'suis pas un violent, tu vois ? Et j'pensais pas que t'en étais un non plus.

Ilya ayant l'air au bord des larmes, Cosmo la fusilla du regard.

– Tu racontes conneries, Farley, dit-il.

– J'regarde beaucoup la télé, Cosmo. C'est ça que ça te fait de fumer du caillou. Peut-être que j'lis pas beaucoup les journaux, mais la télé, j'la regarde beaucoup beaucoup. Et le coup de la grenade à main, c'est passé à toutes les nouvelles le soir que tu l'as fait. Et c'était juste après que j't'ai filé les lettres de la bijouterie.

« Tu racontes conneries, Farley » fut tout ce que Cosmo put lui renvoyer.

– Et le signalement qu'ils ont donné aux nouvelles, c'était le tien, enchaîna Farley.

Puis il se tourna vers Ilya et précisa :

– Et le tien aussi, Ilya. Et moi, j'ai réfléchi à tout ça. Même que c'est à peine si j'arrive à penser à aut' chose.

Cosmo regarda fébrilement Farley, puis Ilya, aller-retour.

– J'aime pas cette discussion, dit-il.

– Y a une autre lettre que tu devrais avoir, reprit Farley. Mais je l'ai pas apportée avec moi. Je l'ai laissée chez un copain.

Une vague de panique l'envahit et il ajouta :

– Si j'arrive pas chez moi sain et sauf ce soir, lui, il va filer la lettre au commissariat d'Hollywood.

Olive le regarda d'un air interrogatif et lança :

– Moi aussi, Farley. Sain et sauf, c'est bien ça ?

– Ta gueule, Olive ! répéta Farley en sentant sa propre sueur et se rappelant que la nénette de la télé avait signalé que le mec agitait un pistolet le soir du cambriolage.

– Tu veux de moi quoi ? demanda Cosmo après un long silence.

– Oh, disons... environ 15 000 dollars.

Cosmo bondit sur ses pieds et hurla :

– T'es fou ! T'es mec complètement fou !

– Me touche pas ! cria Farley. Me touche pas ! Faut que j'arrive chez moi sain et sauf ou t'es cuit !

Olive enroula ses bras autour de Farley pour qu'il se calme et arrête de trembler. Cosmo se rassit, soupira, passa ses doigts dans ses lourds cheveux noirs et dit :

– J'en donne 10 à toi. 10 000 à toi quelque part le mois prochain. Du fric arrive au mois de juin. Là, j'ai rien. Rien.

Farley se dit qu'il valait mieux en rester là et tremblait encore lorsqu'il se leva avec Olive. Et la prit par la main. La violence, c'était pas son truc. Un mec qui le regardait avec du meurtre dans les yeux ? Tout ça, c'était du nouveau pour lui.

– Bon, d'accord, dit-il, mais t'essaie pas de te barrer de la ville. J'ai un type qui surveille ta maison vingt-quatre heures sur vingt-quatre et sept jours sur sept.

Puis, avant que Cosmo puisse lui répondre et lui foutre la trouille à nouveau, il descendit l'escalier quatre à quatre avec Olive et poussa un grand cri lorsqu'il faillit marcher sur un rat à moitié bouffé étalé sur la dernière marche. Un chat sauvage noir lui siffla après.

Lorsque enfin ils arrivèrent à la boutique de doughnuts de Santa Monica où traînaient les drogués, il avait repris un peu ses esprits. De fait même, il se sentait super-macho en pensant aux 10 000 dollars qui allaient leur tomber dans la poche le mois suivant.

– J'espère que t'as jamais cru que j'avais peur de ce bouffeur de chèvres, avait-il dit à Olive alors même qu'il tremblait tellement qu'il avait dû se garer au bord de la route et la laisser prendre le volant.

– Bien sûr que non, Farley, avait-elle répondu. T'as été très courageux.

– Pas qu'y aurait des trucs à craindre, d'ailleurs. Merde, ils se sont quand même servis d'une grenade bidon, non ? Et j'parie que leur flingue, lui aussi, était bidon. Comment qu'elle a dit déjà, la nénette aux gros nichons à la télé ? Un pistolet semi-automatique? J'te parie que c'était un jouet arrangé pour qu'il ait l'air vraiment méchant!

– C'est dur à croire que Cosmo et Ilya pourraient flinguer quelqu'un, avait renchéri Olive.

– Ouais, mais l'ennui là-dedans, lui avait-il rappelé, c'est qu'on a pas assez de dope pour tenir jusqu'au mois prochain. Faut qu'on passe au cybercafé faire des affaires. Comme disons... tout de suite.

– Tout de suite, Farley, avait-elle acquiescé en regrettant qu'ils n'aient pas d'argent pour se payer un bon repas.

Farley avait encore plus l'air d'un fantôme que d'habitude.

Le cybercafé qu'ils avaient choisi se trouvait dans un mini-centre commercial. De grande taille, le bâtiment abritait au moins deux cents ordinateurs qui marchaient jour et nuit. Il y avait beaucoup d'affaires qu'on pouvait faire sur le Net. Un drogué pouvait s'acheter de la came en allant sur un site en ligne, voire en putassant un peu sur la toile – homme ou femme, c'est toi qui choisis. L'argent pouvait être viré de compte à compte. Ou alors le drogué pouvait aller à la pêche aux pins et aux renseignements bancaires pour cartes de crédit. Les ordinateurs étaient bon marché et pouvaient être loués à l'heure. Tout comme les piquouzeurs qui faisaient le trottoir au coin de la rue, près du café.

L'un d'eux, une folle noire d'un mètre quatre-vingts avec tout le falbala, perruque blonde, fuseau rouge ras l'bonbon, talons aiguilles de dix centimètres, bracelets en plastique rouge et anneaux jaunes aux oreilles, repéra Olive et Farley et leur lança en s'approchant:

– T'aurais pas du caillou ce soir?

Il avait déjà fait affaire avec Farley à plusieurs occasions quand celui-ci dealait du crack.

– Non, et j'en cherche, répondit Farley.

Le piquouzeur était prêt à retourner à son coin pour proposer des passes aux types en bagnole lorsqu'un très grand ado fondu au crack et habillé d'un maillot de sport avec numéro, d'un pantalon ample qui lui tombait à mi-mollet et de baskets noires – il avait l'air assez fou pour gagner sa vie en faisant des paniers pour une équipe de la NBA – s'approcha du piquouzeur et lui lança :

– Dis donc, Mama, où c'que je pourrais m'en payer ? J'en ai salement besoin, tu vois c'que j'veux dire ?

– Ben ça, dit le piquouzeur, j'vois ce que tu dis, mon mignon dadais.

– Bon, ben, ça te donne pas des idées, Mama ? J'ai de quoi échanger, moi, tu vois c'que j'veux dire ?

– Et ça serait ?

Il sortit de sa poche plusieurs cailloux emballés dans du plastique et ajouta :

– Ça, ça t'emmènera direct au paradis, tu vois c'que j'veux dire ?

– T'as qu'à entrer là-dedans et le vendre ! lui dit le piquouzeur en lui montrant la boutique à ordinateurs. Tu te prends de bons billets de l'Oncle Sam, tu ressors et on cause ?

– Tu verras que mes billets, ils seront bons et tu f'ras pas qu'en causer ! T'en couineras, ma belle, tu vois c'que j'veux dire ?

– Ben ça ! dit le piquouzeur.

Et lorsque le jeune entra dans le café en se pavanant, le piquouzeur se tourna vers Olive et Farley :

– C'est qu'on en voit plus beaucoup, des Noirs à Hollywood, sauf les négros pétés au crack et à l'insolence qui débarquent de South L. A. pour faire la pute et voler. Rien que les avoir autour, c'est mauvais pour les affaires. Ça fout tout en l'air pour tout le monde.

Et d'ajouter en ricanant :

– Voyez c'que j'veux dire ?

– Si on trouve du caillou ce soir, on le partage avec toi, dit Olive à la folle. J'ai pas oublié la fois où t'as partagé avec nous.

Farley lui décocha son regard à la ferme-ta-gueule, regard que remarqua le piquouzeur.

– Pas de problème, ma choute, ton vieux mec a bien plus besoin de sa dose que moi… rien qu'à le voir !

Avant Olive, époque que Farley appelait « A. O. », il faisait beaucoup d'affaires dans le coin. Il volait des autoradios qu'il revendait en ligne au cybercafé, grâce à un ordinateur loué. Le fric était expédié par eBay à la Western Union, où Farley le retirait. Avant de retourner s'acheter du caillou au cybercafé. Imaginer vivre loin de cet endroit lui était difficile.

Ils entrèrent, Farley cherchant aussitôt quelqu'un qu'il pourrait travailler au corps. Il repéra, assis devant un des ordinateurs près de la porte, un mec avec lequel il avait été arrêté au cours d'une descente quelques années plus tôt. Il se planta derrière lui une minute, histoire de voir si ça marchait pour lui.

Le message e-mail qu'il lisait était le suivant: « Ai besoin billets pour concert Tina Turner. Veux être assis au huitième rang. Accompagné d'un ado. »

– C'est un putain de flic! dit Farley au drogué, qui sursauta et pivota sur sa chaise. T'es en train d'écrire à un flic, mec!

Mec dont il ne se rappelait plus le nom.

– Yo, Farley! dit le drogué. Qu'est-ce qui te fait croire que…

– Tous les flics de la planète savent que Tina Turner, c'est un code pour la came. Et le huitième rang? Mais réfléchis un peu, mec. Qu'est-ce que ça pourrait être d'autre qu'un huitième d'once? Bref, t'es en train de faire affaire avec le plus con des drogués de la toile ou bien c'est à un flic des Stups que tu causes. Et son code de nullard, plus personne s'en sert parce que tout le monde est capable de le casser.

– T'as peut-être raison, dit le drogué. Merci, mec.

– Bon, donc, et si tu me rendais un service vu que moi, je viens de t'en rendre un?

– J'ai pas de dope et pas d'argent à prêter, Farley. À plus.

– Espèce de petit crétin ingrat, dit Farley à Olive en la retrouvant. Quand il s'est fait gauler au Pablo's Tacos y a deux ans et conduire menotté au commissariat d'Hollywood, l'a fallu qu'on tombe le pantalon, se penche en avant et écarte les fesses. Même que la dope lui est sortie du trou de balle à toute allure. Il a raconté au flic qu'elle était pas à lui. Qu'il faisait juste que la garder pour un type en conditionnelle qu'avait sorti un couteau et l'avait obligé à se la foutre dans le cul quand les flics avaient encerclé le resto à tacos.

– Tu l'as vu? demanda Olive.

– Quoi?

– Le type en conditionnelle avec le couteau… tu l'as vu l'obliger à se la mettre dans l'cul ? Putain, j'parie que ton copain avait drôlement la trouille !

C'est à ces moments-là que Farley Ramsdale restait sans voix et se disait qu'elle ferait mieux d'être morte. Sauf qu'elle était si prodigieusement conne qu'elle donnait même l'impression d'aimer la vie. Peut-être que c'est comme ça qu'il faut se démerder de l'existence, se dit-il. On se pète la cervelle aussi fort qu'elle et on goûte au voyage aussi longtemps que ça dure.

Il la regarda, elle lui sourit et lui montra ses gencives, une petite bulle se formant dans le trou gauche de sa calandre lorsqu'elle lui lança :

– Je crois qu'il reste un peu de marijuana à la maison. Et on pourrait piquer des bonbons et une bouteille de vodka chez le marchand de vin de Melrose. Le vieux Persan qui bosse le soir est quasiment aveugle, qu'on dit.

– C'est les chats qui sont persans, lui renvoya Farley. Lui, il est iranien. Même qu'y en a partout, c'est comme les cafards. C'est à Iran-geles, Californie, qu'on habite, putain de merde !

– On se démerdera, Farley. Tu devrais manger quelque chose. Et faut pas que tu te décourages et que t'oublies que demain, c'est un autre jour.

– Bordel de Dieu ! s'écria-t-il en la fixant des yeux. *Autant en emporte le vent, bordel !*

– Qu'est-ce que tu dis, Farley ?

Farley, qui, comme les trois quarts des drogués, passait des journées entières à regarder des films à la télé, lui répondit :

– T'es ce qui serait arrivé à Scarlett O'Hara à la fin de sa vie si elle avait fumé un wagon de caillou de Maui. Elle serait devenue ce que tu es ! *Demain est un autre jour*, non mais !

Olive n'avait aucune idée de ce sur quoi il délirait. Qu'il arrive à dormir ou pas, il avait besoin d'aller se coucher. Il avait eu une horrible journée.

– Allez, Farley, dit-elle. Rentrons à la maison et je te ferai un délicieux sandwich grillé au fromage. Avec de la mayonnaise par-dessus !

Personne sur la plage ou dans tout l'État de Californie n'était plus en colère que le Débris en ce début de matinée du 1er juin. C'est d'ailleurs ce qu'il dit au Bris lorsqu'il le retrouva à Malibu, descendit sa planche du Bronco et s'arrêta pour contempler l'océan. Tous les deux portaient des combinaisons noires.

Le ciel était un éblouissement d'or qui montait, des taches de gris en mouchetant le bas au-dessus de l'horizon. Le Débris se détourna, puis regarda longuement le smog qui s'étirait en voiles clairsemés et les nuages furibonds et meurtris qui descendaient comme lait caillé sur tous les endroits où les gens vivent dans le désespoir. Le Débris se tourna, regarda vers la mer, vers l'horizon plein d'espoir qui luisait tel un ruban d'argent sans fin, et resta longtemps sans parler.

– Qu'est-ce qui va pas, mec ? lui demanda le Bris.

– Je me suis fait arnaquer, frangin, jeudi soir !

– Arnaquer ?

– Un coup de ces putains d'Affaires internes. Si t'avais été de service, toi aussi, t'y serais passé. Je bossais avec B. M. Driscoll. C'te pauv' cloche ferait mieux de foutre le feu à la racaille et d'abattre des clebs. Il se fout toujours dans la merde.

– Qu'est-ce qui s'est passé ?

– Tu te rappelles quand les Affaires internes ont fait leur arnaque dans le Southeast... C'était quand ? L'année dernière ? Le coup où ils ont foutu un flingue dans la cabine téléphonique ?

– Ouais, en gros, répondit le Bris pendant que le Débris passait sa planche vieille de dix ans à la cire en parlant.

– Pour ça ces gros incompétents qui préparent la descente aux Affaires internes laissent un flingue près d'une cabine téléphonique avec un de leurs mecs en civil pas loin de là. Ils passent un faux appel pour faire venir une voiture de patrouille. L'idée, c'est que l'unité qui les intéresse va arriver, voir le mec, faire un constat et découvrir le flingue qu'on peut pas manquer. L'unité va lui demander ce qu'il sait sur l'arme et le mec, lui, va répondre : « Qui ça ? Moi ? », comme les frères disent tout le temps dans le coin. C'est là que les mecs des Affaires internes qui les observent en embuscade espèrent que les flics vont arrêter le frangin et prétendre qu'il était armé. Et s'ils ont vraiment de la chance, même que les flics vont peut-être tabasser le frangin après que celui-ci leur aura gueulé dessus. Tiens, même que s'ils touchent le jackpot, ils vont le traiter de « sale nègre », ce qui, évidemment, leur vaudra une condamnation à mort et l'aiguille qui tue. Et après, tiens, peut-être qu'ils fêteront ça. Sauf que là, non, pas cette fois. Parce que, cette fois, tout est parti en couille.

– Qu'est-ce qui s'est passé ? Y a eu fusillade, c'est ça ?

– Y a de la racaille qui passe en bagnole avant que la patrouille arrive. Et les mecs voient un drôle de frangin qu'est pas dans leur bande, et donc ils lui tirent dessus. C'est là que l'équipe de renfort des Affaires internes se porte à la rescousse, retourne le tir mais sans vraiment s'y mettre. Et moi qui croyais que les flics étaient censés répondre sérieusement à des tirs, sauf que là c'est l'unité des rats et que les rats, ils voient pas la vie comme les flics ordinaires. Bref, la racaille se tire et que font nos mecs des Affaires internes ? Ils prennent leurs pistolets paralysants et dégagent vite fait pour pas attendre l'enquête des mecs de l'équipe de l'Évaluation des tirs. Ce qui fait que là, ils enfreignent toutes les règles que nous autres, on est obligés de suivre. Et leur excuse ? Ben, qu'il fallait bien qu'ils protègent l'identité de leur mec en civil.

– Des conneries, ça, mec, dit le Bris. Quand tu balances du trois kilos cinq de pression sur une détente réglée à trois, tu restes, tu causes au mec et tu fais ton rapport. Le coup du mec en civil, c'est quand la gueule du flingue, elle crache.

– Sauf pour ces rats-là.

– Bon, alors, comment ils t'ont eu jeudi soir ?

– C'est ça qui me rend dingue. Ces troudues sans imagination ont recommencé avec leur gag ! Au début, j'ai cru qu'ils en avaient après B. M. Driscoll. Il m'avait dit avoir eu une sale histoire de tir douteux sur le dos avant son transfert à Hollywood et ça l'inquiétait. Un truc où il aurait tiré sur un clandestin du Mexique qui lui fonçait dessus en bagnole en essayant d'échapper à une longue course-poursuite. Le lendemain, au commissariat il reçoit un coup de fil d'un citoyen super en colère qui lui dit : « Va falloir venir me tondre ma pelouse. Vous m'avez flingué mon jardinier. »

– Ouais, dit le Bris, not' chef nous dit toujours qu'on est juste censés sauter de côté quand une voiture nous fonce dessus, peut-être agiter une cape devant comme les matadors. Et après, recommencer la poursuite, mais à condition de ne jamais mettre quiconque en danger, hormis nous-mêmes. Tout plutôt que de tirer sur un voleur qui pourrait être mineur. Ou d'origine étrangère. J'aimerais bien qu'on me dise quelle est la minorité ethnique sur laquelle on n'a pas le droit de tirer et forcer le gouverneur Arnold à leur filer un autocollant à mettre sur leurs plaques d'immatriculation. Comme ça, on saurait.

– Battre en retraite, c'est pas dans la personnalité du flic, renchérit le Débris. Peut-être qu'ils veulent nous renvoyer à l'ère du « je te fais un petit signe de ma bagnole de patrouille », comme sous Lord Voldemort.

– Peut-être qu'ils devraient nous cadenasser nos détentes de flingues.

– Bon, bref, B. M. Driscoll est convaincu que les Affaires internes l'ont dans le collimateur, reprit le Débris. Toutes les deux ou trois semaines, il sonde les murs de sa maison pour voir s'il y a pas de micros dedans. Mais tu le connais… il s'attrape un rhume des foins et il croit que c'est le cancer.

– Bon, alors, cette histoire de jeudi soir ? T'es pas en train de me dire qu'ils ont laissé un flingue à côté d'une cabine téléphonique, si ?

– Non, un sac à main.

Et le Débris de préciser que la cabine se trouvait, naturellement, dans Hollywood Boulevard, où des tas de touristes pourraient faire ce genre de conneries. Une cabine à côté de la station de métro. Et de se rappeler que ça l'avait beaucoup agacé quand c'était arrivé sur son écran d'ordinateur. Rien de bien grave. Un anonyme qu'avait appelé pour dire que quelqu'un avait laissé un sac à main dans une cabine de téléphone. Et l'appel avait été filé à l'équipe 6-X-32, un soir où B. M. Driscoll remplaçait le Bris.

B. M. Driscoll, qui était assis sur le siège passager, avait dit :

– Et merde ! Un objet trouvé à rapporter au commissariat.

Fait chier. Mais bon: ça me donnera l'occasion de sortir mon inhalateur de mon casier. Je suis en train d'attraper de l'asthme.

Le Débris qui dit:

– T'as pas d'asthme. (Il commence à en avoir marre des problèmes de santé imaginaires de ce mec.) Mon ex, elle, était asthmatique. Elle se tapait une crise chaque fois que je l'entreprenais au pieu. Soit à peu près une fois par rotation. J'étais loin de savoir qu'elle se faisait ramoner la tuyauterie par le plombier du bas de la rue deux fois par semaine.

Le Débris qui se gare en zone rouge, près du croisement d'Hollywood Boulevard et d'Highland Avenue pendant que B. M. Driscoll déclare:

– J'aime pas inhaler des stéroïdes, mais y a rien de plus fondamental que respirer.

Et d'ajouter pendant que le Débris sort de la voiture:

– Fais gaffe de bien la fermer à clé.

Il n'avait pas peur qu'on leur ouvre leur coffre à fusils ou qu'on leur pique l'atelier. Ce qui l'inquiétait, c'était les deux uniformes qu'ils venaient juste de reprendre chez le teinturier et qu'ils avaient suspendus au-dessus de la banquette arrière.

Ils ferment la voiture, le Débris prend sa matraque et se dirige lentement vers la cabine en laissant B. M. Driscoll traîner derrière lui et terminer son monologue médical sur le traitement de l'asthme par l'inhalation de stéroïdes à un endroit où il peut à peine l'entendre.

C'est le genre de début de soirée estivale où la couche de smog rougit sous l'éclat du soleil couchant et jette une lumière dorée sur tout le bassin de Los Angeles et, Dieu sait pourquoi, plus particulièrement sur Hollywood. Et cette lumière dit aux gens: « Il y a d'étonnantes possibilités ici. »

Le Débris sent la chaleur sèche sur son visage, regarde les individus hauts en couleur qui l'entourent, voit les drogués, les putes, les mendiants et les flingués ordinaires d'Hollywood, tout cela à se mélanger aux touristes. Il aperçoit Mickey Mouse, Barney le dinosaure et Darth Vader (ce soir-là il n'y en a qu'un) et deux ou trois King Kong.

Sauf que les types à l'intérieur des costumes de gorilles ne sont pas assez grands pour bien jouer le rôle du grand singe et qu'il voit un type en qui il reconnaît Al l'Intouchable s'approcher de l'un d'entre eux pour lui dire :

– King Kong, mon cul ! Tu ressemblerais plutôt à Cheetah.

Aussitôt le Débris se détourne parce que si jamais il y a un ennui, il ne veut absolument pas avoir affaire à Al l'Intouchable, surtout pas là, dans Hollywood Boulevard où la multitude ne pourrait pas manquer d'assister à l'horrible autant qu'inévitable résolution du drame.

Une paire de flics à vélo, un homme et une femme qu'il reconnaît du troisième service, passe lentement sur le trottoir en pédalant, là, sur les très célèbres dalles de marbre et de cuivre jaune de cent cinquante kilos dédiées à la magie d'Hollywood et aux splendeurs du passé.

Les flics à vélo lui adressent un petit signe, mais continuent leur chemin lorsqu'il hoche la tête pour leur indiquer que rien d'important ne l'amène là. Il se dit qu'ils ont pas du tout l'air cool avec leurs casques et leurs drôles d'uniformes bleus que les autres flics appellent des « pyjamas ».

Et lorsque B. M. Driscoll le rattrape, il lui dit :

– Ça te paraît pas un peu bizarre ? Enfin, je veux dire… un sac à main qu'on laisse ici et que nous signale un anonyme ?

– Qu'est-ce que tu veux dire ? lui demande le Débris.

– Ils me cherchent, lui répond B. M. Driscoll.

– Qui ça ?

– Les Affaires internes. De fait même, tous les mecs du Professional Standards Bureau. Je me suis fait interroger comme un terroriste d'Al-Qaïda par une équipe de l'Évaluation quand j'ai tiré sur une espèce de pété au crack qu'essayait de m'écraser avec sa bagnole. Je te dis, moi, ils me cherchent.

– Putain, mec, tu devrais aller voir le psy de la police, lui renvoie le Débris. Tu planes méchant, là, frangin. Tu m'as l'air bien déjanté.

Mais l'autre lui lâche :

– Que j'te dise quelque chose : si ce sac à main est toujours en plein milieu de ce bordel de zoo du boulevard, ça veut dire un truc. Et ce truc, c'est qu'une escouade de flics en civil a viré tous les drogués qu'ont essayé de le piquer ces dix dernières minutes.

Et là, le Débris commence à se sentir parano et se met à regarder sérieusement tous les touristes à côté de lui. Et celui-ci, ça pourrait être un flic ? Parce que celui-là, là-bas, ça pourrait vraiment en être un. Et la nénette qui fait semblant de lire le nom sur une des étoiles du trottoir, hein ? Merde, elle a un sac aussi gonflé que si elle y rangeait un Glock et des menottes.

Ils arrivent enfin devant la cabine… et y voient un sac à main de femme en cuir marron sur la tablette.

– Le sac à main est toujours là, dit B. M. Driscoll. Personne ne l'a pris. Même pas un drogué. Même pas un bon Samaritain. Il est toujours là. S'il y a du fric dedans, j'te parie tout ce que tu veux que c'est une arnaque pour nous gauler.

– S'il y a du fric dedans, là, je dois reconnaître que t'as peut-être raison, dit le Débris en cherchant derrière lui la nénette au sac avec une bosse.

Et nom de Dieu, voilà qu'elle le regarde droit dans les yeux ! Et qu'elle lui fait un petit signe de la main un rien coquin et s'éloigne. Merde, juste une foldingue des flics.

B. M. Driscoll prend le sac à main, l'ouvre comme s'il s'attendait à voir un diable lui sauter au nez, en sort un gros portefeuille en cuir et le tend au Débris en lui lançant :

– Dis-moi que je me goure.

Le Débris l'ouvre et y trouve un permis de conduire, des cartes de crédit et d'autres pièces d'identité au nom d'une certaine Mary R. Rollins, domiciliée à Seattle, État de Washington. Et 367 dollars en liquide.

– Frangin, pour moi, t'es pas parano, dit-il. Oublie ce que je t'ai dit sur le psy.

– On rapporte tout ça au commissariat et on remplit le 1010, dit Driscoll en faisant référence au formulaire de bien retrouvé.

– On l'apporte à l'Oracle, dit le Débris. On appelle les Renseignements pour avoir le numéro de téléphone de Mary Rollins et vérifier si tout ça est bien réglo. J'aime pas qu'on me piège pour me faire passer pour un voleur.

– Mais c'est pas toi ! lance B. M. Driscoll, qui commence à se tortiller et cligner des yeux. C'est moi. Je suis visé.

Arrivés au commissariat, ils découvrent que l'Oracle est aux chiottes, où il lit un journal.

– Vous êtes là, boss ? demande le Débris en s'arrêtant devant la porte des toilettes.

– Vaudrait mieux que ça soit plus important que toute votre excitation, parce que demain c'est jour de surf, répond l'Oracle en reconnaissant sa voix. À mon âge, couler un bronze est une affaire sérieuse.

– Vous pourriez nous retrouver, Driscoll et moi, à la salle d'appel ?

– Le moment venu. Chaque chose en son temps.

Ils ont choisi la salle d'appel pour être tranquilles. L'Oracle examine le sac à main et son contenu, puis il regarde son surfeur de flic tout bronzé et en colère, avec ses cheveux remontés au gel qu'on dirait un tapis-brosse à pointes, et son associé plus âgé qui remue le nez comme un lapin, et dit :

– Z'avez raison ! C'est forcément un coup monté ! C'est de la pure connerie en barre !

Le Bris et le Débris s'étaient allongés dans le sable près de leurs planches, de leurs serviettes et de la mer lorsque le Débris, qui arrivait au bout de son histoire, s'arrêta pour boire une bonne gorgée de sa bouteille d'eau.

– T'arrête pas, mec ! lui lança le Bris. Mets-nous la dernière bobine. Qu'est-ce qui s'est passé, bordel ?

– Ce qui s'est passé, c'est que l'Oracle s'est jeté là-dessus comme El Niño et que tout le monde s'est écarté de son chemin. Il en avait plein le cul, frangin. Et moi, là, j'ai vu ce que ça te donne, tous ces galons !

– Parce que ça serait autre chose qu'une mort prématurée ?

– Des couilles comme ça et pas un pet de trouille, frangin. Il te les a secoués jusqu'à ce que la merde sorte ! C'était bien un coup monté, sauf que, comme d'habitude, les mecs de l'Ethics Enforcement Section avaient merdé. C'était pas B. M. Driscoll qu'ils visaient. Lui est tellement réglo qu'il enlèverait même pas les étiquettes d'un matelas neuf. Mais ils ont pas voulu dire à qui c'était destiné. Peut-être quelqu'un du troisième service. On pense que les mecs de la communication ont appelé la mauvaise unité, tout bêtement.

– Les mecs de l'Ethics Enforcement Section devraient s'en tenir à gauler les flics qui bossent au noir quand ils sont censés rester chez eux parce qu'ils ont mal au dos. Y a qu'à ça qu'ils sont bons.

– Être flic à L. A. à l'heure qu'il est, c'est comme jouer au ballon prisonnier, sauf que les ballons, ils t'arrivent dessus de tous les côtés, bordel! dit le Débris.

Le Bris contempla le regard d'un kilomètre de long de son associé et lui lança:

– Ton ordi est sur fond d'écran, mec. Fais-moi tourner ce disque dur et redescends sur terre.

– Bon, d'accord, mais j'aime pas qu'on me prenne pour un voleur.

– Faut bien qu'ils jouent à leurs petits jeux pour pouvoir dire: «Vous voyez bien, monsieur l'attorney général, que nous, on applique le décret du consentement contre tous ces flics du LAPD qui la ramenaient.» Laisse tomber, je te dis.

– Sauf qu'on s'est fait avoir par la bande, frangin.

– Qu'est-ce que tu racontes?

– Ils nous ont coincés.

– Pour quoi?

– Les flics en civil ont vu les uniformes de B. M. Driscoll accrochés dans la voiture. Comme il fallait qu'ils nous coincent pour quelque chose vu que leur plan à la con était tombé à l'eau, ils nous ont collé un avertissement pour avoir vaqué à nos affaires personnelles pendant les heures de service.

– Quoi?! Parce que vous êtes passés chez le teinturier?!

– T'as tout compris, frangin.

– Qu'est-ce qu'en a dit l'Oracle?

– Il n'était pas là. Il avait déjà dû filer au Tex Mex d'Alfonso quand y a un rat du Professional Standards Bureau qui s'est pointé. Tu sais, un de ceux qui peuvent pas s'arrêter de se gratter les morsures d'insecte sur leurs jolis petits culs. Et c'est là que le patron du service nous a dit qu'on était cuits.

– Mais c'est super-con, ce bazar, mec ! Tu sais combien d'heures ont été gâchées pour monter ce coup à deux balles ? Et dire qu'on est là avec la moitié des effectifs qu'il nous faudrait pour patrouiller les rues !

– Telle est notre façon de vivre à L. A. aujourd'hui, frangin.

– Et le moral, ça va ?

– Pourri, oui !

– Il serait comment si je te trouvais de quoi baiser jeudi soir ?

– Meilleur.

– J'connais une foldingue de flics. J'en ai entendu causer au Fauteuil du metteur en scène. Elle aimerait les bains de minuit à la plage, à ce qu'on dit.

– Je croyais t'avoir entendu dire que t'étais tombé amoureux de Mag Takara.

– Je suis amoureux, oui, mais ça marche pas trop.

– T'as pas dit qu'y avait de l'espoir ?

– Allez, on y va, mec, dit le Bris pour changer de sujet.

Et d'attraper sa planche et de foncer vers les vagues. Il plongea dans un rouleau bien glacé du matin et ressortit tout sourire dans l'écume bouillonnante de l'océan.

Le Débris rejoignit son collègue à petits coups de jambes, le regarda et dit :

– Alors, qu'est-ce qui s'est passé entre Mag et toi ? C'est trop dur pour en parler ?

– Elle a tout ce qu'il faut, mec. C'est la plus parfaite nana que j'aie jamais rencontrée. Et tu sais ce que m'a dit l'Oracle ? Qu'à l'époque où il faisait la patrouille dans Little Tokyo, il a connu la famille Takara. Ils sont propriétaires de plusieurs petits hôtels, de trois restaurants et de je ne sais pas combien de trucs à louer. Ma petite chérie pourrait avoir pas mal de biens un de ces jours.

– Pas étonnant que tu sois amoureux.

– Et une nana comme elle ! T'as déjà vu des lèvres plus chouettes ? Et la façon qu'elle a de marcher comme une petite panthère, hein ? Et sa peau qu'est comme de l'ivoire, et la façon dont ses cheveux soyeux lui retombent là, dans son cou à la courbe gracieuse…

– « À la courbe gracieuse », répéta le Débris assis à cheval sur sa planche. Putain, frangin, t'es complètement emplafonné ! Redescends sur terre, mec ! Ça pourrait être du faux enchantement de l'avoir vue attraper cette fausse grenade à main et de l'avoir balancée.

– Et le dernier soir qu'on a travaillé ensemble, j'étais remonté à bloc. Je savais qu'après mes jours de congé toi et moi on ferait équipe pour le reste de la rotation, alors j'ai pris le mors aux dents et j'ai foncé. J'y ai dit quelque chose du genre : « Mag, j'espère pouvoir te persuader de prendre un bikini et de venir surfer avec moi sur l'océan crépusculaire avec le soleil qui fond et se couche dans la mer qui s'enténèbre. »

– Non, non, frangin ! s'écria le Débris. Pas de mer qui s'enténèbre ! Qu'est-ce que c'est suuuuper pas ça !

Puis il marqua une pause et demanda :

– Et qu'est-ce qu'elle a dit ?

– Rien au début. C'est une fille très réservée, tu sais. Pour finir, elle m'a quand même lâché : « J'préférerais me gonfler le bikini avec des côtelettes de porc et nager dans un bassin plein de piranhas plutôt que d'aller surfer avec toi au crépuscule, au lever du soleil et à n'importe quel autre moment entre les deux. »

– Alors là, frangin, ça, c'est super-décourageant, conclut sombrement le Débris. Tu le vois pas ?

Le Bris et le Débris n'étaient pas les seuls à se plaindre des types qui surveillaient le LAPD ce jour-là. Un de ces derniers, l'inspecteur classe 2 Brant Hinkle, attendait son heure aux Affaires internes. Il était en passe de devenir lieutenant, mais craignait qu'aucun poste ne soit libre avant longtemps. Cela dit, il était optimiste maintenant que tous les Noirs et toutes les femmes de toutes les origines qui avaient eu de moins bons résultats que lui aux examens écrits et oraux, mais avaient droit de préséance, avaient été sélectionnés. Même s'il n'était pas superviseur de classe 3, il avait assez d'expérience dans ce domaine pour pouvoir passer l'examen, et avait assez bien réussi. Il ne pensait pas qu'on puisse lui passer par-dessus avant que la liste d'attente n'expire.

Son passage de deux ans aux Affaires internes l'avait intéressé, était bon pour sa carrière, mais nettement moins bon pour son estomac. Il était victime de reflux gastro-œsophagien et commençait à avoir de la bedaine à son cinquante-troisième anniversaire. Avec vingt-neuf ans de service, c'était sa dernière chance réaliste de passer lieutenant avant de dégoupiller la grenade et de prendre sa retraite à euh… il n'était pas très sûr de l'endroit. Loin de L. A. avant que la ville explose.

Divorcé depuis longtemps, Brantley Hinkle avait deux filles mariées mais toujours pas de petits-enfants. Il essayait d'afficher disons… deux rendez-vous galants par mois après avoir entendu un collègue de son âge lancer : « Merde, quoi ! Charles Manson reçoit une douzaine de demandes de mariage par an et moi, j'arrive même pas à avoir un seul rendez-vous ! »

Il s'était alors rendu compte combien ses rendez-vous galants étaient rares, ne parlons même pas de passer la nuit avec l'élue, et faisait donc pas mal d'efforts depuis peu. Il y avait au central radio une divorcée de quarante ans dont la voix de miel lui déclenchait des débuts d'érection. Il y avait aussi une adjointe du district attorney qu'il avait rencontrée à un pot de départ à la retraite donné en l'honneur d'un des inspecteurs de la brigade des Vols et Homicides. Il y avait même une chroniqueuse judiciaire qui dirigeait un club de fitness Pilates à ses heures perdues et, âgée de quarante-six ans, en paraissait dix de moins et n'avait jamais été mariée. Elle l'avait remis en forme avec un régime et autant d'exercices de la méthode Pilates qu'il avait pu supporter. Il avait la taille si fine qu'il ne sentait même plus y vibrer son portable.

Bref, il était en bon état, avait encore les trois quarts de ses cheveux même s'ils étaient maintenant gris étain et n'avait toujours pas besoin de lunettes, sauf pour lire. Il pouvait contacter une de ces trois femmes quand il se sentait seul et que ça devenait nécessaire, mais cela faisait un petit moment qu'il ne s'en donnait plus la peine. Il se concentrait plus sur son désir de quitter le Professional Standards Bureau et de retrouver un poste d'inspecteur pour pouvoir attendre sa promotion au grade de lieutenant. Si jamais cela se faisait.

Aux Affaires internes, il voyait les gens enquêter comme des obsédés sur des plaintes qui auraient fait beaucoup rire aux pots de départ en retraite avant que Rodney King ne se fasse rosser et que n'éclate le scandale de Rampart. Avant le décret du consentement donc.

Ces plaintes n'émanaient pas seulement des citoyens, elles provenaient aussi d'autres flics. Il avait ainsi dû enquêter sur un collègue de son âge qui avait regardé une femme flic en soutien-gorge de gym et short taille basse sortir de la salle d'exercices. Et là, en voyant son ventre luisant de sueur, ce sergent avait soupiré. Rien de plus : il avait sou-pi-ré. La fille avait averti son sergent et ce très beau soupir avait valu cinq jours de suspension à son auteur... pour harcèlement sexuel sur le lieu de travail.

Aux cours d'arrestation et de maîtrise des suspects, il y avait aussi eu le match de catch où un flic homme avait reçu l'ordre de se battre avec un flic femme afin de mieux apprendre certaines prises. Monsieur avait alors lancé tout haut à ses camarades : « J'arrive pas à croire qu'on me paie pour ça ! »

Elle l'avait cafté, et lui aussi avait eu droit à cinq jours de suspension.

Un autre incident avait vu un tout jeune sergent qui, partant rejoindre son premier poste à ce grade, avait, pur hasard, vu une voiture de patrouille griller un feu rouge en répondant à un appel qui ne lui était pas destiné. Arrivé à son poste, le sergent avait aussitôt rempli une plainte personnelle, formulaire 1.28.

Avant la fin de son premier mois, ce sergent, qui aimait parader avec ses galons, avait traité un des officiers de « gros ballot ». Celui-ci avait déposé plainte contre lui. Et le sergent avait eu droit à cinq jours de suspension. La piétaille avait poussé des hourras.

Les contrôleurs du LAPD étant légion suite au décret fédéral du consentement, les flics se retournaient les uns contre les autres et se bouffaient le nez. Cela ne ressemblait plus à la vie qu'il avait connue en rejoignant les rangs d'un LAPD qui, côté application de la loi, restait sans rival dans les grandes villes. Dans le monde où Brant Hinkle vivait maintenant, même les enquêteurs des Affaires internes devaient se soumettre aux analyses d'urine surprises que leur infligeaient les flics de la Scientifique.

Sous la terreur instaurée par Lord Voldemort, ceci d'après les enquêteurs des Affaires internes qui l'avaient précédé, il leur arrivait d'avoir jusqu'à six « conseils des droits » (l'équivalent LAPD d'une cour martiale) en même temps, alors même qu'il n'y avait que cinq salles où les faire siéger. Il fallait attendre dans le couloir qu'une salle veuille bien se libérer. Cette véritable chaîne de la peur avait fait naître des situations où les flics prenaient pour avocats ceux que leur procurait leur syndicat, à savoir la Los Angeles Police Protective League.

Les enquêteurs les plus anciens lui avaient raconté qu'à l'époque une plaisanterie bien sinistre voulait qu'on s'attende à voir un collègue sortir d'un conseil des droits, où il venait de perdre son boulot et sa retraite, et enjamber la barrière en fer forgé du Bradbury Building pour se jeter dans la cour cinq étages plus bas.

Sis au 304 South Broadway, ledit Bradbury Building était un endroit incongru où logeait le très redouté Professional Standards Bureau, avec ses trois cents sergents et inspecteurs, y compris le groupe des Affaires internes, tout cela pour traiter sept mille plaintes par an, plaintes déposées en interne et en externe, contre une police forte de quelque neuf mille officiers. Restauré en 1893, ce chef-d'œuvre d'architecture, avec ses ascenseurs à cage ouverte, ses escaliers de marbre et sa toiture en verre haute de cinq étages, était probablement l'intérieur le plus photographié de Los Angeles.

Plus d'un grand classique du film noir avait été tourné dans sa cour de tomettes mexicaines inondée de lumière naturelle. Brant n'avait aucun mal à imaginer les fantômes de Robert Mitchum et d'Humphrey Bogart sortir en feutre et trench-coat d'un des bureaux en mezzanine, les fougères en pot jetant leurs ombres menaçantes sur leurs visages tandis qu'ils s'allumaient une de leurs inévitables cigarettes. Il savait que personne n'aurait osé en griller une maintenant – c'était dans le Los Angeles du vingt et unième siècle qu'on était, et dans cette ville-là fumer une cigarette était un délit de lèse-politiquement correct, voire un délit tout court.

Pour l'heure, Brant enquêtait sur une plainte déposée contre un instructeur de patrouille dont la tâche consistait à apporter tous les jours une check-list à un sergent pour signature. Au bout d'un an de ce travail de bureaucrate où, la moitié du temps, elle n'arrivait même pas à trouver un sergent, la dame en avait eu marre et décidé d'en inventer un avec nom et numéro de badge fictifs.

Sauf que la « fraude » ayant été découverte, aucun auteur de contrefaçon n'avait jamais été aussi activement poursuivi. Les Affaires internes avaient envoyé des échantillons de son écriture en centre-ville afin de bien étayer le dossier contre cette pauvre femme que la hiérarchie avait décidé de saquer. Sauf que, comme ça se trouve pour ce genre de délits, il y avait un délai de prescription d'un an et que, rien à faire, les autorités n'avaient pas pu la virer. De fait même, elles n'avaient rien pu faire hormis l'affecter très loin de chez elle et ainsi rendre l'existence impossible à cette femme à la carrière sans tache qui avait fini par succomber sous le déluge d'audits et de paperasse.

Brant Hinkle et son équipe étaient heureux qu'elle ait pu garder son travail. Comme Brant, presque tous se servaient de leur passage aux Affaires internes comme d'un marchepied pour des promotions et n'avaient rien des rats que les flics de la patrouille voyaient en eux.

Comme le disait Brant : « Nous ne sommes que de pauvres petites souris coincées dans un piège à glu. »

Un jour qu'ils étaient tous à se lamenter de l'avalanche de plaintes aussi inutiles que démoralisantes suscitées par des armées de contrôleurs, il avait lancé à ses collègues :

– Quand j'étais gamin et que *Dragnet* était une des émissions phares de la télé, Jack Webb ouvrait chaque épisode en disant en voix off : « Los Angeles, Californie. La ville par excellence. C'est là que je travaille... je suis flic. » Maintenant, tout ce qu'on aurait pu dire, c'est ça : « Los Angeles, Californie. La ville par excellence. C'est là que je travaille... je fais des audits. »

L'enquête de Brant Hinkle qui avait fait le plus de bruit pendant ces années de j'enquête-sur-toutes-les-plaintes était celle concernant une femme qui, obsédée par un certain flic, avait déposé officiellement plainte contre lui au motif qu'il lui avait piqué ses ovaires.

Pas moyen d'échapper à l'enquête complète avec interrogatoires interminables. L'officier de police incriminé avait dû nier par écrit et dit à Brant :

– Bon, mais moi, je suis heureux que les Affaires internes prennent sa plainte au sérieux. Ce vol d'ovaires cache peut-être quelque chose. Après tout, c'est pas comme si vous tous n'étiez pas à essayer de me piquer mes couilles, ce que vous avez quasiment réussi à faire.

C'est sans doute à ce moment-là que Brant Hinkle avait demandé à son patron de le renvoyer dans une brigade d'inspecteurs divisionnaires.

9

Le service de nuit – il dure dix heures et part de 5 h 15 de l'après-midi pour se terminer à 4 heures du matin, avec une pause bouffe (code 7) pas payée – comptait une cinquantaine d'officiers de police. Cinq d'entre eux étaient des femmes, mais trois de ces dernières ayant été affectées à des tâches légères pour diverses raisons, il n'en restait que deux sur le terrain, Budgie et Mag. Et avec les vacances et les arrêts-maladie, les soirs de week-end l'Oracle avait bien du mal à trouver assez de flics pour remplir plus de six ou huit voitures. Ce qui explique que lorsqu'un sergent des Mœurs voulut emprunter les deux femmes du service de nuit pour une mini-version samedi soir du détachement anti-prostitution, il se fit sérieusement disputer.

– Vous avez la plus grosse unité des Mœurs de toute la ville ! lui lança l'Oracle. Vous avez une demi-douzaine de nanas ! Pourquoi vous ne vous en servez pas ?

– Il n'y en a que deux qui travaillent en civil et elles sont toutes les deux en congé-maladie, lui renvoya le sergent. Et c'est pas pour en faire un vrai détachement spécialisé. Pas question d'avoir des poursuites en voiture. C'est pas la mer à boire. On a juste besoin de deux nanas et d'équipes de couverture pour quelques heures.

– Vous pouvez pas y mettre vos nénettes en civil ?

– On n'en a que trois. Y en a une en vacances, une autre en service léger et la troisième est enceinte.

– Ben, pourquoi pas se servir de celle-là ? demanda l'Oracle. C'est bien connu qu'y a pas mal de mecs qui préfèrent les putes enceintes. Une histoire de fixation sur maman, y a des chances. Ils doivent avoir envie de se faire fesser.

– Elle est pas assez enceinte pour que ça se voie, mais elle dégobille comme si le bureau était un chalutier en pleine tempête. Je lui demande d'arpenter le boulevard, elle me dégueulera des tonnes de trucs sur les godasses.

– Et merde ! s'écria l'Oracle. Comment voulez-vous qu'on fasse notre boulot de flics dans cette ville quand on passe la moitié de notre temps à être inspectés et à prouver par écrit qu'on l'a fait ?

– Les questions pièges, moi, j'y réponds pas, dit le sergent. Bon, alors ? Juste pour un soir...

Lorsque l'Oracle leur demanda si elles avaient envie de jouer les putes de boulevard le samedi soir suivant, Budgie Polk et Mag Takara dirent qu'elles étaient d'accord. Il n'eut des mots qu'avec le coéquipier de Budgie, Fausto Gamboa.

Ce dernier entra dans le bureau, où trois superviseurs faisaient de la paperasse. Étant un des seuls officiers de patrouille assez âgés pour appeler le sergent de soixante-huit ans par son prénom, il dit à l'Oracle :

– Ça me plaît pas, Merv.

– Qu'est-ce qui te plaît pas, Fausto ? lui renvoya l'Oracle qui connaissait la réponse.

– Budgie a un bébé à la maison.

– Je vois pas le rapport.

– Des fois, elle a des montées de lait. Et ça fait mal.

– Elle s'en démerdera, Fausto. C'est un flic, dit l'Oracle, les autres sergents faisant semblant de ne pas écouter.

– Et si elle est blessée ? Qui c'est qui va nourrir son bébé ?

– L'équipe de couverture veillera à ce qu'il ne lui arrive rien. Et les bébés ne sont pas obligés de boire le lait de leur mère.

– Et merde ! dit Fausto en faisant écho aux sentiments que toute cette affaire suscitait chez l'Oracle.

Après le départ de Fausto, l'Oracle lança aux deux autres sergents :

– Y a des fois où mes idées marchent trop bien. Non seulement Fausto est sorti de sa déprime, mais pour moi il est sur le point d'adopter Budgie Polk. Y a des chances pour que le bébé l'appelle grand-père Fausto d'ici deux ou trois ans.

Cosmo Betrossian était sacrément plus malheureux que Fausto Gamboa. Il avait des diamants à livrer bientôt à Dmitri au Goulag, et avant ça il allait devoir tuer ce lamentable camé de Farley Ramsdale et son idiote de copine, Olive. L'affirmation selon laquelle Farley avait quelqu'un qui surveillait l'appartement que lui, Cosmo, partageait avec Ilya était tellement ridicule qu'il ne s'y était même pas arrêté. Quant à l'autre – celle selon laquelle il détenait une lettre qui serait donnée à la police si jamais il lui arrivait quelque chose –, eh bien… le petit drogué avait trop regardé de films. À supposer même que lettre il y ait, que la police essaie donc de prouver l'exactitude de son contenu alors que son auteur et sa copine ne seraient plus de ce monde pour en attester la véracité !

Cosmo allait les faire disparaître et aurait bien aimé en parler à Dmitri. Celui-ci aurait des idées sur le sujet, sauf que s'il apprenait l'existence de ces drogués, il pourrait très bien y voir des ennuis potentiels et décider de se retirer de l'affaire. Non, Cosmo allait devoir s'occuper de ces deux-là en ne comptant que sur l'aide d'Ilya. Et ça ne serait pas facile. En dehors d'un rival de gang qu'il avait éliminé là-bas, en Arménie, quand il n'était encore qu'un gamin de dix-huit ans, Cosmo n'avait jamais tué personne. En Amérique, il n'avait même jamais commis de crime violent jusqu'au braquage de la bijouterie. Ses activités criminelles se réduisaient à importer de la drogue, qu'il ne consommait pas lui-même, à fourguer des biens volés et depuis quelques années à usurper des identités, pratique que lui avait enseignée un romanichel.

Il avait rencontré ce dernier dans un night-club de Sunset. À cette époque, Cosmo fréquentait le Strip, où il faisait de la petite revente de cocaïne. Le romanichel lui avait fait découvrir un monde entièrement nouveau. Il lui avait montré avec quelle facilité on peut entrer au service des immatriculations armé de quelques renseignements personnels piqués par des petits voleurs du genre Farley Ramsdale et dire à l'employé qu'on a besoin d'un nouveau permis de conduire parce qu'on a changé d'adresse et perdu le document. À l'entendre, les employés commençaient par demander un numéro de Sécurité sociale, mais ne se donnaient que rarement la peine – s'ils se la donnaient jamais – de sortir la photo du titulaire du vrai permis pour la comparer au visage qu'ils avaient devant eux. Ils se contentaient de prendre une nouvelle photo et de changer l'adresse où la pièce allait être envoyée, et l'affaire était conclue.

D'habitude, Cosmo et le romanichel utilisaient l'adresse d'une maison ou d'un appartement du quartier dont l'occupant travaillait pendant la journée. Après quoi, Cosmo ou le romanichel surveillait la boîte aux lettres du voisin jusqu'à ce que le permis y arrive. Plus tard, lorsque les employés du service des immatriculations avaient commencé à exiger un extrait de naissance, Cosmo avait découvert qu'avec les renseignements trouvés dans le courrier volé le romanichel n'avait aucun mal à fabriquer un extrait de naissance qui satisfasse la plupart des employés du service.

Cosmo et le romanichel étaient devenus si paresseux qu'au lieu de se rendre au service des immatriculations, ils s'étaient mis à utiliser un CD modèle qui circulait parmi tous les voleurs de pièces d'identité. Ce CD expliquait comment fabriquer un permis de conduire, une carte de Sécurité sociale, des certificats d'assurance de voiture et toutes sortes d'autres documents.

Voler des numéros de cartes de crédit était devenu une véritable manne. Ils pouvaient s'acheter à peu près n'importe quoi. Jusqu'à des voitures : rien de plus facile dans la mesure où les concessionnaires sont tous couverts par des assurances. Lorsque le vrai propriétaire de la carte recevait son relevé, Cosmo et le romanichel avaient cessé de s'en servir pour passer à une autre. Parfois même le relevé arrivait à une adresse bidon fournie par eux, le propriétaire ne découvrant l'erreur sur son compte qu'au moment où il essayait d'acheter quelque chose de valeur.

À l'époque, le romanichel avait une décoratrice d'intérieur qui bossait avec eux. À l'entendre, il était stupéfiant de voir combien de gens aisés du West Side rangeaient leurs vieilles cartes, y compris des cartes de retrait, dans un tiroir quelque part. Personne ne semblait beaucoup s'en faire. La société émettrice de la carte n'était pénalisée que si la carte était présentée par le voleur en personne. Elle n'était responsable de rien si l'affaire était conclue sur la toile ou par téléphone. Les banques et les sociétés émettrices de cartes de crédit mettaient un temps fou à comprendre, et les vols d'identité généraient tant de paperasse que les flics étaient submergés.

Pendant un temps, Cosmo et le romanichel avaient si bien réussi qu'ils espéraient faire affaire avec les Russes, dont les hackers d'Europe de l'Est cassaient les codes des banques US et des organismes de prêt pour avoir des numéros de cartes et commandaient ensuite du beau boulot en relief et des bandes d'encodage magnétique aux Chinois. Pour l'heure, ils se contentaient de bosser en ligne dans les cybercafés ou par téléphone et de demander qu'on leur envoie la marchandise à des adresses dont ils étaient sûrs. La FedEx jetait les paquets devant la porte pendant que le résident était au boulot, ces paquets étant alors ramassés par Cosmo pendant que le romanichel attendait dans la voiture. Quelle n'était pas la surprise du résident lorsque, après quelques mois de ce manège, la police se pointait chez lui avec un mandat de perquisition pour y chercher toute la marchandise volée !

Cela jusqu'au jour où le romanichel et la décoratrice d'intérieur avaient filé à New York sans en avertir Cosmo avant d'y être arrivés. Et tout avait été dit. En traitant avec des drogués qui piquaient le courrier et se bâtissant tant bien que mal un réseau sur le Net, Cosmo continuait maintenant de boiter dans le monde où le romanichel avait des ailes. Il avait déjà failli être arrêté à deux reprises et perdait confiance maintenant que tout le monde s'était mis à l'usurpation d'identité.

Le grand coup de chance était arrivé avec la pile de lettres volées par Farley Ramsdale, le jour où il était tombé sur l'histoire des diamants et avait commis son premier crime violent en Amérique. Et avait été tout surpris de découvrir qu'il aimait ça. Sentir le pouvoir qu'il avait eu sur le propriétaire de la bijouterie l'avait ravi. Voir la peur dans ses yeux. L'entendre pleurer. C'était une impression qu'il n'aurait jamais pu décrire avec des mots, mais il était sûr qu'Ilya l'avait éprouvée elle aussi. Qu'une autre occasion de commettre un braquage à main armée aussi profitable que sûr se présente et il savait maintenant qu'il ne la laisserait pas passer.

Mais son souci le plus immédiat avait noms Farley Ramsdale et Olive. Et il n'était pas très sûr d'Ilya comme complice dans un meurtre. Il se demandait si elle serait capable de faire ce qu'il faut. Il ne lui avait pas reparlé des deux drogués – pas depuis que ceux-ci étaient montés à l'appartement pour les menacer de chantage. Cosmo sentait bien qu'Ilya savait certes ce qu'il allait falloir faire, mais il sentait aussi que, pour elle, ce serait à lui de régler ça tout seul. Sauf qu'eh bien non, ce n'était pas comme ça que ça se passerait. Le faire seul, il n'y arriverait pas. Ils ne lui feraient pas confiance. Ilya était une Russe très astucieuse et il avait besoin d'un plan où elle soit impliquée.

Hollywood Nate Weiss et Wesley Drubb vivaient une énième nuit hollywoodienne, soit une nuit d'appels bien étranges. Cela se produisait toujours lorsqu'il y avait pleine lune sur le boulevard et ses environs.

De fait, l'Oracle, qui avait lu quelques livres dans sa longue vie, les avait prévenus :

– Pleine lune. Et hollywoodienne, la lune. C'est le genre de nuit où nos concitoyens passent à l'acte pour sortir de leurs existences de désespérés qui se taisent. Partagez vos histoires demain soir à l'appel et nous décernerons le prix du Désespoir tranquille à l'équipe qui aura raconté la meilleure.

Et d'ajouter :

– Prenez garde ! Prenez garde à leurs yeux qui lancent des éclairs et leurs cheveux qui flottent !

Les bleus à la figure qu'avait reçus Nate lors de la bagarre avec l'ancien combattant qui voulait qu'on l'emmène quelque part guérissaient comme il faut, mais bien qu'il ne l'eût jamais reconnu, en secret il regrettait toujours d'avoir refusé la balade en taxi que ce fou furieux leur demandait. Son œil au beurre noir lui avait coûté un boulot de figurant dans un film à petit budget qu'on tournait à Westwood.

Wesley avait repris le volant et, avec l'Oracle qui se battait pour lui, il espérait bien ne pas se taper une procédure disciplinaire pour s'être fait piquer son atelier par la petite racaille qui l'avait bousillé et n'avait pas encore été arrêtée bien que les inspecteurs l'aient déjà identifiée. Dans son rapport, l'Oracle avait écrit que Wesley n'ait pas pu arrêter le moteur et prendre les clés avec lui en sautant hors de la voiture était tout à fait compréhensible dans la mesure où il y avait urgence extrême à aider son coéquipier à maîtriser un suspect des plus violents.

Hollywood Nate pensait qu'il n'y perdrait pas son boulot vu que Wesley venait juste de finir sa période d'essai, mais il se disait aussi que ça lui vaudrait quelques jours de congé sans solde.

– Le pardon, c'est à l'église et à la synagogue que ça se donne, et aussi par la voix de l'Oracle, mais ça fait pas partie du décret fédéral du consentement et n'a pas sa place dans la philosophie des Affaires internes, avait-il averti le jeune Wesley Drubb.

Leur premier appel très bizarre arriva tôt dans la soirée. Ils se trouvaient alors dans Sycamore Avenue, à quelques rues de Melrose. Il émanait d'une femme de quatre-vingt-quinze ans. Vêtue d'une robe en coton fanée, elle était assise dans un fauteuil à bascule dans sa véranda et caressait un chat à la fourrure mouchetée. Elle leur fit remarquer que le type qui habitait en face dans un cottage en stuc blanc ne s'était « pas montré depuis quelques semaines ».

Elle était si vieille et si ratatinée que sa peau parcheminée était presque transparente et ses cheveux incolores plus que fines mèches. Ses jambes frêles étaient entourées de bandages élastiques, et bien qu'elle fût manifestement un rien fêlée, elle avait réussi à se mettre debout et à marcher sur le trottoir sans qu'on l'aide.

– Il avait l'habitude de prendre une tasse de thé et des cookies avec moi. Et maintenant il ne vient plus, au contraire de sa chatte que je dois nourrir tous les jours.

Hollywood Nate fit un clin d'œil à Wesley.

– Ne vous inquiétez pas, madame, dit-il en lui tapotant

l'épaule. On va vérifier qu'il va bien et on lui dira de passer prendre le thé avec vous et de vous remercier d'avoir nourri sa chatte ces dernières semaines.

– Merci, monsieur l'agent, dit-elle avant de regagner son fauteuil.

Hollywood Nate et Wesley traversèrent lentement la rue et montèrent vers la véranda. Les quelques dizaines de centimètres de terre entre la maison et le trottoir avaient été laissées à l'abandon depuis longtemps et bien trop privées d'eau pour produire autre chose que de la mauvaise herbe. Il semblait y avoir plusieurs petites maisons aussi minables que mal entretenues le long de la rue et donc rien de particulièrement anormal pour celle-là.

Hollywood Nate frappa à la porte, puis, ne recevant aucune réponse, il lança :

– Peut-être qu'il a quitté la ville pour le week-end. La petite vieille ne fait plus la différence entre quelques jours et quelques semaines.

Voire quelques années, comme cela s'avéra être le cas.

Wesley poussa le clapet de la boîte aux lettres et lui renvoya :

– Regarde un peu ça, l'ami.

Nate regarda à l'intérieur et découvrit un tas de lettres qui montait presque jusqu'à l'ouverture de la boîte. Cela ressemblait beaucoup à des prospectus et couvrait tout le petit couloir à l'intérieur.

– On essaie par la porte de derrière, lança Nate.

Elle n'était pas fermée. Nate se dit qu'ils allaient tomber sur un mort, mais aucune odeur, absolument aucune, ne le laissait prévoir. Ils traversèrent une cuisine minuscule, entrèrent dans la salle de séjour et là il était, assis en chemise hawaïenne et pantalon kaki dans son fauteuil inclinable.

Il était deux fois plus rabougri que son amie de l'autre côté de la rue. Ses yeux, ou ce qu'il en restait, étaient ouverts. Il avait dû porter la barbe un jour, mais celle-ci lui était tombée sur la poitrine avec les trois quarts de ses cheveux, ceux qu'il avait encore sur la tête n'y tenant plus que par endroits. À côté de son fauteuil se trouvait un plateau télé pliable, sur lequel étaient posés sa télécommande, un *TV Guide* et deux flacons de médicaments pour le cœur.

Wesley vérifia les brûleurs de la cuisinière, appuya sur les interrupteurs d'électricité et ouvrit le robinet de la cuisine, mais tout était arrêté. Sur la table de la cuisine, il découvrit un billet pour Hawaï inutilisé, ce qui expliquait la chemise : on se préparait.

Nate se pencha sur le *TV Guide* et regarda la date. Le numéro remontait à deux ans et trois mois.

Wesley demanda à Hollywood Nate si ce n'était pas une scène de crime qu'ils avaient devant eux dans la mesure où la jambe gauche du mort avait disparu.

Nate regarda dans le coin derrière le canapé et voilà, c'était bien là qu'elle était, posée juste à côté de la chatière par laquelle sa chatte entrait et sortait. Il n'y avait pratiquement plus de chair séchée sur le pied, rien que des lambeaux de sa socquette rouge encore attachés à l'os. Il semblait bien que la jambe se soit détachée.

– Encore heureux qu'il ait pas eu un chien, fit remarquer Nate. Si grand-mère en face avait trouvé ça dans sa véranda, elle aurait pu se taper un arrêt cardiaque, elle aussi.

– On appelle des ambulanciers ? demanda Wesley.

– Non, juste l'équipe du coroner. Je suis assez sûr que ce type est mort, lui répondit Hollywood Nate.

Lorsqu'ils revinrent au commissariat à la fin de leur service et que tout le monde eut comparé ses histoires de pleine lune, ils furent obligés de reconnaître que le prix du Désespoir tranquille revenait, et haut la main, à Mag Takara et Benny Brewster.

Tout avait commencé lorsque la propriétaire d'une maison à l'ouest de Los Feliz Boulevard avait décroché son téléphone, appelé le 911, donné son adresse et déclaré :

– La femme d'à côté est en train de crier à l'aide ! Sa porte est fermée à clé ! Dépêchez-vous !

Mag et Benny avaient accepté l'appel en code 3, allumé les gyrophares et la sirène, et filé. En arrivant à la vieille et sinistre maison d'un étage, ils avaient effectivement entendu la femme hurler :

– À l'aide ! À l'aide ! S'il vous plaît, aidez-moi !

Ils s'étaient précipités à la porte d'entrée et l'avaient trouvée fermée à clé. Mag s'étant écartée, Benny Brewster l'avait enfoncée à coups de pied. Châssis fendu, elle s'était écrasée contre le mur.

Une fois à l'intérieur, ils avaient entendu les appels à l'aide monter en intensité.

– Pour l'amour de Dieu, aidez-moi ! Aidez-moi ! À l'aide !

Mag et Benny avaient grimpé les escaliers quatre à quatre et entendu claquer des portières au moment où Fausto et Budgie et deux autres équipes arrivaient en renfort. La porte de la chambre étant légèrement entrouverte, Mag s'était tenue d'un côté tandis que Benny prenait place de l'autre. Flics qu'ils étaient, ils avaient tous les deux porté instinctivement la main à leur pistolet.

Mag avait poussé la porte du bout de l'orteil. Le silence avait duré longtemps avant qu'ils n'entendent enfin le tic-tac d'une comtoise dont le pendule allait et venait, allait et venait.

Puis, là-bas, à l'autre bout de la grande chambre à coucher, la voix :

– Aidez-moi ! Aidez-moi ! Aidez-moi ! Aidez-moi !

Mag et Benny prennent automatiquement la pose combat et trouvent la femme. Elle a cinquante-cinq ans, elle est infirme, l'arthrite la diminue terriblement, ce soir-là son célibataire de fils l'a laissée toute seule. Elle est assise dans un fauteuil roulant à côté d'une petite table ronde près de la fenêtre où, cela ne fait aucun doute, elle a passé de longues heures à contempler la rue au-dessous d'elle.

Dans une main tordue comme une pince elle tient un calibre .32 semi-automatique et dans l'autre un chargeur vide. Les balles sont éparpillées par terre, où elle les a laissées tomber.

Ses joues extraordinairement pleines de jeunesse sont baignées de larmes. Et elle leur crie :

– Aidez-moi ! Je vous en prie, aidez-moi à charger ce truc. Et après, foutez le camp !

Ce soir-là, au commissariat d'Hollywood, deux inspecteurs faisaient des heures supplémentaires. Le premier était Andi

McCrea, qui avait reçu pour consigne de terminer ce qu'elle avait commencé fort innocemment quelques semaines plus tôt en assurant un remplacement pour la brigade des Crimes sexuels. Mais ça ne la gênait pas le moins du monde parce que c'était la première fois de sa carrière qu'elle venait de résoudre un double homicide sans en rien connaître.

Le gamin de Reno attendait sa comparution à la prison de Juvenile Hall. Mais, plus important, son co-tueur de quarante ans, Melvin Simpson, un ex-taulard originaire de San Francisco qui était passé à Reno pour parier – il en était à sa troisième et dernière récidive[1] –, allait être accusé de meurtre, ce qui lui vaudrait la peine de mort.

Les inspecteurs de Las Vegas s'intéressaient maintenant eux aussi à Simpson, depuis qu'ils avaient découvert grâce à ses facturettes de cartes de crédit que cet individu était également descendu dans leur ville pendant une semaine. Sans le moindre emploi, il avait quand même eu assez d'argent pour jouer aux deux endroits, un ingénieur de haut niveau originaire de Chicago qui assistait à un congrès ayant, tiens donc, été dévalisé, puis assassiné dans une aire de repos à l'extérieur de Las Vegas le jour même où Simpson quittait son hôtel.

Le rapport balistique n'était pas terminé, mais Andi avait bon espoir. En parler aux oraux du prochain examen pour devenir lieutenant serait bien. Peut-être même cela donnerait-il lieu à un article dans le *L. A. Times*, sauf que plus personne ne lisant ce journal, ou un autre d'ailleurs, ça ne valait pas le coup de s'exciter sur cet aspect de la question.

Le deuxième inspecteur à faire des heures sup ce soir-là était Viktor Chernenko – émigré d'Ukraine, il avait quarante-trois ans et était l'un des deux citoyens naturalisés qui travaillaient alors au commissariat d'Hollywood, le second étant originaire de Guadalajara, Mexique. Viktor avait une masse de cheveux noirs et rêches – il les traitait de « désobéissants » –, un visage

1. Allusion au système des trois coups : les deux premiers crimes ou délits n'entraînent pas nécessairement de peine, le troisième, si minime soit-il, conduit automatiquement à la prison, voire beaucoup plus *(NdT)*.

large de type slave, un corps gros comme une barrique et le cou tellement épais que ses boutons de col n'arrêtaient pas de sauter.

Un jour que l'équipe des Vols avait été appelée dans une clinique d'Hollywood-Est pour recueillir le témoignage d'une victime de vol à l'arraché particulièrement violent, la réceptionniste l'avait vu entrer et dire à une femme qui attendait dans le vestibule :

– Votre taxi est arrivé.

De fait, Viktor était le flic le plus dévoué, travailleur et désireux de faire plaisir qu'Andi McCrea ait jamais rencontré.

Il avait immigré en Amérique en septembre 1991, soit un mois après le coup d'État qui avait conduit à l'effondrement de l'Union soviétique : âgé de vingt-huit ans à l'époque, il était capitaine dans l'Armée rouge. Pas nette et mystérieuse, sa sortie d'URSS avait donné naissance à une rumeur selon laquelle il serait passé à l'Ouest avec des renseignements de grande valeur et aurait été amené à Los Angeles par la CIA. Personne n'en était certain et cela semblait beaucoup lui plaire.

Comme c'était vers lui que se tournait le LAPD lorsqu'on avait besoin d'un traducteur ou de quelqu'un pouvant mener un interrogatoire en russe, il était connu comme le loup blanc par la plupart des gangsters locaux originaires des pays de l'ancien bloc soviétique. Et c'était pour cela qu'il travaillait tard. On lui avait confié la tâche d'aider l'équipe des Vols et Homicides en charge du « hold-up à la grenade à main », comme le cambriolage de la bijouterie était appelé maintenant. Il avait contacté tous les émigrés qu'il connaissait personnellement et qui pouvaient avoir un lien même ténu avec la prétendue mafia russe. Et cela incluait tous les criminels de Los Angeles originaires des pays de l'Est, y compris les YACS – soit les Yougoslaves, les Arméniens, les Croates et les Serbes.

Viktor avait reçu une bonne instruction en Ukraine et plus tard en Russie. Ses études d'anglais l'avaient aidé à être promu au grade de capitaine avant la plupart de ses collègues du même âge – mais les tournures idiomatiques propres à l'anglais étaient exclues de la langue qu'il avait apprise en URSS et le laisseraient très probablement perplexe jusqu'à la fin de ses jours. Ce soir-là, lorsque Andi lui avait à deux reprises proposé d'aller chercher du café, il avait poliment décliné son offre jusqu'au moment où elle lui avait demandé si elle pouvait lui apporter une tasse de thé à la place.

En l'appelant par son vrai prénom comme il le faisait toujours, il lui avait répondu :

– Merci, Andrea. Ça cognerait dans le mille.

Pendant toutes les années qu'il avait passées à Los Angeles, Viktor Chernenko avait découvert une similitude entre la vie dans l'ancienne URSS et la vie à L. A., soit entre une économie dirigée et l'économie de marché, et c'était qu'une énorme quantité d'affaires se traite entre des gens appartenant à des sous-cultures, des gens que les flics sont les seuls à voir. Viktor était fasciné par le raz de marée d'usurpations d'identité qui balayait Los Angeles et le pays tout entier, et bien que les inspecteurs d'Hollywood ne s'occupent pas directement de ces affaires – ils les renvoyaient à des divisions du centre-ville telles que la brigade des faux de Bunco –, quasiment tous les individus qu'il avait contactés dans le milieu d'Hollywood avaient quelque chose à voir avec la falsification ou le vol d'identité.

Après plusieurs conversations avec la victime du braquage de la bijouterie, Sammy Tanampai, et avec le père de ce dernier, Viktor était convaincu que ni l'un ni l'autre n'avaient traité, de façon légale ou illégale, avec des bandits ou des prostituées russes. Sammy Tanampai affirmait haut et fort avoir entendu un accent russe chez la femme, ou alors quelque chose qui ressemblait fort à l'accent des émigrés russes qui s'installaient temporairement dans les appartements bon marché que son père leur louait souvent dans Thai Town.

C'est au cours d'un suivi de ce genre de conversation que Sammy lui avait déclaré :

– L'homme n'a pas dit grand-chose et donc je ne peux pas être vraiment sûr, mais l'accent de la femme ressemblait au vôtre.

Plus il pensait à la manière dont ces Russes, si c'en était, s'étaient procuré leurs renseignements sur les diamants, plus il en concluait qu'ils les avaient obtenus en volant du courrier, tout simplement. Il sirotait le thé qu'Andi lui avait apporté lorsqu'il décida de passer un autre coup de fil à Sammy Tanampai.

– Avez-vous envoyé des courriers parlant de ces diamants? demanda-t-il à Sammy après que l'épouse du bijoutier eut dit à son mari de prendre la communication.

– Pas de courriers, non.

– Savez-vous si votre père l'aurait fait?

– Pourquoi l'aurait-il fait?

– Peut-être a-t-il écrit à un client qui voulait le genre de pierres qui se trouvaient dans votre envoi. Quelque chose comme ça?

Et là, la conversation s'arrêta un bon moment. Lorsque enfin Sammy reprit la parole, ce fut pour dire:

– Oui. Mon père a écrit à un client de San Francisco pour lui parler des diamants. Il m'en a fait part.

– Savez-vous à quel endroit il a posté sa lettre?

– C'est moi qui l'ai postée. Je l'ai déposée dans une boîte de Gower Street, deux ou trois rues au sud d'Hollywood Boulevard. J'allais chercher mes enfants à la crèche. C'est important?

– Il y a des gens qui volent le courrier dans les boîtes, expliqua Viktor.

Après que ce dernier eut raccroché, Andi lui demanda:

– Tu arrives à quelque chose dans l'enquête sur le vol de la bijouterie?

– Demain, lui répondit Viktor avec un sourire, je regarde le registre des gens de passage pour voir s'il y a beaucoup de SDF qui traînent près du croisement de Gower Street et d'Hollywood Boulevard.

– Pourquoi? Tu ne penses quand même pas qu'un SDF ait pu réussir un braquage aussi complexe.

– Non, Andrea, répondit-il avec un sourire encore plus grand, mais les SDF sont capables de piquer du courrier dans les boîtes. Et ils remarquent tout ce qui se passe alors que personne ne les voit, eux qui sont encore plus bas que s'ils faisaient partie d'une sous-culture. Mes voleurs russes se croient très malins, mais pour moi ils vont bientôt découvrir que nous ne sommes pas encore tombés dans la panoplie.

Une des raisons données pour mettre Budgie et Mag sur le trottoir ce samedi soir-là ? D'après Compstat, le fichier des statistiques du crime, il y aurait eu trop de prostituées agressées par des voleurs d'occasion et d'autres prostituées. Et chacun savait que nombre de ces vols n'étaient pas signalés parce que les clients étaient des hommes mariés qui ne voulaient pas que madame sache où ils allaient traîner après le boulot.

Compstat était le logiciel dont le présent chef de police s'était servi lorsqu'il dirigeait la police de New York et disait maintenant avoir fait baisser la criminalité dans cette ville – alors même qu'à cette époque-là ladite criminalité baissait dans toute l'Amérique et pour des raisons de démographie qui n'avaient rien à voir avec son logiciel. Il n'empêche : personne n'ayant exprimé le moindre doute à haute voix, tout le monde marchait, à tout le moins feignait l'enthousiasme pour le bébé importé par le grand chef, celui-ci lui pinçant les joues tandis que celui-là lui flattait le derrière quand tout le monde regardait.

Brant Hinkle du détachement des Affaires internes pensait ainsi que Compstat avait peut-être aidé à New York où il y avait trente mille policiers, voire à Boston où le patron avait travaillé à la patrouille. Pour lui, c'était peut-être un outil valable dans nombre de villes à gratte-ciel où des milliers de gens vivent et travaillent les uns au-dessus des autres, dans des structures à plusieurs étages. Mais ce n'était pas comme ça dans le bassin de Los Angeles, très étendu et où la population est très nomade. Dans une ville où personne ne connaît le nom du voisin. Où les gens travaillent et vivent au ras du sol et tout près de leurs autos. Où tout le monde ayant une voiture, les autoroutes sillonnent aussi bien les quartiers résidentiels que les zones industrielles. Où il n'y a que neuf mille flics pour mille deux cent dix kilomètres carrés de superficie.

Lorsqu'un crime est commis à Los Angeles, son auteur peut se trouver à des kilomètres et des kilomètres du lieu où il l'a perpétré avant que la dispatcheuse du commissariat local puisse même seulement y envoyer une équipe pour établir un rapport. Et ce, à condition qu'elle ait même une équipe disponible sous la main. Quant à inonder de flics tel ou tel secteur afin d'y enrayer une recrudescence de la criminalité, le LAPD n'a pas le dixième de bonshommes suffisant pour inonder quoi que ce soit. Remplir une bassine, peut-être, et encore.

Brant Hinkle avait eu plusieurs occasions de voir le logiciel Compstat en action pendant les deux années qui avaient suivi l'arrivée du nouveau patron. À cette époque-là, peut-être parce qu'il ne se sentait pas à l'aise sur la côte gauche[1], le chef avait fait venir un de ses copains journalistes de New York et, bien que celui-ci n'ait jamais été flic, lui avait fait faire un badge avec l'inscription « Bureau du chef de police ». Et lui avait encore accordé un port d'armes de façon à ce qu'il ait un écusson et un flingue comme un vrai policier. Ce type ne semble pas avoir fait de dégâts et avait disparu, le chef de police s'étant maintenant acclimaté à L. A. et s'y sentant plus sûr. Mais le logiciel, lui, était resté.

À l'époque, le chef avait aussi fait venir plusieurs flics de New York à la retraite, comme s'il voulait recréer la Grosse Pomme à L. A. Ils montraient de petits diaporamas, où l'on voyait deux ou trois chefs de patrouille en pleine action. Sur une diapo on découvrait ainsi un immeuble locatif et un des flics à la retraite – il avait une grosse voix et l'accent du Bronx – se dresser contre les capitaines de Los Angeles et leur dire : « Parlez-nous de la criminalité là-bas ! »

Et, bien sûr, aucun desdits capitaines n'avait la moindre idée sur la criminalité « là-bas », voire où ce « là-bas » pouvait bien se trouver. Un immeuble d'appartements à deux étages ? Il y en avait des centaines dans chaque division, quand ce n'était pas des milliers dans certaines.

Alors le deuxième flic à grande gueule – celui-là disons… avec un accent de Brooklyn – leur hurlait à la figure : « Le vol du vendredi soir là-bas, chez vous, est-il une exception ou s'inscrit-il dans une nouvelle tendance ? »

Alors le capitaine *x* bégayait, suait et se demandait s'il devait deviner ou prier le ciel qu'un tremblement de terre se déclenche.

Mais Brant Hinkle avait appris qu'il y avait quelques poli-

1. Nom parfois donné à la côte ouest *(NdT)*.

ciers du LAPD qui adoraient les séances Compstat – les flics à pied qui, comme ça se trouve, détestaient leur capitaine. Ils jubilaient rien que d'entendre comment leurs patrons se réduisaient à des flaques d'eau tandis que bavassaient les acerbes New-Yorkais. Du moins était-ce ainsi qu'on rapportait ces séances aux flics, qui auraient bien aimé être là pour voir leurs supérieurs déguster un peu de la merde qu'eux-mêmes déversaient sur leurs troupes. Ils auraient payé pour le voir.

Pour les flics de base du commissariat d'Hollywood, le patron de la côte est n'était pas Lord Voldemort et rien que ça était déjà une prière exaucée. Eh oui, le patron voulait aussi faire baisser la criminalité et réduire le temps de réaction aux appels. Et il faisait plus que parler du moral des troupes ; il autorisait les inspecteurs à rentrer chez eux avec leur voiture de fonction quand ils étaient de service au lieu de devoir revenir prendre leur véhicule personnel au commissariat. Et ceci de la plus haute importance : il appliquait l'emploi du temps combiné que détestait Lord Voldemort et qui permettait aux flics du LAPD de se joindre à des flics d'autres secteurs pour accomplir leurs quatre services de dix ou douze heures par semaine, au lieu de devoir se taper l'ancien 8 heures du matin à 5 heures de l'après-midi au commissariat. Cela offrait à des flics du LAPD, dont la plupart ne pouvaient pas se payer le luxe de vivre à L. A. et devaient faire des heures et des heures de route, la possibilité, et quel luxe c'était, de passer trois ou quatre jours chez eux.

Côté Compstat, les flics à pied se montraient philosophes et fatalistes, comme ils l'étaient toujours sur la nature incontrôlable de la vie de flic. Un après-midi, à l'appel, l'Oracle, qui était assez vieux et avait donné assez d'années à la police pour pouvoir dire la vérité quand personne d'autre n'osait le faire, demanda au lieutenant, et la question était passablement rhétorique :

– Pourquoi la hiérarchie n'arrête-t-elle pas de nous faire suer avec Compstat ? Ça n'est rien de plus qu'une série de cartes crachées par des ordinateurs. Ça donnerait au patron plus de temps pour s'installer dans ses nouveaux quartiers d'Hollywood et assister à un peu plus de ces cocktails de Beverly Hills où c'est la société de restauration Wolfgang Puck qui garnit les tables.

Attendez un peu qu'il puisse examiner toutes ces armes de séduction massive qu'elle fournit! Il aura vite fait de laisser tomber ses conneries de la côte est pour se la jouer Hollywood comme tous les pitres de l'hôtel de ville.

Lorsque son avis de transfert arriva, Brant Hinkle fut ravi. Il espérait intégrer le corps des inspecteurs d'Hollywood et avait été convoqué pour un entretien avec le lieutenant qui les dirigeait. Il avait aussi eu droit à une entrevue avec le patron des inspecteurs de Van Nuys, la division dont il faisait partie, et encore avec le boss des inspecteurs de West L. A. – bref, il était à peu près sûr d'y arriver.

Quand il se présenta au rapport, il apprit qu'il allait travailler avec les équipes des Vols, au moins au début, et fut présenté aux inspecteurs de la brigade. Il s'avéra qu'il en connaissait une demi-douzaine et se demanda où étaient passés les autres. Il dénombra vingt-deux personnes en train de travailler dans leurs box : devant un ordinateur ou au téléphone, tous étaient assis à des petits bureaux métalliques séparés par une cloison d'à peine un mètre de haut.

– Quelques-uns de nos collègues sont en congé, lui dit Andi McCrea, mais il y a à peu près tout le monde. On devrait être cinquante, mais on est à peine la moitié. À une époque, il y avait dix inspecteurs aux vols de voitures, maintenant il n'y en a plus que deux.

– C'est la même chose ailleurs, dit Brant. Plus personne ne veut être flic de nos jours.

– Surtout à L. A., lui renvoya Andi. Et vous devez savoir pourquoi. Vous ne venez pas des Affaires internes ?

– Pas si fort, dit-il en mettant un doigt sur ses lèvres. J'aimerais bien que la troupe ne sache pas que j'ai passé deux ans à la brigade des insultes.

– Ce sera notre secret, fit Andi, qui lui trouvait un assez mignon sourire et de très jolis yeux verts.

– Bon, alors, où est mon équipe ? demanda-t-il à Andi en essayant de deviner son âge et remarquant qu'elle ne portait pas d'alliance.

– Juste derrière vous, répondit-elle.

Il se tourna et subit aussitôt une poignée de main enthousiaste autant qu'ukrainienne de Viktor Chernenko.

– Je ne fais pas généralement partie des équipes des Vols, lui précisa Viktor, mais comme je suis ukrainien, je suis inspecteur des Vols à cause du braquage à la grenade à main. S'il vous plaît, asseyez-vous, qu'on parle des voleurs russes.

– L'affaire va vous plaire, dit Andi qui aimait de plus en plus son sourire. Viktor a mené une enquête très approfondie.

– Merci, Andrea, répondit Viktor, tout timide. J'ai fait de mon mieux pour remuer ciel et glèbe.

L'Oracle conclut que lui-même avait peut-être droit à une mention honorable au prix du Désespoir tranquille en cette nuit de pleine lune. Il revenait d'un appel en code 7 et avait des brûlures d'estomac après avoir avalé deux hamburgers-frites bien graisseux lorsque le flic du standard était entré dans son bureau et lui avait dit :

– Sergent, je crois que celui-là est pour vous. Y a un mec au bout du fil et il veut parler à un sergent.

– Vous pouvez pas savoir de quoi il s'agit ? avait demandé l'Oracle en cherchant ses pilules contre les maux d'estomac dans le tiroir de son bureau.

– Il veut pas me le dire. Il dit être prêtre.

– Oh, merde ! s'était écrié l'Oracle. Il a pas dit s'appeler William ? Le père William ?

– Comment le savez-vous ?

– Y a pleine lune sur Hollywood. Il va me garder une heure au téléphone. Bon, d'accord, je vais lui parler.

L'Oracle avait pris la communication :

– Alors, qu'est-ce qui vous trouble cette fois, père William ?

Et l'homme qui l'appelait lui avait lancé :

– Sergent, je vous en prie, envoyez-moi tout de suite deux jeunes policiers, et des costauds ! J'ai besoin d'être arrêté, menotté et complètement humilié ! C'est urgent !

10

En ce samedi 3 juin, un ex-taulard qui venait de braquer une station-service tira sur l'officier de police Kristina Ripatti de la division Southwest. Son collègue tua le voleur, mais fut aussitôt harcelé par des racailles alors qu'il tentait de porter secours à sa coéquipière blessée – la balle l'avait paralysée de la taille jusqu'aux pieds. Lorsqu'il apprit qu'âgée de trente-trois ans Ripatti avait elle aussi une fillette, Fausto commença à s'inquiéter pour la mission assignée à sa collègue.

Le soir arrivant, Budgie et Mag eurent droit à des sifflets enthousiastes d'un bout à l'autre du commissariat. Budgie sourit, gratifia ses collègues d'un doigt d'honneur et tenta de ne pas avoir l'air trop gêné. Elle portait un soutien-gorge pigeonnant qui n'avait rien de confortable dans l'état où elle se trouvait, un maillot vert citron avec décolleté plongeant sous un petit gilet destiné à cacher son micro et la robe la plus serrée qu'elle ait jamais passée – c'était la fille de la voisine qui la lui avait prêtée.

La gamine s'était même tellement prise à cette mascarade qu'elle avait insisté pour que Budgie enfile des chaussures à talons aiguilles de sept centimètres et demi de haut, eh oui, elles lui allaient car bien que très grande, Budgie avait de petits pieds. Un sac vert avec bandoulière complétait l'ensemble. Budgie s'était encore collé plein de maquillage, le rouge à lèvres le plus brillant dont elle disposait, et n'avait pas lésiné sur l'eye-liner. Elle s'était fait une queue-de-cheval et mis des paillettes dans les cheveux.

Le Bris, qui la regardait de haut en bas, dit au Débris :

– Vise un peu la tenue, mec !

Fausto, lui, la jaugea, lui manifesta sa réprobation, sortit un cinq-coups Smith & Wesson de sa poche et lui lança :

– Mets ça dans ton sac.

– Je n'en ai pas besoin, Fausto. Mon équipe de sécurité ne me lâchera pas une minute.

– Fais ce que je te dis, s'il te plaît.

Parce que c'était la première fois qu'il lui disait « s'il te plaît », elle prit l'arme et remarqua qu'il regardait sa gorge et sa poitrine. Elle tendit la main en avant, défit la jolie chaîne en or au bout de laquelle était accrochée une médaille et lui tendit les deux en disant :

– Comme si une pute pouvait porter l'une ou l'autre ! Tu veux bien garder ça pour moi ?

Fausto lui prit sa médaille et demanda :

– Et qui c'est, celui-là ?

– Saint Michel, le saint patron des policiers.

– Mets-le au chaud dans ton sac, juste à côté de ton arme cachée, lui renvoya-t-il en lui rendant l'objet.

Moins mince que Budgie et plus petite de presque trente centimètres, Mag n'avait besoin de rien pour avoir toutes les courbes nécessaires et faisait plus dans la chienne de bondage. Elle portait un tricot noir à col roulé, un short noir, des bottes en plastique, noires elles aussi, achetées pour l'occasion et des boucles d'oreilles également en plastique. Elle avait ramené ses cheveux courts en un chignon d'aspect très sévère.

Le look « Je vais te faire mal, mais pas trop ».

Le reste des policiers de service l'ayant gratifiée des mêmes sifflets enthousiastes, elle prit la pose, se flatta la cuisse droite en leur lançant un regard brûlant et leur dit :

– Ça vous plairait que je vous fouette avec une corde en réglisse ?

Pendant l'appel, les flics des Mœurs escortèrent leurs agents en plongée jusqu'à leurs bureaux pour leur accrocher leurs micros et leur rappeler les termes de l'alinéa 647b du Code pénal, selon lequel offrir son corps moyennant finance est un crime. Elles devaient donc rester passives et surtout ne pas faire acte d'incitation policière à commettre un délit passible d'arrestation immédiate en s'offrant au passant, à quoi les clients les plus astucieux essaieraient de les inciter en sachant que cela rendrait caduque toute arrestation s'il s'avérait que la pute était de la police.

Après l'appel, l'Oracle prit Fausto Gamboa à part et lui dit en privé :

– Surtout ne t'approche pas de Budgie ce soir, Fausto, et je rigole pas. Tu commences à traîner dans le boulevard au volant d'une bagnole de patrouille et tu feras tout foirer pour tout le monde.

– Moi, tout ce que je dis, c'est que personne ne devrait refiler ce boulot à une jeune mère, marmonna Fausto avant de tourner les talons et de rejoindre Benny Brewster, son coéquipier pour la soirée.

Assises sur la banquette arrière de la voiture des Mœurs qui les conduisait au Sunset Boulevard, Budgie et Mag gardaient leur courage en parlant nerveusement et sans arrêt. Mag avait déjà été prêtée une fois au détachement anti-prostitution, mais Budgie, elle, n'avait jamais encore travaillé comme agent en plongée. Elles allaient monter en scène, trouver leurs marques et attendre que le patron des Mœurs leur lance : « On tourne ! », et l'une comme l'autre savaient que le rôle qu'elles allaient jouer contenait une part de risque que les actrices les mieux payées d'Hollywood n'ont jamais à affronter. Cela dit, elles étaient pleines d'enthousiasme et voulaient bien faire. Jeunes et intelligentes, elles ne manquaient pas d'ambition.

Budgie remarqua que ses mains tremblaient et les cacha sous son sac à main en plastique vert. Elle se demandait si Mag était aussi nerveuse qu'elle et lui lança :

– J'avais envie de mettre un petit haut, mais je me suis dit que si je le faisais, on ne pourrait pas cacher le micro.

– Moi, je voulais qu'on voie mon anneau de nombril, lui renvoya Mag. Mais je me suis dit la même chose que toi pour le micro. J'aime toujours autant mon anneau, mais je suis contente d'avoir résisté à l'envie que j'ai eue de me payer le petit papillon au-dessus des fesses quand c'était si populaire.

– Moi aussi, dit Budgie qui trouvait que parler chiffons la calmait. Les tatouages putes ne sont plus à la mode. Je songe même à me débarrasser de mon anneau de nombril. Ma ceinture de holster frottait dessus. Et ça m'a pris presque un an pour guérir.

– Moi aussi, ça frotte, dit Mag, mais je mets un peu de coton par-dessus avec du sparadrap avant de partir au boulot.

– Le mien, je me le suis fait mettre un jour après le travail. À cette époque-là, j'allais en uniforme afin d'économiser du temps pour suivre un cours de biologie au City College. T'aurais dû voir la tête du mec quand je suis entrée et que j'ai enlevé mon ceinturon. Il a ouvert la gueule et m'a regardée, l'air de dire : « Je vais mettre un anneau de nombril à un flic ? » Ses mains n'ont pas arrêté de trembler pendant toute la séance !

Elles partirent toutes les deux d'un grand éclat de rire et Simmons, le plus ancien des Mœurs – c'était lui qui conduisait –, se tourna vers son collègue Lane assis sur le siège passager et lui dit :

– On dirait que la culture populaire a bel et bien rattrapé le LAPD !

Avant de les déposer dans deux endroits différents et très passants du Sunset Boulevard, le plus âgé des flics des Mœurs dit à Mag :

– Côté sex-appeal, les Asiatiques sont les plus désirables, suivies par les Blanches.

– Navrée, Budgie, dit Mag avec un sourire tendu.

– J'te parie que j'en accrocherai plus que toi, lui renvoya Budgie avec, elle aussi, un sourire tendu. J'aurai tous les nains avec fantasmes sur les grandes blondes.

– Pour l'instant, je veux que vous restiez à une rue de distance, reprit Simmons. On a deux équipes de flics en tenue pour arrêter le client dès qu'il aura fait son offre et deux équipes de sécurité, dont la nôtre, pour vous couvrir. Il y en a déjà une en place qui surveille les deux croisements. Il se pourrait que la concurrence vienne vous poser des questions et se doute que vous êtes de la police. Vous avez bien trop bonne mine toutes les deux.

– Oh, je peux avoir une gueule d'enfer sans problème, lui renvoya Budgie.

– Ça va pas nous casser la baraque si on se fait repérer par une pute ? demanda Mag.

– Non, non. Elles iront faire le tapin dix rues plus loin et ne resteront pas à côté de vous. Elles savent bien que si vous êtes de la police, on n'est pas loin à vous surveiller.

– La plupart des clients sont des fumiers, mais il est encore tôt dans la soirée et vous pourriez coincer un homme d'affaires qui repart vers l'ouest après le boulot. Ils savent que les putes de haut niveau font le trottoir dans Sunset et y en a qui aiment bien s'en taper une vite fait de temps en temps.

– Je ne suis pas à Hollywood depuis très longtemps, dit Budgie, mais j'ai déjà participé à des descentes de drogue et embarqué des travelos. L'un d'entre eux pourrait me reconnaître.

– Les travelos travaillent surtout dans Santa Monica Boulevard, lui expliqua Simmons. Ils font de bonnes affaires avec tous les types en conditionnelle qui aiment ça parce qu'ils ont découvert le cul et la bite quand ils étaient en taule. Ils sont très porteurs de maladies. Ils évitent l'aiguille parce qu'ils ont peur du sida, et après ils fument du caillou et chopent ça par la chute à merde. Comme si ç'avait un sens ! Le speed est une drogue érotique. Ne serrez même pas la main à un travelo ou à une folle sans porter des gants.

Parce qu'il savait que c'était la première fois pour Budgie, Lane ajouta :

– Si tu vois une Asiatique dans Sunset, dis-toi que ça pourrait très bien être un travelo. Des fois, les travelos asiatiques se font pas mal de fric dans le coin parce qu'ils arrivent à tromper le client ordinaire. La chair de poule qu'ils ont partout parce qu'ils se rasent se voit moins. En général, ils débarquent juste avant la fermeture des bars, au moment où le client est trop rond pour y voir clair. Mais attention : tous les travelos doivent être considérés comme des violents en robe. Ils aiment bien piquer la bagnole du client chaque fois que c'est possible parce que celui-ci n'a aucune envie de reconnaître comment on lui a chauffé sa voiture. Résultat, le travelo ou la folle ne figure jamais dans la déclaration de vol du client.

Et Simmons précisa encore :

– Évitez toutes les autres putes si c'est possible... qu'il s'agisse de filles, de folles ou de travelos.

– Les autres putes ? répéta Budgie.

– Je m'excuse, dit-il, vous commencez à me paraître si convaincantes que je me suis embrouillé.

Après les avoir lâchées à un pâté de maisons du boulevard, Simmons leur précisa :

– Si un Noir vous fait une proposition, allez-y, causez, mais attention au look cool et à la bagnole qui en jette. Ça pourrait être un mac de Wilshire qui se renseigne sur la concurrence ou essaie de s'emparer du marché en force. Il pourrait vous raconter des conneries pour essayer de vous prendre sous son aile et nous, on adorerait, mais gardez bien les deux pieds sur le trottoir. On ne monte jamais dans une bagnole. Et n'oubliez pas : des fois il y a du statique sur la ligne et on n'arrive pas toujours à entendre ce que vous raconte le client. Résultat, c'est ce que vous dites, vous, qui est notre signal. Que le micro lâche complètement est déjà arrivé. Si jamais vous êtes dans la merde, le mot de code est « beau parleur ». Vous le dites dans une phrase, on accourt tout de suite. Si c'est nécessaire, n'hésitez pas à gueuler. N'oubliez pas : « beau parleur ».

Après tout ça, elles étaient à nouveau inquiètes lorsqu'elles descendirent de voiture. L'une et l'autre parlèrent normalement dans leur soutien-gorge et entendirent le chef de l'équipe de couverture dire à Simmons et Lane sur leur fréquence radio :

– On les entend parfaitement.

Le plus âgé des flics des Mœurs semblait visiblement plus à cheval sur la sécurité et dit encore :

– Ne le prenez pas mal. Je ne veux pas être sexiste, mais je dis toujours à mes nouvelles en plongée : ne prenez pas de risques inutiles pour ce genre de délit mineur. Vous êtes compétentes, mais vous n'en êtes pas moins des femmes.

– T'entends comme je rugis, lui renvoya Budgie sans conviction.

– Que le spectacle commence ! lança le plus jeune flic.

En moins de dix minutes – c'était le crépuscule – il y eut de l'action pour les deux. Budgie échangea des regards avec un col bleu dans un pick-up GMC. L'homme ne fit le tour du pâté de maisons qu'une fois avant de quitter Sunset Boulevard et de se garer. Budgie gagna sa voiture en répétant dans sa tête ce qu'elle allait lui dire pour ne pas être accusée de le piéger. Elle n'avait pas besoin de s'inquiéter.

À peine s'était-elle penchée en avant pour le regarder par la vitre du passager qu'il lui dit :

– J'ai juste le temps d'un gentil petit pompier. J'ai pas envie d'aller dans un motel. Si t'es prête à monter et à me faire ça dans la petite rue d'à côté, je te file 40 dollars. Si tu veux pas, on se reverra une autre fois.

C'était tellement rapide et facile qu'elle en resta stupéfaite. Aucune discussion sur le prix, pas le moindre jeu sur les mots pour savoir si elle n'était pas de la police. Rien. Elle ne sut pas trop quoi répondre en dehors de ceci :

– Bon, d'accord. Tu t'arrêtes à côté du parking à une rue de Sunset et j'arrive.

Et ce fut tout ce qu'elle eut à faire, en dehors de se gratter le genou pour signaler à l'équipe de sécurité que l'affaire était dans le sac. En moins d'une minute, une voiture de patrouille de la troisième brigade s'arrêtait derrière le type en faisant hurler ses pneus, le montrait à tout le monde en allumant les gyrophares et en donnant un coup de klaxon, et dix minutes plus tard tout était dit. Le client était conduit au poste de commandement mobile, un gros 4 × 4 garé à deux rues de là, dans Sunset Boulevard.

Le PC était équipé de bancs pour les clients, de tables pliantes pour rédiger les PV d'interpellation et d'un gadget informatique pour prendre les empreintes digitales et la photo du client en état de choc – après quoi on pouvait le laisser partir. S'il ne passait pas avec succès le test de l'attitude face à l'interpellation ou s'il y avait d'autres facteurs tels qu'antécédents graves ou possession de drogue, le client était emmené au commissariat d'Hollywood pour détention provisoire.

S'il était relâché dans la nature, il retrouvait sa voiture à côté du PC, où un flic en tenue l'avait amenée. Mais pas question de rentrer chez lui avec. La voiture était généralement mise à la fourrière, le bureau du city attorney croyant fermement que le passage en fourrière était très dissuasif en matière de prostitution.

Budgie fut conduite dans une voiture des Mœurs jusqu'au PC, où elle rédigea un court PV d'interpellation après avoir informé le type qui lui avait installé son micro qu'elle n'avait pas besoin de réentendre sa conversation avec le client. Assis sur le banc, celui-ci la fusillait du regard.

– Ah ben, merci beaucoup, dit-il avant d'ajouter « salope », mais seulement avec les lèvres.

– C'est peut-être seulement parce que je suis en plein bordel hormonal, mais je commence à vraiment détester ce connard, dit-elle.

– C'est le genre de petit merdeux qu'a passé les meilleurs jours de sa vie à faire du line dancing et à exploser des boîtes aux lettres, lui répondit un flic des Mœurs.

Puis il se tourna vers le client qui fulminait et lui lança :

– Bienvenue à Hollywood, mec. On va se la faire cinéma vérité !

– C'est quoi, c'te connerie ? gronda le client.

– C'est ça ! Continue donc à gueuler en faisant semblant qu'on n'a pas une caméra vidéo braquée sur ta gueule et qu'on t'enregistre pas dans une scène que tu pourras expliquer à maman et aux petits plus tard !

Le premier client de Mag se pointa quelques minutes après celui de Budgie. Il était blanc, conduisait une Lexus et, à voir sa mine, appartenait à la catégorie homme d'affaires rentrant chez lui dans le West Side. Plus prudent que celui de Budgie, il fit deux fois le tour du pâté de maisons. Mais Mag étant un vrai aimant, il se gara au coin du boulevard après son deuxième passage.

Les flics des Mœurs disaient s'attendre à ce qu'avec sa taille et ses jambes Budgie voie le client essayer de savoir si elle n'était pas de la police, mais Mag, elle, était si petite et si exotique –

et sexy – qu'elle pouvait rassurer tout le monde. Et d'ailleurs notre homme d'affaires ne s'intéressa nullement à sa bonne foi et lui dit :

– Vous m'avez l'air d'une fille très propre. Vous l'êtes ?

– Oui, répondit-elle, soudain tentée de prendre l'accent japonais mais y renonçant. Très propre.

– Je vous trouve très belle.

Puis il regarda autour de lui d'un air inquiet et ajouta :

– Mais il faut que je sache si vous êtes propre et sûre.

– Je suis très propre, dit-elle.

– J'ai une famille. Trois enfants. Je ne veux pas ramener des maladies à la maison.

– Non, bien sûr que non, dit Mag pour le calmer. Où habitez-vous ?

– À Bel-Air.

Et de préciser :

– Je n'ai encore jamais fait un truc pareil.

– Non, bien sûr que non, répéta-t-elle.

Ensuite vinrent les petits jeux.

– Combien vous prenez ?

– Qu'est-ce que vous voulez ?

– Ça dépendra de ce que vous prenez.

– Ça dépend de ce que vous voulez.

– Vous êtes vraiment charmante. Vos jambes ! Si galbées ! Et pourtant solides !

– Merci, monsieur, répondit-elle en se disant que lui rendre ses politesses était ce qu'il fallait faire.

– Vous devriez toujours porter des shorts.

– Je le fais souvent.

– Vous m'avez l'air intelligente. Et si obligeante ! Je parie que vous savez vous occuper des hommes.

– Oui, monsieur, répondit-elle en pensant : « Bon sang, mais qu'est-ce qu'il veut ? Une geisha ou quoi ? »

– Je suis assez vieux pour être votre père. Cela vous ennuie-t-il ?

– Pas du tout.

– Cela vous excite-t-il ?

– Eh bien, mais… peut-être.

Sur quoi, il ouvrit sa fermeture éclair, lui sortit son pénis en érection et commença à se masturber en criant :

– Ce que tu peux être jeune et adorable !

Pour le bénéfice de l'équipe de couverture et parce qu'elle était authentiquement surprise, Mag hurla dans son soutien-gorge :

– Ah ben, merde ! Il s'astique le poireau ! Casse-toi !

Et pendant une bonne minute elle oublia de se gratter le genou.

Deux minutes plus tard, l'équipe de poursuite allumait les gyrophares et bloquait la Lexus, et là, au moment où l'équipe de sécurité s'arrêtait à côté d'elle, Mag s'écria :

– Putain ! Il vient de balancer du foutre partout sur sa bagnole à 75 000 dollars !

En arrivant au PC mobile, où le type venait d'être inculpé de violation de l'article 647a du Code pénal – conduite obscène sur la voie publique –, Mag eut un peu pitié du pauvre mec.

Jusqu'au moment où, photographié et ses empreintes prises, celui-ci se tourna vers elle et lui lança :

– En fait, t'as des grosses cuisses. Et je parie que t'as des problèmes de père.

– Alors comme ça, on est psychologue ? lui renvoya-t-elle. Rien qu'à regarder mes cuisses, t'as tout compris sur moi ? Eh ben, salut, papa chéri !

C'est alors que, se tournant pour partir, elle vit un jeune et beau flic des Mœurs, un certain Turner, qui l'observait. Elle rougit et, sans même s'en rendre compte, elle regarda ses cuisses.

– Elles sont aussi superbes que le reste, lui dit-il. Problèmes de père ou pas.

Mag Takara accrocha trois clients en deux heures, Budgie Polk en restant à deux. Lorsque le troisième, un petit voyou au volant d'une Pontiac en ruine, lui offrit du caillou contre son cul, elle l'arrêta pour possession de drogue.

– Ça vous va ? Prostitution délictueuse, dit-elle en décochant un sourire à Simmons au moment où elle arrivait au PC.

– Vous faites du bon boulot, Budgie, lui dit-il. Marrez-vous bien, mais restez sur le qui-vive. Des flingués, y en a partout par ici.

Dix minutes plus tard, elle en rencontrait un. Oreilles en feuilles de chou, petite quarantaine. Il pilotait une Audi dernier modèle et portait, elle le vit tout de suite, des vêtements Banana Republic. Bref, le genre de type avec lequel elle aurait probablement dansé s'il le lui avait demandé dans un des night-clubs du Strip qu'elle fréquentait de temps en temps avec ses copines.

Il se tenait en retrait pendant que d'autres clients papillonnaient autour d'elle, puis il lui parlait nerveusement, mais s'éloignait aussitôt : la trouille. La trouille des flics, la trouille d'être dépouillé, la trouille d'attraper une maladie... ce n'était pas la trouille qui manquait et se mélangeait au désir, parfois même le renforçait. La névrose était reine.

Lorsque enfin il prit son tour et lui parla – et aborda le sujet de la baise contre finance avec beaucoup de précautions –, le type à l'Audi fut le deuxième de la soirée à être si rapidement excité qu'il en défit sa fermeture éclair et s'exhiba.

Alors Mag dit ceci dans son soutien-gorge :

– Ah, mon Dieu ! On se masturbe ! Comme c'est excitant !

– Ah, toi ! Toi ! s'écria-t-il. Je te paierais bien pour que tu me fasses un pompier, mais j'ai plus un rond. Et Popaul arrive plus à se redresser, bordel !

Et là, pendant que l'équipe de poursuite se dépêchait de gagner le coin du boulevard, le plafonnier du grand van éclairant l'intérieur de l'Audi, Mag regarda de plus près et oui, c'était vrai : Popaul était tout rabougri. Mais d'un beau rouge cramoisi !

– Nom de Dieu ! s'écria-t-elle. Ça saigne là-bas en bas ?

Il s'arrêta et la regarda. Puis il relâcha son membre flasque et lui répondit :

– Oh, ça ? C'est juste du rouge à lèvres des trois putes qui l'ont sucé tout à l'heure. C'est là qu'est passé tout mon fric.

Un peu plus tard, Budgie désobéit à l'ordre que Simmons lui avait donné de garder les pieds sur le trottoir. Et n'en crut pas ses yeux lorsqu'un énorme camion à trois essieux et rempli de veaux

7016 00201 4

SNCF

BILLET à composter avant l'accès au train

PARIS MONT 1 ET 2 → BORDEAUX ST JEAN	RABARON/ISABELLE 01 ADULTE GV29090109503771379

Départ 13/02 à 16H20 de PARIS MONT 1 ET 2 Arriv. à 19H18 à BORDEAUX ST JEAN PERIODE DE POINTE TGV 8545 OPTI PRIME NON REMBOURSABLE	Classe 2 VOITURE 16 PLACE ASSISE 46 01 COULOIR DUO
Départ à de *** Arriv. à à	Classe *

P MON P[redacted]13020916:03

Prix par voyageur :	Prix PRIME TB

BP GV00 878539229046 KM0581 PP DV 853922904

ST CLOUD 08707625293970 090209 11H53 BE7C32 Dossier QAJVLV Page 1/1

Conditions d'accès au train

Pour que votre billet soit valable [1] :

- **Munissez vous** des pièces justifiant de votre réduction éventuelle
- **Respectez** les conditions d'utilisation de votre tarif
- **Empruntez** le train pour lequel vous avez réservé
- **Compostez** séparément, lors de l'accès au(x) train(s), chacun des titres nécessaires à votre trajet en France et **conservez**-les jusqu'à la sortie de la gare d'arrivée. *Voir dispositions reprises au Tarif Voyageur.*

Si vous n'avez pas de billet valable, régularisez votre situation avant le départ du train :

- Pour votre confort et dans votre intérêt, nous vous conseillons de régulariser votre situation aux points de vente SNCF habituels.

Dans le train, votre situation sera régularisée de la façon suivante :

- au tarif de bord, qui inclut les frais d'émission d'un billet à bord du train (d'un montant maximum de 10€[2]), si vous vous présentez **de votre propre initiative** au contrôleur sur le quai du train ou à bord aussitôt après le départ,
- au tarif contrôle, si vous ne vous présentez pas de vous-même au contrôleur. La somme demandée par le contrôleur comprendra en plus de l'insuffisance de prix éventuelle, une indemnité forfaitaire dont le montant peut atteindre 115€[2] en cas de fraude.

L'échange et le remboursement des billets sont soumis à conditions. Les échanges et remboursements peuvent faire l'objet d'une retenue en fonction du tarif, du train utilisé et du moment de l'acte, renseignez vous dans les points de vente.

[1] Certains trains internationaux (Eurostar, Thalys, Artesia, Lyria, Elipsos...) sont soumis à des règles spécifiques.
[2] Prix par personne au 01 Juillet 2007

tourna le coin du boulevard et se gara au seul endroit où c'était possible, dans la première ruelle côté nord.

Incapable de résister, elle s'approcha de la cabine alors même qu'il faisait très sombre dans la ruelle. Elle monta sur la première marche et, nerveuse, entendit le camionneur avec marcel, chapeau de cow-boy et balafre en travers de la figure lui lancer :

– 50 dollars. Ici. Tout de suite. Tu montes et tu m'assèches la pompe, mon trésor !

C'était si bizarre que lorsque la deuxième équipe de couverture se pointa, un des flics des Mœurs ne put s'empêcher de lui dire :

– Je me demande ce que penserait ton patron si on te collait en taule et te foutait ton camion à la fourrière.

Et Budgie d'ajouter :

– Ils vont être abattus ?

Le cow-boy était si furieux qu'il commença par ne pas répondre, puis il dit enfin :

– Faut croire que tu bouffes pas de veau, c'est ça ? Et que t'abats tes homards à coups de flingue avant de les mettre à bouillir, non ? Putain, lâche-la-moi, mémère !

L'affaire présentait tellement de problèmes logistiques qu'après avoir été relâché, le cow-boy fut autorisé à repartir avec son chargement.

Lorsqu'elle eut fini au PC et fut ramenée à son coin de Sunset Boulevard, Budgie essaya d'oublier les veaux condamnés qui beuglaient. C'était la première fois de la soirée qu'elle se sentait vraiment triste.

Elle n'avait pas retrouvé Sunset Boulevard depuis trois minutes qu'une Hyundai avec plaques d'immatriculation de l'Arkansas et deux adolescents à bord passait devant elle au ralenti. Encore déprimée par les veaux, les maris et les pères lamentablement audacieux qu'elle et Mag avaient accrochés ce soir-là, elle se demanda quelles maladies tous ces losers allaient ramener à leurs femmes. Qui sait même si ce ne serait pas la grande tueuse ? Celle dont le nom commence par un *s*.

Elle vit tout de suite à qui elle avait affaire : deux Marines. L'un comme l'autre, ils étaient hâlés du milieu du front jusqu'au cou et avaient les cheveux rasés sur les côtés et longs de quatre à cinq centimètres sur le dessus. Ils portaient tous les deux des T-shirts bon marché avec les noms de groupes de rock bien brillants écrits en travers et des chemises qu'ils venaient probablement juste de s'acheter dans une boutique de souvenirs d'Hollywood Boulevard. Tous les deux ayant aussi le sourire nerveux et l'air jeune et paumé, après la tristesse ce fut une colère inexplicable qu'éprouva Budgie.

– Ça va, mignonne ? lui lança le passager.

Elle s'approcha de la voiture.

– Si jamais vous dites : « T'as quoi au four ? », je pourrais bien vous flinguer.

Le mot « flinguer » changea dans l'instant la dynamique de la scène.

– J'espère que t'es pas armée, lui lança le gamin.

– Pourquoi ? Les filles pourraient pas se protéger ?

– Tu sais pas où y aurait de l'action ? lui demanda le gamin qui essayait de retrouver un peu de sa bravade.

– De l'action ? répéta-t-elle. Qu'est-ce que tu veux dire par là ?

Le passager jeta un coup d'œil au conducteur, qui était encore plus nerveux, et dit :

– Ben, on aimerait faire la fête. Tu vois ce que je veux dire ?

– Oui, je vois ce que tu veux dire.

– Si c'est pas trop cher.

– Qu'est-ce que tu veux dire par là ?

– On peut payer 70 dollars. Mais faudra nous faire tous les deux, d'accord ?

– Où êtes-vous en garnison ? leur demanda Budgie en se disant qu'une équipe de poursuite ou de couverture devait être en train de se préparer.

– Comment ça ? demanda le passager.

– Je suis née un soir, mais c'était pas hier.

« Ils n'ont pas plus de dix-huit ans », songea-t-elle.

– À Camp Pendleton, répondit le gamin en perdant son sourire.

– Quand est-ce que vous partez pour l'Irak ?

Complètement perdu, le gamin regarda le conducteur, puis revint sur Budgie et pour essayer de regagner un peu de sa virilité, lui lança :

– Dans trois semaines. Pourquoi ? Tu vas nous faire ça gratis par patriotisme ?

– Ben non, espèce de petit con de Marine, lui renvoya-t-elle. Je vais vous laisser filer tous les deux pour que vous puissiez aller en Irak vous faire péter vos petites couilles de crétins. Je suis officier de police et y a une équipe de flics des Mœurs à une minute d'ici. Ce qui fait que si vous êtes encore là quand ils arriveront, vous aurez pas mal d'explications à fournir à votre sous-off. Alors, vous dégagez d'Hollywood et vous n'y revenez plus jamais !

– Oui, m'dame ! dit le gamin. Et merci, m'dame !

Ils avaient filé lorsque l'équipe de couverture passa lentement au coin du boulevard, et là elle vit Turner, le tout mignon flic des Mœurs, hocher la tête et hausser les épaules, l'air de dire : « C'est pas grave d'en laisser filer, mais faudrait pas en faire une habitude. »

Les flics des Mœurs savaient qu'il allait falloir marquer une pause dans l'opération et suggérèrent de passer en code 7 au Burger King le plus proche, mais Mag et Budgie leur demandèrent de les déposer dans un restaurant japonais un peu plus loin à l'ouest dans Sunset. Elles se disaient que les hommes ne voudraient pas manger du poisson cru et elles en avaient assez des mecs en général pour l'instant. Une demi-heure pour se reposer les pieds et parler du boulot serait une vraie bénédiction. Les flics des Mœurs les déposèrent et leur dirent qu'ils passeraient les reprendre pour une heure de boulot supplémentaire et que ce serait fini pour la journée.

– Plus qu'une, dit Turner à Mag sans cesser de la regarder, et on remballe.

Une fois arrivée au restaurant avec Mag, Budgie dit à celle-ci :

– Doux Jésus, tous les flics de la division peuvent pas s'empêcher de parler comme dans les films.

Mag commanda une assiette de sashimis assortis et Budgie

une, bien moins téméraire, de sushis. Après quoi, Budgie essaya de se tenir comme il fallait et de ne pas ostensiblement racler ses baguettes en bois l'une contre l'autre, ainsi que le font tant d'yeux ronds[1] dans les restos à sushis. Elle les posa sur ses genoux et le fit à cet endroit – et délogea plusieurs éclats de bois de ces ustensiles bon marché.

– Qu'est-ce que je regrette d'avoir emprunté ces hauts talons ! s'écria-t-elle.

– Et moi, j'ai aussi les canines qui aboient, dit Mag en baissant les yeux.

– Combien t'en as accroché jusqu'à maintenant ?

– Trois.

– Hé, mais je te bats d'un ! s'écria Budgie. Et j'en ai renvoyé deux. Des Marines de Camp Pendleton. La vraie salope bien-pensante tout droit sortie des enfers qu'ils n'oublieront jamais.

– Je n'en ai rencontré aucun qui valait qu'on l'épargne, dit Mag. Je n'ai eu droit qu'à la pire des engeances. J'aurais peut-être dû mettre une tenue SM.

– Tu fais toujours des concours de tir ? lui demanda Budgie. J'ai lu des trucs sur toi dans *Blue Line*[2] quand je travaillais à Central.

– Ça devient moins intéressant. Les mecs n'aiment pas tirer avec moi. Ils ont peur que je les batte. Je ne porte même plus le badge tireur d'élite sur ma tenue.

– Je comprends, dit Budgie. Qu'on parle de flingues entre filles et on est forcément lesbiennes, c'est ça ?

– Y a pas longtemps, les douanes ont organisé un concours auquel on m'a demandé de participer. Sauf que c'était dans la partie « tir au pistolet de dame ». Tu le crois, toi ? Quand on m'a demandé, j'ai dit : « Oh, comme c'est chou ! On pourra prendre le thé et danser le quadrille ? »

– Ce soir, trois types m'ont demandé si j'étais flic. J'ai été tentée de leur répondre : « Ça te plairait de me reposer la question avec ta bite entre mes dents ? »

1. Surnom donné aux Occidentaux *(NdT)*.
2. Lettre d'information mensuelle de la police *(NdT)*.

Elles rirent toutes les deux, puis Mag ajouta :

– J'ai comme dans l'idée que Simmons y verrait un piège. Dis, t'as bien regardé Turner ? Un vrai plaisir pour les yeux, non ?

– Je l'ai surtout bien regardé te regarder.

– Peut-être qu'il fait dans la salope bondage.

– J'ai l'impression qu'il aimerait assez que tu enfiles une salopette et que tu mettes des rangers.

– Je me demande s'il est marié.

– Bon sang, mais pourquoi faut-il toujours qu'on fasse dans le consanguin avec les flics ? Et la pollinisation avec les soldats du feu, hein ?

– C'est sûr qu'il doit bien y avoir d'autres façons de se bousiller la vie, dit Mag. Mais ça, pour être mignon, il est mignon.

– Mais nul au pieu, y a des chances. Les mignons le sont souvent.

– Ça peut pas être pire que l'espèce de tordu d'inspecteur de la 77e Rue avec qui je sortais. C'était le genre à te payer deux verres et croire qu'on allait copuler dans sa piaule à viol dans l'heure qui suit. Il est allé jusqu'à me piquer un string, ce fumier.

– Moi, ce soir, dit Budgie, j'ai accroché un mec tellement saoul qu'il arrivait à peine à conduire sa voiture. Quand l'équipe de couverture a appelé un atelier pour l'emmener en cellule, il m'a demandé si je sortais avec quelqu'un. Après, il a voulu savoir si je pourrais pas le sortir de cellule. Une douzaine de questions qu'il m'a posées ! Quand ils l'ont emmené, j'ai été obligée de lui dire : « Oui, je sors avec quelqu'un. Non, je ne peux pas te sortir de taule. Non, je n'y peux rien si tu m'aimes très fort. Et non encore, notre rencontre ne doit rien au destin, mais tout à Compstat. » Putain, il suffit que je leur fasse mon sourire de blonde abrutie pour qu'ils puissent plus me lâcher. Le type a essayé de m'enlacer pendant qu'ils lui rédigeaient son PV ! Il m'a même dit qu'il me pardonnait.

– Moi, j'ai eu un client qui a vraiment voulu me faire mal quand ils lui ont montré leurs badges, dit Mag. Il arrêtait pas de me baiser des yeux pendant qu'ils lui dressaient son PV et à la fin il m'a dit : « Peut-être qu'on se retrouvera dans la rue un de ces jours. »

– Qu'est-ce que tu lui as répondu ?

– « Oui, je sais que tu es plus grand que moi et que tu peux me botter le cul. Sauf que si jamais je te trouve sur mon chemin et que t'essaies, je te tirerai dessus jusqu'à ce que tu crèves. Et ce sera dans la figure que je te tirerai pour être sûre que t'aies un enterrement à cercueil fermé. »

– Quand j'étais une bleue, les petites vermines dans ce genre-là, je leur disais : « Côté statut, ça te donnera pas des bons points de cogner sur une fille. Mais si jamais t'essaies, mes copains te passeront au gaz poivre et te botteront le cul quelque chose de sérieux. »

– Et aujourd'hui, tu leur dis quoi ?

– Rien. Et si y a personne pour me voir, je sors le flacon de gaz et je leur balance une bonne giclée de Jésus liquide. Même que pendant un temps mes coéquipiers m'ont appelée Lacrymo Polk.

– Le seul moment où j'ai eu la trouille ce soir, c'est quand le mec s'est garé un peu trop loin de Sunset et que j'ai dû dépasser le parking. Et qu'un gros rat m'est passé sur le pied !

– Ah, mon Dieu ! s'écria Budgie. Qu'est-ce que t'as fait ?

– J'ai hurlé. Et après j'ai dû dire à l'équipe de couverture que tout allait bien. Je voulais pas reconnaître que c'était qu'un rat.

– Les rats me terrifient, dit Budgie. Et les araignées aussi. Moi, je me serais mise à pleurer.

– J'ai bien failli, dit Mag. J'ai dû m'accrocher.

– Il est bon, ton sashimi ?

– Pas aussi frais que j'aimerais. Et tes sushis ?

– Sains, répondit Budgie. Avec Fausto, je mange des *burritos* et m'ingurgite plus de matières grasses que toutes les femmes de Laurel Canyon en une semaine.

– Sauf qu'elles, elles brûlent leurs calories en cherchant des chirurgiens esthétiques et en préparant leurs repas. Tu te vois un peu en train de mettre au point un régime hebdomadaire de tiges de céleri et de rognures de carotte en respectant le *feng shui* ?

Budgie se dit que c'était bien agréable et reposant de rester là à boire du thé et bavarder avec une autre fille.

Pendant la dernière heure, Budgie interpella un autre client. Mag aurait bien aimé la laisser loin derrière en en affichant deux, mais les affaires marchaient moins. Il ne leur restait plus qu'une demi-heure lorsque Mag vit un 4 × 4 Mercedes rouge cerise avec roues chromées passer lentement devant elle. Le conducteur était un jeune Noir en survêtement à 300 dollars et Adidas de prix. Il passa devant elle une première fois, puis une deuxième.

Mag ne lui rendit pas son sourire comme elle l'avait fait à d'autres clients ce soir-là, y compris à deux Noirs. Avec lui elle pensa tout de suite: «Maquereau.» Puis elle comprit que si elle avait raison, ce pourrait être le couronnement de sa soirée: une arrestation pour proxénétisme. Bref, lorsqu'il repassa devant elle une troisième fois, elle lui rendit son sourire, lui se contentant de lui indiquer le bout de la rue du doigt et d'aller s'y garer. Du hip-hop hurlant dans l'habitacle, il baissa le son pour pouvoir lui parler.

Elle s'approcha avec précaution.

– Qu'est-ce qu'y a, Momma? lui lança-t-il. Tu fais pas dans le délice en chocolat?

Oui, c'est un mac, se dit-elle. Et répondit:

– Je fais dans toutes sortes de délices, moi.

– Ben tiens! Allez, monte, qu'on cause affaires.

– Je suis bien ici.

– Qu'est-ce t'as? T'es de la police ou quoi?

Il avait un grand sourire, elle sut qu'il ne le pensait pas.

– Je peux très bien parler d'ici.

– Allons, mon bébé, lui renvoya-t-il, et qu'est-ce qu'il avait les pupilles dilatées. J'ai peut-être quelque chose pour toi.

– Ah oui? Quoi?

– Quelque chose.

– Quelque chose comme quoi?

– Monte, répéta-t-il, et cette fois elle n'aima pas du tout la façon dont il l'avait dit.

Pour être pété, il l'était. Au crack. Mais peut-être aussi au caillou.

– Je crois pas, non, dit-elle, et elle commença à s'éloigner.

Ça ne s'engageait pas bien.

Il ouvrit la portière du 4 × 4, sauta du véhicule, passa derrière et se posta entre elle et Sunset.

Elle allait dire « Beau parleur ! », mais songea à ce que ça ferait si elle serrait un mac.

– Vaudrait mieux causer vite parce que j'ai pas le temps d'écouter des conneries, lui renvoya-t-elle.

– Parce que tu crois que tu vas travailler ici, au croisement ? Ben non, pas sans avoir quelqu'un pour te protéger. Et ça, c'est pas des conneries. C'est du solide.

– Comment ça ?

– Parce que c'est moi qui vais te protéger.

– Quoi ? Comme mon papa ? J'ai pas besoin de ça.

– Oh que si, ma salope ! Même que la protection a déjà commencé. Et donc, t'as gagné combien ce soir ? À tapiner sur mon territoire. Dans mon boulevard.

– Vaudrait peut-être mieux dégager, beau parleur, dit-elle.

Et là, elle avait vraiment peur et vit un flic des Mœurs traverser Sunset en courant et venir dans sa direction.

Elle cherchait encore son équipe de couverture lorsque le type lui lança :

– Ah, tu veux du beau parleur ? Eh ben, en voilà !

Elle n'en revint pas quand le coup de poing partit. Elle n'avait rien vu venir. Elle avait tourné la tête vers le boulevard en attendant la sécurité et pensait : « Dépêchez-vous ! » Sa tête heurta le trottoir lorsqu'elle tomba. Elle fut prise de vertige, eut envie de vomir et tenta de se relever, mais il s'était assis sur elle et laissait courir ses mains partout sur elle pour trouver son fric.

– Tu te l'es foutu dans la chatte ? demanda-t-il, et elle sentit ses mains entre ses jambes.

Ses doigts explorer.

Puis elle entendit claquer des portières de voiture, des types qui criaient et le mac qui hurlait, et fut prise d'une nausée telle qu'elle se vomit tout partout sur sa tenue de bondage. Ainsi le rideau tomba-t-il sur le dernier spectacle de la soirée.

Fausto Gamboa était au volant lorsqu'il entendit « Officier à terre ! » et apprit qu'une ambulance partait à toute allure en code 3 vers les trottoirs à putes de Sunset Boulevard. Il faillit infliger le coup du lapin à Benny Brewster en virant sèchement à gauche et grillant un feu rouge comme s'il n'y en avait même pas. Et lui aussi se rua vers Sunset.

– Oh, mon Dieu ! s'écria-t-il. C'est une des filles. Je le savais. Je le savais.

– J'espère que c'est pas Mag, dit Benny Brewster qui avait travaillé avec elle pendant presque toute la rotation.

Fausto lui jeta un coup d'œil assassin et sentit monter la colère, puis se dit : « Je ne peux pas lui en vouloir d'espérer que ce soit Budgie. Parce que moi, j'espère que c'est Mag. » C'était horrible de penser comme ça, mais il n'y avait plus de temps pour faire le tri de ses émotions. Lorsqu'il prit le virage suivant, toujours à gauche, il sentit les roues de la voiture décoller presque de l'asphalte.

L'Oracle était en train de prendre son code 7 dans son boui-boui à tacos préféré d'Hollywood Boulevard lorsque l'appel arriva. Debout près de sa voiture, il s'était attaqué à son deuxième taco *carne asada* et avalait un énorme verre d'*horchata*, un mélange mexicain d'eau de riz et de cannelle, quand il entendit les trois mots : « Officier à terre ! »

Il arriva le premier, à l'exception de toutes les équipes de sécurité qui étaient déjà là et des infirmiers qui faisaient monter Mag dans l'ambulance. Assise sur la banquette arrière d'une voiture des Mœurs, Budgie pleurait tandis que, étendu par terre sur le trottoir et dûment menotté, le maquereau hurlait de douleur.

Simmons, le plus âgé des flics des Mœurs, dit à l'Oracle :

– Y a une deuxième ambulance en route.

– Comment va Mag ?

– Vraiment pas bien, sergent, répondit Simmons. Elle avait l'œil qui lui pendait sur la joue. À ce que j'ai vu, elle avait tous les os autour de l'œil pratiquement éclatés.

– Oh non ! dit l'Oracle.

– Il l'a frappée une fois, elle est tombée en arrière et sa tête a rebondi sur le trottoir. Je crois qu'elle était à moitié revenue à elle quand on l'a remise d'aplomb pour la première fois, mais elle ne l'est plus maintenant.

– Et lui? demanda l'Oracle en montrant le maquereau du doigt.

Et il le vit sur le visage du flic des Mœurs lorsque Simmons hésita et lui répondit:

– Résistance à agents.

– Vous savez si l'Évaluation des tirs a été avertie?

– Oui, on a appelé le patron, répondit Simmons. Ils seront tous là dans pas longtemps.

Le flic des Mœurs évita le regard de l'Oracle et lui dit:

– Y a un mec du magasin de spiritueux qui voudra peut-être déposer plainte… sur la manière dont on a procédé à l'arrestation. Il arrêtait pas d'en causer. Je lui ai dit d'attendre l'arrivée des mecs de l'Évaluation. J'espère qu'il aura changé d'avis avant.

– Je vais lui parler, dit l'Oracle. Peut-être que j'arriverai à le calmer.

En se dirigeant vers le magasin, l'Oracle vit un jeune flic des Mœurs faire nerveusement les cent pas tandis qu'un collègue lui parlait vertement. La deuxième ambulance arrivant, l'Oracle entendit gémir le maquereau lorsque les infirmiers le mirent sur le brancard.

Dans son magasin, le propriétaire, un vieux Pakistanais, termina sa transaction avec un client, puis se tourna vers l'Oracle et lui demanda:

– Vous êtes là pour mon rapport?

– Qu'avez-vous vu? lui demanda l'Oracle.

– J'entends claquer des portières. Et un type qui crie. Fort. J'entends des cris. Jurons. Un type crie encore. Je sors en courant. Je vois un jeune Blanc donner coups de pied à un Noir par terre. Pan, pan, pan. Des jurons et des coups de pied. Je vois d'autres Blancs attraper le jeune homme et l'écarter. Le Noir continue ses cris. Beaucoup de cris. Je vois menottes. Je sais que c'est des policiers. Je sais qu'ils viennent dans le coin pour arrêter les femmes des rues. C'est mon rapport.

– Des enquêteurs vont venir vous parler, dit l'Oracle en quittant le magasin.

Budgie et une voiture des Mœurs étaient parties. Il restait encore quatre flics des Mœurs et deux voitures. Le jeune homme qui faisait les cent pas quand l'Oracle était arrivé s'approcha de lui.

– Je sais que je suis dans la merde, sergent, dit-il. Je sais qu'il y a un témoin civil.

– Tu ferais peut-être bien d'appeler la hotline de la Protective League et te prendre un avocat avant de dire quoi que ce soit.

– Je vais le faire.

– Comment tu t'appelles, fiston? Je me rappelle plus les noms de personne.

– Turner, sergent. Rob Turner. J'ai jamais servi sous vos ordres quand j'étais de patrouille.

– Rob, lui dit l'Oracle, surtout ne me fais aucune déclaration. Appelle la League. Tu as des droits, n'aie pas peur de les exercer.

Il était clair que Turner faisait confiance à l'Oracle sur sa seule réputation.

– Je veux seulement que vous sachiez… que tout le monde sache… que quand je suis arrivé, cet enfoiré de mac était assis sur elle et avait les mains dans sa petite culotte. Une si belle fille! Sa tête était horrible à voir! Je veux que tous les flics sachent que c'est ça que j'ai vu en arrivant. Et que je regrette rien, sauf de perdre mon badge. Ça oui, je le regrette vraiment.

– T'as assez causé comme ça, fiston, lui dit l'Oracle. Va t'asseoir dans ta voiture et remets-toi les idées en ordre. Et prends un avocat. T'as une longue nuit qui t'attend.

En revenant à sa voiture pour rédiger ses notes, il vit Fausto et Benny Brewster qui s'étaient garés de l'autre côté de la rue et parlaient avec un flic des Mœurs. Ils avaient l'air lugubre. Fausto traversa et vint vers lui, l'Oracle espérant aussitôt ne pas avoir droit à une séance de «je-te-l'avais-bien-dit» parce que non, il n'était pas d'humeur à ça, vraiment pas.

Mais non, Fausto ne lui dit que ceci avant de quitter les lieux avec Benny Brewster:

– Quel boulot de merde, hein, Merv?

Sur quoi, l'Oracle ouvrit un paquet de comprimés contre les brûlures d'estomac et lui renvoya :

– Les vieux singes comme nous ? C'est tout ce qu'on a. *Semper flicus !*

11

Tôt ce matin-là, Mag Takara subit une opération de chirurgie réparatrice du visage à l'hôpital Cedars-Sinai. Bien d'autres la suivraient, le but immédiat étant de lui sauver la vue à l'œil droit. Après avoir été incarcéré à l'USCMC[1], le maquereau, Reginald Clinton Walker, passa lui aussi sur le billard pour se faire enlever sa rate éclatée. Vu les importants dommages corporels subis par Takara, il serait inculpé d'agression, mais, bien sûr, échapperait à l'accusation nettement plus grave d'agression sur la personne d'un membre des forces de l'ordre.

Pas un seul flic du service de nuit ne doutait que les accusations d'agression et de proxénétisme ne fassent l'objet de négociations dans le cadre d'un plaider coupable, mais aussi bien le capitaine du commissariat local que celui de la patrouille jurèrent de faire tout leur possible pour que le district attorney engage des poursuites vigoureuses contre Walker. Cela dit, *caveat*[2] il y eut dans la mesure où, dès que ce dernier eut déposé plainte (avec demande de dommages et intérêts de plusieurs millions de dollars) contre le LAPD et la ville de Los Angeles pour violences ayant entraîné la destruction de sa rate, plus personne n'aurait pu dire l'issue du procès.

Cet après-midi-là, une heure avant l'appel du service de nuit,

1. United States Civil Military Corps : organisme destiné à rééduquer de jeunes délinquants *(NdT)*.

2. Terme de droit américain signifiant qu'il y a dépôt de réserves dans la plainte *(NdT)*.

la surveillante d'étage de l'hôpital vit un homme de grande taille habillé d'un T-shirt et d'un jean – il était bien bronzé et avait des décolorations dans les cheveux – entrer dans son pavillon un énorme bouquet de roses rouges et roses dans les bras. Assis devant la porte de la chambre se tenaient la mère, le père et les deux jeunes sœurs de Mag Takara. Tous étaient en larmes.

– Vous venez pour l'officier de police Takara ? lui demanda l'infirmière.

– Oui.

– C'est bien ce que je pensais. Vous êtes le quatrième. Mais elle ne peut voir personne aujourd'hui, sauf ses proches. Ils attendent devant sa porte qu'on lui change ses pansements. Vous pouvez leur parler si vous le désirez.

– Je veux pas les déranger, dit l'homme.

– Ces fleurs sont magnifiques. Vous voulez que je les prenne ?

– Oui, dit-il. Mettez-les dans sa chambre dès que vous pourrez.

– Vous avez laissé une carte ?

– J'ai oublié. Non, pas de carte de visite.

– Vous voulez que je lui dise qui lui a apporté ces fleurs ?

– Dites-lui seulement… dites-lui que dès qu'elle se sentira mieux, elle devrait demander à sa famille de l'emmener à la plage.

– À la plage ?

– Oui. L'océan est un grand guérisseur. Vous pouvez lui dire ça si vous voulez.

À l'appel suivant le lieutenant était présent, ainsi que trois sergents, dont l'Oracle. Il revint à ce dernier d'expliquer ce qui s'était passé et de donner un sens à toute l'affaire – comme si c'était chose possible. Les flics étaient démoralisés par les événements de Sunset Boulevard – démoralisés et en colère –, et tous les superviseurs le savaient.

Lorsqu'on lui demanda d'être celui qui parlerait, l'Oracle lança au lieutenant :

– Dans son mémoire, Lawrence d'Arabie dit que les mots

« vieux » et « sage » signifient « las » et « déçu ». Il n'a pas vécu assez longtemps pour savoir à quel point il avait raison.

À 17 h 30, l'Oracle, qui était assis à côté du lieutenant, avala deux ou trois comprimés contre les brûlures d'estomac et dit à tous les flics rassemblés dans la salle d'appel :

– D'après le dernier rapport, Mag se repose et a recouvré ses esprits. Il ne semble pas y avoir de dégâts au cerveau et le chirurgien est optimiste pour ce qui est de lui rendre la vue à l'œil gauche. La plus grande partie au moins.

La salle était plongée dans un silence que l'Oracle ne lui avait jamais connu jusqu'au moment où Budgie lança d'une voix qui tremblait :

– Est-ce qu'elle... sera pareille ? D'après eux ?

– Le chirurgien qui s'occupe d'elle est génial. Je suis sûr qu'elle sera toujours belle. À la fin des fins.

Fausto, qui avait pris place à côté de Budgie, demanda ceci :

– Est-ce qu'elle reprendra le boulot quand ça ira mieux ?

– Il est trop tôt pour le dire, lui répondit l'Oracle. Ça dépendra d'elle. De ce qu'elle se dira après tout ça.

– Elle reviendra, dit Fausto. Elle a ramassé une grenade à main, non ?

Budgie commença à dire quelque chose d'autre, mais fut incapable de terminer. Fausto lui tapota la main une seconde.

– Les inspecteurs et nos capitaines nous ont promis de tout faire pour que le mac aille en taule, reprit l'Oracle.

– Ouais, mais peut-être qu'ils ne pourront rien faire, lui renvoya B. M. Driscoll. Je suis sûr qu'il a une demi-douzaine d'avocats marron qui lui vident déjà son bassin à l'heure qu'il est. Il se fera plus d'argent avec ce procès qu'il ne pourrait jamais en gagner avec toutes les putes de Sunset.

– Ouais, je suis sûr que notre activiste de maire et le mec qu'il s'est tout spécialement choisi comme adjoint à la police qui hait les flics vont s'en donner à cœur joie sur ce coup-là, dit le Débris. Et des nouvelles des gardiens du décret du consentement, on va en avoir. Aucun doute là-dessus.

Avant que l'Oracle ait pu répondre, le Bris ajouta :

– J'imagine qu'on va aussi avoir droit à la carte raciale. Et tirée du fond du paquet, comme d'habitude.

C'était exactement ce que ne voulait pas le lieutenant : que le problème racial déclenche un échange de propos qui, il le savait, serait plus que chaud. Sauf que les questions ethniques, et ça aussi, il le savait, affectaient tout à Los Angeles, y compris le LAPD.

L'air très mal à l'aise, il dit alors :

– C'est vrai que les médias et les activistes et autres pourraient se régaler avec ça. Un flic blanc qui botte sérieusement le cul à un Noir… Ils vont vouloir que l'officier Turner soit non seulement viré de la police, mais aussi poursuivi en justice, et peut-être que c'est ce qui se passera. Et on aura droit à des accusations comme quoi nous sommes tous racistes.

– Moi, j'ai quelque chose à dire là-dessus, lieutenant.

Toutes les conversations s'arrêtèrent. Benny Brewster, l'ancien coéquipier de Mag Takara et le seul Noir de service dans la salle, à l'exception d'un sergent de nuit assis à droite du lieutenant, avait quelque chose à dire sur quoi ? La carte raciale ? Le côté Blancs contre Noirs ? Le lieutenant était de plus en plus mal à l'aise. Il n'avait vraiment pas besoin de se taper ces merdes de râleur.

Toutes les têtes s'étant tournées vers lui, Benny Brewster lâcha ceci :

– Si c'était moi qui étais arrivé là le premier au lieu de Turner et si j'avais vu ce qu'il a vu, je serais en prison. Pa'ce que moi, j'aurais sorti mon 9 mm et j'aurais vidé le chargeur dans ce mac. Ce qui fait que je s'rais en prison à l'heure qu'il est. C'est tout ce que j'ai à dire.

Il y eut un murmure d'approbation, quelques flics allant même jusqu'à applaudir. Le lieutenant voulait donner cinq minutes de repos à tout le monde et restaurer l'ordre, et tentait de trouver le moyen d'y arriver, lorsque l'Oracle reprit le commandement des opérations.

Il regarda tous les visages tournés vers lui, se demanda comment tous ces types pouvaient être aussi jeunes et leur dit :

– L'écusson que vous portez est le plus beau et le plus célèbre du monde. Beaucoup de services de police l'ont copié et tout le monde nous l'envie, mais vous, c'est l'original que vous portez. Et là où tous ces critiques, politiciens et trous du cul des médias ne font que passer, votre écusson, lui, reste inchangé. Soyez aussi furieux et indignés que vous voulez, mais ne versez jamais dans le cynisme. Être cyniques vous rendra vieux. Y a pas plus chouette que de faire du bon boulot de flic. Vous n'aurez jamais rien de plus chouette dans la vie. Bref, allez-y ce soir et amusez-vous bien. Et Fausto… essaie de t'en sortir avec pas plus de deux *burritos.* Le temps du Speedo est arrivé.

Après s'être occupée de deux appels téléphoniques et avoir rédigé une contravention, Budgie Polk se tourna vers Fausto Gamboa et lui dit :

– Moi, ça va, Fausto. Non, vraiment.

Fausto, qui s'était installé sur le siège passager, se tourna vers elle.

– Qu'est-ce que tu veux dire ?

– Ça veut dire qu'il faut que t'arrêtes de me demander si je veux remonter la vitre, passer en code 7 quelque part ou si j'ai besoin de ma veste. Hier soir, c'est fini. Ça va.

– Je voudrais pas être…

– Une gouvernante et donc tu peux arrêter ça tout de suite.

Un rien embarrassé, Fausto se tut, et elle ajouta :

– Les Li'l Rascals ne voulaient pas de Darla dans leur cahute non plus. Mais nous, on y est. Alors, vaut mieux vivre avec tous autant qu'on est, surtout toi, espèce de vieux sexiste râleur.

Elle le lorgna du coin de l'œil, il se tourna vite pour regarder le boulevard, mais elle vit bien le petit sourire qu'il n'était pas arrivé à cacher.

Tout revint à la normale lorsqu'elle s'élança à la poursuite d'une Saab couleur argent qui sortait des studios Paramount trois bonnes secondes après que le premier feu était passé au rouge. Le conducteur tenait un téléphone portable à l'oreille.

– Putain ! s'écria-t-elle. Mais qu'est-ce qu'il fout ? Il cause à son agent ?

Lorsqu'ils eurent arrêté la Saab sur le bas-côté, le conducteur essaya de charmer Budgie, dont c'était le tour de rédiger une contravention. En s'essayant à un sourire séducteur, il lui dit :

– Il n'est pas possible que j'aie grillé le feu, madame l'agent. Il n'était même pas à l'orange jusqu'à ce que je sois au croisement.

– Vous êtes passé bien après le rouge, monsieur, lui renvoya-t-elle en épluchant son permis, puis en regardant le bonhomme dont le sourire avait quelque chose de lèche-cul et d'agaçant.

– Je ne me permettrais jamais de discuter avec une policière aussi séduisante que vous, enchaîna-t-il, mais vous êtes sûre de ne pas vous tromper un peu sur ce feu ? Je suis un conducteur très prudent.

Budgie retourna à la voiture de patrouille et posa son carnet de contredanses sur le capot tandis que Fausto tenait à l'œil le chauffeur, qui sortit vite de sa voiture et revint vers Budgie. D'un signe de tête, celle-ci fit signe à Fausto qu'elle pouvait se débrouiller de cet imbécile et Fausto ne bougea pas.

– Avant que vous ne commenciez à écrire, reprit le type, toute tentative de charme maintenant oubliée, j'aimerais vous demander de me donner une chance. Une contredanse de plus et je vais perdre mon assurance. Je suis dans le cinéma et j'ai besoin de mon permis.

Sans même relever la tête, Budgie lui renvoya :

– Ah, parce que vous avez d'autres contraventions, c'est ça ? Vous n'étiez pas en train de me dire que vous êtes un conducteur prudent ?

Elle commença à écrire, il se rua vers sa voiture, se mit au volant et passa un autre appel sur son portable.

Budgie acheva de lui rédiger sa contravention et la lui apporta, Fausto gardant les yeux rivés sur le côté droit de la voiture du gars et observant ses mains comme si c'étaient celles d'un membre de gang. Budgie savait qu'il continuait de jouer les anges gardiens, mais au diable tout ça – d'une certaine façon, c'était plutôt réconfortant.

Elle avait fini d'écrire sa contredanse, elle la tendit au chauffeur et lui dit :

– Cela ne signifie pas que vous reconnaissez votre culpabilité, cela signifie seulement que vous vous engagez à comparaître.

Le chauffeur lui arracha le carnet de contredanses des mains, griffonna sa signature et le lui rendit en lui lâchant à voix basse pour que Fausto ne puisse pas l'entendre :

– Je parie que t'aimes bien niquer les mecs, hein ? Je parie que tu sais même pas ce qu'est une bite quand y a pas les piles avec. On se retrouvera au tribunal.

Budgie ôta son exemplaire du carnet, le lui donna et précisa :

– Je sais très bien à quoi ressemble un mini-K7 quand y a les piles avec. Ça ressemble à ça. (Elle tapota la radio accrochée à son ceinturon qui avait effectivement la taille d'un mini-K7.) On ira donc jusqu'au procès. J'aimerais beaucoup que les jurés entendent ce que vous pensez des femmes flics !

Sans dire un mot, le type s'éloigna au volant de sa voiture, Budgie criant à son véhicule qui disparaissait :

– Bye-bye, espèce de sale cafard !

– Voilà un citoyen bien malheureux, dit Fausto en remontant dans la voiture de patrouille.

– Sauf qu'il ne me traînera pas devant les tribunaux.

– Comment tu le sais ?

Elle tapota sa radio.

– Il m'a dit de vilaines choses et je les ai enregistrées sur mon mini-K7.

– Et il s'est fait avoir par ce piège à la noix ?

– Même qu'il en est tombé sur le cul !

– Y a des fois où t'es pas tout à fait aussi chiante que d'autres flics jeunes, lui dit Fausto avant d'ajouter : Comment ça va ?

– Recommence pas.

– Non, je voulais dire… pour tes trucs de mama…

– Je vais peut-être devoir m'arrêter à une station de pompage un peu plus tard.

– Ce coup-là, je garde ton flingue avec moi dans la voiture, dit-il.

Cet après-midi-là, Farley Ramsdale était d'une humeur massacrante. Le prétendu caillou qu'il avait acheté à un petit voyou de voleur au Pablo's Tacos, où les camés faisaient leurs affaires vingt-quatre heures sur vingt-quatre et sept jours sur sept, s'était avéré dégueulasse. Le pire avait été de devoir attendre le mec une heure durant et d'écouter le hip-hop qui gueulait dans la bagnole de deux accros à l'héro qui, eux aussi, l'attendaient. Mais qu'est-ce qu'ils foutaient donc à Hollywood ?

C'était bien le pire caillou qu'il se soit jamais procuré. Même Olive s'était plainte qu'ils s'étaient fait baiser. Cela dit, ils avaient quand même plané, la preuve en étant qu'avec un pouls qui crevait le plafond ils avaient passé toute la nuit éveillés, à essayer de réparer un magnétoscope qui ne voulait plus rembobiner. Il y avait des pièces détachées partout sur le plancher et ils avaient tous les deux fini par s'endormir à peu près une heure, juste avant midi.

Lorsque enfin il se réveilla, Farley était tellement dégoûté qu'il envoya de grands coups de pied dans les pièces détachées pour qu'elles aillent retrouver les moutons sous le lit, puis il hurla :

– Olive ! Réveille-toi et remue un peu ton cul décharné. Faut qu'on aille au boulot, bordel de Dieu !

Elle quitta le canapé avant même qu'il ait fini de râler et lui dit :

– D'accord, Farley. Qu'est-ce que tu veux pour le petit déjeuner ?

Il se remit douloureusement sur ses pieds. Il fallait juste qu'il arrête de s'évanouir sur le canapé. Ce n'était plus un gamin et son dos lui faisait un mal de chien. Il regarda Olive qui le dévisageait, la calandre enthousiaste et édentée qui lui servait de bouche grande ouverte. Il s'approcha d'elle et regarda ses dents.

– Mais putain, Olive ! s'écria-t-il. T'aurais pas encore perdu une dent y a pas longtemps ?

– Je crois pas, non, Farley, répondit-elle.

Il n'arrivait plus à se rappeler, lui non plus. Le mal de crâne qu'il se tapait lui donnait l'impression d'avoir Nelly ou un autre négro en train de lui jouer du rap dans la tête.

– Tu perds encore une dent et c'est fini. Je te vire d'ici à coups de latte dans l'cul.

– Je pourrais m'en payer des fausses, dit-elle en gémissant.

– Déjà que tu ressembles à George Washington[1] ! Allez, merde ! Commence à préparer les flocons d'avoine.

– Je pourrais pas aller voir Mabel deux ou trois minutes ? Elle est très vieille et je m'inquiète pour elle.

– Oh, mais absolument, va donc prendre soin de la sorcière du quartier, lui renvoya-t-il. Peut-être que la prochaine fois qu'elle fera un ragoût de grenouilles et de rats, elle nous en gardera une assiette.

Olive se sauva en courant, traversa la rue et longea trois maisons pour gagner la seule demeure du coin où les mauvaises herbes étaient plus hautes que dans le jardin de Farley. La maison de Mabel était un cottage en bois érigé plusieurs dizaines d'années après le bungalow en stuc de Farley, à savoir dans les années 1950 où tout était construit au rabais. Abîmée et pleine de marques, la peinture s'écaillait un peu partout et la porte-moustiquaire était si rouillée qu'il suffisait d'appuyer sur le grillage pour que des pans entiers s'en détachent.

La porte étant ouverte, Olive jeta un œil par la moustiquaire et cria :

– Mabel, z'êtes là ?

– Oui, Olive, entre ! lui renvoya une voix étonnamment puissante.

Olive entra et trouva Mabel assise à la table de la cuisine, en train de boire une tasse de thé avec des tranches de citron. Elle avait quelques cookies à la vanille dans une soucoupe posée à côté d'une boule de laine et des aiguilles à tricoter.

Âgée de quatre-vingt-huit ans, Mabel était propriétaire de son cottage depuis quarante-sept ans. Elle portait un peignoir de bain par-dessus un T-shirt et un pantalon de sweat. Ridé, son visage n'en conservait pas moins sa forme générale. Elle pesait moins de cinquante kilos, mais avait bien plus de dents qu'Olive. Elle vivait seule et ne dépendait de personne.

– Bonjour, Olive, ma chère, dit-elle. Verse-toi donc une bonne tasse de thé et prends un cookie.

1. Allusion au fait que Washington avait des dents en bois *(NdT)*.

– Je peux pas rester, Mabel. Farley veut son petit déjeuner.

– Son petit déjeuner ? À cette heure de la journée ?

– Il a dormi tard. Je voulais juste m'assurer que tout allait bien et voir si vous aviez pas besoin de quelque chose au supermarché.

– C'est gentil à toi, dit Mabel, mais non, aujourd'hui je n'ai besoin de rien.

Olive eut alors un élancement de culpabilité parce que chaque fois qu'elle faisait des courses pour Mabel, Farley gardait au moins 5 dollars sur la monnaie qu'on lui rendait, alors même que la vieille femme n'avait que la retraite Sécu et la petite pension de son mari pour vivre. Un jour, Farley avait même gardé 13 dollars, et Olive savait que Mabel le savait mais qu'elle ne disait jamais rien.

Mabel n'avait ni enfants ni parents et avait bien des fois dit à Olive qu'elle redoutait le jour où elle serait peut-être obligée de vendre son cottage pour aller dans une maison de retraite du comté, où les bureaucrates de l'administration lui prendraient tout son argent pour l'y garder jusqu'à la fin de ses jours. Elle détestait y penser. Tous ses vieux copains et copines étaient morts ou avaient déménagé, Olive étant maintenant la seule amie qu'elle avait dans le quartier. Et Mabel lui en était reconnaissante.

– Emporte quelques cookies, dit-elle à Olive. T'as tellement maigri que je me fais du souci pour toi.

– Merci, Mabel, répondit Olive en prenant les deux cookies. Je passerai vous voir plus tard dans la soirée. Pour être sûre que tout va bien.

– J'aimerais tellement que tu viennes regarder la télé avec moi un soir ! Je ne dors plus beaucoup et je sais que toi non plus, tu ne dors pas énormément. Je vois la lumière allumée tout le temps.

– Farley a du mal à dormir.

– J'aimerais aussi qu'il te traite mieux. Je suis désolée de te le dire, mais j'aimerais vraiment.

– Oh, il est pas si méchant que ça, dit Olive. Quand on le connaît bien…

– Y aura de quoi manger pour toi si jamais tu passes ce soir. J'arrive jamais à avaler tout le ragoût que je prépare. C'est ce qui arrive aux vieilles veuves dans mon genre. On fait toujours la cuisine comme quand nos maris étaient encore vivants.

– Je passerai en douce, dit Olive. J'adore tes ragoûts.

– Et, Olive, ajouta Mabel en montrant sa chatte orange tachetée, si jamais Tillie vient chez vous, tu pourras me la ramener ?

– Qu'est-ce que j'aime bien l'avoir avec moi ! dit Olive. Elle court après tous les rats.

Tard cet après-midi-là, ils se retrouvèrent enfin dans la rue – c'était le premier jour où ils réussissaient à faire marcher la voiture de Farley et que la Pinto de Sam était revenue.

– Putain de transmission qu'arrête pas de sauter dans c'te putain de chiotte japonaise, dit Farley. Dès qu'on aura le fric de l'Arménien, je pense à chercher une autre bagnole.

– On a aussi besoin d'une autre machine à laver, dit Olive.

– Non, moi, mes T-shirts, je les aime assez raides pour défléchir une lame. Ça me donne l'impression d'être en sécurité quand je suis avec tous ces vauriens qui traînent au Pablo's Tacos.

En fait, il se disait plutôt : « Dès que Cosmo me paie, bye-bye Olive. Les bernacles sont moins collantes que cette connasse de cinglée. »

Il alluma une cigarette en conduisant, et comme cela se produisait souvent depuis son trentième anniversaire trois ans plus tôt, il commença à avoir la nostalgie d'Hollywood. À se rappeler comment c'était quand il était gamin, à l'époque glorieuse où il allait au lycée d'Hollywood.

Il expédia des ronds de fumée dans le pare-brise et dit :

– Regarde par la vitre, Olive. Qu'est-ce que tu vois ?

Elle détestait qu'il lui pose ce genre de questions. Elle savait que si elle répondait à côté, il lui crierait dessus. Mais elle était obéissante et regarda les commerces du boulevard dans l'East Side d'Hollywood.

– Je vois... ben... je vois... des magasins !

Farley hocha la tête, souffla encore plus de fumée vers le pare-brise et accompagna le tout d'un petit renâclement de dégoût qui inquiéta Olive.

– Tu vois un seul panneau écrit dans ta langue maternelle, toi ?

– Dans ma…

– En anglais, bordel !

– Ben, j'en vois deux ou trois.

– Ce que je veux dire, c'est qu'on pourrait tout aussi bien être à Bangkok que tout près d'Hollywood Boulevard, entre Bronson Street et Normandie Avenue. Sauf qu'ici la dope et la chatte, c'est pas aussi bon marché que là-bas. Ce que je veux dire, c'est qu'y a des Japs et des Latinos partout. Sans parler des Rousskovs et des Arménos comme ces enfoirés de voleurs d'Ilya et Cosmo, même qu'ils vont envahir Hollywood. Et faudrait pas que j'oublie ces enculés de Philippins. Les Flips, y en a partout dans les rues près de Santa Monica Boulevard et y prennent le boulot des gens en vidant les bassins dans les hostos et en montant leurs bagnoles sur des parpaings parce qu'y a jamais eu un Asiate qu'a appris à conduire comme les Blancs. Tu vois un peu ce qu'est en train de nous arriver, à nous autres Américains ?

– Oui, Farley, dit-elle.

– Quoi, Olive ? Qu'est-ce qui est en train de nous arriver, à nous autres Américains ?

Olive se toucha la paume des mains et elles étaient moites, et pas seulement à cause du caillou. Elle était encore une fois sur la sellette et devait répondre à une question à laquelle elle n'avait aucune idée de la réponse. C'était comme lorsqu'elle était en placement, lorsque, pupille du comté de San Bernardino, on l'avait placée dans une famille de Cucamonga, qu'elle allait à l'école et ne savait jamais la réponse quand le prof l'interrogeait.

Mais là, brusquement elle se rappela ce qu'il fallait dire !

– C'est nous qu'on aura besoin de la carte verte, Farley, dit-elle.

– Alors là chapeau ! s'écria-t-il en soufflant un autre nuage de fumée par le nez. T'as sacrément raison !

Arrivés à la casse, ils franchirent le portail ouvert – en général il était fermé à la chaîne – et se garèrent près du petit bureau. Farley était sur le point de descendre de voiture lorsqu'il comprit soudain pourquoi le portail était ouvert : ils avaient changé la sécurité.

– Putain de merde ! s'écria-t-il lorsque le doberman se précipita sur la voiture et se mit à gronder et aboyer.

Le patron de la casse – Farley ne le connaissait que sous le prénom de Gregori – sortit de son bureau et hurla « Odar ! » à l'adresse du chien, qui battit en retraite et fut enfermé à l'intérieur.

Lorsqu'il revint, Gregori avait la figure tachée de graisse d'essieu. Il s'essuya les mains et dit :

– Mieux que mettre la chaîne portail. Et Odar, badges des flics pas impressionné.

Mince et nerveux, Gregori avait des cheveux d'un noir de jais, mais se déplumait. Il portait un sweat-shirt et un pantalon de travail couverts de cambouis. À l'intérieur du garage, une Cadillac Escalade dernier modèle, enfin... l'essentiel de la voiture, était montée sur un pont hydraulique. Il lui manquait deux roues et le pare-chocs avant, et deux employés latinos travaillaient sous le châssis.

Olive restant dans la voiture, lorsque Gregori et Farley furent seuls, ce dernier donna une pile de vingt-trois cartes-clés à Gregori, qui les examina et dit :

– Quels hôtels ces clés ?

– Olive se les procure en traînant dans certains hôtels des boulevards, répondit Farley. Les gens les laissent à la réception et dans l'entrée, près des téléphones. Et dans les bars des hôtels.

Puis, comprenant tout d'un coup que dans sa bouche tout ça semblait trop facile, il ajouta :

– C'est risqué, ça prend du temps et pour faire ça faut une femme. Si toi ou moi, on traînait près d'un hôtel, on aurait la sécurité aux fesses en un rien de temps. En plus, faut savoir quels hôtels ont les bonnes cartes-clés. Et ça, Olive, elle le sait, mais pas question de partager ce qu'elle sait.

– 5 dollars pièce je donne.

– Oh, allons, Gregori ! s'exclama Farley. Ces cartes-clés sont en parfait état. Taille et couleur impeccables, et la bande magnétique est superbe. Tu achètes des faux permis de conduire à Cosmo et ils se colleront à l'avant de la carte impeccable[1]. Avec ça, tu passes l'inspection de n'importe quel flic de la circulation sans problème.

– Je parle pas Cosmo depuis longtemps, dit Gregori. Tu le vois récemment ?

– Non, je l'ai pas vu depuis un an, répondit Farley en mentant.

Puis il ajouta :

– Écoute, Gregori, avec très peu d'argent n'importe quel dos mouillé[2] qui bosse dans toutes nos affaires peut avoir un permis dès demain. Sans parler de nos amis et parents au pays.

– Amis et parents en Arménie peuvent avoir vrais permis conduire, lui renvoya Gregori, impérieux.

– Bien sûr, dit Farley sur le ton de l'excuse. Je voulais dire quand ils débarquent ici. J'ai été dans deux-trois maisons d'Arméniens à East Hollywood. Merdiques de dehors, mais dès que t'es dedans, t'as une télé écran cinquante-deux pouces et une chaîne hi-fi qu'elle te péterait les murs si tu montais le son à fond. Des fois même, une Bentley blanche dans le garage. Je sais que vous autres, vous êtes bons en affaires.

– Tu sais ça, Farley, alors tu sais je paie pas plus 5 dollars pour clés, dit Gregori en sortant son portefeuille.

Farley accepta le marché et revenait vers le boulevard pour acheter du caillou lorsqu'il dit à Olive :

– Putain de suce-bites communiste ! T'as vu ce qu'il avait sur le pont ?

– Une bagnole neuve ?

– Une Escalade ! Cet Arménien force un de ses voyous à en piquer. Dès qu'ils en ont une, ils la désossent jusqu'au châssis, qu'ils balancent à cause des numéros. Après, ils cherchent une

1. Le permis de conduire américain a en effet la taille d'une carte-clé d'hôtel *(NdT)*.

2. Surnom donné jadis aux immigrants clandestins qui franchissaient le Rio Grande *(NdT)*.

Escalade accidentée dans toutes les casses du comté. Ils achètent le châssis, le rapportent ici, remontent toutes leurs pièces dessus et l'enregistrent au service des immatriculations. Un vrai coup d'Arménien. C'est comme les tribus de romanos, ces mecs. Et Cosmo, c'en est un. On aurait dû liquider tous les États soviétiques bidon à la bombe atomique quand c'était possible!

– Moi, Cosmo, il me fait peur, dit Olive, mais Farley l'ignora tant il était encore en colère d'avoir touché si peu pour les cartes-clés.

– T'as entendu comment qu'il appelle son chien? Odar. C'est comme ça que les Arméniens nous appellent. Enculé de bouffeur de chèvres. Si j'avais pas du bien, je me barrerais d'Hollywood pour plus voir tous ces enfoirés d'immigrants.

– Farley, dit Olive, quand ta mère t'a laissé la maison, elle était toute payée, non?

– Bien sûr qu'elle était toute payée. Merde alors! Quand mes parents l'ont achetée, elle valait environ 39 000 dollars.

– Tu pourrais la vendre pour beaucoup d'argent aujourd'hui. On pourrait aller ailleurs et pas faire ce truc avec Cosmo et Ilya.

– Ressaisis-toi! C'est le plus gros coup de ma vie. Pas question que je me tire. Alors tu fais avec, d'accord?

– On pourrait arrêter de prendre du caillou, insista-t-elle. Tu pourrais aller en désintox et moi, si tu le faisais, je crois vraiment que je pourrais arrêter.

– Ah, je vois, dit-il. Parce que c'est moi qui t'ai jetée dans la drogue et dans le crime, c'est ça? T'étais une gentille petite vierge avant de me connaître…

– C'est pas c'que je dis, Farley. Je crois juste que je pourrais arrêter si tu le faisais.

– Oublie pas de le dire au patron du casting quand il te demandera de lui parler de toi. T'étais une bonne fille qu'est tombée dans le mal parce que t'as été séduite par un vilain vilain monsieur. Un monsieur qui, tiens donc, te donne une maison, une voiture, de la bouffe et tout ce qui fait que la vie vaut la peine d'être vécue, bordel!

Il se gara à quatre rues d'Hollywood Boulevard pour ne pas récolter une contredanse et ils gagnèrent une boutique de tatouages tenue par le membre d'un gang de motards interdit. Assis dans un fauteuil, un jeune homme bien nerveux se faisait charcuter par un barbu avec queue-de-cheval blonde, haut rouge, jean et sandales. L'artiste était en train de lui dessiner ce qui ressemblait à une licorne sur l'épaule.

Le barbu fit un signe de tête à Farley, essuya une goutte de sang sur le bras de son client et lui dit :

– Je reviens tout de suite.

Puis il gagna une arrière-salle, Farley sur les talons.

À peine arrivé, Farley lui lança :

– Deux *teeners.*

Le tatoueur le laissa, entra dans une deuxième pièce et revint quelques minutes plus tard avec les *teeners* de caillou dans leur emballage.

Farley lui donna six billets de 20 dollars et repassa dans la boutique, où Olive admirait le dessin sur l'épaule du type, celui-ci ayant, lui, l'air d'avoir envie de vomir et de tout regretter.

Elle lui sourit et demanda :

– Ça va être un sacré tatouage ! C'est un cheval ou un zèbre ?

– Olive, on y va ! lui lança Farley.

Qui gagna la voiture et ajouta :

– Putain de motards qui savent pas faire ça comme il faut. Ils laissent des bulles sous la peau. Y a des cicatrices partout. Des bouchers, oui, que c'est !

Ils étaient à mi-chemin de chez eux et s'étaient arrêtés à un feu rouge lorsque Olive lâcha :

– Tu sais quoi, Farley ? Tu crois pas que c'est un peu trop gros pour nous, ce truc ? Enfin, je veux dire... obliger Cosmo à nous filer 10 000 dollars ? Ça te fout pas un peu la trouille ?

– Me foutre la trouille ? répéta Farley. Que je te dise à quoi je pense. Je pense faire le même coup à ce fumier de Gregori, voilà à quoi je pense. Qu'il aille se faire enculer ! J'arrête de faire des affaires avec ce salopard. Je me demande s'il aimerait que j'y passe un coup de fil pour y dire que je vais appeler les flics et leur dire que je sais tout sur son trafic de bagnoles. Je me demande s'il aurait pas envie de foutre la main au portefeuille et de me filer du billet vert comme il faut pour que je la ferme !

Les mains d'Olive étaient couvertes de sueur. Elle n'aimait pas du tout la façon dont tout changeait aussi vite. La façon dont changeait Farley. Elle avait très peur de Cosmo et encore plus d'Ilya.

– Je crois que ça va être horrible d'aller voir Cosmo pour lui prendre du fric, dit-elle. Je suis très inquiète pour toi, Farley.

Celui-ci eut l'air surpris.

– Je suis pas idiot, Olive, dit-il. Cet enfoiré a dévalisé la bijouterie avec un flingue. Tu crois que je vais lui donner rendez-vous dans un coin perdu ? Pas question. Ça va se passer dans un lieu sûr, avec des tas de gens autour.

– C'est bien, dit-elle.

– Et c'est toi qui vas le faire, bien sûr. Pas moi.

– Moi ?

– C'est tout ce qu'il y a de plus sûr pour toi, dit-il. C'est moi qu'il déteste. Toi, ça ira sans problème.

À 19 heures ce soir-là, Gregori appela sa relation en affaires Cosmo Betrossian et eut une conversation avec lui dans leur langue. Il l'informa qu'il avait eu de la visite et qu'il lui apportait des cartes-clés de Farley, le drogué que Cosmo lui avait présenté l'année précédente, lorsque les employés qui voulaient travailler dans sa casse devaient avoir des papiers d'identité.

– Farley ? Je n'ai pas vu ce petit merdeux depuis longtemps, mentit Cosmo.

– Eh bien, mon ami, dit Gregori, j'ai juste besoin de savoir si on peut encore faire confiance à ce voleur.

– Dans quel sens ?

– Des fois, les gens comme lui deviennent des indics. La police échange les petits poissons contre les grosses baleines. Et la police pourrait penser que j'en suis une.

– De ce côté-là, tu peux lui faire confiance, dit Cosmo. Il est tellement drogué que la police ne voudrait même pas faire affaire avec lui. Mais on ne peut pas lui prêter de l'argent. J'ai été assez bête pour le faire.

– Merci. Peut-être que je pourrais vous payer à dîner au Goulag un de ces soirs, à toi et à la charmante Ilya.

– Ça me plairait bien, merci, dit Cosmo. Mais j'ai une idée. Peut-être tu pourrais faire quelque chose pour moi.

– Naturellement.

– Je te serais très reconnaissant si, un soir du mois prochain que je te dirai, tu pouvais appeler Farley pour lui dire que tu as besoin d'autres cartes-clés parce que d'autres employés viennent d'arriver du Mexique avec de la famille. Offre-lui plus d'argent que tu lui en as donné aujourd'hui. Et après, dis-lui d'apporter les cartes-clés à la casse. Après le coucher du soleil.

– Mon affaire ferme avant le coucher du soleil. Même le samedi.

– Je sais, dit Cosmo, mais j'aimerais que tu me passes un double de la clé du portail. Je serai à la casse quand Farley y arrivera.

– Attends une minute, dit Gregori. Qu'est-ce que ça signifie ?

– C'est juste pour l'argent qu'il me doit, dit Cosmo d'un ton rassurant. Je veux faire peur à cette petite fripouille. Peut-être l'obliger à me donner l'argent qu'il aura dans sa poche. J'ai le droit.

– Cosmo, je pratique pas la violence, tu le sais.

– Bien sûr. Tout ce que je ferai sera de lui prendre sa voiture jusqu'à ce qu'il me paie. Je lui prendrai ses clés, je ramènerai la voiture chez moi et je l'obligerai à rentrer à pied. C'est tout.

– Et c'est pas du vol ? Il pourrait pas appeler la police ?

– C'est une querelle d'affaire ! dit Cosmo en riant. Et à Hollywood, Farley serait le dernier mec à appeler la police ! Il n'a jamais rien fait d'honnête dans sa vie.

– Je ne sais pas, dit Gregori.

– Écoute, cousin, reprit Cosmo. Dépose la clé à mon appartement ce soir après le boulot. Je ne pourrai pas y être parce que j'ai affaire ailleurs, mais Ilya y sera. Elle te fera son thé spécial. Dans un verre, à la russe. Qu'est-ce que t'en dis ?

Gregori garda le silence un instant, puis songea à Ilya. Ilya, la grande blonde russe avec ses belles jambes dodues et ses énormes nichons.

Son silence commençant à être long, Cosmo ajouta :

– Et je te donnerai 100 dollars pour ta peine. Avec joie.

– Bon, d'accord, Cosmo. Mais je ne veux pas de violence dans ma propriété.

Après avoir raccroché, Cosmo se tourna vers Ilya et lui dit en anglais :

– T'en croiras pas notre bonne chance. Dans quelques heures, Gregori de la casse viendra ici avec une clé. Je lui promets 100 dollars. Conduis-toi bien. Donne-lui ton verre de thé.

Deux heures plus tard, en arrivant, Gregori découvrit que, fidèle à sa promesse, Cosmo n'était pas là. Ilya l'invita à entrer et, après qu'il eut posé la clé du portail de la casse sur la table, le pria de s'asseoir pendant qu'elle mettait le thé en route.

Elle portait une robe rouge en coton qui lui remontait sur les cuisses chaque fois qu'elle se penchait un rien en avant et ah ! ces cuisses dodues qu'il découvrait alors. Sans parler de ses seins qui débordaient de son soutien-gorge – de son soutien-gorge en dentelle noir, il le voyait bien.

Après avoir posé deux verres, deux soucoupes et des gâteaux sur la table, Ilya lui dit en anglais :

– Cosmo est parti toute la soirée. Affaires.

– Vous avez la solitude ? lui demanda Gregori.

– Oui, j'ai, dit-elle. Gregori, Cosmo promet te payer 100 ?

– Oui, répondit-il, incapable de détacher les yeux de ces seins blancs qui pigeonnaient.

– Je les ai pour toi, mais...

– Oui, Ilya ?

– Mais je dois acheter chaussures et Cosmo est pas homme généreux, et peut-être je peux lui dire j'ai payé, mais...

– Oui, Ilya ?

– Mais peut-être on fait comme disent les Américains...

– Oui, Ilya ?

– Et on baise à faire péter le cervelas ?

Le thé étant repoussé à plus tard, Gregori mit moins de deux minutes pour se retrouver en socquettes, mais tout soudain eut la trouille de Cosmo et dit à Ilya :

– Ilya, tu dois promettre. Cosmo doit jamais apprendre qu'on fait ça.

En ôtant son soutien-gorge et son string noir, Ilya lui répondit :

– Gregori, tu n'as rien à craindre. Cosmo dit qu'en Amérique on baise toujours quelqu'un en affaire. D'une façon ou d'une autre.

12

Hollywood Nate disait toujours qu'il y a deux types de flics à la division d'Hollywood : ceux qui fréquentent les Starbucks et ceux qui vont au 7-Eleven. Nate était assurément un flic Starbucks et, coup de chance pour lui, son protégé Wesley Drubb venait d'une famille où personne n'avait jamais mis les pieds dans un 7-Eleven. Nate ne pouvait pas travailler très longtemps sans aller faire un tour au Starbucks à l'angle de Sunset Boulevard et La Brea et à celui qui se trouve au croisement de Sunset Boulevard et Gower Street. D'un autre côté, il y avait des flics de la division (des 7-Eleven) qui choisissaient de prendre leur code 7 à l'IHOP[1]. Nate, lui, disait que manger à cet endroit donnait assez de cholestérol pour bloquer la Ligne rouge du métro. Il n'honorait que rarement de sa présence le très populaire Hamburger Hamlet, lui préférant un des restos de Thai Town, près du carrefour Hollywood Boulevard-Kingsley Road. Ou l'un des bouis-bouis plus portés sur la diététique de West Sunset, où l'on servait de superbes cafés *latte*.

Le beau visage d'aigle de Nate Weiss avait enfin retrouvé ses formes après la bataille avec l'ancien combattant qui voulait absolument qu'on l'emmène au croisement de Santa Monica et de La Brea. Aux dernières nouvelles, celui-ci avait plaidé coupable et réussi à n'être accusé que d'agression simple, et cela ne faisait aucun doute, il repiquerait bientôt à la drogue, aux

1. International House of Pancakes : chaîne de restauration spécialisée dans les crêpes *(NdT)*.

flash-back et à l'envie folle d'être emmené au croisement de Santa Monica et La Brea.

Nate, lui, soulevait à nouveau de la fonte au gymnase, faisait du jogging trois fois par semaine et avait décroché un rendez-vous avec un agent qui ferait peut-être beaucoup progresser sa carrière. Étant un des rares policiers du commissariat d'Hollywood qui adoraient travailler pour tous les événements tapis rouge au Grauman ou au Kodak Theatre, où l'on avait parfois besoin de plusieurs centaines de flics, c'était là qu'il avait rencontré son agent.

– Dis donc, Wesley, lança-t-il, tu sais pour le petit film indépendant que j'essaie de faire ? T'as pu en parler à ton vieux ?

– Pas encore, Nate. Papa est à Tokyo. Mais à ta place je n'espérerais pas trop. Il est très conservateur dès qu'il est question d'affaires.

– Moi aussi, Wesley, moi aussi. Mais c'est aussi près du y-a-pas-besoin-de-réfléchir qu'on peut trouver dans le cinéma. Je t'ai dit que je vais avoir ma carte SAG ?

– Je ne me rappelle plus si tu me l'as dit ou pas, répondit Wesley qui pensait : « S'arrêtera-t-il jamais ? Ce mec a trente-cinq ans. Il sera une star le jour où USC échangera son équipe de football américain contre une équipe de lacrosse ! »

– Chaque fois que je fais un boulot syndicat[1] en tant que figurant non syndiqué, je décroche un bon. Encore un boulot comme ça et j'aurai assez de bons et de fiches de paie pour pouvoir prétendre à la carte.

– Dément, ça, Nate, dit Wesley.

Lorsqu'il se couchait après le boulot, Hollywood Nate rêvait de cafés *latte* et moka qu'on déguste assis dans un fauteuil de metteur en scène – et naturellement on a une trousse de maquillage, on ne sort jamais avec le *vulgum pecus* du cinéma, on lâche le mot « énergie » au moins une fois toutes les trois phrases et on vit dans une maison si grande qu'il faut avoir un sherpa pour trouver la chambre d'amis. Tels étaient les rêves d'Hollywood Nate.

1. Les professions du cinéma sont pratiquement toutes syndicalisées et il faut avoir sa carte pour pouvoir travailler *(NdT)*.

Ceux du jeune Wesley Drubb étaient plus embrouillés. Depuis peu il passait beaucoup de temps à essayer de se convaincre qu'il n'avait pas commis une horrible erreur en laissant tomber USC et en renonçant à s'inscrire en MBA[1]. Il mettait souvent en doute la sagesse qu'il y avait eu à quitter la maison familiale de Pacific Palisades pour s'installer dans un appartement très moyen de West Hollywood qu'il n'aurait pas pu se payer sans avoir un colocataire. Et sans les chèques personnels que lui envoyait secrètement sa mère, chèques que, très noblement, il avait refusé d'encaisser pendant plusieurs mois avant de succomber enfin. Que voulait-il prouver ? Et à qui ?

Après l'incident de la grenade à main et l'attaque qui avait vu Nate être blessé bien plus sérieusement qu'il ne le prétendait, Wesley s'était confié à son frère Timothy, dans l'espoir que celui-ci lui donne un conseil.

Timothy, qui ne travaillait pour Lawford and Drubb que depuis trois ans et s'était fait plus de 175 000 dollars l'année précédente (ce que leur père considérait comme un salaire de départ), lui avait répondu :

– Pourquoi tu ne laisses pas tomber, Wesley ? Et je t'en prie, pas de conneries existentialistes pré-licence !

– C'est juste que… je ne sais pas, avait répondu Wesley. Les trois quarts du temps, j'aime bien ce que je fais.

– Ce que tu peux être con ! lui avait renvoyé son frère en mettant ainsi fin à la discussion. Essaie juste de prendre un coup qui te rendra infirme plutôt que de te faire tuer. Ça serait la fin de tout pour Mama si elle perdait son petit bébé chéri !

Wesley Drubb ne pensait pas avoir horriblement peur d'être blessé ou rendu infirme. Il était assez jeune pour croire que ces choses-là n'arrivent qu'aux autres, ou alors qu'aux filles comme Mag Takara. Non, ce qu'il ne parvenait pas à expliquer à son frère, son père ou sa mère, ni même à aucun de ses copains de fac qui se lançaient dans un master, c'était que l'Oracle avait raison. Ce travail était celui qui lui procurerait le plus de plaisir.

1. Master in business administration *(NdT)*.

Oh, certes, il y avait des soirs d'ennui où il ne se produisait pas grand-chose, mais ce n'était jamais assommant. Côté négatif, il y avait l'incroyable surveillance à laquelle était soumis le LAPD et qui générait des tonnes de paperasse, les critiques des médias et un niveau de politiquement correct que jamais aucun civil n'aurait compris ou toléré. Mais au bout du compte le jeune Wesley Drubb s'amusait quand même bien. Et c'est pour ça qu'il était encore flic. Et pour ça aussi qu'il en resterait peut-être un dans un avenir prévisible. Mais c'est justement là que ses pensées commençaient à dérailler. À l'âge qu'il avait, il ne pouvait même pas commencer à comprendre ce que l'expression « avenir prévisible » pouvait bien vouloir dire.

Hollywood Nate avait bu son café *latte* et se sentait de bonne humeur lorsqu'ils reçurent un appel passé au croisement d'Hollywood Boulevard et de Cahuenga : deux sans-abri étaient en train de se tabasser au soleil couchant. Aucun de ces deux crétins n'était capable d'infliger de grands dommages à l'autre à moins qu'on en vienne à sortir des armes, mais le pugilat se déroulait dans Hollywood Boulevard et les marchands du coin n'allaient pas le supporter bien longtemps. Le projet *Restore Hollywood* était en plein boom et tout le monde rêvait d'avoir de plus en plus de touristes et de voir le vieil Hollywood bien crasseux accéder à la splendeur de Westwood, de Beverly Hills ou de Santa Barbara sans l'océan.

Les combattants avaient décidé d'en découdre dans une ruelle près d'une librairie pour adultes et s'étaient déjà passablement épuisés en se balançant une demi-douzaine de coups de poing qui n'avaient fait que battre l'air. Ils en étaient maintenant à se tenir à trois mètres de distance l'un de l'autre et à s'agonir d'insultes en brandissant haut les poings. Wesley gara l'atelier dans Cahuenga, au nord d'Hollywood Boulevard, et les deux policiers s'approchèrent des deux pouilleux qui voulaient se battre.

– Le maigrichon, c'est Trombone Teddy, dit Nate. C'était un jazzman réputé y a un camion entier de whisky de ça. Le vraiment vraiment maigre, je le vois traîner par ici depuis des années, mais je ne crois pas lui avoir jamais parlé.

Le vraiment vraiment maigre – il était maigre comme un clou, mais probablement plus jeune que Trombone Teddy – portait un feutre noir crasseux et une cravate verte encore plus crasseuse par-dessus une chemise grise d'une crasse innommable et un pantalon incolore. Il portait aussi ce qui avait dû être des chaussures en cuir, mais n'était plus qu'un entrelacs de sparadraps, et passait la plupart de ses soirées à traîner dans le boulevard en insultant quiconque ne lui donnait pas un dollar ou deux.

Décider qui entrerait au contact de ces deux débris et qui couvrirait les arrières de son collègue ne valant guère la peine qu'on s'y arrête, Hollywood Nate, qui voulait seulement que ça cesse, s'approcha et lança :

– Putain, Teddy, mais qu'est-ce qui te prend de te battre dans Hollywood Boulevard ?

– C'est lui ! répondit Teddy, qui soufflait d'épuisement. C'est lui qu'a commencé.

– Va te faire enculer ! lui renvoya son adversaire avec l'air embrouillé de tous les types qui tètent des flasques de porto bon marché.

– Redescends sur terre, mec, dit Nate en regardant le type et son caddie bourré de trucs et de bazar.

Il était hors de question de l'arrêter et de mettre toutes ces cochonneries sous scellés.

– Comment tu t'appelles ? demanda Wesley au plus maigre.

– Ça peut te foutre ?

– Ne m'oblige pas à vous arrêter, lui renvoya Nate. Réponds au policier.

– Filmore T. Bracken.

Wesley, qui voulait rester positif, eut un grand sourire et dit :

– Le T, c'est pour quoi ?

– Que je te l'épelle, dit Filmore. T-f-r.

– T-f-r ? C'est bizarre comme prénom.

– T-f-r comme « 'a te faire ! », lui expliqua Nate.

Et il ajouta :

– Ce coup-là, c'est bon, Filmore. Tu vas au bloc.

Nate avait sorti ses gants en latex de sa poche lorsque Filmore précisa :

– Thomas.

Avant d'enfiler ses gants, Nate ajouta :

– Bon, OK, dernière chance : es-tu d'accord pour dégager, foutre la paix à Teddy et oublier tout ?

– Bien sûr, répondit Filmore T. Bracken en se traînant jusqu'à Teddy et lui tendant la main.

Teddy hésita, puis regarda Nate et tendit lui aussi la main. Et Filmore T. Bracken la lui prit dans la main droite et y alla d'un crochet du gauche qui, certes lamentable, n'en fit pas moins tomber Trombone Teddy sur le cul.

– Ha ! s'écria Filmore en admirant son poing fermé.

Les deux flics ayant passé leurs gants, les poignets osseux de Filmore se retrouvèrent menottés, mais au moment où il allait être accompagné à la voiture, le bonhomme demanda :

– Et mes biens ?

– Des saloperies sans valeur ! s'écria Hollywood Nate.

– Mais y a mon enclume là-dedans ! s'écria Filmore.

Wesley Drubb s'approcha du tas de détritus, fouilla dedans avec précaution et oui, sous les canettes en alu, des socquettes et des sous-vêtements propres très probablement volés dans une laverie automatique, il trouva une enclume.

– Ça m'a l'air sacrément lourd, dit Wesley.

– C'est toute ma vie, cette enclume ! s'exclama le prisonnier.

– T'as pas besoin d'une enclume à Hollywood, lui renvoya Nate. Combien de chevaux tu vois dans le coin, hein ?

– C'est ma propriété ! hurla le prisonnier, un gros asthmatique sortant de la porte de derrière d'une librairie pour adultes et lançant alors :

– Monsieur l'agent, ce type a foutu le bordel toute la journée dans le boulevard. Il embête mes clients et leur crache dessus quand ils refusent de lui donner de l'argent.

– Va te faire enculer toi aussi, espèce de gros tas de lard dégénéré ! cria le prisonnier.

– Je peux vous demander un service ? demanda Nate au propriétaire de la librairie. Vous pourriez lui garder son caddie dans votre réserve jusqu'à ce qu'il sorte de taule ?

– Il y restera combien de temps ?

– Ça dépendra si on le coffre uniquement pour ivrognerie ou si on y ajoute l'agression à laquelle nous venons d'assister.

– Je ne veux pas déposer plainte, dit Trombone Teddy.

– Ta gueule, Teddy ! lui renvoya Hollywood Nate.

– Oui, monsieur l'agent, dit Teddy.

– Je suis pas aussi saoul que lui ! s'écria le prisonnier en montrant Teddy du doigt.

Il avait raison et tout le monde le savait. Teddy titubait et ce n'était pas sous l'effet du coup de poing de l'autre clown.

– Bon, que je vous dise, lança Nate en décidant de rendre justice dans le boulevard. Filmore ici présent va passer en désintoxication pendant quelques heures, après quoi il pourra revenir récupérer son bien. Ça vous va ?

Tout le monde semblant trouver le plan à son goût, le propriétaire du magasin rentra le caddie dans sa réserve.

Pendant que Nate accompagnait le prisonnier à la voiture, Trombone Teddy s'approcha de Wesley Drubb et lui dit :

– Merci, monsieur l'agent. C'est un mauvais acteur, ce clodo. Et méchant comme poivrot, vraiment méchant.

– Oui, bon, d'accord, dit Wesley.

Mais Teddy tenait une carte dans sa main et la tendit au policier en ajoutant :

– V'là quelque chose qui pourrait vous être utile.

C'était la carte de visite d'un restaurant chinois du coin, Chez Chang.

– Merci, dit Wesley. Je l'essaierai un jour.

– Retournez-la, y a un numéro de voiture.

Wesley retourna la carte et découvrit ce qui ressemblait effectivement à un numéro minéralogique de Californie.

– Et alors ? demanda-t-il.

– C'est le numéro d'une Pinto bleue. Y avait deux drogués dedans, un mec et une nana. Elle l'appelait Freddy, je crois. Ou alors Morley, je me rappelle plus très bien. Je les ai vus pêcher dans une boîte aux lettres de Gower Street, au sud du boulevard. Ils piquaient du courrier. Ce qui est un délit fédéral, non ?

– Minute, minute, dit Wesley.

En retrouvant son coéquipier qui venait de coller Filmore

T. Bracken sur la banquette arrière de la voiture, Wesley lui montra la carte et dit :

– Teddy vient de me filer ce numéro de plaque. Ce serait la bagnole de drogués qui volent du courrier dans les boîtes aux lettres. Le type serait un certain Freddy ou Morley.

– Tous les drogués piquent du courrier dans les boîtes aux lettres, lui renvoya Hollywood Nate. Ils piquent ça et tout ce qu'ils peuvent voler d'autre.

Wesley songea qu'il ne devait pas ignorer le tuyau et jeter le numéro. Cela étant, il ne voulait pas donner l'impression d'être toujours un bleu. Il revint donc vers Teddy, lui rendit la carte et lui dit :

– Pourquoi tu n'irais pas la donner à un bureau de poste ? Ils ont des gens qui enquêtent sur ce genre de trucs.

– Je crois que je vais la garder, dit Teddy, manifestement déçu.

En revenant au commissariat, Nate, qui conduisait, se mit à penser à la secrétaire du casting des figurants qu'il avait vue le mardi précédent. Elle lui avait fait de l'œil et donné son numéro de téléphone. Pourquoi ne pas aller chercher de la bouffe à emporter avec Wesley et la manger tout seul au commissariat en chauffant la nana sur son portable ?

– Alors, collègue, lança-t-il à Wesley, des hamburgers, ça te dirait pour ce soir ?

– Oui, d'accord. C'est toi le fou de diététique qui veut pas bouffer de hamburgers.

Et là, en repensant à la petite secrétaire et à ce qu'ils pourraient faire son prochain soir de libre, voire à la manière dont elle pourrait le recommander au patron du casting, Nate se sentit envahi de bonheur. De ce qu'il appelait un *Hollywood happy*.

– Et toi, Filmore, reprit-il, ça t'irait, un hamburger ?

– Putain de Dieu ! s'écria l'épave. Tu parles que oui !

Ils s'arrêtèrent dans un drive-through[1], prirent quatre ham-

1. Genre d'établissement où le client n'a pas à quitter sa voiture pour être servi *(NdT)*.

burgers, dont deux pour Wesley, et des frites pour tout le monde, et se dirigèrent vers le commissariat.

Lorsqu'ils furent arrivés à destination, Nate se tourna vers le prisonnier et lui dit :

– Voici le marché que je te propose. Non seulement je te donne un hamburger et des frites, mais j'y ajoute un bon pour que tu n'ailles pas en taule. Tu vas passer une demi-heure au violon pour manger ton hamburger et je te paierai même un Coca. Et après, quand mon collègue t'aura entré au fichier, je te laisserai filer et toi, tu retourneras tout de suite au boulevard pour y reprendre ton caddie et rentrer chez toi.

– Vous voulez dire que je vais pas en taule ou en désintox ?

– C'est ça. J'ai un coup de fil important à passer et je peux pas perdre mon temps à me faire chier avec toi. Ça marche ?

– Putain de Dieu ! s'écria de nouveau Filmore.

Le prisonnier une fois descendu de voiture dans le parking du commissariat, Wesley regarda la banquette arrière et demanda :

– C'est quoi, ce truc qu'il y a tout partout sur le siège ? Du sable de la plage ?

– Non, ça, c'est du psoriasis, lui répondit Filmore T. Bracken.

– Ah, dégueu ! s'écria Wesley.

Ce furent B. M. Driscoll et Benny Brewster qui reçurent l'appel passé à l'appartement de Stanley Street, au nord de Fountain. Ils se trouvaient alors à moins d'une rue de la juridiction du shérif de West Hollywood. En y repensant plus tard, Benny Brewster regretta beaucoup que l'appel ne leur soit pas parvenu alors qu'ils étaient à moins d'une rue au nord.

Ce fut la gérante qui leur ouvrit et les pria d'entrer. Il ne s'agissait nullement d'un appartement bas de gamme. B. M. Driscoll songea même qu'il aurait bien aimé y habiter s'il avait pu se payer le loyer. La femme portait un blazer et une jupe, et donnait l'impression d'arriver du travail. Cheveux méchés de gris et coupés à la garçonne, la dame était ce qu'on appelle une belle femme pour son âge.

– Cora Sheldon, dit-elle. Je vous ai appelés pour ma nouvelle locataire du 14, Eileen Leffer. Elle vient d'Oxnard, a deux jeunes enfants et a emménagé le mois dernier. (Elle marqua une pause et se mit à lire le bail.) Un fils de six ans, Terry, et une fille de sept ans, Sylvia. Elle m'a dit être mannequin, m'a paru très respectable et m'avait promis des références, mais ne m'en a toujours pas donné. Je pense qu'il y a peut-être un problème.

– Quel genre de problème ? demanda Benny.

– Je travaille pendant la journée, mais nous ne voyons ni n'entendons jamais les enfants. Jusqu'à maintenant, le propriétaire de l'immeuble ne louait qu'à des adultes et c'est donc nouveau pour moi. Je ne me suis jamais mariée, mais je crois que des enfants normaux, on devrait les entendre de temps en temps et ces deux-là, rien du tout. Et je ne pense pas qu'ils aillent à l'école. Même les week-ends, quand je suis chez moi, je ne les vois ni ne les entends.

– Vous avez cherché à savoir ? lui demanda B. M. Driscoll. Vous savez bien… on frappe à la porte pour disons… offrir une tasse de café entre voisins…

– Deux fois, oui. Mais personne ne m'a jamais ouvert. Je suis inquiète. J'ai bien une clé, mais j'ai peur d'ouvrir la porte et de jeter un œil à l'intérieur.

– Nous n'avons aucune cause raisonnable d'entrer chez ces gens, dit Benny. Quand avez-vous frappé à la porte pour la dernière fois ?

– Hier soir, à 8 heures.

– Donnez-moi la clé, dit B. M. Driscoll. Et venez avec nous. S'il n'y a personne, on filera sur la pointe des pieds et personne n'en saura rien. On ne ferait pas ça s'il n'y avait pas des petits enfants dans le coup.

Arrivé au 14, Benny frappa à la porte. Pas de réponse. Il frappa fort avec le talon de sa lampe torche. Toujours pas de réponse.

– Police ! cria Benny. Y a quelqu'un ?

Et il frappa de nouveau.

Cora Sheldon se mordillait beaucoup les lèvres lorsque B. M. Driscoll glissa le passe dans la serrure, ouvrit la porte et alluma la lumière de la salle de séjour. La pièce était en désordre, avec des revues éparpillées un peu partout et deux ou trois bouteilles de vodka par terre. La cuisine puait les ordures et, en y jetant un coup d'œil, ils s'aperçurent que l'évier était plein de vaisselle sale. La cuisinière à gaz était couverte d'un truc blanc qui avait bouilli et débordé de la casserole.

B. M. Driscoll alluma dans le couloir et passa la tête dans la salle de bains – elle était encore plus en désordre que la cuisine. Benny ouvrit la porte de la grande chambre, y vit un lit défait, un soutien-gorge et une petite culotte par terre, et repartit en haussant les épaules.

La porte de l'autre chambre était fermée.

– Il y a des lits jumeaux. Ça doit être la chambre des enfants, dit Cora Sheldon.

B. M. Driscoll s'approcha de la porte, l'ouvrit et alluma la lumière. C'était bien pire que dans la grande chambre. Il y avait des assiettes pleines de beurre de cacahuète et de crackers par terre et sur la commode. Devant la télé se trouvaient des canettes de soda vides, des boîtes de céréales traînant un peu partout sur le sol.

– Eh bien, dit-il, ce n'est pas vraiment une bonne ménagère, mais en dehors de ça…

– Hé, regarde! dit Benny à son coéquipier en montrant le lit. (Il s'en approcha et braqua sa lampe torche sur des taches couleur de vin.) On dirait du sang.

– Ah, mon Dieu! s'écria Cora Sheldon au moment où, B. M. Driscoll regardant sous le lit, Benny gagnait la penderie, dont la porte était entrouverte.

C'était là qu'ils étaient. Ils se tenaient tous les deux sous des vêtements de leur mère. Le garçon de six ans se mit à sangloter, sa sœur de sept ans lui passant aussitôt les bras autour des épaules. Ils avaient les yeux bleus, le garçon était blond et sa sœur brune. Ils ne s'étaient pas lavés depuis plusieurs jours et semblaient terrifiés. Le garçon portait un short, un T-shirt taché de nourriture et pas de chaussures. La fillette une robe en coton avec de la dentelle, elle aussi tachée de nourriture. Et des socquettes blanches et des tennis roses.

– Allez, sortez, dit Benny, on ne va pas vous faire de mal.

– Ah, mon Dieu! s'écria de nouveau Cora Sheldon.

– Où est votre maman ? demanda B. M. Driscoll.

– Elle est partie avec Steve, répondit la fillette.

– Steve habite ici ? demanda Benny.

Et lorsque Cora Sheldon commença à dire : « Je n'ai loué à personne de ce... », il la fit taire en levant la main en l'air.

– De temps en temps, dit la fillette.

– Ça fait longtemps qu'ils sont partis ? lui demanda B. M. Driscoll.

– Je crois, oui.

– Deux jours ? Trois ? Plus longtemps ?

– Je ne sais pas.

– Bon, sortez de là, qu'on vous regarde un peu.

Benny examina la tache sur le lit et demanda à la fillette :

– Quelqu'un t'a fait du mal ?

Elle fit oui de la tête et se mit à pleurer en s'extrayant difficilement de la penderie.

– Qui ça ? lui demanda Benny. Qui t'a fait du mal ?

– Steve.

– Comment ? Comment t'a-t-il fait du mal ?

– Ici, dit-elle.

Et quand elle souleva un peu sa robe, ils virent du sang séché du haut en bas de ses deux jambes et ce qui ressemblait beaucoup à du sang noir sur ses socquettes blanches à dentelle.

– Sortez, s'il vous plaît ! lança Benny à Cora Sheldon.

Puis il prit les deux enfants par la main et les conduisit à la salle de séjour après avoir fermé la porte de la chambre afin de sécuriser cette dernière comme une scène de crime.

B. M. Driscoll prit sa radio et informa les inspecteurs qu'ils avaient du travail à faire et besoin d'un moyen de transport pour emmener les enfants à l'hôpital.

– Attendez chez vous, madame Sheldon, dit Benny.

Elle regarda les enfants, dit encore une fois « Ah ! » et se mit à pleurer en sortant de la pièce.

Après son départ, la petite fille se tourna vers son frère cadet et lui dit :

– Ne pleure pas, Terry. Maman va revenir bientôt.

Aux environs de minuit, le Bris et le Débris étaient toujours au commissariat à attendre qu'un sergent veuille bien apposer sa signature au bas d'un procès-verbal de vol. Un travelo leur avait affirmé se promener dans le boulevard lorsqu'une voiture avec deux types dedans s'était arrêtée à côté de lui, un des deux types en bondissant pour lui arracher son sac à main contenant 50 dollars ainsi qu'une perruque neuve absolument « ravissante » qui lui en avait coûté 350. Le type lui avait ensuite balancé un coup de poing avant de filer.

Le Débris était en train d'appeler pour savoir si le travelo avait quelque chose au casier, disons des interpellations pour prostitution, lorsque l'officier de permanence sonna le Bris pour lui demander de le remplacer pendant qu'il irait se couler un bronze bien chaud.

Le Bris avait accepté et se trouvait déjà à la réception lorsqu'un Filmore T. Bracken très en colère et indigné pénétra dans l'entrée en traînant les pieds.

Le Bris jeta un coup d'œil à l'épave et lui lança :

– Holà, mec, t'es bien trop pété pour entrer dans un commissariat de ton plein gré.

– J'veux déposer plainte, lui renvoya le vieux râleur.

– Quel genre de plainte ?

– Contre un policier.

– Qu'est-ce qu'il a fait ?

– Je dois reconnaître qu'il m'a payé un hamburger.

– Ben, là, oui, je comprends que tu sois en colère, dit le Bris. Ç'aurait dû être une tranche de filet mignon, pas vrai ?

– Il m'a amené ici pour le hamburger et a laissé mon bien chez un gros lard de dégénéré dans une librairie porno d'Hollywood Boulevard.

– Quelle librairie porno ?

– Je peux vous la montrer. Bref, le dégénéré a pas surveillé mon bien comme il avait dit et maintenant j'ai plus rien. Tout ce qu'il y avait dans mon caddie a disparu.

– Et qu'y avait-il donc, dis-moi, dans ce caddie ?

– Mon enclume.

– Ton enclume ?

– Oui, et c'est toute ma vie.

– Ben, merde alors ! s'écria le Bris. Tu es maréchal-ferrant ? La brigade montée a peut-être du boulot pour toi.

– Je veux voir le patron et déposer plainte.

– Comment tu t'appelles ?

– Filmore Thomas Bracken.

– Attends ici une minute, Bracken, dit le Bris. Je vais en parler au sergent.

Pendant que le Débris attendait que l'Oracle approuve et signe son PV, le Bris alla consulter les annuaires téléphoniques et chercha le numéro du cabinet d'Harold G. Lowenstein, un avocat aussi célèbre que haï dans les cercles du LAPD parce qu'il gagnait sa vie en poursuivant les flics et la ville qui les embauchait. Il y avait toujours quelqu'un pour détailler ce qu'il lui ferait si jamais il le coinçait pour conduite en état d'ivresse.

Le Bris appela ensuite l'accueil. Il en était à la huitième sonnerie et commençait à se dire que son idée ne marcherait pas lorsque quelqu'un décrocha.

– Allô ? lança Filmore T. Bracken.

– Monsieur Bracken ? dit le Bris en faisant de son mieux pour imiter Anthony Hopkins jouant un majordome. Ai-je bien l'hônneur de pâârler à M. Filmore T. Bracken ?

– Oui. Qui est l'appareil ?

– Vous êtes relié à la hotline du cabinet d'Harold G. Lowenstein, Esquire, monsieur Bracken. Un officier de police de Los Angeles vient de nous appeler du commissariat d'Hollywood pour nous informer que vous aviez besoin de nos services.

– Ah bon ? Vous êtes avocat ?

– Non, je suis juste auxiliaire juridique, monsieur Bracken. Mais maître Lowenstein s'intéresse beaucoup à toutes les affaires de brutalités policières impliquant des membres du LAPD. Pourriez-vous avoir l'amabilité de passer au cabinet demain matin à 11 heures pour que nous discutions de cette affaire ?

– Et comment, que je peux ! Attendez que je trouve un crayon.

Il disparut un moment, le Bris l'entendant crier : « Hé, mais j'ai besoin d'un crayon, moi, bordel ! »

– Vas-y, frangin, balance la sauce, dit enfin Filmore.

Le Bris lui donna l'adresse du cabinet dans le Strip, numéro de la suite compris, et ajouta :

– Monsieur Bracken, l'officier de police qui vient d'ââppeler en votre nom nous signââlant que vous êtes probablement sans ressources pour l'instant, ne vous laissez pas intimider si l'un de nos employés plus à l'abri du besoin essayait de vous décourager. Maître Lowenstein vous recevra personnellement. Insistez si jââmais un réceptionniste un peu cassant vous disait non.

– Moi ? C'est que j'en botterai des culs si on essaie de m'arrêter ! s'écria Filmore.

– C'est ça même, monsieur Bracken, dit le Bris, son accent oubliant un peu Anthony Hopkins pour se rapprocher des grasseyements de Sean Connery.

– J'y serai à 11 heures.

Filmore attendait dans l'entrée lorsque le Bris revint et dit :

– Monsieur Bracken ? Le sergent va vous recevoir.

Filmore se hissa sur la pointe des pieds pour regarder le grand flic droit dans les yeux et lui lança :

– Qu'il aille se faire enculer ! Il peut appeler mon avocat. Je vous colle un procès à tous, bande d'enfoirés ! Et quand ça sera fini, c'est moi qui serai le propriétaire de tout ce putain de bâtiment, et peut-être même que si t'as de la chance, toi, je te paierai un hamburger de temps en temps. 'Spèce de trouduc !

Sur quoi, Filmore Thomas Bracken sortit du commissariat avec un sourire aussi grand que tout Hollywood Boulevard.

Lorsque B. M. Driscoll et Benny Brewster arrivèrent à la fin de leur service aux petites heures du matin, le Bris et le Débris étaient au vestiaire et racontaient les aventures de Filmore Thomas Bracken à Hollywood Nate et Wesley Drubb.

Les grands rires s'étant apaisés, Nate dit au Bris et au Débris :

– À propos, vous êtes invités à un anniversaire. Ma dernière petite amie en date va fêter ça chez elle, à Westwood. Il pourrait y avoir une ou deux nanas de l'écran à rencontrer.

– Personne de la tribu ? demanda le Bris. Ne le prenez pas mal, mais moi, plus de deux Juifs et j'arrête. Quand y en a plus de trois ou quatre ensemble à Hollywood, ils commencent toujours à te coller des « pins » politiques sur tout ce qu'il y a d'animé et d'inanimé en vue, ce qui pourrait bien inclure mes fesses.

– Espèce d'immonde surfeur antisémite ! s'écria Nate.

– T'invites Budgie ? demanda le Bris.

– Probablement.

– Bon, d'accord, on viendra. Mon coéquipier l'admire de loin.

Ils arrêtèrent de déconner lorsque B. M. Driscoll et Benny Brewster entrèrent, la mine complètement défaite, et commencèrent à se déshabiller à toute allure et sans dire un mot.

– Qu'est-ce qu'il y a, les mecs ? demanda le Débris. Ils ont viré Wrestlemania[1] de l'écran ?

– N'en parlons pas, dit B. M. Driscoll en arrachant presque les boutons de sa chemise d'uniforme comme s'il voulait juste tout lâcher. Une merde horrible. Des petits enfants.

– Ben, remettez-vous, dit le Bris. Vous écoutez donc pas l'Oracle ? Ce boulot peut être marrant. Soyez heureux !

Brusquement, le Débris se lança dans son imitation de Bono :

– Deux coups de bonheur, un coup de triiiiiste !

Benny Brewster ôta son gilet pare-balles et le fourra rageusement dans son casier en disant :

– Pas de coups de bonheur ce soir, mec. Juste un seul coup de triste. De vraiment triste.

1. Émission consacrée au catch *(NdT)*.

13

– Excusez-moi, s'il vous plaît. Andrea ? lança Viktor Chernenko tard ce matin-là.

Il n'y avait que six inspecteurs dans la salle, les autres étant sur le terrain, au tribunal ou, pour ceux d'Hollywood, absolument nulle part à cause du manque d'effectifs et des restrictions budgétaires.

– Oui, Viktor? lui répondit Andi en souriant par-dessus sa tasse de café et les doigts toujours sur le clavier de l'ordinateur.

– Je pense que vous êtes très ravissante aujourd'hui, Andrea, dit-il avec son sourire toujours méfiant. Je crois reconnaître votre très superbe pull-over jaune de la République des bananes, où mon épouse, Maria, fait ses courses.

– Oui, c'est là que je l'ai acheté.

Et Viktor regagna son box. Ainsi procédait-il. Qu'il veuille quelque chose et cela pouvait lui prendre une demi-journée pour demander. Cela dit, jamais personne ne complimentait Andrea comme il le faisait quand il avait besoin d'une inspectrice pour ceci ou pour cela.

Andi était contente de voir que Brant Hinkle faisait toujours équipe avec Viktor et à cause de ça dirait sans doute oui à tout ce que Viktor réussirait enfin à lui demander. Depuis que Brant était arrivé, elle avait de plus en plus confiance en lui. Parce qu'elle avait mené son enquête… et découvert qu'il venait juste d'avoir cinquante-trois ans, qu'il n'avait convolé et divorcé qu'une fois – et chez les flics c'était devenu rare –, qu'il avait deux filles mariées et, à en croire son matricule, environ cinq ans de plus qu'elle dans le boulot. En d'autres termes, c'était un parti possible. Et elle savait qu'il s'intéressait à elle – rien qu'à voir la façon dont il la regardait –, mais n'avait toujours rien entrepris.

Une autre vingtaine de minutes s'étant écoulée, elle s'apprêta à partir sur le terrain et aller voir deux ou trois témoins d'une prétendue tentative de meurtre au cours de laquelle un maquereau-petit ami avait copieusement giflé une putain et tiré deux fois dans sa direction avant qu'elle ne s'enfuie en courant. Il ne faisait guère de doute que la dame avait déjà changé son témoignage ou été forcée de le faire et que tout serait pardonné. Il n'empêche: elle devait suivre la procédure au cas où le mac l'assassine dès le lendemain.

– Andrea, reprit Viktor en approchant de son bureau pour la deuxième fois.

– Oui, Viktor.

– Seriez-vous assez aimable pour nous aider, Brant et moi? Nous avons une mission pour une femme et, comme vous voyez, aujourd'hui vous êtes la seule femme ici.

– Combien de temps cela prendra-t-il?

– Quelques heures et je serais très honoré de vous offrir à déjeuner.

Andi coula un regard à Brant Hinkle, qui parlait au téléphone et prenait des notes sur un bloc, ses petits verres demilune sur le nez.

– Bon, d'accord, Viktor. Ma petite pute amochée peut attendre.

Viktor prit vers l'est jusqu'à Glendale avec Andi à côté de lui et Brant sur la banquette arrière. Plein de sollicitude, il n'arrêtait pas de s'excuser parce que la clim ne marchait pas dans la voiture.

– Bon alors, reprit Andi, tout ce que j'ai à faire, c'est filer ce Russe du magasin de pièces détachées où il travaille à l'endroit où il déjeune?

– On nous a dit qu'il va toujours dans un fast-food, mais il y en a plusieurs dans le coin, répondit Viktor.

– D'après l'indic de Viktor, ce Lidorov se méfie beaucoup d'une filature, mais ne pensera probablement pas à une femme pour le suivre.

– Et tout ce qu'on fait, c'est lui prendre un peu d'ADN ?

– C'est tout, oui, dit Viktor. Mon indic est parfois fiable, parfois pas.

– Les preuves que vous avez pour demander une comparaison ADN ne sont pas très fiables elles non plus, dit-elle en se retournant sur son siège pour regarder Brant, qui haussa les sourcils comme pour dire : « Viktor est obsesso. »

– Andrea, dit ce dernier, quand j'ai fait mon suivi d'enquête et trouvé le mégot de cigarette dans la bijouterie loin derrière le placard, je sais dans mon cœur que c'est le suspect qui l'y a laissé.

– Même si la victime était tellement terrifiée qu'elle ne se rappelait plus si le mec l'avait laissé ou emporté avec lui ? demanda Brant qui doutait.

– C'est un sentiment de l'intestin, lui répondit Viktor. Et le Russe de Glendale a deux condamnations pour hold-up de bijouteries à main armée.

– Je vous ai entendu dire que vous n'étiez pas sûr que le type de la bijouterie du 211 soit même seulement russe.

– L'accent que le propriétaire de la boutique a entendu chez le bonhomme était différent de celui de la femme. Mais pour les gens d'Hollywood tout est mafia russe. En fait, Glendale a une très grosse population arménienne. Beaucoup vont au Goulag, d'où vient mon indic. Des criminels de toute l'ancienne URSS vont au Goulag pour boire et manger, y compris des criminels de l'ancienne Arménie soviétique. Mais pour l'instant nous avons ce Russe qui était un voleur de bijoux dans son passé.

– C'est maigre, comme base de départ, lui renvoya Andrea.

– Nous n'avons rien d'autre. Sauf que je crois qu'un vol de courrier dans une boîte aux lettres de Gower Street est à l'origine du renseignement que nous avons eu sur les diamants. Si seulement je pouvais avoir une idée de ce voleur de courrier…

– Viktor, dit Brant, on ne peut pas surveiller toutes les boîtes aux lettres du quartier.

– Non, Brant, on ne peut pas, dit Viktor. C'est pourquoi j'aimerais essayer ce truc aujourd'hui. Je sais que c'est un peu au hasard.

Ils se garèrent une rue plus loin, Viktor se mettant aussitôt à regarder à la jumelle la porte du magasin de pièces détachées, tandis qu'Andi se retournait sur son siège pour bavarder avec Brant et lui demander si Hollywood lui plaisait et où il en était sur la liste d'attente de lieutenants.

Brant fut surpris d'apprendre qu'Andi avait un fils qui servait en Afghanistan et lui dit :

– Je ne crois pas dire souvent ça aux femmes, mais non, c'est vrai, vous ne m'avez pas l'air assez âgée pour ça.

– Oh ! Âgée, je le suis bien assez pour ça ! lui renvoya-t-elle en espérant ne pas avoir rougi.

Encore un truc comme ça et elle allait battre des cils si elle n'arrivait pas à se dominer.

– J'ai l'impression que c'est plutôt calme en Afghanistan en ce moment, reprit-il.

– L'année dernière, il était en Irak. Je n'aime pas penser à ce qui m'est passé par la tête pendant tous ces mois.

Brant se tut, tout heureux d'avoir des filles qui vivaient en sûreté. Il n'arrivait pas à imaginer ce que ça devait faire d'avoir son seul et unique fils en enfer. Surtout pour un flic dont la personnalité affirmée et j'y-vais-plein-pot ne sert absolument à rien dans ce genre de situation. Se sentir impuissant et terrifié du matin au soir ? À ses yeux, ce devait être encore plus dur pour des parents dans la police.

Viktor abaissa ses jumelles, prit une trombine sur ses genoux, l'examina et dit :

– C'est lui, Lidorov. Il porte un jean et une chemise noire. Cheveux en cuir verni, on dirait, moustache grise et taille moyenne. Il se dirige vers le centre commercial à mi-chemin du magasin de pièces détachées.

Déposée sur le côté est du centre commercial, Andi y entra une minute après Lidorov. Au début, elle crut l'avoir perdu, mais le repéra en se dirigeant vers les restaurants.

Lidorov s'arrêta devant un grec, où deux Latinos préparaient des *gyros*[1], puis gagna un italien, où un autre jeune Latino faisait

1. Sandwichs à la viande de mouton découpée en tranches fines et couverte de rondelles d'oignon *(NdT)*.

très expertement sauter une pizza en l'air. Il finit par choisir un chinois et commanda quelque chose dans un carton et un soda dans un gobelet, le tout à emporter. À un troisième Latino.

Andi l'observait du côté de l'italien et se demanda si des baguettes feraient plus l'affaire qu'une fourchette pour y récolter un échantillon d'ADN. Mais quand le Latino lui offrit des baguettes, Lidorov fit non de la tête et prit une fourchette à la place. Après quoi, il s'assit à une des trois petites tables devant le comptoir et mangea à même le carton en sirotant son soda et lorgnant les jeunes femmes qui passaient devant le resto.

Lorsqu'il se leva, Andrea était prête à lui nettoyer sa table et à embarquer sa fourchette et sa paille. Mais elle n'en eut jamais l'occasion. Lidorov prit l'emballage et le gobelet avec lui et regagna l'entrée d'un pas nonchalant en continuant de boire avec sa paille. Andrea se dit que la fourchette devait se trouver dans l'emballage et donc qu'est-ce qu'on fait maintenant?

Lidorov sortit, passa au soleil, s'étira un peu et longea lentement deux réceptacles à ordures où il aurait pu jeter l'emballage et le gobelet.

«Jette tes ordures sur la voie publique, espèce d'enfoiré!» se dit Andi en le suivant d'aussi loin qu'elle osait. Mais comme il n'y avait guère de piétons sur le trottoir, elle traversa et attendit que ses collègues la reprennent.

Viktor se rangeant à côté d'elle, elle monta dans la voiture et dit:

– Désolée, Viktor. Il a décidé de rapporter son déjeuner au magasin.

– Pas de problème, Andrea.

– Oups! s'écria Brant qui regardait avec ses jumelles. Il ne jette rien sur la voie publique.

Deux minutes plus tard, ils se garaient un peu à l'est du mini-centre commercial dont faisait partie le magasin de pièces détachées. Près du mur du parking une très haute benne à ordures était posée sur une épaisse dalle de béton. Les trois inspecteurs se plantèrent devant et en contemplèrent le couvercle ouvert.

Viktor et Brant, qui faisaient tous les deux plus d'un mètre quatre-vingts, se hissèrent sur la pointe des pieds, puis, lâchant l'asphalte, jetèrent un coup d'œil à l'intérieur de la benne.

Et redescendirent, Viktor disant à Andi :

– Vous voulez la nouvelle qui est bonne ou la nouvelle qui l'est moins ?

– La bonne.

– On dirait bien qu'ils ont vidé la benne ce matin. Il n'y a pratiquement rien au fond. L'emballage de bouffe chinoise, le gobelet et la paille sont parfaitement visibles, dit Brant.

– La mauvaise ?

– Il n'y a pas moyen de les atteindre sans monter dedans.

– Eh bien, mais j'imagine que ce sera l'un de vous autres, arbitres des élégances, qui va devoir saloper son costume, leur renvoya-t-elle.

– Andrea, dit Viktor, ma forme est si piètre que vraiment je ne crois pas pouvoir le faire. Je pense qu'en étalant ma veste sur le bord du couvercle de telle sorte que vous ne souilliez pas votre beau pull des Bananes, vous pourriez vous mettre dessus et attraper la fourchette et la paille en vous penchant en avant ?

– Et comment je fais pour ne pas tomber sur la tête ?

– On pourrait te tenir chacun par une jambe, dit Brant.

– Ah, parce que toi aussi, tu crois que c'est une bonne idée ?

– Andi, je te jure que je ne pourrais pas y arriver sans une échelle, lui répondit Brant. Et si on traîne ici trop longtemps, quelqu'un va finir par nous voir et l'élément surprise sera perdu. Même si on a une correspondance ADN, le bonhomme aura filé depuis longtemps, peut-être même jusqu'en Russie.

– Ah, mes héros ! dit-elle en enlevant ses chaussures. Encore heureux que j'aie mis un pantalon.

Les deux hommes la tenant chacun par un pied, Andi fut hissée jusqu'au bord de la benne sur lequel ils avaient étendu la veste de Viktor et vraiment à contrecœur permit qu'ils l'abaissent la tête en bas jusqu'à ce qu'elle puisse s'emparer de l'emballage et du gobelet.

– Sortez-moi de là ! s'écria-t-elle. Ça pue !

Une fois tout le monde de retour à la voiture et la fourchette et la paille rangées dans un grand sachet à éléments de preuve, Viktor déclara :

– Ma veste devra aller chez le teinturier. Comment est votre pull, Andrea ?

– En dehors de la bretelle de soutien-gorge que j'ai cassée et des bleus que je me suis faits au ventre et aux cuisses, tout va bien. Y a intérêt à ce que le déjeuner soit bon, Viktor.

Il le fut. Viktor les emmena dans un restaurant russe à la décoration fantaisiste de Melrose, où ils mangèrent du bortsch, du pain noir et des blinis, et burent du thé chaud dans un verre. Dans les enceintes des violons leur jouèrent des airs russes propres à faire rêver tandis que Viktor se donnait à fond dans son rôle de puissance invitante.

– Parfois, ils font des plats ukrainiens ici, déclara-t-il tandis qu'ils buvaient leur thé.

– Je ne pense pas faire du Pilate ce soir, dit Andi. Vous m'avez étiré tous les muscles du corps !

– À propos de muscles, dit Brant, les tiens sont bien mieux développés que les miens. Tes jambes sont super-musclées, enfin, je veux dire… je les ai senties bien solides quand je les tenais.

Et le coup d'œil à nouveau. Elle fut certaine qu'il passerait bientôt à l'attaque après ce petit exercice. Peut-être même dès qu'ils seraient revenus au commissariat et que Viktor serait occupé.

– J'essaie de garder la forme au cas où on m'appellerait pour faire de la plongée sous ordures, dit-elle. On devrait en faire une épreuve aux olympiades de la police.

Viktor étant parti aux toilettes, Brant s'empressa de lancer :

– Andi, je me demandais si tu n'aimerais pas venir dîner avec moi un soir dans le restaurant-le-plus-tendance-de-chez-tendance dont j'aie entendu parler, le Jade.

Elle songea : « Enfin, enfin ! », et lui répondit :

– J'aimerais bien dîner avec toi, mais à ce que j'ai lu dans une revue, c'est drôlement cher.

– Ma fille n'a plus besoin de pension alimentaire depuis longtemps et mon ex s'est remariée il y a dix ans de ça, bref, financièrement, je m'en sors bien. Mais bon, à y repenser, je suis peut-être trop vieux pour un resto de ce genre.

– Tu as l'air plus jeune que moi, répondit-elle.

– Que Dieu vous bénisse, mon enfant, lui renvoya-t-il. Bon et donc, c'est un rendez-vous ?

– Oui, disons jeudi, pour éviter les foules du week-end. Je me demande ce que je devrais mettre.

– Tout ce que tu mettras t'ira parfaitement, dit-il.

Et de baisser timidement les yeux après avoir prononcé ces mots.

« Ah, ces yeux verts ! pensa-t-elle. Celui-là va m'emmener droit au paradis ou me rétamer complètement. » Elle avait le cœur qui battait fort lorsque Viktor revint à table.

– Il y a une chose de sûre, leur dit celui-ci en donnant sa carte de crédit au garçon, même si Lidorov n'est pas notre voleur, ça sera bien d'avoir son profil ADN. C'est un violent. Et le léopard jamais ne change ses taches de rousseur.

C'est un voleur différent qui, nouvellement séduit par l'excitation entêtante de la puissance et de la domination, avait cet après-midi-là entamé le deuxième hold-up à main armée de son existence. Mais sa fumeuse invétérée de partenaire n'était, elle, nullement séduite par cette affaire alors qu'ils planquaient dans une voiture volée garée dans un parking encombré. Elle espérait que son russe ne serait pas lamentable et qu'elle n'aurait pas à exprimer ses craintes en anglais.

– Je t'avertis, Cosmo, dit Ilya que celui-ci trouvait ridicule avec sa perruque rousse et ses grosses lunettes de soleil, c'est vraiment fou ce qu'on fait.

– Dmitri m'a dit que ça irait.

– Qu'il aille se faire foutre ! aboya-t-elle, Cosmo la giflant aussitôt d'un revers de main automatique et le regrettant dans l'instant.

– Dmitri dit c'est ce qu'on planifie depuis longtemps. Il dit qu'il cherche quelqu'un comme moi et toi pour le faire. On a la chance, Ilya. La chance !

– On se fait tuer, oui ! lui renvoya-t-elle en s'essuyant

les yeux et arrangeant son mascara avec un mouchoir en papier.

– On se fait riches ! lui renvoya-t-il. T'as vu ce que le mec dans bijouterie a fait quand il voit mon flingue ? Il pisse sur son pantalon. Tu l'as vu pleurer, non ? Les gardes à fric ont pas envie de mourir. Dmitri dit que l'argent est remboursé par compagnie d'assurances. Les gardes verront mon flingue et donneront l'argent à moi. Tu vas voir.

C'était la veille que Cosmo, qui portait une casquette des Dodgers et des lunettes de soleil, avait reçu l'appel de Dmitri. Au début, il avait cru qu'il s'agissait des diamants et avait été envoyé dans un bureau du premier étage dès son arrivée au Goulag.

Il n'avait pas été étonné d'y trouver Dmitri les pieds sur la table, à peu près comme il l'avait vu la dernière fois – encore un coup en train de regarder un film porno sur son ordinateur. Sauf que là, c'était du porno avec des enfants. Dès qu'il était entré, Dmitri avait baissé le son, mais laissé l'image et la regardait de temps en temps.

– Tu voulais parler diamants ? lui avait demandé Cosmo comme toujours en anglais.

– Non. Mais j'ai beaucoup réfléchi au mek Cosmo qu'il est de mieux en mieux, bordel, et mon ami. Je réfléchis à komment t'as eu les diamants et à komment on va faire l'affaire avec les diamants très vite. Je crois que peut-être t'es prêt pour travail plus important.

– Ah oui ? avait répondu Cosmo et Dmitri l'avait vu dans ses yeux : il le tenait.

– Ça fait comment ? C'est fort ? Sexy ? Komme baiser quand tu mets le flingue dans la gueule du mek. Je vois correct, Cosmo ?

– C'est OK, oui, avait-il répondu. Oui, ça me gêne pas.

– Donk, j'ai un travail où tu peux gagner beaucoup argent. Cash. Au moins 100 000 dollars, peut-être beaucoup plus.

– Oui ?

– Tu connais le kiosque dans parking grand centre commercial ? Les distributeurs de frik ? J'en connais un. Je sais quand le frik arrive. Exactement.

– Gros fourgon blindé ? Je peux pas voler fourgon blindé, Dmitri.

– Non, Cosmo, non. Seulement fourgonnette. Deux meks. Ils apportent fric à l'intérieur grosse… comment on dit ? Boîte ? Comme soldat en Russie utilise pour munitions ? Un type doit être derrière et ouvrir la porte avec clé. Enfermer soi dedans. Recharger machine avec jolis boulets verts de la boîte à munitions.

– S'il te plaît, Dmitri, comment tu sais ça ?

– Tout le monde boit au Goulag des fois ! lui avait répondu Dmitri en s'esclaffant de la façon qui le terrorisait.

Parce qu'il l'imaginait parfaitement en train de s'esclaffer en vous ouvrant les yeux au rasoir.

– Ces hommes ont flingues, Dmitri.

– Oui, mais seulement le gardien sécurité ordinaire. On les engage pour livraisons. Je sais pour les deux meks. Ils mourront pas pour sauver le frik. L'assurance paiera toute façon. Tout le monde sait ça. Personne perd rien sauf kompagnie assurances. Pas problème.

– Deux types, deux flingues, deux clés ?

– Oui, deux clés pour… comment on dit ? Sécurité intérieure ? Tu dois prendre frik avant premier mek arrive au kiosque. C'est pourquoi je pense à toi. Tu prouves à la bijouterie que t'as tas de kouilles. Et tu as femme avec gros nichons.

– Ilya ?

– Oui. Je te donne jour et date exacts. Ilya est là pour faire affaire au distributeur. Ilya peut distraire homme qui vient de fourgonnette avec boîte à frik. Autre mek a l'habitude. Toujours pareil. Il attend jusqu'à son partenaire arrive au kiosque. Après, il sort et vient avec sa clé. (Il avait souri et ajouté :) Une minute tout ce qu'il faut, toi qui es de mieux en mieux. Tu roules fort, Cosmo !

Là ils étaient donc, dans un parking d'Hollywood très fréquenté, à attendre dans la Mazda rouge vieille de quinze ans que le barman géorgien de Dmitri avait volée pour eux avec pour consigne d'en effacer toute trace et de la laisser quelque part à l'est d'Hollywood.

Ilya s'était reprise, mais chaque fois qu'il se tournait vers elle, c'était pour découvrir son regard haineux. Il l'avait déjà giflée avant, mais cette fois-ci ce n'était pas pareil. Il sentait l'odeur de sa sueur et la peur qui l'habitait. Il se dit qu'elle le quitterait peut-être après ce coup-là. Mais si Dmitri avait raison sur la quantité d'argent dans la boîte, il se contenterait de la payer et la laisserait partir.

L'espace d'un instant, il envisagea de réduire le pourcentage de Dmitri en lui racontant qu'il y avait nettement moins d'argent dans la recharge. Il en eut un grand frisson, qui fut vite et nettement tempéré lorsqu'il songea aux rires sinistres du Russe. Sans compter que pour ce qu'il en savait, il n'était pas du tout impossible qu'un des convoyeurs soit un indic à sa solde. Et qu'il sache exactement combien d'argent il allait livrer.

Cosmo consulta sa fausse Rolex et lança :

– Ilya, va au kiosque maintenant.

Au grand soulagement de Cosmo, la camionnette bleue de marque Chevrolet ressemblait à tout sauf à un fourgon blindé. Et s'immobilisa quelques minutes, exactement comme l'avait dit Dmitri, le temps que les convoyeurs jettent un coup d'œil alentour et ne découvrent rien d'anormal. Rien que des consommateurs qui entraient et sortaient des magasins du centre commercial. Et là-bas, seulement une femme, une rouquine à la forte poitrine, qui se tenait devant le distributeur, l'air très frustré.

Elle avait posé son sac noir sur la tablette, sorti son portable et donné l'impression de passer un coup de fil. Puis elle avait jeté l'appareil dans son sac d'un air dégoûté et regardé autour d'elle comme si elle avait besoin… de quoi ? Elle avait paru réessayer avec sa carte, mais échoué à la faire fonctionner et s'était éloignée un peu pour aller regarder la vitrine du magasin d'électronique de l'autre côté du parking. Cherchait-elle son mari ?

Un des convoyeurs coula un regard à son collègue. C'était leur dernier arrêt de la journée et ils n'allaient pas passer toute la soirée à rester là à cause d'une foldingue. Le passager sortit du véhicule, fit glisser la portière de la camionnette, s'empara de la dernière recharge et referma la portière. Puis il se dirigea vers le kiosque, arriva devant et s'aperçut que la rouquine s'était mise à pleurer.

Aux infos de 6 heures, il fut annoncé que le convoyeur était âgé de vingt-cinq ans et qu'il s'agissait d'un « acteur » : venu de l'Illinois, il habitait Hollywood depuis trois ans, cherchait du travail et faisait tout ce qu'il pouvait pour décrocher sa carte de la Screen Actors Guild. Il faisait de la sécurité depuis dix-huit mois et s'appelait Ethan Munger.

– Ça va ? avait-il demandé à Ilya en ne marquant qu'un bref arrêt.

– J'arrive pas à faire marcher ma carte, lui avait-elle répondu en s'essuyant les joues avec un mouchoir en papier.

Et juste après avoir remis son mouchoir dans son sac, elle en avait sorti le Raven calibre .25, un des trois pistolets bon marché que Cosmo avait reçus du barman. Et l'avait braqué sur le jeune convoyeur complètement abasourdi.

Le chauffeur de la camionnette avait décroché son micro, annoncé qu'il y avait hold-up et sauté du véhicule, son pistolet à la main. Puis il avait fait le tour de la camionnette où, accroupi derrière une voiture garée, Cosmo lui avait crié :

– Lâche le flingue ou t'es mort !

Le chauffeur avait lâché son arme, levé les mains en l'air et s'était allongé face contre terre dès qu'il en avait reçu l'ordre. Exactement comme l'avait promis Dmitri, pas de problème.

Sauf pour Ethan Munger. Le jeune convoyeur avait commencé à reculer vers la camionnette sans savoir que son collègue avait été désarmé. Il avait une main en l'air et tenait la recharge de l'autre.

– C'est pas un truc à faire, ça, madame, avait-il dit à Ilya. Je vous en prie, rangez ce petit pistolet. Il a toutes les chances de vous exploser dans la figure. Rangez-le.

– On lâche la recharge ! avait-elle hurlé.

Et c'est tout ce qu'elle avait pu dire tellement elle avait peur.

– Vous excitez pas, ma petite dame ! lui avait renvoyé le jeune convoyeur qui continuait de reculer tandis qu'Ilya, elle, continuait d'avancer sur lui.

Elle avait l'impression que des minutes et des minutes s'étaient écoulées, mais ça n'avait été que l'affaire de quelques secondes et elle s'attendait à entendre des sirènes, plusieurs clients des magasins qui passaient l'ayant regardée, une femme étant même allée jusqu'à crier: « À l'aide! Faut appeler la police! », une autre criant déjà dans son portable.

C'est alors que Cosmo était arrivé en courant derrière le jeune convoyeur, un pistolet dans chaque main. Ethan Munger s'était retourné, l'avait vu et, peut-être parce qu'il avait regardé trop de films d'Hollywood ou joué dans trop de vidéos d'action, avait essayé de dégainer son arme. Cosmo lui avait tiré dessus avec le pistolet de l'autre convoyeur. Trois fois, en pleine poitrine.

Ilya ne s'était pas emparée de la recharge. Elle avait seulement rangé son pistolet dans son sac et était revenue à la voiture volée en hurlant tandis que les coups de feu lui résonnaient dans les oreilles. Moins d'une minute plus tard – une dizaine à son idée –, Cosmo avait ouvert la portière et jeté la recharge et les deux pistolets à l'intérieur du véhicule. Et là, instant terrifiant, n'avait pas réussi à faire partir la vieille Mazda tout de suite. Trois fois qu'il avait fait tourner la clé de contact avant qu'enfin le moteur démarre et qu'ils quittent le parking à toute allure!

Les flics de la cinquième brigade étaient en train de charger leur barda lorsqu'un appel code 3 parvint à l'équipe 6-A-65 de la deuxième. Aussitôt, bien sûr, tous les nuiteux balancèrent leur équipement dans leurs voitures, sautèrent dedans et sortirent du parking du commissariat en faisant hurler les pneus. Tous partirent dans la direction du vol en cours, en espérant repérer la Mazda rouge avec la rouquine et le type à cheveux noirs et casquette de base-ball dedans. Ce n'était pas tous les jours qu'on avait droit à un hold-up avec assassinat du convoyeur pour commencer la soirée.

L'équipe Benny Brewster et B. M. Driscoll, la 6-X-66, fut la dernière à sortir du parking, ce qui ne surprit guère Benny. B. M. Driscoll avait dû réintégrer le commissariat à la dernière minute afin d'y prendre des cachets anti-allergie dans son casier: les vents de Santa Ana du début de l'été lui pourrissaient la vie. Benny était resté dans la voiture, à tambouriner sur le volant et penser à la poisse qui l'avait vu perdre une véritable héroïne comme Mag Takara – et hériter d'un hypocondriaque dont personne ne voulait.

Benny était allé voir Mag trois fois à l'hôpital et l'appelait tous les jours depuis qu'elle était revenue chez ses parents. Il n'était pas sûr que sa pommette gauche abîmée pourrait jamais être refaite de façon à retrouver exactement son aspect antérieur. Mag lui avait dit n'avoir regagné qu'environ soixante pour cent de sa vision à l'œil gauche, mais que cela devait s'améliorer. Elle lui avait aussi promis de reprendre son travail dans la police – et lui, très sincèrement, lui avait alors dit attendre ce jour-là avec impatience.

Aucune date n'avait été encore fixée pour que le maquereau qui avait agressé Mag passe au tribunal. Celle-ci avait laissé entendre à Benny que vu l'énorme procès intenté à la ville suite aux blessures internes infligées à coups de pied par l'officier de police Turner, il n'était pas impossible qu'un marché soit passé entre les deux parties. Un marché qui verrait le mac plaider coupable et écoper d'une condamnation qui l'expédierait à la prison du comté plutôt qu'en centrale, et la ville déjà fortement endettée lui régler *x* dédommagements. Elle lui avait aussi dit être vraiment désolée pour Turner, qui avait donné sa démission plutôt que d'être licencié et attendait toujours de savoir s'il serait traîné devant les tribunaux.

– Je regrette vraiment de ne pas avoir été là, avait dit Benny la dernière fois qu'il avait parlé de l'affaire avec Mag.

Mag avait alors regardé son grand Noir de coéquipier et lui avait répondu :

– Eh bien, moi, Benny, je suis contente que tu n'y aies pas été. Tu as une belle carrière devant toi. C'est ce que j'ai prédit à l'Oracle la première fois que tu as travaillé avec moi.

Benny pensait encore à tout cela lorsque B. M. Driscoll était enfin revenu à la voiture et lui avait dit :

– Ne baissons pas les vitres à moins que ce ne soit nécessaire.

Sur quoi il avait reniflé, s'était mouché et avait sorti un autre mouchoir en papier de la boîte qu'il avait ensuite posée par terre, à côté du râtelier à fusils.

Benny fit démarrer la voiture et sortit lentement du parking en disant d'un air dégoûté :

– Les enfoirés de voleurs qui ont abattu le convoyeur sont probablement déjà hors du pays.

Pour toute réaction, B. M. Driscoll ôta ses lunettes et les nettoya avec un mouchoir afin de mieux voir les doses portées sur son flacon d'antihistaminiques.

Le barman du Goulag : voilà tout ce à quoi réussissait à penser Cosmo en s'éloignant du lieu du vol, où agonisait le jeune convoyeur de fonds. Qu'Ilya et lui ne se fassent pas descendre dans les quelques minutes suivantes et il allait demander à Dmitri de torturer et abattre le Géorgien. La Mazda volée, qui, le barman le lui avait assuré, était en « bon état de marche », avait calé au premier feu rouge. Et là, alors même qu'il tirait et tirait sur le démarreur, gyrophares allumés et sirène hurlante, une voiture de police était passée en trombe et se dirigeait vers le lieu même qu'ils venaient de fuir.

– Sortons de cette voiture ! s'écria Ilya.

– L'argent ! hurla Cosmo. On a argent !

– Au cul argent !

Le moteur démarrait presque lorsque Como finit par le noyer. Il attendit, essaya encore un coup, le moteur toussa et la Mazda bondit vers le sud, dans Gower Street.

Ilya avait raison, se dit-il : il fallait lâcher la voiture et filer à pied.

– Fils de bâtard ! hurla-t-il. Je tue enculé de Géorgien qui me donne cette voiture !

– On descend là ? demanda Ilya. Arrête, Cosmo.

C'est alors que l'idée lui vint.

– Ilya, dit-il, tu sais où nous être maintenant ?

– Oui, Gower Street. Arrête la voiture !

– Non, Ilya. Nous presque à la maison du misérable petit drogué Farley.

Ilya, qui n'y était jamais allée, ne comprit pas ce que cela signifiait.

– Comme si on s'en fout pas d'enculé de drogué, hein ! Arrête la voiture ! Je descends !

Cosmo s'aperçut qu'il n'était plus qu'à une rue de la maison, à tout casser. Une rue.

– Ilya, reprit-il, s'il te plaît, ne saute pas de voiture. Farley a petit garage! Farley gare toujours voiture de merde dans la rue pour pouvoir la pousser facile.

– Cosmo! hurla-t-elle à nouveau. Je vais te tuer ou moi! Arrête cette voiture! Laisse-moi descendre!

– Deux minutes! Nous à la maison de Farley. On met cette voiture dans son garage. Notre argent sera sécurité. Nous serons sécurité!

En tremblotant et regimbant, la voiture descendit Gower Street jusqu'à la rue résidentielle où habitait Farley Ramsdale. Cosmo Betrossian craignait qu'elle ne puisse prendre le dernier virage, mais elle y parvint. Et comme si elle avait sa petite idée et une volonté propre, dans un dernier effort la Mazda parut s'élancer dans l'allée qui montait un rien, et toussa et mourut juste à côté du bungalow.

Cosmo et Ilya en descendirent à toute allure, Cosmo ouvrant aussitôt la porte du garage. Puis il jeta des cartons, des cochonneries et un vieux vélo dans le jardin pour faire de la place à la Mazda, qu'il poussa avec Ilya dans le garage. Après quoi, il glissa ses deux pistolets dans sa ceinture, attrapa la recharge d'argent et referma la porte du garage bouffée aux termites.

Ils gagnèrent la porte de devant, frappèrent, mais personne ne répondit. Cosmo essaya d'ouvrir, mais la porte était fermée à clé. Ils passèrent derrière, où Cosmo ouvrit avec une carte de crédit. Tous les deux s'installèrent pour attendre le retour de leurs nouveaux « associés ».

Cosmo trouvait de plus en plus de raisons de tuer les deux drogués et pensait qu'il faudrait le faire dès qu'ils entreraient. Mais pas avec un flingue. Les maisons voisines étaient trop proches. Et donc… comment? Et Ilya l'aiderait-elle?

La recharge contenait 93 260 dollars, tout en billets de 20. Lorsqu'ils finirent de les compter, Ilya avait déjà fumé une douzaine de cigarettes et semblait plutôt calme, à l'exception de ses mains qui tremblaient. Cosmo, lui, se mit à pouffer et ne put s'arrêter.

– C'est pas autant que Dmitri promit, mais je suis content! Je suis pas cochon avide, dit-il, cette phrase le chatouillant si fort qu'il se remit à pouffer. Je dois appeler Dmitri bientôt.

– Tu tues le garde, lui rappela sobrement Ilya. Ils nous attrapent, nous allons à la maison de la mort.

– Comment peux-tu savoir qu'il est mort?

– J'ai vu balles le frapper. Trois. Ici, dit-elle en se touchant la poitrine. Il est homme mort.

– Putain de mec! dit Cosmo soudain agacé. Il a pas donné argent. Dmitri dit pas problème, le garde abandonnera l'argent. Pas ma faute, Ilya.

Elle hocha la tête et alluma une autre cigarette, Cosmo s'en allumant une à son tour avant de remettre des piles de fric dans la recharge. Il laissa huit cents billets dehors et les partagea avec Ilya en lui disant:

– Ceci te rend moins inquiète pour la maison de la mort, non?

Puis il rapporta la recharge à la voiture – il comptait l'enfermer dans le coffre, mais la clé de contact ne l'ouvrait pas. Il injuria encore une fois le Géorgien, posa la recharge sur la banquette arrière de la Mazda et verrouilla la portière.

En rentrant dans la maison, il trouva Ilya allongée sur le divan éventré comme si elle avait un horrible mal de tête. Il la rejoignit et s'agenouilla à côté d'elle, terriblement excité.

– Ilya, dit-il, te souviens comme sexe génial quand on a volé diamants? Je sens sexe pareil maintenant. Et toi? Que dirais-tu baiser à faire péter le cervelas?

– Cosmo, dit-elle, si tu me touches maintenant, je jure péter ton cervelas avec flingue. Je le jure par la Sainte Vierge.

À moins de quinze cents mètres de là, Farley et Olive, qui une fois encore avaient emprunté la Pinto de Sam, attendaient devant le cybercafé. Ils avaient vu plusieurs drogués y entrer et en sortir après avoir fait leur petit business par Internet, mais personne qui à leur idée aurait eu du caillou décent à vendre.

– On essaie le stand de tacos, dit Farley. Il faut qu'on rende la bagnole de Sam avant la nuit et qu'on reprenne notre tas de boue. Il a dû arranger le carburateur à l'heure qu'il est. Le truc bien avec les drogués, c'est que Sam est capable de me mettre mon carburateur en mille morceaux sur sa table de cuisine et que ça y plaise. Comme un putain de puzzle, quoi ! Des bénéfices secondaires au caillou, y en a quand on y pense.

– Je suis contente que les bagnoles de flics et les ambulances aient arrêté leurs sirènes, dit Olive. Ça me donnait mal à la tête.

Un vrai clebs, cette nana, songea Farley. Super-sensible au bruit quand elle n'était pas pétée. Capable de s'asseoir dans un restaurant et d'entendre ce qui se disait à l'autre bout d'une salle bondée de monde. Il se demanda comment se servir de ce don, le seul qu'elle avait.

– Il a dû arriver un truc dans un des magasins du centre commercial, dit-il. Peut-être même que c'est un enculé de Juif qu'a demandé le prix convenable ! Y aurait de quoi filer un arrêt cardiaque à un tas de mecs et nécessiter plein d'ambulances.

Il sortait du parking et prenait vers l'est lorsqu'une voiture qui filait vers le sud et avait, elle aussi, pris vers l'est passa devant lui, l'obligeant à piler.

– Enculée ! hurla-t-il par la vitre à la vieille femme qui conduisait.

Et de lui faire un doigt d'honneur.

Il n'avait pas fait un pâté de maisons lorsqu'il entendit un klaxon derrière lui. Il jeta un coup d'œil dans le rétroviseur et…

– Merde, les flics ! s'écria-t-il. C'est bien ma chance, bordel !

– C'est ton tour, dit Benny Brewster à B. M. Driscoll.

Le vieux flic moucha avec un Kleenex son nez qui coulait, remonta ses lunettes, soupira et dit :

– Je ne me sens vraiment pas assez bien pour bosser aujourd'hui. J'aurais dû me faire porter pâle.

Sur quoi il descendit de l'atelier, s'approcha de la voiture du côté conducteur et vit Farley Ramsdale fouiller dans son portefeuille pour en sortir son permis. Olive jeta un coup d'œil au flic qu'elle avait à sa droite et découvrit Benny Brewster en train de la regarder et d'examiner l'intérieur de la voiture.

– Bonjour, m'sieur l'agent, dit-elle.

– Bonsoir, lui renvoya Benny.

B. M. Driscoll était en train de vérifier son permis lorsque Farley demanda :

– C'est quoi, le problème ?

– Vous êtes entré dans une voie de circulation en sortant du parking et avez obligé une voiture à piler pour vous laisser passer. C'est une infraction au Code de la route.

– Et si vous nous montriez aussi la carte grise ? ajouta Benny.

– Et merde, c'est pas ma voiture. C'est celle d'un ami, Sam Culhane. Ma voiture est chez lui, il est en train de la réparer.

Il avançait vite la main vers la boîte à gants lorsque Benny porta la sienne à son arme. Il n'y avait rien dans la boîte à gants, hormis une lampe de poche et l'ouvre-porte du garage de Sam.

– Dis-le à l'agent, Olive, lança Farley. Dis-lui que c'est la voiture de Sam.

– C'est vrai, m'sieur l'agent, dit-elle. Notre voiture, elle se fait réparer le carburateur. Sam l'a en mille morceaux sur la table comme un puzzle.

– Ça suffit, dit Farley.

Puis il se tourna vers B. M. Driscoll et ajouta :

– J'ai un portable. Vous pouvez le prendre et appeler Sam. Je vous fais le numéro. C'est pas une voiture volée, m'sieur l'agent. J'habite à dix rues d'ici, à côté du cimetière d'Hollywood.

Benny Brewster regarda son coéquipier par-dessus le toit de la voiture et dit « drogués » du bout des lèvres.

C'est alors qu'au moment où B. M. Driscoll revenait à la voiture pour passer l'immatriculation à l'ordinateur central et rédiger le PV Benny décida de faire chier les deux camés et leur lâcha :

– Et si on vous suivait jusque chez vous pour vérifier que vous êtes bien celui que dit votre permis, vous nous inviteriez à entrer ?

– Pourquoi pas ? lui renvoya Farley.

– Auriez-vous quoi que ce soit chez vous que vous n'aimeriez pas qu'on y découvre ?

– Minute, minute, dit Farley. Vous parlez de fouiller ma maison ?

– Combien de fois êtes-vous allé en taule pour possession de drogue ? demanda Benny.

– J'ai été en prison trois fois, répondit Olive. Une fois quand le mec que je connaissais m'a obligée à voler des trucs à l'étalage de chez Sears.

– Ferme ta gueule, Olive ! s'écria Farley.

Et d'ajouter à l'adresse de Benny :

– Si vous me filez pas la contredanse, je vous autorise à me fouiller, à fouiller la voiture et Olive, et à venir à la maison où je vous prouverai que tout ce que j'ai est à moi, mais y a un truc que je veux pas, c'est que vous alliez à la pêche dans mon tiroir à sous-vêtements.

– Plancher à sous-vêtements, le corrigea Olive. Farley jette toujours ses sous-vêtements par terre et moi, faut que je les ramasse.

– Olive, je te supplie de la fermer, répéta Farley.

Benny leva les yeux et vit B. M. Driscoll qui revenait avec le carnet de contredanses.

– Ah, trop tard ! lança-t-il. On dirait bien que le PV est déjà rédigé.

– M. Ramsdale a déjà été arrêté plusieurs fois pour possession de drogue et délits de vol, n'est-ce pas, monsieur Ramsdale ? dit B. M. Driscoll en regardant son grand coéquipier par-dessus le toit de la voiture.

– Des trucs de gamin, marmonna Farley en signant la contravention.

– Je ne vous colle pas de PV pour défaut de carte grise, enchaîna B. M. Driscoll, mais dites à votre ami, Samuel Culhane… à propos… où habite-t-il ?

– Dans Kingsley Street, répondit Olive. Je ne sais pas le numéro.

B. M. Driscoll adressa un signe de tête à Benny et ajouta :

– C'est bien ça.

Puis il se tourna vers Farley et conclut :

– Passez une bonne soirée, monsieur Ramsdale.

Ils étaient déjà repartis vers le stand de tacos pour y trouver du caillou dont il avait désespérément besoin lorsque Farley dit à Olive :

– Tu vois ce qui arrive quand on file un badge de flic à un nègre? C't enculé de Watusi voulait aller à la pêche chez nous.

– Peut-être qu'on aurait dû les inviter à entrer, histoire de leur montrer que t'es propriétaire et que les trucs qu'y a sur ton permis sont réglos, dit-elle. Et ç'aurait rien fait qu'ils cherchent. On a rien qu'une pipe en verre à la maison, Farley. Même que c'est pour ça qu'on est ici. On a pas de caillou à la baraque, on a rien de rien.

Farley se retourna et la dévisagea jusqu'au moment où il faillit rentrer dans l'arrière d'un pick-up devant lui.

– Inviter les flics à fouiller la maison? Et tu leur aurais fait du café, c'est ça?

– Si on en avait, oui, répondit-elle en hochant la tête. Et s'ils nous avaient pas filé le PV. C'est toujours mieux d'être sympa avec les flics. Être méchant ne rapporte que des ennuis encore pires.

– Putain de Dieu! s'écria Farley. Et après, hein? Tu leur aurais dit de te baiser tous les deux, histoire d'être sympa, c'est ça? Ben, j'espère que non, Olive. Parce que proférer des menaces terroristes, c'est un crime!

14

Budgie et Fausto furent la première équipe de nuiteux à renoncer à poursuivre la Mazda rouge. Pratiquement toutes les voitures avaient filé à l'est, vers le territoire des gangs et les quartiers moins riches où résident les trois quarts des criminels d'Hollywood, mais avec leur signalement les suspects pouvaient se trouver absolument n'importe où. On cherchait un homme, blanc, peut-être hispanique, dans les quarante-cinq ans, de taille et de poids moyens, avec des cheveux noirs. La femme qui l'accompagnait avait, elle, dans les quarante ans, était blanche, grande, bien foutue et rousse, mais (ceci d'après deux femmes qui parlaient espagnol) portait sans doute une perruque bon marché. La femme armée portait aussi des lunettes, une robe moulante en coton multicolore et des espadrilles blanches. Les deux témoins parlaient d'une « grosse poitrine ».

Ce signalement fut encore précisé au permanencier par Viktor Chernenko une demi-heure après la fusillade – toute la zone autour du distributeur avait été sécurisée et placée sous le contrôle de flics en civil. Même s'il savait que l'affaire allait être confiée à la brigade des banques de la division des Vols et Homicides, Viktor était en effet sûr et certain qu'il s'agissait du couple qui avait braqué la bijouterie.

Lorsque le rapport d'appel arriva sur l'écran de leur ordinateur embarqué, Fausto dit à Budgie :

– Ben, maintenant ils doivent s'être terrés chez eux. Le mieux qu'on puisse espérer serait de repérer la Mazda abandonnée. Ils ont dû la larguer quelque part.

D'après le rapport, il s'agissait d'une tentative de meurtre, ce qui à Hollywood pouvait dire tout ce qu'on voulait. Hollywood, c'était quand même la terre des rêves et des fantasmes. Là, on les envoyait dans une maison à deux étages très riche et très rococo de Laurel Canyon, certainement pas dans une région où les tentatives de meurtre étaient fréquentes. Qu'il n'y ait pas de code associé au rapport leur faisait penser que pour celui ou celle qui avait reçu l'appel au centre des communications il n'y avait pas urgence.

L'homme qui avait appelé se tenait sur son balcon en séquoia, sous un toit voûté. Il leur fit signe dès qu'ils se furent garés et ils commencèrent à gravir les marches de l'escalier extérieur en bois. Le crépuscule ne venant que dans une heure, ils n'eurent pas besoin d'éclairer devant eux, mais il faisait sombre à cause de toutes les fougères, palmes et autres vignes de paradis[1] qui bordaient l'escalier des deux côtés.

Fausto, qui commençait à s'essouffler, se dit que les jardiniers devaient se faire un fric fou.

– Par ici, messieurs, dit l'homme en leur ouvrant.

Âgé de soixante-dix-neuf ans, il portait un peignoir ivoire avec revers en satin et des pantoufles en cuir à monogramme. Implants capillaires auburn et moustache grise du genre balayette. Il déclara s'appeler James R. Houston, mais ajouta que ses amis l'appelaient Jim.

Tout dans la maison disait 1965 : les tapis à longues mèches, le divan à fleurs vert citron, le mobilier de salle à manger danoise moderne et là, dans un cadre en bois doré, jusqu'au portrait compliqué d'un clown comme les peignait le comédien Red Skelton.

Fausto ayant lancé: «Ce ne serait pas un Red Skelton par hasard?», et obtenu une réponse négative, Budgie demanda:

– Qui est Red Skelton?

– Un célèbre comique d'antan, lui répondit l'homme. Et un très bon peintre.

1. *Solanum wendlandii:* plante originaire du Costa Rica, à grandes fleurs bleu lilas *(NdT).*

Ce ne fut qu'après qu'ils eurent accepté le verre de citronnade qu'il tenait absolument à leur verser à l'aide d'un pichet posé sur la table de sa salle à manger que leur hôte leur lança :

– Même si je n'ai pas l'honneur de posséder un clown de Red Skelton, j'ai eu celui de travailler avec lui dans un film. En 1955, je crois. Mais je n'en jurerais pas.

Ce qui, bien sûr, laissait entendre qu'il était lui aussi acteur. Bugie Polk savait déjà qu'à la division d'Hollywood, quand un suspect ou une victime déclare être acteur, la réaction automatique du flic doit être de demander : « Et que faites-vous lorsque vous ne jouez pas ? »

Elle s'exécuta, l'homme lui répondant :

– Cela fait des années que je tâte de l'immobilier. Ma deuxième épouse possède des biens à louer dont je m'occupe. Il s'agit de Jackie Lee.

Et de se corriger en précisant :

– En fait, non, c'est ma troisième épouse. Ma première femme est décédée et ma deuxième, eh bien… (Il écarta l'affaire d'un geste et ajouta :) C'est pour ma dernière que je vous ai fait venir.

– Quelqu'un essaierait de l'assassiner ? demanda Budgie en ouvrant son classeur à rapports.

– Non, dit-il, c'est elle qui essaie de me tuer.

Soudain la main avec laquelle il tenait son verre de citronnade se mit à trembler et les glaçons à tinter à l'intérieur.

Fort de sa grande expérience hollywoodienne, Fausto reprit le contrôle des opérations :

– Et votre femme se trouverait… ?

– À San Francisco avec sa belle-sœur. Elles doivent rentrer lundi matin, ce qui explique que je me sois senti assez en sécurité pour vous faire venir. Je me disais que vous aimeriez peut-être chercher des indices comme les…

– *Les Experts*, compléta Fausto.

Depuis quelque temps il n'y en avait que pour cette série télévisée. Les vrais flics n'étaient tout simplement pas de taille.

– C'est ça même, *Les Experts*.

– Comment essaie-t-elle de vous assassiner ?

– En m'empoisonnant.

– Comment le savez-vous ? demanda Budgie.

– J'ai mal au ventre chaque fois qu'elle fait la cuisine. Même que je me suis mis à beaucoup aller au restaurant tellement j'ai peur.

– Vous n'auriez pas un élément de preuve concret ? Quelque chose que vous auriez gardé ? Comme ils font à la télé ?

– Non. Mais ça se produit à chaque coup. Il s'agit là d'une tentative d'assassinat graduelle. Ma femme est très intelligente et avertie.

– Y aurait-il d'autres éléments prouvant son désir d'homicide que vous pourriez nous présenter ? demanda Fausto.

– Oui. Elle met une substance toxique dans mes chaussures.

– Poursuivez, lança Budgie. Comment le savez-vous ?

– J'ai toujours les pieds fatigués. Et, des fois, mes semelles me font mal sans raison.

– Autre chose ? dit Fausto en jetant un coup d'œil à sa montre.

– Oui, je crois aussi qu'elle met une substance toxique dans mes chapeaux.

– Laissez-moi deviner... Vous avez des maux de tête.

– Comment le savez-vous ?

– Voici donc le problème tel que je le vois, monsieur Houston, dit Fausto. Si nous l'arrêtons, un avocat véreux supercher du genre de ceux qu'engage Michael Jackson risque d'examiner tous ces éléments de preuve et de dire : « Votre épouse est nulle en cuisine et vous portez des chaussures trop étroites, comme votre chapeau. » Vous voyez ce que je veux dire ?

– Oui, je vois, monsieur l'agent.

– Bref, je pense que vous feriez mieux de mettre tout ça de côté pour l'instant et de nous rappeler quand vous aurez plus de preuves. Bien plus de preuves.

– Pensez-vous que pour les collecter je doive risquer ma peau en mangeant ce qu'elle me prépare ?

– Mangez de la nourriture sans goût, lui répondit Fausto. Il n'est pas facile de déguiser du poison dans un plat qui n'a aucun goût. Régalez-vous de purée, de légumes, de steak et de poulet, mais pas frit, le poulet. Surtout ne cherchez pas les trucs épicés et évitez les sauces lourdes. C'est là qu'il pourrait y avoir des risques. Et achetez-vous des chaussures une demi-pointure au-dessus. Vous buvez de l'alcool au dîner ?

– Trois martinis[1], oui. C'est ma femme qui les prépare.

– Réduisez à un. Il n'est pas facile de coller du poison dans un seul martini. Et buvez-le après le repas, mais surtout pas juste avant de vous coucher. Et ne portez des chapeaux que lorsque vous sortez au soleil. À mon avis, cela devrait beaucoup troubler le complot d'assassinat, voire dénoncer la meurtrière.

– Et vous reviendrez quand nous aurons plus d'indices ?

– Absolument, dit Fausto. Avec plaisir.

Du plaisir, il n'y en avait aucun à espérer chez Farley Ramsdale. Trois heures s'étaient écoulées depuis que Cosmo et Ilya avaient poussé la voiture dans le petit garage et non, ni Farley ni Olive n'étaient revenus. À un moment donné, Cosmo crut même qu'Ilya s'était endormie, étendue comme elle était, là, sur le divan, les yeux fermés.

Mais lorsqu'il se leva pour aller voir à la fenêtre, elle lui lança :

– Écarte-toi de fenêtre. Tous flics d'Hollywood cherchent homme en chemise bleue et femme avec cheveux qu'ils sauront être perruque. Nous pouvons pas appeler taxi. Le chauffeur pensera à nous quand il entend parler du vol. Alors la police peut venir ici parler à Farley et lui saura que c'est nous et dira.

– Ta gueule, Ilya ! Je dois penser.

– Nous pouvons pas aller à un bus. Nous pouvons être vus par la police. Nous pouvons pas appeler aucun de nos amis pour demander venir nous chercher, à moins tu veux partager argent avec eux parce qu'ils sauront. Nous sommes dans piège.

– Ta gueule ! répéta Cosmo. Nous sommes pas dans piège. Nous avons l'argent. Il fait nuit maintenant.

– Comment on va à la maison, Cosmo ? Comment ?

– Peut-être la voiture démarrera maintenant.

– Je ne mettrai pas moi dans cette voiture ! s'écria Ilya. Tout

1. Cocktail de gin et de martini blanc sec *(NdT)*.

flic cherche cette voiture. Tout flic à Hollywood! Tout flic dans tout Los Angeles!

– La voiture doit rester ici, acquiesça-t-il. Nous mettons argent dans sac de commissions. Il y a sacs en papier dans la cuisine.

– Je comprends. Nous partons de cette maison parce que nous ne soucions pas d'appeler le taxi pour qu'il vient ici? Et après, on appelle de mon portable et taxi va nous rencontrer dans la rue quelque part où on se cache dans les ombres? Et on oblige taxi à nous lâcher à quelques rues de l'appartement?

– Oui. C'est exactement correct.

– Et après, Farley et Olive reviennent pour trouver une voiture dans garage et très vite quand ils allument télé, ils voient trucs sur vol et la mort du gardien et quel air a le tueur, et tu crois pas qu'ils savent que c'est nous? Et tu crois qu'ils appellent pas la police et disent: «Y a récompense pour le nom des tueurs? La voiture est ici.» Tu ne crois pas que ça va se produire, Cosmo?

Cosmo s'assit et se prit la tête dans les mains. Cela faisait trois heures qu'il réfléchissait et il n'y avait pas d'alternative. Il avait bien prévu de tuer Farley et Olive à la casse juste avant de recevoir l'argent des diamants, mais maintenant? Il devrait les tuer dès qu'ils entreraient. Mais il ne pouvait pas se risquer à faire usage d'une arme à feu.

Il rejoignit Ilya, s'agenouilla par terre à côté d'elle et lui dit:

– Ilya, les deux drogués doivent mourir quand ils rentreront. Nous n'avons pas le choix. Nous devons les tuer. Peut-être avec couteau de la cuisine. Tu dois m'aider, Ilya.

– Je ne tuerai personne d'autre avec toi, Cosmo, dit-elle en se redressant. Personne.

– Mais que devons-nous faire? la supplia-t-il.

– Dis-leur ce qu'avons fait. Associe-les. Donne leur moitié de l'argent. Force-les à nous aider à pousser putain de voiture dehors et on la laisse ou fout le feu à elle. Après, ils nous conduisent chez nous. C'est ce que nous faisons, Cosmo. Nous ne tuons personne d'autre.

– S'il te plaît, Ilya! Pense!

– Si tu essaies de tuer Farley et Olive, tu devras me tuer,

moi. Tu peux pas nous poignarder tous, Cosmo. Je t'abats si je peux.

Sur quoi, elle sortit le pistolet de son sac, se leva, traversa la pièce pour rejoindre le fauteuil télé à moitié effondré et s'y assit, l'arme posée sur les genoux.

– S'il te plaît, ne raconte pas bêtises ! Je dois appeler Dmitri. Mais pas maintenant. Pas aujourd'hui. Je ne parle pas encore à Dmitri. Nous devons voir quoi c'est quoi avant je l'appelle.

– Nous serons pris, dit-elle. Ou tués.

– Ilya, dit-il en la regardant. Faisons l'amour, Ilya. Tu te sentiras beaucoup mieux si nous faisons l'amour.

– Ne viens pas près de moi ou ce sera fini ici : avec flingues, Cosmo, et tu peux pas tirer avec flingues dans cette rue tranquille. Ou peut-être tu veux poignarder tous les voisins aussi ?

Budgie et Fausto avaient repris la patrouille et cherchaient quelque chose à faire lorsque Budgie lança :

– Allons faire un tour au Pablo's Taços, histoire de fouiller un ou deux camés. Peut-être qu'on trouvera du caillou. Ça serait pas mal d'avoir une arrestation dans notre bilan.

– D'accord, dit Fausto en prenant à l'est dans le boulevard. Mais quoi que tu fasses, ne commande surtout pas de tacos dans ce boui-boui. T'as entendu parler du drogué qui se mettait du cristal dans le cul et voulait nous faire croire que c'était son pote qui l'y forçait ? Eh ben, des fois, c'est lui qui y fait la cuisine.

Farley était absolument livide et Olive commençait à avoir mal à l'estomac tellement elle était stressée.

– Y a pas un ou deux putains de *teeners* dans c'te bordel de ville ? s'écria Farley pour la dixième fois.

– Je t'en prie, Farley, dit-elle, tu vas te rendre malade.

– J'ai besoin de caillou. Putain, Olive, ça fait des heures qu'on tourne en rond pour rien !

– On devrait peut-être réessayer la boutique de doughnuts.

– On a déjà essayé deux fois ! On a essayé tous les endroits possibles. Tu vois un endroit qu'on n'aurait pas essayé ?

– Non, Farley, dit-elle, je vois pas.

Farley se redressa, regarda à droite et vit la 6-X-76 se garer dans le parking. Une grande blonde en descendit, avec un vieux flic, un Mexicain, y avait des chances, se dit Farley, ou alors un Salvadorien et c'était encore pire.

– Olive, lança-t-il en se détournant, dis-moi que ces deux flics vont pas nous serrer. Pas deux fois dans la même soirée, putain de Dieu !

– Ils nous regardent, fit-elle.

Puis il l'entendit leur lancer un joyeux « Bonsoir, m'sieur-dame ! ».

Farley posa les deux mains sur le volant pour que les flics ne s'énervent pas au point de lui cramer la tête.

– On attend quelqu'un ? lui demanda la femme flic.

– Elle est actrice, répondit-il en lui montrant Olive du doigt. Elle attend qu'on la découvre.

Il n'en fallut pas plus.

– Sortez de la voiture.

La chose lui étant déjà arrivée des dizaines de fois, Farley garda les mains bien en vue sur le volant lorsque Fausto ouvrit la portière côté chauffeur. Puis il descendit de la voiture en hochant la tête et en se demandant pourquoi, bon sang, pourquoi tout ça lui arrivait.

– On aurait une pièce d'identité ? demanda Fausto après l'avoir palpé.

Quand Olive descendit de voiture, Budgie regarda son torse maigrichon sous son T-shirt court et découvrit son ventre creux et ses hanches osseuses. Olive portait un jean taille enfant. Budgie lui palpa sommairement les poches pour voir si elle n'aurait pas du cristal, puis elle braqua le faisceau de sa lampe torche sur l'intérieur de ses avant-bras, mais non : Olive ne pratiquait que rarement la piquouze et n'avait pas de marques.

– Lâche-moi un peu, *amigo*, dit Farley à Fausto. Des *compadres* à toi nous ont déjà interpellés tout à l'heure. Ils nous ont passés à l'ordinateur, nous et la voiture, et m'ont collé une contredanse, bordel ! Je peux ouvrir la boîte à gants et te le prouver ?

– Non, tu bouges pas... *amigo*, lui renvoya Fausto en appuyant sur le sarcasme.

Et d'ajouter à l'adresse de sa collègue :

– Budgie, tu veux bien regarder dans la boîte à gants, voir s'il y aurait pas un PV ?

Elle ouvrit la boîte à gants et y récupéra la contredanse.

– C'est B. M. Driscoll qui l'a écrite juste après l'appel. À côté du cybercafé.

Fausto fit remarquer à Farley :

– Je parie que t'as jamais réfléchi au fait que si tu te fais gauler par des tas et des tas de flics, c'est peut-être parce que tu traînes dans des endroits où les drogués cherchent du cristal. Ça s'est jamais inscrit sur ton écran d'ordinateur, cette idée-là… *amigo* ?

Farley se dit qu'il valait peut-être mieux laisser tomber l'espagnol qui ne marchait vraiment pas avec cet enfoiré et tenta une autre approche :

– Je vous en prie, madame l'agent, allez-y donc, dit-il à Budgie. Même pas besoin de demander, fouillez donc ma voiture.

– D'accord, dit-elle, et elle le fit.

– Oui, j'ai un casier pour vol simple et possession de cristal, dit-il pendant qu'elle cherchait. Non, je n'ai pas de drogue sur moi. Si vous voulez, je peux enlever mes chaussures. Même que si c'était pas ici qu'on était, j'enlèverais mon pantalon, bordel. Je suis trop fatigué pour vous faire entendre raison. Faites ce que vous avez à faire et laissez-moi rentrer chez moi.

– On a même dit à vos collègues qu'ils pouvaient venir chez nous, renchérit Olive qui voulait aider. Ça nous est égal que vous fouilliez la maison. Vous pouvez faire une exposition de pêche, on s'en moque.

– Olive, dit Farley, je t'en supplie, ferme ta grande gueule.

– C'est vrai, ça ? demanda Budgie. Vous êtes tellement nickel que vous êtes prêts à nous conduire chez vous et nous laisser fouiller partout sans problème ?

Et d'ajouter à l'adresse de Fausto :

– Qu'est-ce que t'en dis, collègue ?

– C'est vraiment ça que vous feriez ? demanda Fausto à Farley en rédigeant vite une fiche d'interpellation. Vous nous conduiriez à votre appart ? Vous êtes si nickel que ça ?

– Man, au point où on en est, je serais presque tenté de dire oui. Laissez-moi me coucher et vous pouvez tout foutre en l'air dans la baraque ! Et si vous trouvez de la drogue, ça voudrait dire qu'Olive a un petit ami que je connais pas et qui la fournit. Même que si elle pouvait se trouver un petit ami, ça voudrait dire que les miracles, ça existe et qu'un jour je gagnerai peut-être à la loterie. Et si jamais ça arrivait, je déménagerais de cette ville de merde, loin de vous autres, parce que tu me tues, mec, tu me tues !

Fausto vit l'angoisse et la sueur froide sur le visage de Farley Ramsdale et lui rendit son permis de conduire en disant :

– Tu ferais bien de partir en désintox tout de suite, mec. Le bus que t'as pris est à l'avant-dernier arrêt. Après, y a plus que le terminus-tout-le-monde-descend.

Fausto et Budgie avaient réintégré la voiture de patrouille lorsque Budgie déclara :

– Je suis tentée d'aller voir à l'adresse qu'ils nous ont donnée.

– Pour quoi faire ? demanda-t-il.

– Ce mec devait absolument trouver du caillou. Ou bien ils arrivent à en fumer et à se défoncer à mort, ou bien il est bon pour la camisole de force. Il est à deux doigts de perdre complètement la boule.

Ilya s'était remise debout et fumait en faisant les cent pas. C'était Cosmo qui s'était allongé sur le divan tellement il était épuisé de se disputer avec elle.

– Combien temps on reste ici ? demanda-t-il d'un ton léthargique.

– Presque six heures. On peut pas attendre plus longtemps. On doit y aller.

– Sans notre argent, Ilya ?

– T'as effacé toutes les preuves dans la voiture, Cosmo ?

– Je te dis oui, OK ? Maintenant, s'il te plaît, ta gueule.

– T'as vidé le plateau à cigarettes dans la voiture ? Ça, c'est preuve.

– Oui.

– Sorti boîte à fric de la voiture ?

– Tu as idée, Ilya ? Merveilleux. T'aimes pas les miennes. Comme qu'on doit tuer les drogués.

– Ta gueule, Cosmo. Tu mettras boîte à fric sous cette maison. Trouver petite porte qui va sous maison. Mettre la boîte là[1].

Elle commençait à vider les cendriers dans un sac en papier de la cuisine lorsqu'il demanda :

– Ilya, la voiture ? Elle peut pas voyager. Tu penses à quoi ?

– Nous la laissons.

– Ici ? Ilya, tu es folle personne ! Farley et Olive…

Elle avait pris le commandement des opérations, elle l'interrompit :

– Tu as sorti trucs du garage ?

– Oui, un vélo et des boîtes. Putain de garage, plein de merdes. Presque pas place pour enfoirée voiture.

– Comme je pensais, dit-elle. Remettre toutes merdes dedans.

– À quoi tu penses, Ilya ?

– C'est des camés, Cosmo. Regarde cette maison. Cochonneries partout. Merdes partout. Ils garent pas voiture dans le garage. Ils vont dans garage presque jamais. La voiture reste quelques jours. Ils le sauront même pas.

– Et nous ?

– Prends une chemise à Farley. Regarde dans la chambre à coucher. Je vais enlever ma perruque et nous ferons quelques rues à pied jusqu'à borne taxis. C'est un peu sûr maintenant. Après, nous rentrons à la maison.

– D'accord, Ilya, dit-il. Mais tu dors dessus cette idée cette nuit : les drogués doivent mourir. Nous avons pas d'autre chemin à prendre. Tu dois voir ça vite.

– Je dois penser, lui renvoya-t-elle. Maintenant on va. Se dépêche.

Lorsqu'il quitta la chambre et revint dans la salle de séjour, Cosmo portait une chemise à manches longues bien crasseuse par-dessus son T-shirt.

– Espère que t'es contente maintenant, Ilya, dit-il. Avant

1. Beaucoup de maisons américaines comportent un espace entre le rez-de-chaussée et le sous-sol *(NdT)*.

qu'on rentre à la maison, je serai mordu cent fois par minuscules créatures qui rampent dans habits de Farley.

Les flics les avaient laissés dans le parking du Pablo's Tacos lorsque Farley déclara :

– Olive, je crois qu'il va falloir revenir à la maison et prendre le taureau par les cornes. C'est pas ce soir qu'on va trouver de la came.

– Y a presque un litre de vodka, dit-elle. J'y mélangerai des paquets de punch et tu pourras boire tout ce que tu voudras.

– OK, dit-il. Ça devrait me tenir la nuit. Faudra bien.

– J'espère seulement que ça te fera pas vomir. T'es tellement maigre et t'as l'air tellement fatigué que…

– Ça le fera pas.

– Et je te ferai quelque chose de délicieux à manger.

– Ça, ça me fera dégueuler.

Quand ils arrivèrent à la maison de Farley, ce dernier était presque trop fatigué pour pouvoir monter l'escalier. Enfin il y parvint et ils entrèrent, Olive disant aussitôt :

– Farley, ça sent la cigarette.

– Normal, dit-il en se jetant sur le divan et attrapant la télécommande de la télé. On fume du cristal au cas où t'aurais oublié. Chaque fois qu'on en a la chance, ce qui n'est pas assez souvent depuis quelque temps.

– Oui, mais ça sent la vieille cigarette. Tu remarques pas ?

– J'suis tellement crevé que j'sentirais pas la fumée si tu te faisais cramer. Ce qui ne serait pas une mauvaise idée.

– Ça ira mieux quand t'auras mangé. Qu'est-ce que tu dirais d'un sandwich au fromage grillé ?

La dispatcheuse avait décidé de rigoler un peu avec l'appel demandant à la 6-X-32 de passer au Chinese Theater de Grauman. Elle en fit une urgence.

Le Bris et le Débris n'en crurent pas leurs oreilles lorsque après le bip électronique ils entendirent :

– À la voiture 6-rayon X-32 et toutes les unités : voir femme dans Hollywood Boulevard, à l'ouest d'Highland. Agression en cours. Batman contre Spiderman. Batman vu pour la dernière fois en train d'entrer dans le Kodak Center. Personne qui a lancé appel est Marilyn Monroe. 6-X-32, code 3.

Lorsqu'ils arrivèrent sur les lieux, Marilyn Monroe leur faisait des grands signes dans la cour du Chinese Theater, les touristes prenant des photos à tour de bras. B. M. Driscoll et Benny Brewster passèrent juste derrière eux.

– C'est laquelle de Marilyn, à ton avis ? demanda le Débris qui avait pris le volant. Y en a une qu'est super-sexy, frangin. Tu vois celle que je veux dire ?

– C'est pas celle-là.

Leur Marilyn avait pris l'illustrissime pose de la fille au-dessus de la bouche d'aération, sauf qu'il n'y avait aucun air pour lui soulever la robe. Elle avait celle qu'il fallait et sa perruque de prix était parfaite. Jusqu'à son sourire timide mais sensuel qui tapait juste. Le seul problème était qu'elle faisait un mètre quatre-vingt-douze et n'était pas une femme.

Premier à descendre de la voiture, le Bris vit Spiderman assis sur le trottoir et s'aperçut qu'il se tenait la tête et se frottait la mâchoire. Le Débris s'approcha de lui et eut droit à tous les détails, dont, bien sûr, le récit d'une guerre de territoire entre deux détrousseurs de touristes.

Pendant que le Bris parlait à Marilyn Monroe, un touriste les supplia de se pousser vers la gauche de la scène afin d'avoir le Grauman en arrière-plan. Marilyn ne se fit pas prier. Après un instant d'hésitation, pendant lequel plusieurs touristes l'asticotèrent parce qu'il ne se montrait vraiment pas sympa, le Bris finit par la rejoindre et se taper une bonne centaine de flashs fusant de tous les côtés.

– C'était horrible, m'sieur l'agent, dit enfin Marilyn. Batman a frappé Spiderman avec une lampe torche et sans aucune raison. Un vrai porc, ce Batman. Spiderman, lui, c'est un amour et depuis toujours. J'espère bien que vous allez me trouver ce rat en cape et me le coller au trou !

Des applaudissements nourris se faisant entendre à cet instant, Marilyn Monroe y alla d'un sourire qu'on ne saurait qualifier que d'« aveuglant de blancheur ».

Le Bris essayait d'obtenir d'autres renseignements de Marilyn Monroe lorsqu'il se retrouva entouré par les trois Elvis. Ils ne travaillaient ensemble que les grands vendredis soir – et c'en était un –, et voyant le remue-ménage, ils n'avaient pas voulu laisser passer l'occasion du super-coup de pub. Ils ne furent pas déçus. Le premier van des actualités télévisées à avoir entendu l'appel passé à la police lâcha un cameraman et un reporter au coin d'Hollywood Boulevard et d'Highland pile au moment où les Elvis se rassemblaient.

Tous les trois s'étaient mis à parler au Bris en même temps: Elvis le Maigre, Elvis le Gros et Elvis le Puant, celui aux taches jaunes sous les aisselles de son costume couleur ice-cream, celui qui obligeait les touristes à ne plus respirer quand il les serrait dans ses bras pour la photo.

– Batman ne déjeunera plus jamais dans cette ville! s'écria Elvis le Maigre.

– Spiderman est le meilleur! jura Elvis le Gros.

– Je suis témoin de l'attaque vicieuse lancée par le croisé en cape! lança Elvis le Puant à la foule et oui, il sentait si mauvais que le Bris dut reculer de quelques pas.

Le Bris demanda à B. M. Driscoll d'aller voir au Kodak Center et quand celui-ci lui demanda: «À quoi il ressemble?», il répondit:

– T'as qu'à attraper le premier type en cape suspendu la tête en bas. Si c'est le comte Dracula, t'auras qu'à t'excuser.

Les nuiteux ne savaient pas qu'il y avait une équipe en plongée au milieu de la foule: on avait pris le look touriste avec sac à dos et appareils photo. Les flics de l'université de Californie avaient arrêté Elmo Chatouille-Moi pour avoir agressé une touriste qui refusait de lui régler ses 3 dollars après l'avoir pris en photo.

Elmo l'avait attrapée par le bras, lui avait soufflé: «Va te faire enculer, salope!», lorsque boum, les flics l'avaient plaqué contre le mur du Kodak Center et lui avaient ôté sa tête, à l'intérieur de laquelle ils avaient trouvé plus de deux cents billets d'un dollar et un gramme de cocaïne.

Du coup, les touristes s'étaient tournés vers Elmo pour le

prendre en photo, alors que le cameraman des actualités se concentrait toujours sur Marilyn. C'est à ce moment que Benny Brewster lança au Bris :

– Hé, mec, Elmo avait de la came dans la tête !

Ce qu'entendant, l'équipe des actualités pointa ses caméras sur Elmo, qui hurla qu'il n'avait pas de drogue dans le crâne lorsqu'il avait enfilé son costume, laissant ainsi entendre qu'il était victime d'un coup monté de la police.

Le Débris décida d'aider les autres à chercher dans le Kodak Center, où au bout de quelques minutes Batman fut enfin repéré. La course-poursuite fut brève : Batman avait le ventre qui lui pendait par-dessus la ceinture à outils et ne faisait guère que se traîner devant le Kodak Theatre lorsque le Débris lui sauta dessus par-derrière. Pendant une minute ou deux, le Débris eut peur que le Batman épuisé lui fasse un arrêt cardiaque après avoir été fouillé et menotté.

– Comment tu fais la respiration artificielle à travers un masque de chauve-souris et un massage cardiaque à travers un plastron de cuirasse ? demanda-t-il à B. M. Driscoll.

Lorsque enfin il ressortit de la cour du Grauman avec son prisonnier menotté et la mine désespérée, les foules affluèrent, les flashs crépitèrent et la minette des actualités se rua sur lui pour lui demander :

– Alors, monsieur l'agent, avez-vous eu du mal à rattraper Batman ? La poursuite a-t-elle été excitante ?

Le flic surfeur prit une pose semi-héroïque pour la caméra et lança :

– Petit braquet.

Après quoi, il conduisit rapidement Batman à la voiture de patrouille et le colla sur la banquette arrière.

Mais la minette était une journaliste qui ne lâchait pas le morceau et en était fière. Elle se dépêcha de suivre le Débris jusqu'à la voiture de police et, là, mit un point d'honneur à tendre son micro à un des types de son équipe pour donner l'impression d'affronter le flic les mains vides.

– Petit... braquet ? lui lança-t-elle en haussant ses sourcils parfaitement soulignés, se passant la langue sur les lèvres et lui adressant un sourire qui fit aussitôt piler le surfeur. Vous pourriez nous traduire ce terme ? Strictement entre nous ?

Le Débris resta bouche bée devant son décolleté. Et putain, voilà qu'elle se passait à nouveau la langue sur les lèvres ! Il regarda son équipe de tournage – ils avaient reculé de quelques pas et ne pouvaient même pas voir son visage –, se pencha en avant et, la bouche à l'oreille de la minette, lui susurra :

– Ça veut seulement dire que sans sa Batmobile, il a pas grand-chose de génial dans le slip.

Sur quoi, il lui adressa un sourire insouciant, pivota sur les talons, bondit dans la voiture et se cala derrière le volant. Et fut plus que chatouillé de voir la minette ordonner à son équipe de filmer la 6-X-32 qui filait au loin.

Ce qu'il ne vit pas fut ladite minette en train de tripoter le petit micro qu'elle avait caché dans le col de sa veste. Et de lancer au perchman un sourire triomphant deux fois plus sexy que celui auquel il avait eu droit.

Aux nouvelles de la nuit, le producteur fit disparaître « dans le slip », mais, vu le contexte, les téléspectateurs comprirent parfaitement ce qui s'était dit. Et virent la minette apparaître à l'image, cette fois juste devant le Chinese Theater.

Et lâcher avec son sourire hollywoodien plein d'impertinence :

– Et voici votre intrépide reporter qui vous parle d'Hollywood Boulevard, où même les super-héros doivent s'incliner devant les membres du LAPD qui, eux, ne font pas... dans le petit braquet.

Le chef de patrouille prévint le Débris qu'il aurait probablement encore droit à un avertissement officiel, voire à une petite mise à pied pour la façon dont il avait réagi à l'« interview ».

Cosmo ne se réveilla qu'à 1 heure de l'après-midi, le lendemain. L'odeur du thé qu'avait préparé Ilya le faisant émerger, il commença par être pris de panique. Et si elle était retournée prendre l'argent ? Puis il l'entendit faire la vaisselle et gagna la salle de bains pour se doucher.

Lorsqu'il entra dans la cuisine, elle était assise à la table et fumait une cigarette en buvant du thé brûlant. Elle lui en avait versé un verre et l'attendait. Ni l'un ni l'autre ne parlèrent jusqu'à ce qu'il ait bu un peu et allumé une cigarette à son tour, mais alors il lui demanda :

– Depuis combien de temps t'es réveillée ?

– Trois heures. Je pense beaucoup de pensées.

– Et quelle est la nouvelle idée ?

– Combien Dmitri va donner pour les diamants ?

– 20 000 dollars, répondit-il en mentant.

– OK, dit-elle. Donne-lui les diamants. Gratuit. On garde l'argent.

– Tout ?

– Non, on partage avec Olive et Farley. On fait meilleure affaire possible. Et on quitte Los Angeles. Va à San Francisco. Recommence à zéro. Sans flingues. Sans morts.

– Ilya, Dmitri sait combien d'argent on a. Tu n'allumes pas télé et entends parler ?

– Non. Je n'ai pas souhait d'entendre plus.

– Les nouvelles disent combien on a. Dmitri voudra moitié.

– On peut quitter Los Angeles avec presque 50 000 dollars, même si Farley prend moitié. On peut pas donner aucun argent à Dmitri. On lui donne diamants.

– C'est pas assez. Il nous tuera, Ilya. Je sais qu'il est colère maintenant parce que j'ai pas appelé. Je sais très en colère.

– On quitte Los Angeles.

– Il nous trouvera et nous tuera à San Francisco.

– On prend risque.

– Tu crois qu'Olive et Farley diront pas à la police après qu'on leur donne de l'argent ?

– Non. Il leur faut drogue. Il leur faut argent pour drogue. Après ils prennent l'argent, ils sont, comment on dit ? Complices dans crime. Ils peuvent rien dire à police. On attendra deux, peut-être trois jours. Je te dis les drogués ne sauront pas que la Mazda est dans le garage. Et sous la maison ils iront jamais de la vie. On est OK pour deux-trois jours. On se cache ici.

– Ilya, on peut garder moitié argent et donner autre moitié à Dmitri, lança-t-il.

Il faillit bien dire toute la vérité sur le marché conclu pour les diamants lorsqu'il précisa :

– Je pense pouvoir marchander encore avec Dmitri. Je pense dire à lui il me faut 35 000 pour diamants. Donc, on aura presque 85 000 et on reste à Los Angeles. Tout ça si tu permets que je tue les camés. Je sais comment. T'auras besoin de faire rien.

Il en avait terminé, mais décida d'ajouter le post-scriptum suivant :

– Je te supplie, Ilya. Tu aimes la vie ici. Tu aimes beaucoup la vie à Hollywood. Suis-je correct ?

Elle avait le mascara qui coulait lorsqu'elle se leva et alla chercher la théière sur la cuisinière. Elle s'arrêta, resta longtemps immobile avant de répondre en lui tournant le dos :

– D'accord, Cosmo. Tue-les. Et n'en parle jamais plus jamais. Jamais !

15

La partie sud-est de la division d'Hollywood, près de Santa Monica Boulevard et de Western Avenue, était le territoire des gangs latinos, y compris ceux de la 18ᵉ Rue et les Salvadoriens de l'énorme MS-13. Le White Fence[1], un des plus anciens gangs mexicains, se manifestait près du croisement d'Hollywood Boulevard et de Western Avenue, la mafia mexicaine, alias MM ou « El Emme », n'y opérant que de temps en temps, ce qui ne l'empêchait pas d'être l'organisation la plus puissante de toutes et de pouvoir donner la mort de l'intérieur même des prisons d'État. Très peu de Noirs y habitant, il n'y avait pas de gangs noirs du genre Crips ou Bloods de South Central ou de Southeast L. A. dans le secteur d'Hollywood.

Wesley Drubb, qu'on avait autorisé à enrichir son expérience en le prêtant deux nuits à l'équipe 6-G-1 – une unité de la division d'Hollywood spécialisée dans la lutte antigang –, était tout imprégné de ce qui lui semblait être un savoir très excitant. Mais là, alors qu'il longeait le Country Club de Wilshire dans Rossmore Avenue, ses bavardages sur les gangs sonnaient ridiculement hors de propos et passablement agaçants aux oreilles d'Hollywood Nate.

– D'après le département des prisons de Californie, l'El Emme aurait presque deux cents types dans la machine carcérale, dit-il.

– Sans blague ! lui renvoya Nate qui contemplait les luxueux

1. Soit le Rempart blanc *(NdT)*.

immeubles locatifs et autres appartements en copropriété qui bordaient sa rue préférée.

– En général, on les reconnaît à la main noire et au M qu'ils se font tatouer dans la paume. À la prison de haute sécurité de Pelican Bay, un membre de la MM avait 60 000 dollars sur un compte lorsque les autorités l'ont gelé. Il menait ses affaires de l'intérieur même de la prison la plus sévère de l'État !

– Tu m'en diras tant, marmonna Nate en imaginant Clark Gable en cravate noire et Carole Lombard en veste de zibeline en train de sourire au portier alors qu'ils partaient faire la foire en ville… au Coconut Grove, peut-être même.

Sur quoi il retailla son fantasme pour y mettre Spencer Tracy et Katharine Hepburn, bien qu'il sache parfaitement que ni l'un ni l'autre n'avaient vécu dans cette rue. Mais… et alors ? C'était son fantasme.

– On a vu ces mecs ordonner des meurtres du fond même de leurs cellules. T'es « dans le chapeau » ou t'as eu le « feu vert » signifie qu'on t'a pris pour cible.

– Bizarre, dit Nate. Au cinéma, dans le langage des affaires, « avoir le feu vert », ça veut dire que t'as le droit de faire le film. À Hollywood, ça veut donc dire que t'es vivant. Alors qu'en prison ça veut dire que t'es mort. Super-bizarre.

– On m'a dit qu'à Hollywood, des fois, on tombe sur des gangsters du Sud-Est asiatique, des mecs des Tiny Oriental Crips et des Oriental Boy Soldiers. Ça t'est déjà arrivé ?

– Je crois pas, non, répondit Nate. Je suis bien plus souvent tombé sur des Asiatiques tellement chatouilleux sur le droit et sensibles à l'insulte qu'ils te planteraient un hachoir dans le cou si jamais tu les traitais d'« Orientaux ».

– Moi, le gang asiatique dont je préfère le nom est le Tiny Magicians Club, alias le TMC.

– Putain de Dieu ! s'écria Nate. TMC, c'est les initiales du The Movie Channel ! Y a donc plus rien de sacré, bordel ?!

– J'avais déjà entendu parler de certaines ordonnances du tribunal visant à contenir les membres des gangs, mais tu savais qu'ils exigent qu'on leur serve d'énormes documents juridiques avec tous les termes de l'ordonnance bien détaillés ? Et que se réunir à deux ou trois membres de gang peut constituer une infraction, comme tiens… posséder et utiliser un portable. Dis, tu le savais ?

– Si tu veux savoir, pour moi, que tout être de sexe féminin détenteur d'un portable puisse même seulement tenter de piloter un véhicule à moteur devrait être un délit.

– La prochaine fois, j'arriverai peut-être à examiner des tatouages et à demander à des mecs de l'équipe de me raconter leurs guerres des gangs, dit Wesley.

– J'aurais affaire à un « rat de l'antigang en puissance » ? demanda Nate en bâillant. Tu vas demander ton transfert ? Disons à la 77e Rue ou dans le Southeast, où les mecs gardent des lance-roquettes chez eux pour assurer leur protection personnelle ?

– Quand on m'a envoyé à Hollywood, j'ai entendu dire que c'était une bonne division côté petits délits. Faut croire que j'ai envie de passer dans une division où y a du crime. On m'a raconté qu'avant le décret du consentement l'unité CRASH[1] de la division Rampart avait un panneau qui déclarait : « Nous terrorisons ceux qui terrorisent les autres. » T'imagines un peu comment ça devait être de bosser à l'antigang avec eux ?

Nate le regarda comme il aurait regardé une tasse de kawa chez Dunkin' Donuts ou un petit gâteau Ding Dong de la marque Hostess et lui lança :

– Wesley, l'époque où c'était rock'n'roll de bosser au LAPD est révolue. Et elle ne reviendra pas.

– Je pensais seulement qu'un endroit du genre Southeast Division doit présenter plus de… défis.

– Eh ben, vas-y ! lui renvoya Nate. Amuse-toi un peu à traîner du côté des labos clandestins et à crier : « Police ! » T'entendras tout le quartier tirer la chasse d'eau ! C'est ça la rigolade flic chez les racailles ! Parce que voir des mecs plastronner avec leurs identifiants de gangs serait mieux que tous les événements tapis rouge où y a du nichon d'Hollywood Boulevard à l'infini, c'est ça ?

1. Community Resources Against Street Hoodlums Unit : unité spécialisée dans la lutte contre les gangs des rues *(NdT)*.

Wesley Drubb avait effectivement envie de travailler sur les territoires des gangs, ou n'importe où ailleurs pourvu qu'il y ait de l'action. Avoir Nate qui le rasait à mort en le tenant à l'écart de toutes les vilaines ou presque vilaines rues d'Hollywood et en lui racontant d'interminables histoires sur le passé de la ville le rendait de plus en plus nerveux et irritable. Le territoire des gangs était là, et lui, c'était ici qu'il était. À faire du tourisme!

Enfin calmé, Wesley se mâchonna un ongle en conduisant.

– Dis donc, collègue, reprit Nate qui avait fini par le remarquer, t'as l'air bien stressé… T'aurais pas des problèmes de femme? Parce que là, je suis un expert, moi.

Wesley était encore trop proche de sa période de formation pour lui répondre: «Tu me rases un max, Nate! Tu me tues avec tes virées dans l'histoire du cinéma!»

Il dit donc seulement:

– Nate, on pourrait pas patrouiller autour du country club? Ici, c'est le secteur de Wilshire. Et nous, on travaille dans celui d'Hollywood.

– Arrête de dire «secteur»! «Division», ça fait plus flic. Je supporte pas ces nouveaux termes qu'on a pour tout.

– Bon, d'accord, à la division d'Hollywood. Mais là, on en est sortis. C'est dans la division Wilshire qu'on est.

– On en est à deux ou trois rues, tu parles d'une affaire! Regarde un peu tout autour. C'est pas superbe?

C'était de Rossmore Avenue qu'il lui parlait, d'une avenue où les élégants immeubles de location et les appartements de prix en copropriété portent des noms tels que «The Rossmore», «El Royale», «The Marlowe», «Country Club Manor», se trouvent à deux pas d'un golf très privé et ont été construits dans les styles français, espagnol et Art déco de l'âge d'or d'Hollywood.

Voyant que Wesley manquait d'enthousiasme pour l'architecture locale, Nate insista:

– T'aurais pas envie d'aller patrouiller du côté de l'Église de scientologie du Celebrity Center? On pourrait y voir John Travolta. Sauf qu'on a pas le droit de faire chier leurs paroissiens sous peine de se faire engueuler par leurs milices fascistes. Tu sais qu'une fois ils sont même allés jusqu'à porter plainte contre notre hélico ? Ils voulaient nous interdire l'espace aérien audessus de leur QG !

– À vrai dire, non, je ne m'intéresse pas trop à la scientologie ou à John Travolta.

– On se croirait en Europe, reprit Nate alors que le soleil couchant illuminait l'entrée d'El Royale. Tu pourrais presque voir Mae West sortir de cette porte en se pavanant avec un bel acteur au bras et gagner une limousine garée dans la rue.

« Mae West ». Tel était le nom que le père de Wesley Drubb donnait aux gilets de sauvetage du yacht de vingt-cinq mètres de long qu'il avait eu jadis et amarrait dans la marina. Wesley ignorait que ces gilets avaient reçu le nom de quelqu'un, mais dit quand même :

– Mae West, c'est bien ça.

– Un de ces jours, moi, j'habiterai dans un de ces immeubles, dit Nate. Le country club du coin interdisait son accès aux Juifs. Et aux acteurs. À quoi, je l'ai entendu dire, Randolph Scott répondit un jour : « Je ne suis pas acteur et j'ai une centaine de films pour le prouver. » Sauf qu'après j'ai entendu dire que c'était Victor Mature qui l'avait dit. Jusqu'à John Wayne, qui jouait à peine au golf. Mais peu importe qui l'a dit : c'est une bonne histoire d'Hollywood.

Wesley, qui n'avait jamais entendu parler des deux premiers acteurs-golfeurs, commençait à avoir des raideurs dans le cou et les muscles de la mâchoire. Il grinça même des dents et ne se détendit que lorsque Nate poussa un soupir et lui dit :

– Bon, d'accord, allons chercher un grand vilain à foutre en taule.

Enfin, enfin, et ce lui fut un énorme soulagement, Wesley Drubb avait le droit de quitter l'Hollywood de la péloche pour gagner celui de la pétoche.

Le soir tombait lorsqu'ils longèrent le Gay and Lesbian Center.

– C'est là qu'ils peuvent se déboutonner. Jusqu'en bas, dit Nate. À Hollywood, tout le monde a un endroit où rêver. Je vois vraiment pas pourquoi t'arrives pas à te satisfaire.

Quelques minutes plus tard – ils étaient dans Santa Monica Boulevard – Wesley lança :

– Regarde un peu comment marche ce type. On le serre.

Nate lorgna de l'autre côté de la rue et découvrit un mec d'une quarantaine d'années. Tout pâle et tout maigre, il portait un jean et un pull à manches longues et col roulé, et marchait sur le trottoir, les mains dans les poches.

– Qu'est-ce que tu vois que je vois pas ?

– Je te parie qu'il est en cavale de liberté conditionnelle. Il marche comme dans une cour de prison.

– T'en as appris des trucs avec l'antigang ! s'exclama Nate. Même que ça pourrait être utile, mais que je l'ai pas encore remarqué.

– Les contrôleurs ont pris quelques mois de retard côté inscription des avis de recherche dans leurs ordinateurs, mais on pourrait quand même l'interpeller, non ? Même s'il a rien aux fesses, peut-être qu'il a de la came.

– Peut-être aussi qu'il drague, lui renvoya Nate. C'est dans Santa Monica Boulevard qu'on est, le paradis des amours mecs et du voyou homo. Peut-être qu'il cherche un type comme celui qu'il a laissé en prison. Un mec avec une nana à poil tatouée dans le dos et un trou du cul grand comme une bouche de métro.

– On peut le contrôler ?

– Oui, vas-y, défoule-toi !

Wesley arrêtant la voiture à quelques mètres du type, les deux flics en descendirent et braquèrent le faisceau de leurs lampes torches sur lui.

Il avait l'habitude. Il s'immobilisa et sortit les mains de ses poches. Avec un type comme lui, les préliminaires étaient légers et lorsque Wesley lui demanda : « Des papiers d'identité ? », il leur décocha un regard de reddition plein de rancune et, sans qu'on lui demande rien, retroussa ses manches pour leur montrer ses avant-bras couverts de tatouages de prison par-dessus d'anciennes cicatrices.

– Je ne consomme plus, dit-il.

Nate rapprocha le faisceau de sa lampe de son visage et lui dit :

– T'as l'œil fatigué, frangin.

– Je bois comme un trou, lui répondit l'ex-taulard, mais je me shoote plus. J'en avais marre de me faire arrêter pour la came. J'étais toujours pété et j'arrêtais pas de me faire gauler. Comme qui dirait que j'étais condamné à faire deux ou trois semaines de taule à perpète.

Wesley fit un rapport d'interpellation sur le type dont les papiers affirmaient qu'il s'appelait Brian Allen Wilkie. Puis il passa le renseignement à l'ordinateur embarqué, qui lui débita un plein casier de condamnations pour détention et usage de drogue, mais ne lui signala aucun mandat d'amener ou autre.

– Où tu vas ? lui demanda Nate avant de le relâcher.

– Me prendre un taco chez Pablo's.

– C'est plein de drogués. Ne me dis pas que tu fumes de l'ice[1] au lieu de te shooter à l'héro !

– Un jour à la fois, dit Brian Wilkie. Je voudrais pas que mon contrôleur le sache, mais j'ai réduit à de la bibine et à un peu de méth de temps en temps. C'est déjà mieux, non ?

– Je crois pas que ce soit ce que les mecs d'Alcooliques anonymes entendent par « un jour à la fois », mec. Redescends sur terre.

Quelques minutes plus tard, en passant devant Pablo's Tacos, ils aperçurent une vieille voiture garée devant et deux drogués maigrichons en train de se disputer avec un troisième gars qui, lui aussi, avait tout du camé. La dispute était tellement violente qu'ils ne virent même pas le véhicule de patrouille lorsque Wesley le gara une rue plus loin et éteignit les phares pour observer la scène.

– Peut-être qu'y en a un qui va poignarder l'autre, dit Nate. Alors tu pourras le serrer pour crime. Ou mieux, tiens... peut-être qu'y en aura un qui sortira un flingue et qu'on pourra se faire une petite fusillade. Ça te soulagerait de ton ennui ?

1. Ou « glace » : méthylamphétamine qui peut être fumée sous forme de cristal, sniffée ou injectée. MDMA, appelée aussi « meth » ou « glass » *(NdT)*.

Farley Ramsdale agitant les bras comme un type atteint de l'horrible maladie dont elle n'arrivait pas à se rappeler le nom, Olive commençait à avoir peur. De la bave lui coulait le long du menton et il criait à s'en faire exploser la tête parce que le minuscule camé qu'ils connaissaient sous le surnom de Little Bart refusait de lui vendre un des deux *teeners* qu'il détenait. Farley n'acceptait pas de payer le prix exorbitant qu'il réclamait et avait essayé de le lui faire baisser.

Pour Olive, Little Bart se montrait bien méchant dans la mesure où Farley lui avait souvent vendu de la drogue à un bon prix par le passé. Cela dit, crier comme le faisait Farley ne pouvait que leur amener des ennuis.

– T'es qu'un tas de vomi ingrat ! hurla-t-il. T'as oublié comment je t'ai sauvé les fesses le jour où t'avais tellement besoin d'ice que t'étais prêt à flinguer un nègre pour en avoir ?

Little Bart, qui avait à peu près le même âge que Farley et dont le cou était tatoué d'un collier de chien, lui renvoya :

– Écoute, mec, les temps sont durs, vraiment durs. C'est tout ce que j'ai et aurai pour un bon bout de temps. Faut que j'paye mon loyer.

– Espèce de p'tit suce-bite ! s'époumona Farley en fermant le poing.

– Hé là, mec ! dit Little Bart en reculant. Prends quelque chose pour te calmer. T'es en train de flipper méchant !

C'est alors qu'Olive s'avança et dit :

– Farley, je t'en prie, arrête. Allez, on s'en va. S'il te plaît !

Brusquement, Farley fit quelque chose qu'il n'avait encore jamais fait depuis qu'ils étaient ensemble. Il lui en colla une dans la figure et elle en fut tellement sidérée qu'elle le regarda un bon moment avant de fondre en larmes.

– Ça, c'est trop, dit Wesley en descendant de voiture, suivi par Hollywood Nate.

Farley ne les vit même pas arriver, au contraire de Little Bart.

– Oh, oh, grogna le petit camé, c'est le moment de se tailler.

Et c'est ça qu'il avait commencé à faire lorsque Wesley lui lança :

– On ne bouge plus.

Quelques instants plus tard, Little Bart et Farley se faisaient fouiller par Wesley et Hollywood Nate, tandis qu'Olive essuyait ses larmes sur le bas de son maillot.

– C'est quoi, ça ? demanda Farley. J'ai rien fait, moi.

– Si, vous avez commis une agression, lui renvoya Wesley, et je l'ai vu.

– C'était un accident, pas vrai, Olive ? Je voulais pas la frapper. Je faisais juste comprendre un truc à ce mec.

– Et c'était quoi, ce truc ? demanda Nate.

– Savoir si George W. Bush est vraiment aussi con qu'il en a l'air. C'était une discussion politique.

Little Bart n'était pas vraiment inquiet dans la mesure où l'ice se trouvait sous le tapis de sol de sa voiture qui, elle, était une rue plus loin. Il n'avait qu'à se tenir tranquille et ne pas faire chier les flics pour pouvoir filer, du moins le pensait-il.

Nate l'avait écarté d'une dizaine de mètres des deux autres lorsque Farley éructa :

– Olive, dis-leur que c'était un accident !

– Toi, tu la fermes ! dit Nate. Où est ta voiture ?

– J'en ai pas, répondit Farley en mentant et se demandant aussitôt pourquoi il l'avait fait.

Il n'y avait pas de caillou dans sa voiture et il n'en avait pas fumé depuis deux jours et demi. C'était même pour ça qu'il avait les nerfs à fleur de peau. Pour ça qu'il était à deux doigts d'étrangler Little Bart. C'était parce qu'il en avait trop marre d'être emmerdé par les flics qu'il avait menti. Mentir était une manière de révolte contre eux tous. Contre tous les connards qui lui prenaient la tête.

Les vingt minutes qui suivirent virent les flics rédiger leurs PV d'interpellation, les noms des trois individus étant passés à l'ordinateur central et montrant un casier pour Farley Ramsdale, mais rien pour Olive O. Ramsdale. Farley finit par ne plus râler et Olive par cesser de pleurer.

Little Bart essaya même de parler politique avec Farley pour abonder dans le mensonge sur George Bush, mais il était clair que les flics ne marchaient pas. Ils savaient qu'il y avait trafic de drogue et Little Bart n'avait tout simplement aucune envie de leur donner une bonne raison d'essayer ses clés de voiture dans les serrures des huit véhicules garés jusque chez Pablo's. Et surtout pas d'aller jeter un coup d'œil sous le tapis de sol.

Farley se disait que les flics allaient faire durer la plaisanterie aussi longtemps que possible, mais le plus jeune des deux courut jusqu'à son aîné et lui dit :

– On a un kidnapping, Omar's Lounge dans Ivar Street ! Faut y aller, Nate.

Lorsqu'il se retrouva seul devant chez Pablo's avec Olive et Little Bart, Farley dit à ce dernier :

– Ils t'ont sauvé la vie, ces cons de flics !

– T'as besoin d'aide, mec, lui renvoya Little Bart. T'es complètement paumé. Complètement, complètement.

Sur quoi il regagna sa voiture en courant et fila.

– Farley, dit Olive, rentrons à la maison et…

– Olive, tu me dis encore une fois que tu vas me faire un délicieux sandwich au fromage et je te jure que je te pète la seule dent qui te reste !

Les inspecteurs d'Hollywood devaient enquêter sur un certain nombre de viols intitulés « viols entre connaissances d'occasion » par la police. L'appel était généralement du genre : « Je me suis réveillée nue à côté de quelqu'un que je ne connaissais pas. J'ai été droguée. »

Ces affaires ne donnaient jamais lieu à poursuites. Les éléments de preuve obligatoires incluaient en effet une analyse d'urine immédiate, mais les drogues utilisées se métabolisaient entre quatre et six heures après ingestion. Il était donc toujours trop tard pour cette analyse très particulière qui devait être pratiquée dans un laboratoire privé, celui du LAPD se limitant à la détection des substances illicites. De fait, et c'est ce qu'arguaient les avocats de la défense, trop d'alcool produisait à peu près le même effet que ce genre de drogues.

Ces accusations de viol étaient rapportées au commissariat d'Hollywood par des personnes des deux sexes, mais n'avaient donné lieu qu'à une seule inculpation par les services du district attorney. La victime avait vomi peu après la rencontre, ce qui avait permis de récupérer et d'identifier la drogue.

C'était l'équipe 6-X-76 qui avait reçu l'appel en code 3 de l'Omar's Lounge, mais Budgie et Fausto furent coiffés au poteau par Wesley Drubb et Hollywood Nate, suivis de très près par Benny Brewster et B. M. Driscoll, ce dernier se plaignant d'avoir la nausée à cause de la vitesse à laquelle Benny avait conduit.

Les premières unités arrivées laissèrent la priorité à Budgie et Fausto qui avaient reçu l'appel, Budgie étant la première à entrer dans le night-club pour interroger la victime. Même si Fausto était d'écriture de rapport ce soir-là et Budgie de conduite, ce fut elle qui s'occupa du procès-verbal dans la mesure où la victime était une femme.

On les emmenait dans un bureau privé du night-club lorsque Fausto murmura à Budgie :

– C'te boîte est vendue à un nouveau propriétaire à peu près aussi souvent qu'ils changent les nappes. Il est impossible de savoir qui en est le patron, mais j'te parie tout ce que tu veux que c'est un Russe.

Sara Butler était assise dans le bureau, une serveuse de cocktails qui portait une chemise blanche amidonnée, un nœud papillon et un pantalon noirs s'occupant d'elle. Vraie blonde, la serveuse était jolie, la victime de viol, qui avait à peu près l'âge de Budgie, étant, elle, tout à la fois encore plus jolie et faussement plus blonde. Bretelles de sa robe noire retenues par des épingles de nourrice, collant en lambeaux autour des chevilles. Genoux en sang, comme les paumes de ses deux mains. Son mascara et son eye-liner lui avaient coulé sur les joues, les trois quarts de son rouge à lèvres lui couvrant le menton. Elle était saoule et en colère.

La serveuse de cocktails était en train de lui appuyer sur le genou droit de la glace enveloppée dans une serviette lorsque les flics entrèrent dans la pièce. Un manteau de fausse fourrure était posé sur le dossier de la chaise, derrière la jeune femme.

– Dites-nous ce qui s'est passé, lança Budgie en s'asseyant.

– J'ai été enlevée par quatre Iraniens.

– Quand ça ?

– Il y a à peu près une heure.

Budgie regarda Fausto, qui hocha la tête et partit lancer un code 4 – ce qui signifie « pas besoin d'aide sur les lieux », les suspects ayant filé depuis longtemps.

– Qu'avez-vous dit dans votre appel ? reprit Budgie. Nous avions l'impression que ça venait juste de se produire.

– Je ne sais plus ce que j'ai dit. J'étais complètement bouleversée.

– D'accord. Racontez-nous depuis le début, s'il vous plaît.

Après avoir donné tous ses contacts pour le rapport, et précisé qu'elle exerçait le métier d'actrice, Sara Butler déclara :

– J'étais censée retrouver une amie ici, mais elle m'a appelée sur mon portable pour me dire que son mari était revenu subitement d'un voyage. Je me suis donc dit que je ferais aussi bien de boire un verre puisque j'étais déjà là.

– En avez-vous bu plus d'un ?

– Je ne sais pas combien j'en ai bu.

– Poursuivez.

– J'ai commencé à parler avec un type au bar et ce type a commencé à me payer des martinis. Je n'en ai pas bu beaucoup.

Inquiète pour sa licence d'exploitation, la serveuse regarda Budgie et dit :

– Nous ne servons aucun client qui est ivre.

– Continuez, s'il vous plaît, dit Budgie à Sara Butler.

– Et très vite j'ai commencé à me sentir bizarre. J'avais la tête qui tournait d'une drôle de façon. Je crois que le type m'a glissé de la drogue dans mon verre, mais je n'en avais pas bu assez pour être dans les vapes.

– Combien de martinis avez-vous bus ?

– Pas plus de quatre. Peut-être cinq.

– Ça suffirait à rétamer un hippopotame, fit remarquer Budgie. Poursuivez.

– Le type qui m'avait payé des martinis a proposé de me ramener chez moi en voiture. M'a dit qu'il avait une berline Mercedes noire avec un chauffeur garée devant. M'a dit qu'il m'y attendrait. J'ai dit « parfait » et me suis rendue aux toilettes pour me refaire une beauté.

– Vous n'aviez pas peur d'avoir été droguée ?

– Pas à ce moment-là. Je n'y ai pensé qu'après l'enlèvement.

– Bien, continuez.

– Après, j'ai quitté le club et il y avait une grande voiture noire garée le long du trottoir, alors je suis allée à la portière arrière et suis montée dedans. Et là, nom de Dieu ! il y avait quatre Iraniens saouls dans la voiture, et l'un d'entre eux a fermé la portière et ils ont filé avec moi en rigolant comme des dingues. C'est là que j'ai compris que j'étais dans une limousine. Je leur ai crié d'arrêter et de me laisser descendre.

– Comment saviez-vous qu'ils étaient iraniens ?

– Je suis des cours de théâtre avec deux Iraniens qu'arrêtent pas de blablater en farsi. Les Iraniens, je les connais, croyez-moi. Ou plutôt les Perses, comme ils aiment se faire appeler quand ils sont dans un pays libre, ces fumiers.

– Bien, et après ?

– Ils me pelotaient et m'embrassaient, alors j'en ai griffé un à la figure. Il a dit au chauffeur d'arrêter et ils m'ont jetée dans la rue, et je suis revenue ici en courant. Je veux qu'on les arrête et qu'on les poursuive pour enlèvement.

– L'enlèvement pourrait être très difficile à prouver dans le cas présent, dit Budgie, mais finissons le rapport et voyons ce qu'en penseront les inspecteurs.

– Je me fous de ce qu'ils en penseront ! s'écria Sara Butler. Je leur ai déjà fait la moitié du boulot !

Sur quoi, elle sortit un mouchoir très soigneusement plié et ajouta :

– Voilà des fragments de peau arrachés à la figure de l'Iranien. Et sur mon manteau, là, on pourra retrouver des empreintes.

– On ne peut pas prélever des empreintes sur de la fourrure, dit Budgie.

– Je vous prierais de ne pas me dire ce qu'on ne peut pas faire, lui renvoya Sara. Mon père est avocat et il n'est pas question que vos inspecteurs me collent ce rapport au panier. Les poussières sur mon manteau vous diront dans quel caniveau je me suis retrouvée au cas où quelqu'un irait dire que je n'ai pas été éjectée de la voiture. Et ces fragments de peau vous donneront l'identité précise de mes assaillants après analyse ADN.

Elle marqua une pause et précisa :

– Et l'équipe de la 7 va débarquer.

– Ici ?

– Oui, c'est moi qui les ai appelés. Je vous suggère donc de prendre cette affaire très au sérieux.

– Dites-moi, mademoiselle Butler, lui renvoya Budgie, est-ce que vous regardez *Les Experts* ?

– Oui, tout le temps, répondit Sara Butler. Et je sais qu'un avocat de bas étage engagé par ces Iraniens pourra très bien prétendre que je suis montée dans cette voiture de mon plein gré et non par accident, mais ça aussi, c'est réglé.

– Je n'en doute pas.

– L'homme qui m'a payé ces martinis pourra témoigner qu'il avait une voiture qui m'attendait, et cela prouvera que je me suis trompée et suis montée dans la mauvaise.

– Et j'imagine que vous avez le nom de cet homme et que vous savez comment nous pourrons le contacter.

– Il s'appelle Andrei. C'est un Russe. Il m'a dit qu'il travaillait comme gérant du Goulag, dans East Hollywood. Même qu'il m'a donné une carte de visite de cet endroit. Je pense que vous devriez le contrôler, histoire de voir s'il n'a pas déjà été accusé de mettre de la drogue dans le verre d'une fille à son night-club ou ailleurs. Je suis persuadée d'avoir été affectée un peu trop vite par ces martinis.

– Autre chose que vous aimeriez ajouter ? demanda Budgie qui avait la ferme intention de dégager avant l'arrivée de l'équipe des actualités télévisées.

– Seulement que je vais demander à mon père d'appeler le Goulag ou de s'y rendre en personne si c'est nécessaire, de façon à s'assurer que quelqu'un de la police s'occupe bien activement de ce dossier. Et maintenant, si vous voulez bien m'excuser, j'ai besoin de me reprendre un peu pour l'équipe de Canal 7.

Une fois Budgie revenue sur le trottoir, Fausto, qui était entré dans le bureau et avait suivi une partie de la déposition, lui lança :

– Qualifierais-tu ce truc d'exemple d'alcoolisme au premier degré mâtiné de syndrome prémenstruel ?

– Pour une fois, espèce de fumier sexiste, lui renvoya-t-elle, je crois que tu as vu juste.

Dmitri aurait été encore plus en colère, à supposer que cela fût possible, s'il avait su qu'Andrei, son gérant de nuit, avait passé sa soirée à essayer d'embarquer une femme qui avait fricoté avec la police après. Il ne voulait absolument pas des flics dans son établissement, et pour aucune raison que ce soit. Mais ce soir-là, des flics, il en avait partout, y compris Andi McCrea, que le chef de ronde de nuit Charlie Gilford, dit « le Compatissant », avait appelée chez elle.

Lorsqu'il l'avait informée qu'il avait du mal à joindre d'autres membres de la brigade des Homicides – deux d'entre eux avaient attrapé un rhume qui traînait dans le coin –, elle lui avait suggéré d'essayer un des inspecteurs des Vols et lui avait donné le numéro de Brant Hinkle.

Charlie l'avait appelé, lui avait dit qu'il y avait eu un meurtre au Goulag et lui avait demandé s'il était d'accord pour donner un coup de main à Andi. Brant lui avait répondu que c'était faisable et qu'il arriverait aussi vite que possible.

Après quoi il avait fermé son portable, regardé Andi allongée toute nue dans son lit et lui avait dit :

– C'est ce que j'appelle une sale plaisanterie !

Elle l'avait embrassé, avait sauté du lit et lui avait répondu :

– Qu'est-ce que tu préfères ? Passer le reste de la nuit tout seul dans ton lit ou enquêter sur un homicide avec moi ?

– Enquêter, sans doute. C'est ce qu'on appelle un engagement ferme ?

– Lorsque deux flics s'engagent, cela signifie qu'ils sont prêts à entrer à l'asile. On y va ?

Il y avait eu une grande fête privée dans la zone VIP du premier étage du Goulag, cette partie de l'établissement étant fermée par une corde et gardée par un videur. Dmitri avait assigné deux serveuses à la fête et regretta de ne pas en avoir assigné trois lorsque ladite fête prit une ampleur à laquelle il ne s'attendait pas. Bientôt les divans disposés le long des murs et tous les fauteuils avaient été occupés sur plusieurs rangées, des filles s'asseyant sur les genoux de tous les types qui les y autorisaient. Tous les autres étaient debout sur trois rangs près d'une rambarde, d'où ils regardaient la masse de danseurs qui se trémoussaient dans la fosse du rez-de-chaussée.

Il s'agissait d'étudiants étrangers appartenant à un institut technique, la fête ayant été organisée par un promoteur qui travaillait avec divers night-clubs d'Hollywood. Il y avait là surtout des Arabes, quelques Indiens et deux ou trois Pakistanais. Plus deux types que personne n'avait invités : originaires de South Los Angeles, ils appartenaient au gang des Crips et avaient décidé de passer la soirée à Hollywood, l'un d'entre eux prétendant être un cousin du promoteur.

Dmitri avait installé une caméra vidéo dans le patio extérieur, endroit où les clients pouvaient sortir fumer une cigarette – et c'était là, dans ce patio, que le crime s'était produit. Un des jeunes Arabes, un étudiant de vingt-deux ans, n'avait pas aimé ce que le plus grand des deux Crips avait dit à sa petite copine, et ç'avait été la bagarre. Le grand Crips, qui portait un feutre mou framboise par-dessus son head rag[1], avait été expédié au tapis par l'Arabe aidé de quelques amis. Pendant que plusieurs personnes s'affairaient à séparer les combattants, le plus petit des deux Crips, celui qui ne disait rien, était passé derrière l'Arabe, avait avancé la main et l'avait poignardé au ventre.

Les deux Crips avaient ensuite déguerpi du patio en courant et disparu par la porte de devant, tandis que tout le monde criait et qu'on appelait une ambulance. Le jeune Arabe avait beaucoup gigoté, s'était vidé de son sang et ne montrait plus signe de vie avant même que l'équipe de réanimation et les premières voitures de police n'arrivent. Il n'empêche : il avait été aussitôt emmené à l'Hollywood Presbyterian Hospital, un infirmier continuant de travailler inutilement sur lui.

1. Aussi appelé « do rag » : espèce de coiffe portée par certains rappeurs, servant à garder leur coiffure intacte *(NdT)*.

Ce furent B. M. Driscoll et Benny Brewster qui sécurisèrent la zone et gardèrent autant de témoins oculaires sous la main qu'ils pouvaient, mais le night-club avait commencé à se vider rapidement après que la nouvelle de l'assassinat s'était répandue. Lorsque Andi McCrea et Brant Hinkle arrivèrent – dans deux voitures pour rester discrets –, Benny Brewster et B. M. Driscoll prenaient déjà par écrit les déclarations d'une demi-douzaine des Arabes et de leurs deux petites amies, qui sanglotaient.

Benny Brewster briefa Andi en lui montrant du doigt le promoteur de la soirée, Maurice Wooley, un Noir très inquiet en train de boire un grand verre de Jack Daniel's, assis au bout du comptoir maintenant désert. L'homme était rondouillard, devait avoir dans les cinquante-cinq ans et portait un costume gris conventionnel avec veston croisé. Il avait aussi l'œil vague d'avoir trop bu.

– Monsieur Wooley, lui dit Benny, voici l'inspectrice McCrea. Parlez-lui de la racaille qui a poignardé l'Arabe.

– Je ne sais pas grand-chose de lui, répondit le promoteur à Andi. C'est juste un mec de Jordan Downs, où j'ai grandi, voilà tout. J'y habite plus.

– Je crois savoir que c'est votre cousin, lui renvoya Andi.

– Bien plus jeune que celui avec lequel je jouais, dit le promoteur rapidement. Je ne sais même pas son vrai nom.

Benny Brewster changea brusquement de tactique, le fusilla du regard et lui lança :

– Bon, alors le cousin du cousin avec qui vous jouiez, c'est quoi son nom de gang ? Comment que vous l'appelez ?

Ses joues se trémoussant un rien, le promoteur lui répondit :

– Dobbie D. C'est toujours comme ça que je l'ai appelé : Dobbie D. Je le jure sur la tombe de ma maman.

– Peut-être que ta maman a encore une place pour toi dans sa tombe, hein ? lui renvoya Benny en grondant.

– C'est quoi, son numéro de téléphone ? demanda Andi.

– J'sais pas, dit le promoteur en faisant tourner nerveusement sa bague en zircon et regardant toutes les deux ou trois secondes le grand flic noir, qui semblait à deux doigts de l'attraper par le kiki.

– L'officier de police ici présent me dit que vous l'aviez invité à passer ce soir, lui fit remarquer Andi.

– C'est à cause que je suis tombé sur lui dans la rue quand je suis allé voir ma maman. Il m'a dit qu'il voulait aller à une fête genre Hollywood, dont je fais la promotion. Et moi, je suis un vrai con. J'ai dit: « D'accord, dès que j'en ai une, je te le fais savoir. » Et donc, quand j'ai décroché ce boulot, je le lui ai fait savoir et j'y ai rien fait payer comme mon invité. Avec un de ses potes. Et vous voyez les merdes qu'ils me font?

– Si vous n'avez pas son numéro, comment l'avez-vous joint?

– J'ai juste son mail, répondit le promoteur en tendant son portable à Andi. Sa compagnie de téléphone, c'est une qu'on peut écrire des mails ou téléphoner.

Les flics en avaient fini au Goulag et s'apprêtaient à partir lorsque Andi fut approchée par un type avec un drôle de sourire et une moumoute, c'était clair. Il tendit la main aux deux inspecteurs et leur lança:

– Dmitri Zotkin, le propriétaire du Goulag. Je suis mal au cœur de l'horrible chose k'a s'est produit dans mon kloub ce soir. Je serai de service à vous si vous avez besoin koikecesoit. Koikecesoit du tout.

Il leur tendit sa carte et s'inclina légèrement.

– Il se pourrait qu'on ait quelques questions à vous poser demain, dit Andi.

– Sur le dos de ma carte est mon numéro de portable. N'importe quand vous voulez appeler Dmitri. S'il vous plaît, je serai à votre service.

De retour au commissariat, en partant du texto, Andi alla chercher le fournisseur d'accès de Doobie D. sur le Net. Puis elle laissa un message téléphonique audit fournisseur et lui demanda de lui donner le nom du client et son numéro en l'assurant que le mandat de recherche lui serait faxé le lendemain matin avant qu'il ne lui faxe ces renseignements.

– On va écrire une demande de mandat de recherche de trois pages qu'on va faire parvenir au tribunal d'Hollywood dès demain. T'as déjà fait? dit-elle.

– Je suis vraiment rouillé.

– Le fournisseur d'accès triangulera du haut des tours du site. Si on a vraiment de la chance et que Doobie D. se serve de son portable, le fournisseur nous appellera en gros toutes les heures pour nous dire où il est. C'est comme d'avoir un GPS sur son portable. Mais s'il balance son portable, on sera foutus.

– Va-t-on jamais rentrer à la maison et récupérer le reste de notre nuit de sommeil ? À ton avis ? lui demanda-t-il.

– Dormir ? dit-elle en regardant ses beaux yeux verts. C'est tout ce à quoi tu penses ?

– Non, ce n'est qu'une idée parmi d'autres, lui renvoya-t-il.

16

Ce jeudi soir-là, l'Oracle se pointa à l'appel avec un inspecteur que les trois quarts des flics avaient vu traîner au commissariat et que deux ou trois des plus vieux connaissaient par son nom.

– Bon, écoutez, lança-t-il. Je vous présente l'inspecteur Chernenko. Il a deux ou trois trucs à vous dire et c'est important.

Habillé comme d'habitude de son costume froissé avec des taches aux revers, Viktor se planta devant tout le monde et dit :

– Bonsoir à vous. J'enquête sur le code 211 de la bijouterie, où votre officier Tanaka s'est montrée si brave. Et j'ai aussi beaucoup d'intérêt pour le code 211 du distributeur automatique il y a trois jours, où le convoyeur a été tué. Je pense que les deux mêmes personnes ont fait les deux coups et maintenant tout le monde est d'accord avec moi.

« Ce que je souhaite, c'est que vous fassiez attention à toute personne qui pourrait voler dans une boîte aux lettres. C'est un délit typique des camés, donc vous pourriez surveiller les drogués qui traînent autour des boîtes aux lettres de la poste au coin des rues. Surtout aux environs de Gower Street au sud d'Hollywood Boulevard. Si vous trouvez un suspect, cherchez un outil du genre ficelle et bout de scotch qu'ils utilisent pour pêcher dans la boîte aux lettres. Si vous ne trouvez rien, s'il vous plaît, écrivez une bonne fiche d'interpellation sur le suspect et laissez-la-moi à la fin de la patrouille. Des questions ?

Wesley Drubb se tourna pour regarder Hollywood Nate, qui avait l'air penaud et pensait manifestement la même chose que lui.

C'est alors que Fausto Gamboa, le senior de la ronde, lança :

– Pourquoi le secteur de Gower Street au sud du boulevard, Viktor ? Tu peux nous expliquer ?

– Oui, ce n'est pas un grand secret, Fausto. C'est une preuve toute petite. Je pense que les renseignements sur les bijoux ont été découverts dans une lettre volée dans une boîte aux lettres de Gower Street.

Wesley Drubb regarda Hollywood Nate à nouveau, mais ne put attendre de voir si ce dernier allait reconnaître que peut-être ils avaient laissé passer un indice quelques jours auparavant. Il leva la main.

– Oui, Drubb, dit l'Oracle. Tu as une question ?

– La semaine dernière, répondit Wesley, on a reçu un appel concernant deux sans-logis qui se battaient dans Hollywood Boulevard. L'un d'eux a déclaré que quelques semaines auparavant il avait vu un mec et une nana piquer du courrier dans une boîte située quelques rues au sud d'Hollywood Boulevard, dans Gower Street.

En soi, cela ne souleva guère l'enthousiasme, Viktor, que cela intéressait modérément, disant quand même :

– A-t-il donné plus de détails que ça ?

– Oui, répondit Wesley en regardant encore Nate. Il a dit que le type conduisait une vieille Pinto bleue. Et que son acolyte était une femme. Il a aussi entendu la femme l'appeler Freddy ou Morley.

– Merci, dit Viktor. Je vais vérifier les dernières fiches d'interpellation au cas où il y aurait un Freddy ou un Morley, mais bien sûr cela ne sera pas facile.

Voyant que Wesley coulait encore une fois un regard à Hollywood Nate, l'Oracle lui dit :

– J'ai l'impression que tu n'as pas tout dit, Drubb. Y avait autre chose ?

– Oui, sergent, répondit Wesley. Le sans-domicile avait une carte avec le numéro d'immatriculation du voleur écrit dessus.

Viktor en resta bouche bée, puis s'écria :

– Fantastique! S'il vous plaît, présentez-moi à cette carte, officier!

Wesley prit l'air penaud, mais, loyal envers son collègue, répondit seulement:

– J'ai bien peur de la lui avoir rendue.

C'est alors qu'Hollywood Nate prit la parole:

– C'est moi qui lui ai dit de la lui rendre. À mon idée, c'était rien qu'un énième camé qui piquait du courrier, ça arrive tout le temps. C'est de ma faute, pas celle de Drubb.

– La question n'est pas de savoir à qui la faute, dit l'Oracle. Comment s'appelait le sans-abri qui avait la carte? Où l'inspecteur Chernenko peut-il le trouver?

– On l'appelle Trombone Teddy, répondit Nate. On lui a fait une fiche d'interpellation avec l'autre zozo sans domicile qui l'avait expédié au tapis. Mais ni l'un ni l'autre n'ont de vraie adresse. Ces mecs-là vivent partout et nulle part.

– Weiss, dit l'Oracle à Hollywood Nate, Drubb et toi serez de service spécial ce soir. Inutile de répondre aux appels. Vous restez hors fréquence et vous me trouvez Trombone Teddy. Et vous dégotez son numéro de bagnole pour l'inspecteur Chernenko.

– Je m'excuse, sergent, lança un Hollywood Nate bien châtié.

– Ne vous sentez pas trop coupable, lui dit Viktor. Ces suspects vont sans aucun doute garder profil bas pendant quelques jours, mais devront agir vite. Nos boules sont dans leur camp.

Les nuits très agitées, les unités de la ronde comparaient parfois leurs notes pour savoir qui décrocherait le prix de l'ILPBH, soit de l'« Incident le plus bizarre d'Hollywood ». L'équipe 6-X-32 eut droit à une mention honorable suite à un appel qui l'avait expédiée dans East Hollywood, où un membre du gang de la 18e Rue traînait devant un magasin de liqueurs et spiritueux avec deux autres racailles. Un employé libanais du magasin avait pris peur parce que le type cachait manifestement quelque chose de gros sous son sweat-shirt. Terrorisme oblige, il craignait que des mecs de la 18e Rue se préparent à lui faire sauter sa boutique parce qu'un jour il avait appelé les flics pour arrêter un des leurs qui lui avait piqué une bouteille de gin.

Le Bris et le Débris avaient répondu à l'appel et, aidés par Hollywood Nate et Wesley Drubb qui en avaient marre de chercher Trombone Teddy, tenaient les trois malfrats contre le mur du magasin de spiritueux. Wesley était tout excité que son équipe se soit trouvée assez près pour couvrir ses collègues alors que des membres de gangs étaient impliqués dans l'affaire.

Éclairée par les lampes torches des policiers et par les tubes au néon du magasin, la plus petite des racailles – crâne rasé et corps couvert de tatouages, elle avait vingt et un ans et portait un short ample et un énorme sweat coupé aux genoux – les regardait par-dessus son épaule. Les flics aimaient bien ces shorts taille basse des racailles parce que très souvent ces dernières se prenaient les pieds dedans lorsqu'elles essayaient de s'enfuir en courant. Mais celle-là avait quelque chose d'énorme qui lui faisait une bosse à la poitrine.

Le Bris avait sorti son 9 mm et, le tenant le long de sa jambe, il avait dit :

– Bien, mon gars, on se tourne et on remonte le sweat-shirt tout doucement. Voyons voir ce que tu nous caches.

Le type s'exécutant, les flics avaient découvert l'annuaire des Pages jaunes de Los Angeles fixé à sa poitrine avec des bandes élastiques.

– C'est quoi, ce bordel ? s'était exclamé le Bris.

– C'est un annuaire.

– Je le sais bien que c'est un annuaire. Mais pourquoi tu te l'es attaché à la poitrine ?

Le jeune membre de gang s'était retourné et avait lancé :

– Y a un vieux *veterano* de la White Fence qui me cherche, mec. Tu crois que je vais rester sans rien faire et me prendre une balle sans essayer de me protéger ?

– Hé, mon frère, tu sais ce que tu viens de faire ? lui avait demandé le Débris. Et je crois que tu devrais faire de la pub dans tout le pays : tu viens d'inventer un gilet pare-balles bon marché pour les mecs du centre-ville[1].

1. Au contraire des banlieues françaises, aux États-Unis c'est le centre-ville des grandes métropoles qui pose souvent problème *(NdT)*.

Le samedi suivant, soit deux jours après qu'Ilya et Cosmo avaient caché l'argent et la voiture volée chez Farley Ramsdale, Cosmo décida qu'ils ne pouvaient plus planquer tout ça plus longtemps. Ce matin-là, il avait appelé Gregori à la casse et avait fait en sorte qu'un de ses Mexicains amène la dépanneuse chez Farley. Cosmo, qui trouvait que le chronométrage était important, avait insisté pour que la dépanneuse y arrive à 19 heures.

– Pourquoi tu achètes une vieille voiture qui n'opère pas ? lui avait demandé Gregori en arménien.

– Pour Ilya. On a besoin de deux voitures. Je te donne le boulot de réparation et paierai 300 dollars pour le remorquage vu que c'est samedi soir. En plus, je filerai 50 dollars de plus à ton chauffeur s'il arrive à 19 heures précises.

– Tu es bien généreux, lui avait renvoyé Gregori. Et quand tu me rends la clé supplémentaire de la casse que j'ai laissée à Ilya ?

– Lundi matin. Quand je viendrai voir ce qu'il faut de réparations à la Mazda.

– Bien, Cosmo. Mon chauffeur s'appelle Luis. Il parle pas mauvais anglais. Il remorquera la voiture à notre casse.

– Merci, mon frère, avait conclu Cosmo. On se reverra lundi.

Cosmo ayant fini son appel, Ilya, qui, allongée sur le lit, fumait et regardait une vieille comédie musicale à la télé, lui demanda :

– Donc aujourd'hui tu fais quoi tu fais ?

– Tu souhaites entendre mon plan, Ilya ?

– Je sais que je t'ai dit de pas me dire. Je change d'idées sur certains trucs. Maintenant je souhaite tu me dises comment tu te débarrasses de la voiture et sors le fric. Ne me dis pas plus que ça.

– D'accord, Ilya. Je serai à la maison de Farley à 19 heures pour aider le chauffeur du camion à emporter la voiture. Je donnerai au chauffeur du camion 50 dollars pour m'appeler quand il a la voiture à la casse de Gregori. S'il m'appelle pas, je saurai que la police le tient avec la voiture qu'il remorque. Alors nous prenons notre argent et nos diamants, volons jusqu'à San Francisco et ne revenons jamais.

– Mais peut-être hier ou aujourd'hui Farley a trouvé la voiture ou notre argent et passé appel à la police, et les flics sont là pour t'attendre.

– Si je t'appelle pas à 19 h 30 pour dire que tout est OK, tu prends taxi jusqu'aéroport et voles à San Francisco avec diamants. Et Dieu te bénisse. S'il te plaît, passe vie bonne. Je dirai jamais rien aux flics sur toi. Jamais.

– Tu prends gros risque, Cosmo.

– Oui, mais je pense que c'est OK. Je pense que Farley et Olive regardent pas dans le garage ou sous la maison. Tout ce qu'ils cherchent, c'est la drogue. Rien d'autre.

– Comment peux-tu être sûr qu'Olive et Farley seront pas là à la maison quand tu iras à 19 heures, Cosmo ?

– Maintenant tu poses question, tu dis pas souhaiter savoir réponse.

– Tu as correct. Ne me dis pas.

La question laissée en suspens avait une réponse simple. Cosmo allait téléphoner à Farley pour arranger une rencontre pour affaires et arriver chez lui à 18 heures avec un sac en toile. Et dans ce sac il aurait son arme, un rouleau de scotch et un couteau de cuisine qu'il avait aiguisé lorsque Ilya était allée acheter des cigarettes au magasin de spiritueux. Si Olive et Farley se trouvaient chez eux, il frapperait à la porte, obtiendrait la permission d'entrer au prétexte qu'il venait payer l'argent du chantage, les ferait tous les deux prisonniers avec son arme et leur attacherait les poignets et leur couvrirait la bouche avec son scotch. Après quoi, il leur trancherait la gorge. Un meurtre de drogué de plus, se dirait la police. Un deal qui aura mal tourné, il y a des chances.

Si pour une raison ou pour une autre Olive et Farley ne pouvaient pas être chez eux à l'heure convenue, il y avait un autre plan incluant la clé supplémentaire du casse. Olive et Farley seraient attirés par un appel de Gregori leur proposant de leur acheter plus de cartes-clés. Cosmo leur tendrait une embuscade et disposerait de leurs corps quelque part à East L. A. Un meurtre de drogué de plus.

Côté voiture, si le conducteur de la dépanneuse l'appelait sur son portable pour lui dire que le remorquage était terminé, Cosmo se rendrait à la casse de Gregori le lundi suivant et informerait ce dernier qu'il ne voulait plus faire réparer la Mazda et préférait qu'il la démantibule. Pour 1 000 dollars cash Cosmo était sûr que Gregori ne poserait pas de questions et ferait ce qu'il lui demandait.

Il ne voyait aucune faille dans son plan. À toute épreuve, qu'il était. Il aurait bien aimé qu'Ilya l'autorise à tout lui en dire. Elle aurait été très impressionnée par toute la réflexion qu'il y avait mise. La seule chose qui l'inquiétait était que Dmitri soit tellement en colère qu'il ne l'ait pas appelé qu'il se croie trahi et lui envoie deux ou trois nervis aux trousses.

Il avait les mains qui tremblaient lorsque, à 17 h 15, il prit le volant pour se rendre chez Farley. Il résolut de passer les deux appels cruciaux qui décideraient peut-être de son sort, le premier au portable que Dmitri lui avait dit être le seul qu'il pourrait appeler après que le boulot serait fait.

À la sixième sonnerie, il entendit :

– Oui ?

– Dmitri, c'est moi.

– Je sais qui, lui renvoya Dmitri. Je pense que tu avais fui de moi. Ce serait konnerie à faire.

– Non, non, Dmitri. Nous tenons tranquilles pour deux-trois jours.

– Ne me dis pas plus. Quand je te vois pour tout de notre affaire ? Tu as des trucs pour moi.

– Il y a plus que je dois achever, Dmitri. Peut-être je viens à toi ce soir.

– J'aime bien.

– Peut-être je dois attendre lundi matin.

– J'aime pas.

– Il y a deux gens…

– Assez ! s'écria Dmitri en l'interrompant. Je ne veux pas entendre parler tes affaires. Si tu m'appelles pas ce soir, je serai ici lundi. Si je te vois pas lundi, tu es individu très stupide.

– Merci, Dmitri, dit-il. Je serai correct dans mon affaire avec toi.

Après avoir raccroché, Cosmo passa son deuxième coup de fil crucial et appela le portable de Farley Ramsdale – mais n'obtint que sa boîte vocale. C'était la première fois que cela se produisait. Le drogué ne dormait jamais et était toujours prêt à passer des deals. Il en resta anéanti. Et décida de réessayer une demi-heure plus tard. Il avait toujours l'autre plan pour ces deux-là, mais cela n'augurait rien de bon. Il avait tous les outils pour tuer et se sentait prêt.

Où diable était passée Olive ? Elle savait qu'ils arrivaient à leurs derniers dollars et devraient se faire des boîtes aux lettres ou alors essayer d'écouler une partie des faux billets qu'il leur restait. Ou entrer dans un RadioShack ou un Best Buy et tenter de piquer un lecteur de DVD pour le vendre au cybercafé. La situation était désespérée !

Mais où était donc cette connasse ? Il ne savait qu'une chose : elle était sortie chercher c'te saloperie de chatte de Mabel, la dingue de voisine. Il s'apprêtait à se lancer aux trousses d'Olive lorsqu'il reçut un appel de Little Bart.

– Qu'est-ce tu veux ? demanda-t-il quand il eut reconnu sa voix.

– Ça me plaît pas comment qu'on s'est quittés, dit Little Bart.

– Alors quoi ? Tu m'appelles pour me dire que tu vas m'envoyer des fleurs ?

– Non, je veux faire affaire avec toi.

– Quel genre ?

– Je veux que t'ailles livrer deux ou trois ordinateurs tout neufs à une maison super-chouette de Laurel Canyon.

– Les livrer comment ?

– Dans ta voiture.

– Pourquoi tu les livres pas toi-même ?

– J'ai perdu mon permis pour conduite en état d'ivresse.

– C'est la seule raison ?

– Et je me suis fait mal au dos et je peux pas les porter.

– C'est pas très lourd. Que je te dise… Et si je les livrais avec ta voiture ?

– Ils me l'ont mise à la fourrière quand ils m'ont arrêté.

– Ouais, soit. Bon, alors je récolte combien pour c'te livraison ?

– 50 dollars.

– Salut, Bart.

– Non, attends ! 100. Ça te prendra une demi-heure, max.

– 150.

– Farley, je vais pas me faire beaucoup sur ce coup-là. C'est pas ce qu'il y a de mieux dans le genre ordi.

– Pas question de risquer mes fesses pour livrer des ordis volés que t'as trop la trouille de livrer toi-même à moins de 125.

– OK, c'est bon.

– Quand ?

– Tu peux me retrouver au croisement d'Hollywood Boulevard et de Fairfax Avenue dans vingt minutes ? Je serai au coin. Je me mettrai à marcher et tu me suivras jusqu'à l'endroit où tu prendras livraison. La marchandise est dans un garage. Après, dès que tu l'auras, j'irai avec toi jusqu'au point de livraison.

– Pourquoi que tu veux marcher jusqu'à l'endroit où prendre livraison et pas y aller en voiture avec moi ?

– Je peux vraiment pas me trouver dans ce coin-là. Et je peux pas t'expliquer.

– Et t'auras le fric ?

– La moitié. Je te filerai l'autre quand le boulot sera fait.

– C'est pas possible plus tard ? J'arrive pas à foutre la main sur ma connasse de nénette.

– Y a pas besoin d'elle.

– Qui c'est qui porte les trucs lourds, à ton avis ? se récria Farley. Et c'est elle qui y va en premier au cas où y aurait un truc risqué.

– On peut pas l'attendre. Dans vingt minutes, Farley.

Celui-ci regarda dans toute la rue, mais non, toujours pas d'Olive. Il fit un petit arrêt chez Mabel et y trouva la vieille sorcière en train de se tirer un tarot, ce en quoi Olive croyait de tout son cœur.

Farley jeta un coup d'œil à travers le grillage tout rouillé.

– Hé, Mabel, vous avez pas vu Olive ? demanda-t-il.

– Si, elle cherche Tillie. Je crois que Tillie est enceinte. Elle se comporte bizarrement et arrête pas de courir partout comme si elle cherchait un nid. C'était une chatte sauvage autrefois, vous savez ? Je l'ai prise chez moi et je l'ai domptée.

– Ouais, même que je suis sûr que vous avez eu une médaille de la Société protectrice des animaux. Si vous voyez Olive, dites-lui que j'ai dû aller faire un petit boulot vite vite et qu'elle devrait m'attendre à la maison.

– D'accord, Farley. Ça vous intéressera peut-être de savoir que les cartes sont pas trop bonnes pour vous. Peut-être que vous devriez rester à la maison, vous aussi.

« Vieille folle », l'entendit-elle marmonner alors qu'il quittait sa véranda.

Olive se trouvait dans le jardin de derrière d'une voisine, six maisons plus loin. Elle cherchait Tillie et parlait à la voisine des beaux camélias blancs qui bordaient sa propriété. Olive adorait les azalées roses et blanches qui escaladaient la barrière. Elle lui dit qu'elle espérait bien avoir un jardin un jour. La femme proposa de lui apprendre les trucs de base et de la faire démarrer avec les graines qu'il fallait et quelques jeunes plants.

Olive crut entendre la Corolla de Farley, s'excusa et courut jusqu'à la rue, où elle vit ses feux arrière au panneau stop. Elle cria, mais il ne l'entendit pas et fila. Elle rentra à la maison en espérant qu'il ne soit pas en colère contre elle.

Là il était, sur le trottoir nord-est du croisement Hollywood Boulevard-Fairfax Avenue, à sauter d'un pied sur l'autre comme s'il avait envie de pisser. Ou de trouver de la drogue, plus vraisemblablement, se dit Farley. Qui n'aimait pas du tout ce truc. Little Bart ne pouvait pas conduire parce qu'il n'avait pas de permis ? Comme si ç'avait jamais empêché un camé de conduire ! Il ne pouvait pas porter un ordinateur parce qu'il avait mal au dos ? Il ne pouvait pas monter dans la voiture de Farley pour aller jusqu'au garage où se trouvaient les ordinateurs ? C'était quoi, toutes ces merdes ?

– Tu me suis super-lentement sur un demi-pâté de maisons,

dit Little Bart en s'approchant de la voiture. Quand je serai devant, je te montrerai avec un doigt dans le dos. Tu t'engages dans l'allée et tu vas jusqu'au garage. La porte s'ouvre manuellement. Tu piques les ordis et tu me prends deux rues plus loin au nord.

Il suivait lentement Bart lorsqu'il s'aperçut qu'Olive lui manquait plus qu'elle ne l'avait jamais fait depuis les dix-huit mois qu'ils étaient ensemble. Cette affaire s'emmanchait très mal. Bart avait la trouille de piquer la marchandise, ce qui voulait dire qu'il ne faisait pas confiance au type qui avait volé les ordinateurs ou au receleur qui l'avait embauché pour les livrer.

Si Olive avait été là, il n'y aurait pas eu de problème. Il l'aurait lâchée à l'adresse et laissée entrer dans le garage pour vérifier. Si les flics s'étaient trouvés dans le coin et l'avaient cravatée, il se serait contenté de continuer à rouler. S'il y avait une chose dont il était sûr, c'était bien que jamais Olive ne le dénoncerait. Elle l'aurait pris pour elle, aurait fait de la prison si nécessaire et serait revenue vers lui dès sa sortie de taule, comme si rien ne s'était passé.

Mais Olive n'était pas là. Et cet enfoiré de Little Bart lui montrait une maison, modeste pour le quartier. Et continuait de marcher vers le nord. Farley se gara en face de la maison et regarda le garage.

La maison ressemblait un peu à la sienne. Elle était construite dans le style californien ubiquiste que tout le monde appelle « espagnol », ce qui ne caractérise que le toit et les murs en stuc. Plus il la regardait, moins toute cette affaire lui plaisait.

Il descendit de voiture et traversa la rue. Gagna la porte d'entrée et sonna. Pas de réponse. Il rejoignit la porte latérale, qui ne se trouvait qu'à une dizaine de mètres du garage, tapa dessus et cria :

– Olive, t'es là ? Hééééééé ! Olive ?

C'est alors que deux inspecteurs de la division d'Hollywood sortirent du garage, lui montrèrent leurs insignes, le collèrent contre le mur, le palpèrent et le ramenèrent dans le garage. Où il n'y avait rien hormis un établi, des outils, des pneus et deux cartons renfermant des ordinateurs neufs.

– C'est quoi, ça ? demanda-t-il.

– Et si tu nous le disais ? lui renvoya l'aîné des inspecteurs.

– Ma copine, Olive, est allée déjeuner avec une amie, dont elle m'a donné l'adresse. Voilà, c'est tout.

– Ben, tiens, dit le cadet des inspecteurs. T'es allé en taule pour quoi ?

– Des trucs de rien. C'est quoi, ce bazar ?

– On t'a arrêté pour cambriolage ?

– Non.

– Recel ?

– Recel de quoi ?

– Fais pas chier. Recel de biens volés.

– Non, des trucs de gamin. Possession de drogue. Petits vols deux ou trois fois.

– Tu vas nous faire le coup du C-1-A ?

– Du quoi ?

– Du C'est-un-autre.

– Je suis innocent ! s'écria Farley.

– Alors, collègue, lança le cadet des inspecteurs à son aîné, on embarque le gamin au commissariat ? On dirait que la surprise-partie est foutue.

– Mais hé, mec ! dit Farley. J'ai dû noter la mauvaise adresse, c'est tout. Ma copine Olive va sûrement me chercher. Autorisez-moi à l'appeler et elle vous dira.

– Retourne-toi, gamin, dit le vieil inspecteur. Les mains derrière le dos.

Ils le menottèrent, puis le ramenèrent à la rue, où une voiture d'inspecteurs sortit de l'endroit où elle était cachée pour venir s'arrêter devant lui. Après quoi, ils fouillèrent la Corolla, mais bien sûr il n'y avait rien dedans. Même pas un mégot de joint.

En arrivant au commissariat, Farley vit des affiches de films sur les murs. C'était quoi comme bordel, le genre de commissariat où il y avait des affiches de films sur les murs ? se demanda-t-il. Tout ce qu'il savait, c'est que si Olive avait été avec lui, il n'aurait pas atterri là. C'était à cause de cette connasse qu'il s'était fait serrer !

Il était 17 heures et Farley n'était toujours pas rentré et n'avait pas appelé. Olive était fatiguée et avait faim. Elle se rappela que Mabel lui avait dit garder de la nourriture pour elle. Elle se demanda si elle ne pourrait pas l'aider à préparer le repas. Ça lui aurait plu, en plus de manger et de bavarder avec elle.

Lorsqu'elle arriva chez elle, la vieille femme fut ravie de la voir.

– Je suis désolée, Mabel, dit-elle. J'arrive pas à trouver Tillie.

– T'inquiète pas, ma chérie. Elle refera surface. Elle le fait toujours. Elle est un rien sauvage. Elle a un peu de gitan dans l'âme.

– Vous voulez que je vous aide à faire la cuisine ?

– Oh, oui ! s'écria Mabel. Si tu promets de rester manger avec moi.

– Merci, Mabel, dit Olive. Ce sera avec grand plaisir.

– Après, on jouera au gin. Si tu sais pas comment, te fais pas de bile, je t'apprendrai. Je connais tout sur les cartes. Je t'ai jamais dit que je me faisais pas mal d'argent en tirant les cartes aux gens ? Il y a soixante-cinq ans de ça.

– Vraiment ?

– Vraiment. Il y a certains détails juridiques que je ne connaissais pas et j'ai été arrêtée deux fois et traînée au commissariat d'Hollywood pour ne pas avoir respecté ces bêtises.

– Vous arrêtée ? s'écria Olive qui ne pouvait l'imaginer.

– Oh oui ! J'ai été vilaine en mon temps. À cette époque-là, le commissariat était un adorable bâtiment construit en 1913, l'année où mes parents se sont mariés. Quand je suis née, ils m'ont donné le nom de la star du muet, Mabel Normand. Je n'ai jamais eu de frères ou de sœurs. Tu sais, je suis sortie avec un flic de ce commissariat. C'est lui qui m'a arrêtée la deuxième fois et m'a convaincue de cesser de dire la bonne aventure moyennant finance. Il a été tué à la guerre. Une semaine après le jour J.

Olive, qui adorait les histoires de Mabel et ses commérages sur la belle époque d'Hollywood, détestait l'interrompre, mais elle pensait à Farley et lui dit :

– Mabel, je vais juste faire un saut à la maison et laisser un mot à Farley pour qu'il sache où je suis. Je reviens tout de suite!

– Dépêche-toi, mon trésor. Je te raconterai des tas d'histoires sur la vie à l'âge d'or d'Hollywood. Et on jouera aux cartes. Qu'est-ce qu'on va bien s'amuser!

17

Cosmo Betrossian maudit la circulation. Et Los Angeles pour être la ville la plus dépendante de la voiture et la plus étouffée par la circulation du monde. Et le barman géorgien pour lui avoir refilé la voiture volée qui avait bien failli le faire arrêter. Mais plus que tout, il maudit Farley Ramsdale et son idiote de femme. Assis dans sa voiture coincée dans East Sunset Boulevard, il regarda tous les panneaux écrits dans les langues de l'Extrême-Orient et les maudit eux aussi.

Puis il entendit la sirène et pendant quelques secondes en fut terrifié, jusqu'à ce qu'il voie une ambulance qui se faufilait entre les voitures du mauvais côté de Sunset et tentait manifestement d'atteindre l'accident de la circulation qui le clouait sur place. Il regarda encore et encore sa fausse Rolex, et maudit le monde entier.

Ils commencèrent par le laisser dans une salle d'interrogatoire pendant ce qui lui parut une éternité. Il n'eut le droit d'aller aux toilettes qu'une fois et oui, ils le regardèrent pisser comme cet enfoiré de contrôleur qui l'obligeait à uriner dans un flacon deux fois par mois. Sans la moindre sympathie pour le fait qu'il n'est pas facile de pisser en ayant un type qui vous observe afin d'être sûr que c'est bien avec votre bite que vous pissez et pas avec la bouteille de pisse impeccable que vous avez planquée dans votre slip.

Après quoi, un des deux inspecteurs entra dans la pièce et lui fit un numéro de méchant flic sur le cambriolage d'un entrepôt d'équipement électronique dont il ne savait rien. Puis l'autre vint lui faire le numéro du bon flic et lui donna une tasse de café. Puis ce fut le méchant flic qui reprit le commandement des opérations et recommença tout du début jusqu'à ce que Farley tremble des mains et sente vibrer son pouls.

Il savait qu'ils n'avaient pas marché dans son histoire de fausse adresse, mais il s'y tenait. Il était assez sûr qu'ils commençaient à se dire qu'il n'était pas impliqué dans le cambriolage de l'entrepôt – qu'il n'était en fait qu'un pauvre camé qui, avec exactement 3,65 dollars dans sa poche, avait été embauché pour prendre la marchandise et la livrer.

Il aurait donné Little Bart dans la minute s'il avait su que ça pouvait l'aider, mais quelque chose dans le ton qu'avait pris le bon flic la dernière fois lui disait qu'ils allaient le relâcher. Sauf que le méchant flic était revenu et l'avait accompagné jusqu'à une cellule de détention avec un banc en bois, cellule où il l'avait enfermé. Tous les flics qui passaient pouvaient le regarder à travers la vitre et béer de la gueule comme s'il était une espèce de singe-araignée au zoo de Griffith Park.

Et lorsque la ronde numéro 5 quitta la salle d'appel à 18 heures, plusieurs d'entre eux passèrent devant la cellule, le regardèrent et oui, en restèrent bouche bée.

– Hé, Benny, lança ainsi B. M. Driscoll à son coéquipier, c'est pas le camé à qui on a filé une contredanse ?

– Mais si !

Et de taper sur la vitre et de crier à Farley :

– Qu'est-ce qui s'est passé, mec ? Ils t'ont gaulé en train de vendre de l'ice ?

– Va te faire, marmonna Farley.

Et lorsque Benny partit en rigolant, il gronda :

– C'est toi qui devrais être dans un zoo avec le reste de tes potes, espèce de gorille !

Budgie et Fausto avaient vu Benny parler à quelqu'un dans la cellule de détention. Budgie y jeta un coup d'œil à son tour et dit :

– Hé, Fausto, c'est le type qu'on a interpellé au stand de tacos.

Fausto regarda lui aussi.

– Oui, oui, le camé avec sa copine toute maigre. Je te parie qu'ils l'ont coincé au moment où il faisait un deal chez Pablo's. Ils n'apprendront jamais, ces mecs. Ils changent pas.

En passant à son tour devant la cellule avec Wesley, Nate entendit la remarque de Fausto, jeta lui aussi un coup d'œil à l'intérieur et lâcha :

– Merde, tout le monde le connaît, ce mec. Hé, Wesley, regarde-moi ça !

Wesley fit comme tout le monde.

– Ah ouais. C'est comment déjà, son nom ? Rimsdale ? Non, Ramsdale.

– Farley, précisa Nate. Comme la vieille star du cinéma Farley Granger.

– Qui ça ? demanda Wesley.

– Laisse tomber. Allons plutôt chercher Trombone Teddy. Il faut qu'on le trouve ou bien je vais me taper des rêves de stress où je me verrai en train de poursuivre un vieux gus qu'arrête pas de me repousser avec la coulisse de son trombone en or.

– T'as vraiment des rêves de ce genre ?

– Non, répondit Nate, mais ça ferait une super-scène de rêve dans un scénario, tu trouves pas ?

Un des sergents de la deuxième ronde était Wilma Collins, une Noire de quarante ans. Elle avait bonne réputation auprès des troupes, mais elle avait aussi un problème de poids persistant dont plaisantaient les flics du commissariat. De fait, elle n'était pas obèse, mais cela ne les empêchait pas de la traiter d'« étire le cuir » – son ceinturon avait beaucoup de choses à maintenir en place.

Tout le monde savait que quelques heures avant la fin du service le sergent Collins aimait bien filer à l'IHOP et se bourrer de crêpes nageant dans le beurre, en plus de quelques saucisses, œufs au plat et biscuits dégoulinant de beurre. Les plaisanteries à base de cholestérol et d'artères bouchées n'arrêtaient pas.

L'équipe des surfeurs était en train de charger son matériel de guerre et se préparait à patrouiller lorsque tout le parking et tout le bureau du commandant de ronde éclata de rire. Certains qui avaient entendu durent même s'asseoir un moment pour recouvrer leurs esprits. Encore un moment mémorable au commissariat d'Hollywood.

Il semblerait que le sergent Collins ait laissé sa radio sur le comptoir de l'IHOP parce qu'un message venait d'être envoyé sur la fréquence d'Hollywood par un serveur mexicain qui avait branché le micro et s'était écrié :

– Allô, allô ! La dondon noire de police ? Allô, allô ! Vous laissez radio ici ! Allô ! La dondon noire ? Vous entendez, s'il vous plaît ? Allô, allô !

Hollywood Nate et Wesley Drubb ne s'étaient pas dit grand-chose depuis qu'ils avaient quitté la salle d'appel. Nate avait pris le volant et jamais encore Wesley ne l'avait vu aussi attentif à ce qui se passait dans la rue.

– Il a bien fallu que je parle de Trombone Teddy, dit enfin Wesley.

– Je sais, je sais. La faute que j'ai faite, c'est que j'aurais dû te dire de prendre son numéro d'immatriculation et d'au moins le porter sur la fiche d'interpellation.

– J'aurais dû faire ça tout seul.

– Tu sors à peine de la période d'essai, lui dit Nate. T'es encore en mode « oui, chef ». C'est de ma faute.

– On le trouvera.

– J'espère qu'il a toujours la carte, dit Nate. Hé, mais... c'était bien une carte de visite professionnelle, non ? C'était quoi, l'affaire ?

– Un restaurant chinois. Ching ou Chan, quelque chose comme ça.

– Chez Chang ?

– Voilà, c'est ça !

– Bon, on passe les voir.

La dépanneuse était garée devant chez Farley Ramsdale et le chauffeur mexicain frappait à la porte lorsque Cosmo Betrossian dévala la rue en faisant crisser les pneus de sa vieille Cadillac. La circulation avait tout foutu en l'air.

Il descendit de voiture et courut jusqu'à la véranda en criant au chauffeur :

– Je suis ami Gregori ! C'est moi !

– Personne à la maison ici, dit le Mexicain.

– Est pas important, lui renvoya Cosmo. Sortons la voiture.

Il courut jusqu'au garage, en ouvrit la porte bouffée aux termites et fut soulagé de constater que tout y était comme il l'avait laissé.

– Poussons-la dans la rue, dit-il. Faut travailler vite. J'ai affaire importante.

Il n'eut pas de mal à pousser la voiture dans l'allée en pente avec le Mexicain et sauta dedans dès qu'il eut réussi à la faire démarrer. Le chauffeur, qui connaissait son affaire, accrocha la Mazda et la souleva au winch en quelques minutes. Cosmo eut alors toutes les peines du monde à ne pas remonter l'allée en courant pour aller reprendre la grande recharge pleine d'argent sous la maison.

Le chauffeur montait dans la cabine de la remorqueuse pour partir lorsqu'il dit à Cosmo :

– Je vous appelle dans une demi-heure ?

– Non, j'ai besoin plus de temps. Appelez-moi dans une heure. Circulation très mauvaise ce soir. Je vous donne temps d'aller à la casse de Gregori. Après, vous appelez, OK ?

– OK, répondit le Mexicain en attendant le bonus promis.

Cosmo ouvrit son portefeuille et lui donna ses 50 dollars.

– Mettez-la où y a voitures à casser. OK ?

Dès que la remorqueuse eut fait quelques dizaines de mètres, Cosmo gagna le coffre de la Cadillac et en sortit son sac d'outils à tuer. Il était prêt à attendre au moins une heure avant qu'Olive et Farley se pointent.

Il remonta vite l'allée, passa à l'arrière de la maison et fut abasourdi de découvrir que le petit panneau d'accès était ouvert. Il laissa tomber son sac, se jeta par terre et rampa sous la maison. La recharge de fric avait disparu !

Il hurla un juron américain, se releva, sortit le flingue de son sac et regagna la véranda de derrière en courant. Il ne se donna même pas la peine d'ouvrir avec sa carte de crédit comme la fois précédente. Il donna un grand coup de pied dans la porte peu épaisse et se précipita à l'intérieur, prêt à tuer tous ceux qu'il trouverait dans la maison, après les avoir torturés.

Il n'y avait personne. Il vit un petit mot comme gribouillé par un enfant posé sur la table de la cuisine: « Suis alée mangé avec Mabel. Te raporterai délissieux soupé. »

Son deuxième plan – les attirer à la casse de Gregori, où il pourrait les tuer facilement – était cuit. Ils avaient son fric. Jamais ils ne l'approcheraient, hormis pour prendre l'argent du chantage lié au vol de bijoux. Même qu'ils demanderaient plus maintenant qu'ils avaient appris le braquage du distributeur et le meurtre du convoyeur. Et, ça aussi: ils avaient dû découvrir la Mazda. Farley lui avait piqué son argent et en exigerait plus en paiement de son silence.

Tout ce qu'il pouvait faire se réduisait peut-être à donner les diamants à Farley. À tout lui donner et à lui dire de traiter lui-même avec Dmitri. Et après, de supplier celui-ci de tuer les deux camés après les avoir forcés à lui dire où était l'argent et oui, aussi, de le supplier d'être réglo dans le partage du fric, même après tous ces trucs qui avaient foiré. Après tout, si le barman de Dmitri ne lui avait pas refilé une voiture volée qui pouvait à peine rouler, rien de tout cela ne se serait produit.

Ou alors... rentrer à la maison, prendre Ilya et les diamants et filer à l'aéroport? Trop compliqué à organiser. Il avait besoin d'Ilya. C'était une Russe très astucieuse et il y avait longtemps qu'il avait perdu pied. Il ferait tout ce qu'elle voudrait.

Il reprit son sac à tuer et regagna sa voiture. Jamais de sa vie il n'avait été aussi démoralisé. Que la Cadillac refuse de démarrer et il sortirait le pistolet de son sac et se flinguerait. Mais elle démarra et il rentra chez lui. Il n'était qu'à deux rues de sa maison lorsque son portable sonna.

Il répondit, la voix du chauffeur lui lançant:

– Mister, je suis chez Gregori avec la voiture. Pas de problème. Tout OK.

La voiture volée était OK, mais tout le reste était loin de l'être.

À 19 h 15, Farley fut extrait de la cellule et informé qu'il était libre de partir.

– Nous savons que t'es lié à ces ordinateurs, lui dit le méchant flic, mais pour l'instant on va te laisser filer. J'ai dans l'idée que tu nous reverras.

– À propos de filer… ma voiture est restée à l'endroit où vous m'avez serré. Et si vous m'y rameniez ?

– T'es pas gonflé, mec ! C'est pas une compagnie de taxis ici.

– Mec, vous me les brisez, vous me retenez ici pendant des heures alors que j'ai rien fait de mal, le moins que vous pourriez faire serait de me ramener à ma voiture.

L'Oracle, qui avait entendu ces rouspétances, sortit du bureau du sergent.

– Où t'as besoin d'aller ? demanda-t-il à Farley.

– Fairfax, juste au nord d'Hollywood Boulevard, répondit Farley au vieux sergent.

– Faut que je sorte. Je t'emmène.

Un quart d'heure plus tard, l'Oracle déposait Farley à sa voiture.

– Merci beaucoup, sergent. Vous êtes un mec bien.

L'Oracle lui renvoya aussitôt le mantra d'Hollywood :

– Reste sur terre, Farley. Reste sur terre.

Mais il savait bien que le camé n'en ferait rien. Comme si quiconque le faisait jamais à Hollywood !

– Teddy ? dit Mme Chang lorsque Hollywood Nate eut demandé à un grouillot de l'appeler de la cuisine. Il mange ici ?

– C'est un clochard, dit Nate.

– Clochard ? répéta-t-elle en se débattant avec son anglais.

– Sans domicile, dit Wesley. Un type des rues.

– Ah, type des rues. Lui, je connais. Teddy. Oui.

– Vient-il ici ?

– Des fois il vient à porte de derrière. Vient à disons 19 heures, des fois plus tard. Et nous lui donnons nourriture qu'il faut jeter. Teddy. Oui. Il assit dans cuisine et mange. Gentil. Calme. On a pitié.

– Quand l'avez-vous vu pour la dernière fois ? demanda Wesley.

– Mardi soir peut-être. Dur de se rappeler.

– Dès qu'il revient, je veux que vous appeliez ce numéro, dit Nate en commençant à écrire dans son calepin. Demandez que la 6-X-72 vienne tout de suite. Je vous l'ai écrit. Nous ne voulons pas l'arrêter. Il faut seulement qu'on lui parle. Comprenez ?

– Oui, j'appelle.

La maison était plongée dans le noir lorsque Farley y arriva – et la porte du garage était ouverte. Pourquoi Olive serait-elle allée faire un tour au garage ? Il ne s'y trouvait que des cochonneries.

Il déverrouilla la porte de devant et entra en criant :

– Olive ! T'es là ?

Elle n'y était pas, il passa à la cuisine pour voir s'il restait du jus d'orange et trouva la porte de derrière enfoncée !

– Ben merde ! s'écria-t-il.

C'était la première fois que des cambrioleurs s'attaquaient à sa maison, mais depuis deux ans plusieurs autres dans la rue avaient déjà été visitées dans la journée. Mais la télé était toujours là. Il gagna la chambre à coucher et vit que la radio-lecteur de CD n'avait pas bougé. Et personne n'avait pillé les tiroirs. Ça ne ressemblait pas à un cambriolage. Ce n'était pas comme ça qu'il travaillait lorsque, quinze ans plus tôt, il avait fait dans le cambriolage de jour.

Puis il vit le petit mot sur la table. Mabel. Il aurait dû s'en douter. La vieille folle devait être en train de lui tirer les tarots et cette andouille de maigrichonne n'avait pas vu le temps passer. Il gagna la chambre à coucher pour se déshabiller et prendre une douche, et là il vit quelque chose de différent. La penderie était à moitié vide. Tous les habits d'Olive avaient disparu, y compris la veste qu'il lui avait fauchée dans un magasin pour Noël. Il ouvrit le tiroir et découvrit que ses sous-vêtements et ses socquettes avaient disparu, eux aussi. Elle l'avait plaqué !

Le petit mot. Il courut jusqu'à la porte d'entrée et traversa la rue pour aller chez Mabel. La soirée était si chaude que celle-ci avait laissé sa porte ouverte et il vit que la télé était allumée. Il posa ses mains sur la porte-moustiquaire, regarda à l'intérieur et cria :

– Mabel ?

La vieille femme sortit de la chambre de derrière du cottage et s'approcha en traînant les pieds. Pyjama, robe de chambre, pantoufles pelucheuses.

– Farley ? Qu'est-ce que vous faites ici ? demanda-t-elle.

– Vous savez où est Olive ?

– Mais… non.

– Elle a laissé un mot disant qu'elle soupait avec vous.

– C'est ce qu'elle a fait, oui. Et elle a trouvé Tillie sous votre maison, où la pauvre s'était fait un joli petit coin. Tillie est dans ma chambre, une vraie enfant gâtée. Je ne suis jamais arrivée à la domestiquer entièrement.

– Olive vous a-t-elle dit où elle allait quand elle est partie ?

– Oui, elle a dit qu'elle rentrait.

Farley dut s'asseoir et réfléchir un bon coup lorsqu'il revint chez lui. Depuis quelque temps tout tournait de travers. Son univers entier était sens dessus dessous. Sans un seul dollar sur son compte, cette enfoirée d'épouvantail édenté l'avait abandonné ! Ce n'était pas possible ! Cette imbécile d'Olive Oyl avait bel et bien largué Farley Ramsdale, qui lui avait tout donné !

Cette fois, c'était Cosmo qui s'était allongé sur le lit pour essayer de dissiper une migraine lancinante. Il avait rapidement mis Ilya au courant des derniers événements, avant de tomber à genoux à côté de sa chaise et de lui embrasser les mains.

« Il est vaincu, s'était-elle dit. Cosmo pleure après sa maman. Jamais plus il ne la frappera. »

Elle se prépara sa troisième tasse de thé brûlant, alluma une cigarette avec le mégot de la dernière et dit :

– Cosmo, tout est foutu.

– Oui, Ilya, murmura-t-il d'un ton plaintif.

– Je crois nous devons emballer valise et préparer à fuir en vol.

– Oui, Ilya. Ce que tu dis, je fais.

– D'un autre côté, reprit-elle en se retournant pour souligner son propos, nous ne savons pas pour absolue vérité que Farley a notre argent.

– Ilya, s'il te plaît! s'écria-t-il. L'argent est parti. Farley est parti. Je ne peux pas joindre Farley avec portable. Farley a toujours portable sur lui. Il est camé. Les camés doivent avoir portable.

– Une manière de savoir, dit-elle. Assis, Cosmo!

Il obéit instantanément.

– Appelle Farley. Continue plan. Dis-lui Gregori a besoin cartes-clés. Bien plus. Paiera maximum. Écoutons ce qu'il dira.

Cosmo avait trop mal à la tête pour tout ça, mais il était impossible de ne pas lui obéir. Il avait l'impression d'être revenu en Arménie soviétique et que le camarade secrétaire en personne venait de parler. Il avait peur d'elle maintenant. Il composa le numéro.

– Allô! hurla Farley dans son portable.

Cosmo en resta pétrifié. Il fut incapable de parler pendant un instant, Farley finissant par demander:

– Olive? C'est toi, Olive?

– Non, moi, Farley, dit Cosmo en regardant Ilya.

– Cosmo? Je croyais que c'était Olive. Cette enfoirée de camée a foutu le camp!

– Olive? Partie?

Il vit un petit sourire rusé se dessiner sur les lèvres d'Ilya.

– Tu sais où elle va?

– Non. La salope. Pas la moindre idée.

Ilya lui articulant les mots «Demande-le-lui», Cosmo enchaîna:

– Je très désolé, Farley. Tu connais Gregori? Il a besoin d'autres cartes-clés tout suite.

– Des cartes-clés? Cosmo, t'oublies que toi et moi, on a un petit marché à régler? Tu crois que je vais attendre? Tu crois que je vais me faire chier avec des cartes-clés?

– S'il te plaît, Farley, dit Cosmo. Fais ça pour moi. Je dois gros service à Gregori. Laisse juste des cartes à sa casse ce soir. Il travaille jusqu'à minuit. Il te donnera 150 vite vite. Tu achètes cristal.

Ce dernier mot ne passa pas inaperçu. Du cristal, Farley avait envie d'en fumer plus que tout au monde. C'était le genre de deal où il avait désespérément besoin d'Olive. Si elle avait été là, il l'aurait conduite à la casse et envoyée voir. S'il avait idée de les liquider, Cosmo devrait s'accommoder de buter Olive. L'espèce de salope!

– Je n'ai plus que dix des meilleures cartes, dit-il.

– Est assez, dit Cosmo. Gregori a tas de nouveaux ouvriers qui doivent avoir permis. Gregori tellement radin son ancien ouvrier reste pas longtemps. Toujours nouveaux ouvriers.

– Le chien est dans la cour?

– Je dirai Gregori d'attacher chien. Pas problème.

– Tu dis à Gregori de m'appeler. S'il me dit de venir, je viendrai. C'est pas un violent. C'est un homme d'affaires. Toi, je suis pas si sûr.

– OK, j'appelle Gregori maintenant. Et s'il dit «viens»?

– Alors, j'y serai à 9 heures. Dis-lui de mettre l'argent dans un sac et d'accrocher le sac entre les barreaux du portail. Si l'argent y est, j'entrerai lui donner ses cartes.

– OK, Farley, dit Cosmo avant d'ajouter: Appelle-moi si Olive revient.

– Pourquoi?

– Je crois trouver bon boulot pour elle.

– T'as intérêt à avoir mes gros sous ce week-end, Cosmo, lui renvoya Farley. Laisse-moi m'occuper d'Olive si elle revient.

Lorsque Cosmo ferma son portable, Ilya tira une grande bouffée de sa cigarette, aspira la fumée tout au fond de ses poumons et, ses mots enveloppés d'un nuage de fumée, déclara:

– S'il va à casse ce soir, il sait rien du braquage du distributeur.

– Mais je le tuerai toute façon. Le chantage diamants cessera.

– Chantage toujours là, Cosmo. Olive a notre argent et Olive sait tout de nos deux boulots. Olive pleine de dangers pour nous. Farley pas autant.

– Mais je le tue quand même?

– Oui, il doit mourir. Olive peut abandonner chantage. Elle a beaucoup d'argent maintenant. Elle achète tas de drogue et meurt heureuse dans deux-trois ans.

– Notre argent, dit-il.

– Oui, Cosmo. Elle a notre argent, je crois. Appelle Gregori maintenant. Dis encore et fais-lui croire tu fais seulement peur à Farley pour payer dette qu'il te doit. Dis à Gregori tu paieras argent pour Mazda lundi.

Avant d'appeler, Cosmo lui lança :

– Ilya, tu me dis. Quand Gregori vient chercher clé de casse, tu le baises, non ?

– Bien sûr, Cosmo. Pourquoi ?

– S'il a peur pour Farley, peur pour Mazda que je veux écraser en pièces, c'est OK lui dire tu veux lui refaire un verre de thé une fois encore ? Pour le calmer ?

– Bien sûr, Cosmo, dit-elle. Mon thé est meilleur de tout Hollywood. Demande Gregori. Demande n'importe qui a goûté.

L'équipe 6-X-72 reçut l'appel vingt minutes après avoir quitté Chez Chang. Hollywood Nate fit demi-tour et écrasa le champignon. Il avait soif de rédemption.

Dès qu'ils arrivèrent au restaurant, Mme Chang hocha la tête vers la cuisine. C'est là qu'ils trouvèrent Trombone Teddy, assis près de l'étal à côté de la porte du fond : tout joyeux, il se descendait une énorme assiette de nouilles frites à la poêle.

– Teddy, lança Nate. Tu te souviens de nous ?

– Je fais pas de mal. C'est eux qui m'ont invité.

– Personne ne dit que t'es en train de foutre la merde. Juste quelques questions et tu pourras continuer à apprécier tes nouilles.

– Tu te rappelles la bagarre que t'as eue dans le boulevard ? C'est nous qui avions reçu l'appel, dit Wesley. Tu m'as donné une carte avec un numéro de plaque de voiture. Tu te rappelles ?

– Ah oui ! s'écria Teddy, une nouille collée à la barbe. C't enculé de fils de pute m'en avait collé une.

– Voilà, ce soir-là, dit Nate. As-tu toujours cette carte ? Celle avec le numéro de voiture ?

– Bien sûr. Mais personne n'en veut.

– Ben, nous, on en veut maintenant, dit Wesley.

Trombone Teddy reposa sa fourchette, chercha dans sa troisième couche de chemise, fouilla dans une poche avec ses doigts graisseux et sortit la carte de visite de Chez Chang.

Wesley la prit, regarda le numéro et hocha la tête en observant Nate qui demanda :

– Teddy, quel genre de voiture conduisait le voleur de courrier ?

– Une vieille Pinto bleue. Comme que j'ai écrit sur la carte.

– À quoi ressemblait le mec ?

– Je me rappelle plus. C'était un Blanc. Disons trente ans. Peut-être quarante. Mal embouché. Il m'a insulté. C'est pour ça que j'ai noté son numéro.

– Y avait quelqu'un avec lui ? demanda Wesley.

– Une femme. C'est tout ce que je me rappelle.

– Tu les reconnaîtrais si tu les revoyais ? demanda Nate.

– Non, c'était juste des ombres noires. C'était juste une ombre noire mal embouchée.

– Redis-nous comment elle l'a appelé, dit Wesley.

– Me rappelle plus.

– Tu m'as pas dit Freddy ?

– Ah bon ?

– Ou Morley ?

– Si vous le dites. Mais ça me dit plus rien maintenant.

– Les as-tu vus, l'un ou l'autre, avant ou après ça ?

– Oui, je les ai vus essayer de voler un employé dans un magasin.

– Quand ça ?

– Quelques jours après qu'il m'a insulté.

– Quel magasin ?

– Peut-être un Target. Ou alors un RadioShack. Ou alors peut-être un Best Buy. Je me rappelle plus. Je circule, moi.

– Au moins, as-tu pu bien les regarder à nouveau ? demanda Nate.

– Oui, mais je me rappelle toujours pas à quoi ils ressemblent. Des Blancs. Disons trente ans. Ou quarante. Mais ils pourraient en avoir cinquante. Je sais plus dire les âges. Vous pouvez vérifier avec le type du magasin. Il m'a donné 10 dollars de récompense pour lui avoir dit que c'étaient des escrocs. Ils avaient une carte de crédit bidon. Ou de la fausse monnaie. Quelque chose comme ça.

– Putain ! s'écria Nate en regardant Wesley d'un air frustré.

– Si on arrive à trouver le magasin et le type qui les a vus, tu pourras au moins nous dire si ce sont les deux qui piquaient dans la boîte aux lettres, n'est-ce pas ?

– C'est lui qui volait dans la boîte. Pas elle. J'ai l'impression qu'elle est OK. Lui, c'est un vrai con.

– S'ils ont besoin de te parler, où les inspecteurs peuvent-ils te joindre ? lui demanda Wesley.

– Y a un vieil immeuble de bureaux dans la rue à l'est du cimetière d'Hollywood. C'est là que je vis en ce moment. Mais je viens ici plusieurs soirs par semaine pour souper.

– Te souviens-tu d'autre chose ? lui demanda Hollywood Nate en sortant un billet de 10 dollars de son portefeuille et le posant sur l'étal.

– Du diable, oui ! La moitié du temps je me rappelle même pas quel jour on est.

Puis il les regarda et ajouta :

– À propos… quel jour on est, hein ?

Viktor Chernenko était connu pour travailler tard, surtout depuis que l'obsédaient le braquage de la bijouterie et le meurtre du distributeur, et ça, les trois quarts des anciens du commissariat en étaient conscients. Nate, qui le savait, brûlait les panneaux de stop et fonçait plus vite encore qu'en allant chez Chang.

Ils déboulèrent dans la salle des inspecteurs et furent envahis de joie en découvrant que Viktor s'y trouvait encore et tapait sur le clavier de son ordinateur.

– Viktor ! s'écria Nate. Voici ton truc !

Viktor jeta un coup d'œil à la carte de visite, au numéro de plaque et aux mots « Pinto bleue » écrits dessus et demanda :

– C'est mon voleur de courrier ?

Parce qu'il avait été le premier envoyé sur les lieux, Brant avait passé toute la journée dans Southeast L. A. à travailler avec Andi sur l'homicide du Goulag. Doobie D., qu'ils avaient identifié à partir de renseignements reçus sur son portable via son fournisseur d'accès, s'appelait Latelle Granville. Âgé de vingt-quatre ans, il appartenait au gang des Crips et avait un beau casier rempli de condamnations pour vente de drogue et infractions à la législation sur la détention d'armes. Il avait commencé à se servir de son portable dans l'après-midi.

Avec une équipe d'inspecteurs de la Southeast Division, les tours de portables avaient fini par le trianguler aux environs d'une résidence de la 103ᵉ Rue connue pour être la maison de famille d'un autre Crips, un certain Delbert Minton. Celui-ci avait un casier nettement plus fourni que Latelle Granville et s'avéra être le Crips qui s'était battu avec l'étudiant poignardé. Tous les deux avaient été arrêtés chez Minton sans incident et ramenés au commissariat d'Hollywood pour interrogatoire et détention. Ils avaient refusé de parler et l'un comme l'autre avaient exigé la présence de leur avocat.

La journée avait été très longue et les inspecteurs avaient faim et sentaient la fatigue après avoir fait pas mal d'heures sup dans la soirée. C'est alors qu'Andi rappela une des serveuses de cocktails qu'elle avait interrogée au Goulag le soir du meurtre. Celle-ci, Angela Hawthorn, lui avait dit se trouver au bar et y prendre des consommations lorsque la bagarre avait éclaté. Bref, elle n'avait rien vu. Et, donc, pourquoi l'avait-elle appelée ? se demandait Andi.

– Inspectrice McCrea à l'appareil, dit-elle lorsque la serveuse répondit sur son portable.

– Hello, dit Angela Hawthorn. Je suis chez moi. Je ne travaille plus au Goulag. Dmitri m'a virée parce que je ne voulais plus coucher avec un de ses riches clients russes. J'ai des renseignements qui pourraient vous aider.

– Je vous écoute.

– Dans le coin du bâtiment, juste à côté de la fenêtre du bureau de Dmitri, il y a une caméra vidéo qui voit tout ce qui se passe dans le patio fumeurs. Pendant la fête, je suis presque sûre qu'elle y était, comme elle y est toujours. Mais quand vous vous êtes pointés, elle n'y était plus. Dmitri a dû la descendre pour que vous ne la voyiez pas.

– Pourquoi l'aurait-il fait ?

– Il est complètement parano côté mauvaise publicité, flics et tribunaux. Et il ne veut pas avoir d'ennuis avec la racaille noire. En fait même, les clients noirs, il n'en veut pas. Il n'a aucune envie d'être impliqué dans votre affaire de meurtre. Bref, si vous avez l'occasion de lui prendre sa caméra, je vous parie que vous y verrez le Noir en train de planter sa lame dans le gamin. Mais vous me tenez en dehors de tout ça, d'accord ?

– T'as besoin d'argent ? demanda Andi à Brant lorsqu'elle eut raccroché.

– Pourquoi ?

– Tu vas te faire encore plus d'heures sup. Il se pourrait qu'il y ait une vidéo au Goulag avec le meurtre dessus !

Brant regarda autour de lui, mais tous les autres inspecteurs étaient rentrés chez eux. Seul celui de service de nuit, Charlie le Compatissant, était là, les pieds sur son bureau, en train de lire la page des sports du *L. A. Times* en se suçouillant les dents comme à son habitude.

– T'as personne d'autre que moi ? demanda-t-il.

– Fais pas ta mauviette. C'est quand même plus marrant que d'être une fouine des Affaires internes, non ?

– Je ne sais pas, moi. La brigade des insultes commence à me manquer. Au moins, j'y étais nourri une fois de temps en temps.

– Dès qu'on a fini ce soir, je te prépare un souper très très tardif avec une bouteille de bon pinot que je gardais. Ça te va ?

– Tout d'un coup, me voilà tout requinqué, dit-il.

– Mais attention. Je crois que tu devrais appeler Viktor. Avoir un traducteur de russe pourrait être très utile si le patron du night-club commence à mentir et nier, comme il y a toutes les chances qu'il le fasse. Viktor est passé maître dans l'art de manipuler ces mecs. C'est un sacré talent qu'il a appris à la sale époque où il était dans l'Armée rouge.

– Il doit être en train d'arriver chez lui. Ça va pas lui plaire.

– Il m'en doit une, lui renvoya-t-elle. J'aurais pas fait de la plongée poubelle pour lui ? Et ça ne m'aurait pas coûté une bretelle de soutien-gorge pétée ?

Charlie le Compatissant, qui comme toujours écoutait les conversations privées, leur lança :

– Hé, mais… vous cherchez Viktor ? Il vient juste de filer à toute vitesse avec Hollywood Nate et le grand gamin avec qui il bosse. J'adore voir courir Viktor. On dirait un ours sur rollers.

18

La Pinto bleue appartenait à un certain Samuel R. Culhane, qui habitait dans Winona Boulevard. Assis à l'arrière de la voiture de patrouille, Viktor Chernenko craignait le coup du lapin depuis qu'Hollywood Nate s'était remis à conduire sur le mode rédemption-vite-vite.

– Vous savez, inspecteur, lui dit Wesley, le seul problème, c'est que la première fois qu'on lui a parlé, Trombone Teddy nous a dit que le type s'appelait quelque chose comme Freddy ou Morley.

– Peut-être ce Samuel a-t-il vendu sa voiture à un Freddy, fit remarquer Nate. Restons positifs.

– Ou alors il l'a prêtée à Morley, ajouta Viktor.

La maison était quasiment un duplicata du vieux bungalow de Farley Ramsdale, mais en bon état, elle possédait une petite pelouse avec des géraniums sur le côté du bâtiment et un parterre de pétunias près de la véranda de devant.

Wesley rejoignit l'arrière de la maison en courant pour empêcher toute fuite. C'était le crépuscule et il n'avait pas encore besoin d'une lampe torche. Il se mit à couvert derrière le garage et attendit.

Viktor ouvrit la marche et frappa à la porte, Hollywood Nate à sa gauche.

Sans être aussi maigre que Farley, Samuel R. Culhane n'en était pas moins au dernier stade de l'addiction à la méthamphétamine. Il avait des pustules sur la figure et un tic permanent au coin de l'œil droit. Plus âgé que Farley de quelques années, il commençait à perdre ses cheveux et ramenait mal sur le devant ceux qu'il lui restait. Il ne pouvait pas voir Hollywood Nate à côté du type à la porte, mais sut tout de suite que Viktor était un flic.

– Oui ? dit-il, méfiant.

– Il faut qu'on vous parle, dit Viktor en lui montrant son écusson.

– Revenez avec un mandat, lança Samuel Culhane en commençant à refermer la porte.

Mais Viktor arrêtant la manœuvre avec son pied, Hollywood Nate le poussa, entra dans la pièce, effleura l'écusson accroché à sa chemise et lui lança :

– Ça, c'est un coupe-file, mec.

La porte de derrière s'étant ouverte et Nate l'ayant sifflé, Wesley entra à son tour et vit le camé assis sur le canapé de la salle de séjour, l'air lugubre. Viktor était en train de lui citer très officiellement ses droits en lisant une carte que tous les flics, Viktor compris, apprennent par cœur.

– Passe-le à l'ordi, lança Nate en tendant le permis de conduire de Samuel Culhane à son collègue.

– Tu n'es pas heureux de nous voir ? demanda Viktor au malheureux propriétaire après avoir fini la séquence déclaration des droits.

– Écoutez, dit celui-ci, il n'est pas question que vous fouilliez ma maison sans mandat, mais je suis prêt à vous parler juste assez pour savoir de quoi il retourne.

– Nous devons savoir où vous étiez un certain soir.

– Quel soir ?

– Il y a trois semaines. Vous conduisiez votre Pinto avec une copine dedans, non ?

– Ha ! s'écria Samuel Culhane. Je conduisais avec une copine dans ma voiture ? Non ! Je suis gay, mec ! Plus gai encore que le printemps. T'as pas le bon mec.

Viktor persista :

– Vous rouliez dans Gower Street, au sud d'Hollywood Boulevard.

– *Dixit ?*

– On vous a vu.

– Des conneries, oui. Je n'avais aucune raison de rouler dans Gower Street ce soir-là. De fait, je ne sors même pas avant minuit. Je suis noctambule, moi.

– Il y avait une femme dans votre voiture, reprit Viktor.

– Je t'ai déjà dit que je suis gay! Va falloir que je te suce pour te le prouver? Et puis minute, minute: quel crime suis-je censé avoir commis?

– On vous a vu devant une boîte aux lettres.

– Une boîte aux lettres? répéta-t-il. Oh, mince, maintenant je comprends. Vous allez essayer de me baiser avec une histoire de vol de courrier.

Wesley tendit à Viktor une fiche d'interpellation sur laquelle il avait griffonné quelques-unes des condamnations de Samuel R. Culhane.

– Vous avez été arrêté pour fraude… une, deux fois, Viktor y lut-il. Et une autre pour contrefaçon. Voilà qui, comme on dit, s'accorde bien avec du vol de courrier dans des boîtes du service des postes américain.

– Bon, au diable ces conneries! s'écria Samuel Culhane. Il est hors de question que je passe une nuit en taule avant que vous vous repreniez et compreniez que vous vous trompez de bonhomme. Je veux bien tout vous raconter si vous filez et me laissez tranquille.

– Faites, dit Viktor.

– J'ai loué ma Pinto une semaine à un type que je connais. J'ai une autre voiture. Ce type vit dans une rue en retrait de Gower Street avec une idiote de camée qui se fait passer pour sa femme, sauf qu'ils sont pas mariés. Je les ai avertis tous les deux: on ne fait pas de conneries et on ne traite aucune affaire dans ma Pinto. Ils ne m'ont pas écouté, c'est ça? Je vais vous montrer où il habite. Il s'appelle Farley Ramsdale.

Hollywood Nate et Wesley Drubb échangèrent un regard et s'écrièrent ensemble «Farley!» avec tellement de force que Samuel Culhane en sursauta tout autant que Viktor Chernenko.

Enfoirée d'Olive ! Elle ne range jamais rien à sa place. Farley pensait toujours à elle au présent bien qu'il sût tout au fond de son cœur qu'elle appartenait déjà au passé. Il fallait bien le reconnaître : il y avait des choses qui allaient lui manquer. Elle avait tout des Bédouines qui traversent les champs de mines tandis que le vieux type la suit cinquante mètres en arrière sur son âne. Jamais moins qu'obéissante, cette nana. Jusqu'à maintenant.

Il finit par retrouver les cartes-clés dans le tiroir du bas du meuble de cuisine, à côté du sablier dont elle ne s'était jamais servie et d'une poêle méchamment brûlée qu'elle utilisait. C'étaient les meilleures cartes-clés qu'elle avait jamais volées et ils en tiraient toujours un bon prix. Juste à la bonne dimension et de la bonne couleur, avec pile le bon code pour que ça ressemble à un vrai permis de conduire californien dès qu'on y collait les faux renseignements au recto. Il allait devoir se trouver une autre associée pour traîner dans cet hôtel et en piquer d'autres. Peut-être qu'une femme même seulement à moitié classe ne susciterait pas les soupçons. Il essaya de penser à une femme seulement à moitié classe qu'il aurait pu connaître et renonça aussitôt.

Naturellement, il savait que le rendez-vous à la casse était très dangereux et pouvait n'être qu'une astuce d'un Cosmo décidé à les liquider tous les deux, mais après qu'il lui avait annoncé le départ d'Olive, celui-ci avait quand même insisté pour qu'il livre les cartes et donc c'était peut-être sûr. Ce putain d'Arménien n'oserait pas essayer de le tuer avec une Olive en mesure d'avertir les flics s'il ne revenait pas. Non ?

Sauf que… N'ayant encore jamais traité avec un type aussi violent que Cosmo, il avait concocté son petit plan lui aussi. Bien sûr qu'il se rendrait à cette casse loin de tout dans cette rue paumée d'East L. A. où aucun Blanc ayant toutes ses facultés ne se baladerait la nuit. Mais pas question de mettre un orteil hors de la voiture, absolument pas question. Il s'approcherait de la grille en voiture, tendrait la main et attraperait le sac en papier. Et si l'argent était bien dedans, il entrerait dans la casse, ferait un demi-tour, klaxonnerait jusqu'à ce que Gregori sorte de sa cahute, lui lancerait le sac en papier avec les cartes-clés dedans et filerait à toute allure loin de la casse pour retrouver le territoire des Blancs… si l'on pouvait qualifier ainsi Hollywood par les temps qui couraient.

Et si, parce qu'il n'y avait aucun piège, Gregori se sentait insulté par sa méthode de livraison et menaçait de ne plus faire affaire avec lui, eh bien tant pis. Qu'il s'en tienne à ces voleurs, traîtres et suce-les-sangs d'Arméniens dans son genre ! Allons, allons, songeait Farley avec une confiance grandissante alors qu'il fantasmait sur l'ice qu'il fumerait plus tard dans la soirée, comme s'il pouvait y avoir une faille dans ce plan-là !

Brusquement, penser aussi fort lui donna faim, mais il ne supportait plus l'idée d'avaler un sandwich au fromage. Il avait envie d'un doughnut de chez Ruby, surtout d'un gros couvert de chocolat et bourré de crème à l'intérieur, la spécialité de la maison. Il trouva le billet de 20 dollars spécial urgence qu'il avait planqué dans son tiroir à sous-vêtements, celui où Olive n'allait jamais fourrer son nez, remit debout la porte cassée du mieux qu'il put et partit chez Ruby. Tout comme le Pablo's Tacos et le cybercafé, le Ruby's Donuts était un des derniers arrêts sur la ligne Camés-à-fond.

Dans le parking, il vit deux ou trois drogués qu'il connaissait – on avait faim, mais pas de doughnuts. À y penser, il se dit que c'était la première fois qu'il se rendait au Ruby's Donuts pour se mettre quelque chose dans le ventre. Pour Farley Ramsdale, les nuits hollywoodiennes devenaient de plus en plus étranges, bizarres et inquiétantes, mais il semblait incapable d'empêcher qu'il en aille autrement.

Ils n'avaient pas vraiment besoin que Samuel R. Culhane les conduise chez Farley. Un seul appel suffit. Le dossier des interpellations regorgeait de fouilles à corps impliquant Farley et Olive O. Ramsdale, et contenait aussi leur vraie adresse, telle qu'elle apparaissait sur son permis. Comme les autres camés, ils se faisaient arrêter et contrôler sans cesse. Mais Viktor affirmait que la présence de Culhane était nécessaire, cela pour être sûr que si jamais il se retrouvait seul, le monsieur n'aille pas passer un coup de fil à Farley pour l'avertir.

Au volant de sa Pinto, Samuel R. Culhane fit ce qu'on lui demandait et conduisit l'équipe 6-X-72 et Viktor Chernenko jusque devant chez Farley, où il ralentit et leur indiqua la maison avec son clignotant gauche. Après quoi, il rentra chez lui à toute allure, tandis que les flics se garaient, se déversaient de leur voiture et s'approchaient du bâtiment toutes lampes torches éteintes.

Comme la fois précédente, Wesley alla couvrir la porte de derrière. Il la trouva entrouverte, avec un gond arraché, et remise en place à l'aide d'une chaise de cuisine. Nate et Viktor n'obtinrent pas de réponse à leurs appels et il n'y avait pas de lumière dans la maison. Wesley examina le garage vide.

– Le camé type, dit Nate à Viktor. Parti chercher du cristal. Dès qu'il en aura trouvé, il rentrera chez lui.

– Il faut que je prépare une souricière, dit Viktor. Je sens très fort que ce Farley Ramsdale a volé la lettre dans la boîte qui a conduit au braquage de la bijouterie. Pourtant ce n'est qu'un sentiment. Mais je suis certain que les voleurs de bijoux sont ceux qui ont tué le convoyeur au distributeur. Ce sera la plus grande affaire de ma carrière si je peux prouver que je suis correct.

– Ça pourrait faire la une du *L. A. Times* et passer à la télé, dit Hollywood Nate.

– C'est plus que possible.

Hollywood Nate marqua une pause, un seul mot lui venant à l'esprit: «publicité». Il se vit entrer dans une agence de casting un numéro du *Times* sous le bras. Avec sa photo dedans, qui sait?

– Viktor, dit-il, puisqu'on est avec toi depuis le début sur cette affaire, que dirais-tu de nous appeler si le gars se pointe? On serait heureux d'assurer ton transport ou de t'aider à trouver des éléments de preuve… tout ce que tu voudras. On était là pendant le coup de la grenade bidon et on a un peu l'impression que c'est notre affaire à nous aussi.

– Inspecteur, dit Wesley, ça pourrait être le plus grand truc que j'aie jamais réussi de toute ma vie. Je vous en prie, appelez-nous.

– Vous pouvez être assurés que je vous appellerai personnellement, répondit Viktor. Je ne rentre pas chez moi ce soir jusqu'à ce que j'aie une petite conversation avec M. Farley Ramsdale et son amie qui se fait appeler Olive O. Ramsdale. Et si vous le désirez, vous pouvez aller les chercher dès maintenant dans les lieux où traînent les camés. Peut-être n'avons-nous pas assez de choses pour les relier à des crimes, mais nous ne sommes pas obligés de rester à peigner la girafe.

Ilya faisait la leçon à Cosmo comme elle l'eût fait à un enfant, et lui, une cigarette entre ses doigts jaunes de nicotine, prenait tout cela avec joie – le type qui n'a plus d'idées.

– Comprends-moi, Cosmo, et fais confiance, dit-elle. Olive est partie et Farley ne sortira pas de sa voiture à la casse de Gregori. Il le fera pas à cause de toi. Ne crois pas que tout le monde est aussi con que…

Et là elle s'arrêta, puis lança :

– Tu dois le tuer dans sa voiture. À l'extérieur de casse.

– Ilya, lui renvoya-t-il, je peux pas trouver place où me cacher dehors. C'est route dégagée et sans voitures garées sur la chaussée la nuit. Où je peux me cacher ?

– Réfléchis dessus. Utilise la cervelle. Après tu l'as tué, tu l'emportes dans sa voiture. Tu gares quinze cents mètres de là. Tu pars. Tu reviens à casse et prends notre voiture.

– Comment je reviens à casse ? s'écria-t-il en l'interrompant. J'appelle taxi ?

– Non ! Tu ne fais pas ! Tu veux que police trouve qu'un taxi a pris quelqu'un sur scène de cadavre et emmené à casse de Gregori ? Putain, Cosmo !

– OK, Ilya. Désolé. Je retourne à pied.

– Après, toi et moi, on va chez Dmitri. Tu as des diamants dans ta poche. Pas trop. Tu donnes diamants à Dmitri. Son homme inspecte diamants. Tu dis : « S'il vous plaît, descends argent en bas au night-club. Donnez à Ilya. » Je serai assise au bar. Il me donne argent, je vais toilettes dames et prends reste des diamants où je les ai cachés endroit sûr. Beaucoup de gens dans le night-club. On sera sécurité.

– Mais, Ilya, dit Cosmo, tu oublies argent distributeur.

– Non, j'oublie pas. Tu dois dire trois quarts de vérité à Dmitri.

– Ilya ! Il me tuera !

– Non, il veut l'argent distributeur. Tu lui dis nous savons où trouver Olive. Tu lui dis nous la trouverons demain. Nous aurons argent et la tuerons. Nous apporterons moitié argent à Dmitri comme le contrat dit faire.

– Il sera très en colère, lui renvoya un Cosmo désespéré. Il me tuera.

– Dmitri souhaite tuer quelqu'un ? Dis-lui de tuer son putain de Géorgien qui nous file putain de voiture qui roule pas !

– Après, on fait quoi demain ? On peut pas trouver Olive. On peut pas apporter argent à Dmitri.

– Les Américains ont expression, Cosmo. Je suis pas sûre ce que chaque mot veut dire, mais je comprends l'idée. Demain, on dégage de Dodge City, bordel.

L'Oracle se payait une sale nuit. Le lieutenant était en congé et, responsable de la ronde comme il l'était, il dut répondre au coup de fil d'Anthony Butler, et l'avocat était en colère.

– Maître Butler, dit-il, les inspecteurs sont rentrés chez eux et donc, si vous pouviez rappeler demain…

– Vos inspecteurs, je les ai attendus toute la journée ! Ou plutôt non, c'est ma fille qui les a attendus. Savez-vous qu'on l'a droguée à l'Omar's Lounge pour la violer ?

– Oui, j'ai sorti le rapport et je l'ai étudié comme vous l'exigiez, maître, mais je ne suis pas inspecteur.

– J'ai parlé à votre inspecteur de nuit il y a vingt minutes. Ce type est un crétin.

L'Oracle ne le reprit pas sur ce point.

– Je vais m'assurer personnellement que le patron des inspecteurs soit au courant de votre appel et il vous enverra quelqu'un dès demain, dit-il seulement.

– Cet Andrei qui a tenté de droguer ma fille sait très bien qu'elle est montée dans la mauvaise voiture. Il sait probablement aussi que la police a été appelée. Et comment être sûr que ce n'est pas un copain des Iraniens ? Peut-être pourrait-il les identifier. Et si c'était un sale petit complot entre Andrei et ces cochons d'Iraniens ? Je suis choqué que personne ne se soit rendu au Goulag pour identifier cet Andrei, au moins ça.

– Si c'est vraiment le gérant du Goulag, il a un bon boulot et ne va pas disparaître. Il y sera demain. Et l'avocat que vous êtes doit comprendre qu'il est totalement impossible de prouver qu'on a essayé de droguer votre fille hier soir.

– Je veux savoir si ce type a déjà fait ce genre de choses. Sara est mon unique fille, sergent. Un officier de sécurité de notre corporation va nous accompagner au Goulag ce soir, ma fille et moi, et ma fille me montrera cet Andrei s'il est là et nous aurons son nom et son adresse. J'ai la ferme intention de rendre la vie impossible à ce fumier avec ou sans l'aide des inspecteurs du commissariat d'Hollywood.

– Non, non, maître ! s'écria l'Oracle. N'allez pas remuer des trucs au Goulag ! Ça foutra une pagaille pas possible pour tout le monde. Que je vous dise… j'y passerai moi-même ce soir, je parlerai à ce type et j'obtiendrai tous les renseignements dont pourront se servir les inspecteurs. Ça vous va ?

– Vous me le garantissez personnellement, sergent ?

– C'est chose faite, dit l'Oracle.

Après avoir raccroché, l'Oracle ordonna à la 6-X-76 de passer au commissariat et lut le rapport en son entier. C'était là le genre de merdouilles qui l'épuisait plus qu'autre chose et lui faisait sentir qu'il n'était plus de la première jeunesse.

Chaque fois qu'on lui demandait quel âge il avait, il répondait : « Le même que Robert Redford, Jack Nicholson, Jane Fonda, Warren Beatty et Dustin Hoffman. »

Il se disait qu'évoquer l'image sans âge de ces stars d'Hollywood pouvait Dieu sait comment atténuer ce que lui renvoyait la glace : les sillons en zigzag qui lui creusaient les joues et entouraient le cou, ses mâchoires qui pendaient, les rides de plus en plus profondes entre ses yeux.

Mais cette astuce ne marchait plus. Nombre de jeunes flics lui renvoyaient : « C'est qui, Warren Beatty ? » Ou alors on lui demandait dans quels films Jane Fonda avait joué. Ou lui disait encore: «Jack Nicholson, le vieux schnock qui assiste aux matchs des Lakers, c'est ça?» Il ouvrit le tiroir de son bureau et avala au goulot une bonne dose de potion contre les brûlures d'estomac.

L'équipe 6-X-76 étant entrée dans son bureau, il lui dit:

– Ce prétendu enlèvement à l'Omar's Lounge, c'est des conneries, pas vrai?

– Ça pue un max, sergent, lui répondit Budgie. La fille voulait absolument qu'on lui fasse un PV de kidnapping. Elle menaçait d'entamer des poursuites judiciaires. Elle a appelé une équipe des informations télévisées, mais comme je n'ai plus entendu parler de rien, je me suis dit qu'eux aussi avaient dû conclure que c'était de la merde. À l'entendre, son vieux serait un avocat avec pas mal de relations dans le milieu politique.

– Il vient d'appeler.

– C'est une actrice, dit Fausto, et au commissariat d'Hollywood cela expliquait beaucoup de choses.

– Rien que pour avoir la paix, dit l'Oracle en hochant la tête, je vais passer au Goulag dans la soirée et j'obtiendrai le nom et l'adresse de cet Andrei pour que nos inspecteurs puissent calmer le papa quand il appellera. On a assez de plaintes personnelles comme ça.

– À quelle heure tu y passeras? demanda Fausto.

– Dans deux ou trois heures.

– On t'y retrouve et on t'emmène chez Marina après.

– C'est quoi?

– Un nouveau restaurant mexicain dans Melrose Avenue.

– Je suis pas assez riche pour me payer un resto dans Melrose.

– Non, non, c'est juste un petit truc familial. Et c'est moi qui paie.

– Y a de la rééducation quand on est accro à la bouffe tex-mex? J'ai des brûlures d'estomac sans arrêt.

– C'est toi qui vois.

– Tortillas maison? s'enquit l'Oracle après une hésitation. Et… *salsa fresca*?

– J'en ai entendu dire beaucoup de bien, répondit Fausto.

– D'accord, j'appelle et je vous fais savoir quand je serai au Goulag.

– On se retrouve dans cinq minutes, Fausto, dit Budgie en se dirigeant manifestement vers les toilettes.

Lorsqu'elle fut partie, l'Oracle déclara :

– Je suis en train de préparer les équipes pour le prochain roulement. Qu'est-ce que tu penses de Budgie ?

– Qu'est-ce que tu veux dire ?

– Tu voulais pas travailler avec une femme, mais tu m'as rendu un service. Je ne voudrais pas te demander de m'en rendre un deux mois de file si tu penses toujours pareil.

Fausto garda le silence un instant. Il leva les yeux au plafond, soupira comme si la décision n'était pas facile, puis répondit :

– Écoute, Merv, si t'es encore dans la panade et que t'as besoin d'un coup de main…

– On a tellement peu de personnel que préparer le roulement devient incroyablement difficile depuis quelque temps. Ça me rendrait la vie plus facile.

– Elle est pas mauvaise pour une jeune, dit Fausto, mais je pense quand même qu'elle pourrait profiter encore un peu des conseils d'un vieux chien de berger comme moi.

– Je suis content que ce soit ce que tu penses, Fausto. Merci de ton aide.

– Bon, ben, vaudrait mieux que j'aille la chercher. Ces vestes fendues prennent un sacré bout de temps à enlever juste pour pisser un coup. Faudrait quand même qu'on leur invente une espèce de pagne, à nos collègues femmes.

L'Oracle vit Fausto filer par la porte de derrière et gagner le parking, et attrapa Budgie au moment où elle sortait des toilettes.

– Budgie, dit-il, ça t'ennuierait de refaire un roulement avec le vieux phoque ?

– Aucune objection, sergent, dit-elle en souriant. On a passé un marché, Fausto et moi. En fait, on forme même une assez bonne équipe.

– Merci. Travailler avec toi lui a fait un bien énorme. Il se comporte comme s'il avait dix ans de moins. Des fois, je me dis que je suis un vrai génie.

– Nous le savons tous, sergent, lui renvoya-t-elle.

Farley arriva à la casse à l'heure prévue, se gara cinquante mètres plus loin et éteignit ses phares. Si jamais une ombre ayant la moindre ressemblance avec Cosmo Betrossian s'approchait de la grille, argent ou pas, il repartait. Mais dix minutes plus tard rien n'avait bougé. Il allait s'approcher plus pour voir si le portail était ouvert et si un sac en papier y avait été coincé entre les barreaux. Il roula lentement vers la casse, ses feux toujours éteints. Il entendit des chiens aboyer dans une autre casse plus près. Cela lui rappela Odar, le doberman de garde super-baraqué auquel on avait donné le nom désignant les non-Arméniens.

Il était du mauvais côté de la route, mais il y avait si peu de circulation à cette heure que cela n'avait aucune importance. Derrière les grilles des deux côtés de la chaussée se trouvaient des voitures accidentées et mises en pièces et d'énormes grues. Il vit des petites cahutes servant de bureaux, ou des caravanes qui en faisaient office, et des bâtiments plus grands où l'on pouvait démanteler et réassembler des voitures. Et tout cela était plongé dans le noir, seules quelques loupiotes de sécurité brillant sur certains bâtiments et certaines des grilles le long de la route.

Il se rapprocha du portail tous feux éteints et, le clair de lune aidant, s'aperçut qu'il était ouvert. Et vit aussi quelque chose de blanc coincé dans le grillage. Il semblait donc que le sac contenant l'argent était bien là.

Il baissa sa vitre, arracha le sac au grillage, remonta la route jusqu'à une distance sûre et se gara. Ouvrit le sac, alluma le plafonnier et oui, ils étaient là, les 150 dollars en billets de 10 et de 20. Il les recompta deux fois. Et la peur laissa peu à peu place à l'excitation. Il pensa à l'ice qu'il fumerait ce soir-là. Il fut incapable de songer à autre chose pendant un moment, puis il se rendit compte qu'il allait devoir effectuer la livraison.

Plein d'audace maintenant, il revint au portail et entra dans la cour tous phares allumés, vitres remontées et portières fermées à clé. Attaché à un long fil de fer qui lui permettait de courir du portail jusqu'au bureau, Odar aboyait et grondait, mais il n'y avait personne près du portail et rien qu'un vieux baril de pétrole posé contre la clôture. Farley se sentait tellement en sécurité qu'il fit paresseusement demi-tour dans la cour, klaxonna trois fois, baissa sa vitre, jeta le sac de cartes-clés sur l'asphalte et repartit vers le portail.

C'est alors que le faisceau de ses phares découvrit Cosmo Betrossian en train de sortir du baril vide ! Farley eut le temps d'écraser l'accélérateur, mais lorsqu'il arriva au portail, Cosmo avait réussi à le fermer !

La Corolla s'écrasa dedans et s'arrêta, son phare gauche se brisant aussitôt en même temps que le garde-boue entrait dans le pneu avant. Le moteur s'étouffant, Farley fut pris de panique et mit et remit le contact tandis que Cosmo s'approchait de la voiture en courant, un pistolet à la main.

– Arrête, Farley ! hurla Cosmo. Je ne ferai pas mal !

Farley sanglotait lorsque le moteur finit par redémarrer. Il passa en marche arrière à toute volée et traversa la cour pour aller s'écraser dans la porte du bureau et casser ses deux feux arrière, tandis que sa tête partait elle aussi en arrière.

Odar, lui, était comme pris de folie ! Le museau dégoulinant de bave, il jappait, grondait et aboyait d'une voix rauque. Et fonçait sur la voiture qui bousillait des trucs partout. Fonçait sur le type qui s'était pointé deux heures après que son maître l'avait attaché au fil de fer et abandonné. Odar voulait attaquer. N'importe qui. N'importe quoi.

Farley passa en première, mit le pied au plancher et visa Cosmo, qui s'écarta d'un bond et tira une balle dans la vitre du passager, juste derrière la tête de Farley. Celui-ci fonça sur le portail et jeta une deuxième fois la voiture dessus. Celle-ci frémit, repartit à l'assaut, mais le portail tint bon. Farley jeta un coup d'œil dans le rétroviseur extérieur et vit Cosmo s'approcher en courant, son flingue dans une main, une lampe torche dans l'autre.

Il repassa en marche arrière encore une fois et écrasa le champignon. Les roues tournèrent et le caoutchouc brûla et fuma tandis que la voiture partait en arrière, Cosmo sautant de côté et tirant une deuxième fois, puis une troisième, le recul de l'arme expédiant les deux projectiles par-dessus le toit de la Corolla.

La voiture fonçait toujours en arrière avec son chauffeur qui ne savait plus de quel côté tourner – mais tourner, il le fit et, cette fois, évita de s'écraser dans le bâtiment du bureau. Alors Farley freina à mort et s'arrêta en virant de bord, la tête toute chavirée.

Et vit quelque chose de flou dans le faisceau de ses phares et, comprenant que c'était Cosmo qui venait le tuer, repassa en première, accéléra à fond et vira à gauche, sans trop savoir si Cosmo était encore là alors même qu'il voyait des éclairs sortir de la gueule de son arme et se ruer sur lui. Le garde-boue avant gauche attrapa Cosmo à la hanche et l'expédia six mètres plus loin par-dessus l'asphalte, où il atterrit sur la même hanche et perdit son arme dans un tas de ferraille et de chiffons pleins de cambouis.

Farley savait qu'il avait touché Cosmo et repartit de plus belle, droit sur le portail, mais freina de toutes ses forces à la dernière seconde, descendit de voiture et se mit à courir en s'attendant à recevoir une balle dans la nuque à tout instant. Il tira le verrou en acier et avait presque ouvert le portail lorsque, en se retournant, il vit Cosmo tituber vers lui sans son pistolet certes, mais armé d'une barre de fer qu'il avait trouvée sur le tas de ferraille. Cosmo boitait et jurait dans sa langue. Et s'avançait vers lui.

Farley réussit enfin à ouvrir entièrement le portail et courut vers la portière conducteur de sa voiture, mais trop tard. Cosmo était déjà sur lui et, Farley s'étant baissé, sa barre de fer fit voler la vitre en éclats. Alors Farley se remit à courir avec Cosmo à ses trousses, à courir dans le noir, à courir vers les rangées de voitures qui attendaient d'être écrasées, à courir jusqu'à une autre rangée de voitures qui elles attendaient d'être démantibulées et vendues en pièces détachées.

Odar n'en pouvait plus. Ces deux intrus qui cavalaient dans sa cour étaient plus qu'il n'en pouvait supporter. Son adrénaline de chien débordant, il prit son élan, courut longtemps après les deux hommes, sa laisse se tendit comme une corde de piano, et le fil accroché en hauteur qui la retenait cassa net. Les yeux en feu, les crocs dégagés, toute la gueule couverte de bave, Odar plissa ses yeux de démon et se rua sur eux.

Premier à le voir, Farley grimpa dare-dare sur une Plymouth accidentée et se hissa sur le toit. Cosmo vit Odar lui aussi, mais n'eut pas le temps de lui flanquer un coup de barre et, emboîtant le pas à Farley, sauta sur la plage arrière d'une Audi accidentée et se dépêcha de monter sur le toit avec Odar à ses trousses, la peau de l'animal luisant au clair de lune.

Le chien bondit, dérapa, retomba de la voiture par terre, réessaya et quelques secondes plus tard se tenait sur le toit de l'Audi, sa laisse derrière lui. Mais Cosmo avait eu le temps de sauter du toit de l'Audi sur le capot d'une Pontiac, et de la Pontiac sur le toit d'une Suburban presque entièrement désossée. Brusquement, Odar renonça à poursuivre Cosmo et reporta son attention sur Farley qui, lui aussi, sautait comme une grenouille de voiture en carcasse de voiture en partie désossées. Jusqu'au moment où il se retourna et, horrifié, s'aperçut que ce fumier de chien faisait exactement la même chose et se rapprochait.

Avec sa hanche blessée, Cosmo commençait à ne plus pouvoir bouger cependant que Farley reprenait son souffle sur le toit d'une vieille Cadillac, le chien un rien paumé se tenant recroquevillé sur le capot d'une Mustang entre eux deux et les regardant à tour de rôle sans plus trop savoir de quel côté attaquer.

Cosmo se mit à parler au chien en arménien dans l'espoir de le gagner à sa cause en ayant recours à une langue qu'il avait l'habitude d'entendre. Et à lui donner des ordres modérés dans sa langue maternelle.

Farley, qui sans être aussi gravement blessé que Cosmo n'en était pas moins épuisé, aurait lui aussi voulu convaincre l'animal, mais lorsqu'il voulut parler, des marmonnements entrecoupés de sanglots hystériques lui sortirent de la bouche quand il cria :

– Ne l'écoute pas, Odar ! T'es comme moi, toi ! Moi aussi, je suis un odar ! Tue-le. Tue-moi cet enculé d'Arménien !

Alors Odar se rua sur Farley et Farley hurla comme une femme, ce hurlement de terreur déclenchant quelque chose dans l'esprit du chien d'attaque. Il fit demi-tour, se rua de plage arrière en capot et en toit, se jeta sur Cosmo tel un missile et le fit dégringoler par terre, son élan le projetant sur le sol, où il atterrit de côté, couina de douleur et se redressa en boitant sérieusement. Quelques secondes plus tard, il ne pouvait plus s'appuyer sur sa patte arrière gauche et à peine sur la droite.

Farley, lui, en avait profité pour courir vers sa voiture, à laquelle il arriva, dans laquelle il bondit, mais qu'il fut incapable de faire démarrer. En larmes, il noya le moteur, ôta la clé de contact et ferma la portière au moment où Cosmo se traînait jusqu'au tas de ferraille, dans lequel il avait perdu son pistolet. Mais comme il avait aussi perdu sa lampe torche, il ne put qu'y enfiler ses mains jusqu'au moment où il retrouva son arme, non sans s'être ouvert un doigt jusqu'à l'os.

Farley remit le contact et miracle, le moteur démarra ! Il enclencha la première, écrasa l'accélérateur au moment même où Cosmo se pointait côté passager, tirait cinq balles dans la vitre et ratait quatre fois sa cible. Le cinquième et dernier projectile entra dans l'aisselle droite de Farley au moment où celui-ci tournait le volant à gauche avec la main, la voiture bondissant aussitôt et ses pneus y perdant encore du caoutchouc.

Hors de combat, le chien s'était assis sur sa hanche droite et grondait et hurlait après Cosmo qui rejoignait en boitant sa Cadillac qu'il avait cachée derrière le bureau, qu'il faisait démarrer et tentait de lancer à la poursuite de Farley. Il n'avait pas fait quatre cents mètres lorsqu'il dut se garer, déchirer son T-shirt et s'en servir pour éponger le sang qui s'écoulait d'une vilaine coupure qu'il s'était faite à la tête et qui lui rentrait dans les yeux et l'aveuglait.

Farley a parcouru quatre cents mètres sur la route de la casse lorsqu'il se rend compte qu'il a été touché. Il baisse la main gauche, sent le mouillé et se met à beugler. N'empêche, il continue de conduire, un seul phare lui éclairant la route, ses garde-boue esquintés frottant contre ses deux pneus avant.

Il perd toute notion du temps, mais, l'instinct aidant, poursuit sa route vers l'est de Sunset Boulevard, à l'endroit où celui-ci commence, près du centre-ville de Los Angeles. Il s'arrête aux feux rouges, mais parfois ne le fait pas, et ne voit pas la voiture de police qui l'a repéré en train de brûler celui d'Alvarado, plusieurs automobilistes pilant, klaxonnant à fond et l'insultant.

Et le voilà qui traverse paresseusement tous ces quartiers ethniques où l'on parle les langues de l'Amérique latine, de l'Asie du Sud-Est et de l'Extrême-Orient, aussi bien que le russe, l'arménien, l'arabe et une douzaine d'autres trucs qu'il déteste. Il roule vers l'ouest, vers Hollywood, vers sa maison.

Il n'entend pas non plus la sirène de police, bien sûr ignore absolument qu'une unité de la division de Rampart a lancé un avis de prise en chasse d'une Corolla blanche avec son numéro de plaque, l'endroit où il se trouve et la direction qu'il a prise, des voitures de la division d'Hollywood s'étant alors mises à rouler vers Sunset Boulevard, tout un chacun étant convaincu que ce poivrot incroyablement irresponsable va se taper un deux grammes cinq à l'alcootest parce qu'il n'arrête pas de zigzaguer dans Sunset à quarante-cinq kilomètres à l'heure et encore, obligeant ainsi les véhicules qui viennent en sens inverse à virer à droite et s'arrêter, et semble ne pas avoir conscience des sirènes et de la file de voitures de police qui se sont jointes à celle qui a lancé la poursuite.

Arrivé à Normandie Avenue, Farley entre sur les terres de la division d'Hollywood, et toujours et encore fait route vers l'ouest. Mais ce n'est maintenant plus dans une voiture qu'il se trouve. Farley Ramsdale a quinze ans de moins, tire des paniers au lycée d'Hollywood à l'occasion d'un match inter-classes et tous ses tirs sont à trois points et trouvent le filet. *Schwooush!* Et la pom-pom girl qui n'arrêtait pas de se payer sa tête lui fait les yeux doux. Il va la baiser plus tard dans la soirée, cela ne fait aucun doute.

Il est au coin de Gower Street lorsque, son pied glissant sur l'accélérateur, la voiture rentre lentement dans l'arrière d'une Land Rover garée le long du trottoir et le moteur s'arrête. Farley jamais ne verra les policiers de la division d'Hollywood qui le connaissent – à savoir Hollywood Nate, Wesley Drubb, B. M. Driscoll, Benny Brewster, Budgie Polk et Fausto Gamboa – et ceux qui ne le connaissent pas.

Tous sont descendus de leurs véhicules et, l'arme dégainée, courent précautionneusement vers la Corolla maintenant que Nate a averti toutes les unités que cette voiture est recherchée en relation avec un braquage. Ils crient des choses, mais Farley ne les entendra pas non plus.

Hollywood Nate fut le premier à atteindre la voiture. Il défonça la vitre côté conducteur et déverrouilla la portière. Et l'ouvrit brusquement et vit tout le sang, et rengaina son 9 mm et hurla qu'on appelle une équipe de réanimation.

Farley Ramsdale avait roulé les yeux en arrière et ses paupières battaient comme des ailes lorsqu'il entra en état de choc, et mourut bien avant que l'ambulance n'atteigne Sunset Boulevard.

19

Cosmo ne pouvait plus s'arrêter de jurer tandis qu'il roulait vers l'ouest, vers Hollywood. Il ne cessait de consulter sa montre sans savoir pourquoi. Il ne cessait de penser à Ilya, à ce qu'elle dirait, à ce qu'ils allaient faire. Il ne cessait de se demander combien de temps il faudrait à cet affreux camé de Farley pour appeler les flics et tout leur cracher sur le braquage de la bijouterie. Au moins ne pourrait-il pas leur parler de l'affaire du distributeur et de l'assassinat du convoyeur. Ilya avait raison. Farley n'en savait rien – sinon il ne serait pas allé voir Gregori ce soir-là. Mais c'était là une bien piètre consolation.

Son doigt l'élançait et sa tête aussi. Il avait une coupure au cuir chevelu et du sang en coulait encore. Il allait avoir besoin de points de suture au doigt et peut-être aussi à la tête. Tous ses os et tous ses muscles ou presque lui faisaient mal. Il se demanda s'il avait une fracture à la hanche. Fallait-il rentrer à la maison ? La police l'y attendait-elle ?

Ce soir-là il s'était servi du 9 mm Beretta qu'il avait pris au convoyeur. Il pensait que cette arme serait bien plus précise que le petit flingue bon marché qu'il avait utilisé dans ses braquages. Et qu'est-ce que ça lui avait rapporté ? Au moins avait-il encore quelques balles dans le chargeur. Il n'avait aucune envie de passer sa vie enfermé en prison comme un animal. Non, pas lui, Cosmo Betrossian.

Il ouvrit son portable et appela Ilya. Si elle ne répondait pas, cela signifierait que les flics étaient déjà là.

– Oui ? répondit-elle.

– Ilya ! Ça va ?

– Oui, ça va. Ça va, toi ?

– Pas ça va, Ilya. Rien n'est correct.

– Merde.

– Je saigne sur la main et la tête. J'ai besoin pansement sur mes blessures et j'ai besoin nouvelle chemise et j'ai besoin casquette pour cacher le sang. Pas la casquette de l'autre jour.

– Toute façon, j'ai jeté la casquette de base-ball, Cosmo. Je ne suis pas aussi idiote.

– Je serai à la maison bientôt. Je dois mettre essence dans ma voiture. Je crois qu'il y a plus sécurité si nous allons à San Francisco.

– Merde.

– Oui, Farley pourrait appeler la police. Prépare toute chose pour voyager. Je te verrai bientôt.

Avant de commencer à faire les valises, Ilya gagna l'étagère de la penderie et y prit le sac de bagues, de boucles d'oreilles et de diamants en vrac. En en laissant juste assez de chaque pour que Cosmo puisse les montrer à Dmitri. Puis elle rangea le reste dans un endroit très sûr.

Complètement fermé par la police, le croisement de Sunset Boulevard et Gower Street était très animé. Viktor Chernenko s'y trouvait après avoir abandonné sa planque devant la maison de Farley Ramsdale. Celle-ci ferait l'objet d'une demande de mandat de perquisition dès que Viktor serait de retour à son bureau. Après qu'Hollywood Nate l'avait informé que la victime de l'homicide était bien Farley Ramsdale, la personne qui l'intéressait, Viktor avait commencé à se dire que ce dernier avait nettement plus d'ambition qu'un petit voleur de courrier. Quels qu'ils aient été, c'étaient bien ses liens avec les voleurs russes qui l'avaient tué.

Et lorsque la nouvelle avait couru dans la salle des inspecteurs que le suspect poursuivi avait fini par mourir, abattu quelque part à l'est de la division d'Hollywood mais toujours recherché par Viktor Chernenko, l'inspecteur du service de nuit qu'en général rien ne passionnait vraiment, Charlie Gilford, dit « le Compatissant », avait senti l'intérêt monter en lui.

Andi McCrea et Brant Hinkle s'apprêtaient à partir au Goulag pour continuer d'enquêter sur leur affaire d'homicide et tenter de mettre la main sur la bande vidéo de Dmitri lorsqu'il jeta un coup d'œil de leur côté.

– N'y pense même pas, lui lança Andi. Le type s'est fait descendre quelque part en dehors de notre secteur et j'ai plus de boulot qu'il ne m'en faut de toute façon.

Charlie le Compatissant haussa les épaules et se mit à passer des coups de fil. Son affaire faite, il enfila sa veste de sport à carreaux et prit la direction du carrefour Sunset Boulevard-Gower Street pour ne pas rater l'occasion d'offrir son commentaire sur un énième rêve hollywoodien qui avait horriblement mal tourné.

Wesley Drubb était tellement excité qu'Hollywood Nate dut lui dire de s'accrocher à sa ceinture de sécurité de peur de le voir entrer en lévitation. Viktor Chernenko avait parlé à des inspecteurs des Vols et Homicides de la brigade de la banque qui s'occupaient de l'affaire du distributeur et appelé son lieutenant à son domicile personnel. Tout arrivait si vite qu'il avait été difficile de décider de la suite à donner aux événements, hormis rédiger une demande de perquisition pour la maison de Ramsdale et espérer pouvoir localiser la femme qui se faisait appeler Olive Ramsdale. Une autre équipe des Vols d'Hollywood surveillait toujours la maison et l'y attendait.

L'équipe 6-X-72 n'ayant rien d'autre à faire pour l'instant, Hollywood Nate et Wesley durent, à leur corps défendant, reprendre la patrouille et revenir à leurs tâches ordinaires.

– Je vous écrirai des éloges pour votre bon travail, qu'on résolve cette affaire ou pas, leur dit Viktor. Et n'oubliez pas Olive. Vous la connaissez. Vous pourriez la voir au stand de tacos, au magasin de doughnuts ou au cybercafé.

– On surveillera, dit Nate.

– Gardez l'œil tout vert ! Et merci !

Andi et Brant avaient décidé de grignoter quelque chose avant d'aller au Goulag. Un des avantages des night-clubs russes étant qu'ils restaient ouverts jusqu'à la dernière minute autorisée par la loi, Andi se disait qu'ils avaient tout le temps devant eux.

Ils se trouvaient à Thai Town – Andi travaillait sur une salade verte à la papaye tandis que, les yeux pleins de larmes à cause des piments, Brant dévorait un curry de poulet. Ils avaient tous les deux commandé un café glacé, aussi bien pour apaiser leurs bouches en feu que parce que, n'ayant eu que quelques heures de sommeil ces deux derniers jours, ils avaient besoin d'une petite secousse de caféine.

– Vu que je suis le petit nouveau et qu'on m'a dépêché des Vols pour te donner un coup de main, dit Brant, je pense appeler mon lieutenant pour lui demander de travailler aux Homicides à plein temps. Il vous manque du personnel.

– Il en manque à tout le monde, lui renvoya-t-elle en sirotant son café glacé à la paille.

– Ce n'est pas qu'on se battrait pour m'avoir, mais le patron sait que je ne resterai ici que jusqu'au moment où je serai le premier sur la liste d'attente et où il faudra me nommer.

– Lieutenant Hinkle, dit-elle. Ça sonne bien. Tu feras un bon responsable de ronde.

– Pas autant que toi, dit-il. Tu vas tous les éblouir et tu seras en haut de la prochaine liste. Les troupes adoreront travailler avec toi.

– Et pourquoi donc ?

– Parce que tu as bon cœur.

– Comment le sais-tu ? Tu n'as vu que l'extérieur de ma personne.

– Instinct de flic.

– Attention, l'ami. Je suis à l'âge où je perds complètement la tête quand un homme me flatte de cette façon. Je pourrais faire une bêtise. Comme te prendre au sérieux.

– J'ai quelques années de plus que toi. Je suis prêt à ce qu'on me prenne au sérieux.

– Remettons cette conversation à la fin du service, dit-elle, quand je pourrai me concentrer.

– Comme tu voudras, collègue.

– Ce que je veux ? Qu'on aille chercher une bande vidéo et qu'on résolve un homicide.

– Viktor va-t-il quand même nous retrouver pour nous faire un petit baratin à la russe ?

– C'est un mec très occupé ce soir, mais il a dit qu'il y serait.

– Tous au Goulag, camarade ! lança Brant avec un sourire qui lui fit plisser ses yeux verts aux longs sourcils, Andi en ayant aussitôt des démangeaisons jusque dans les orteils.

Cosmo offrait un spectacle qui choqua Ilya lorsqu'il arriva en haut des marches en boitant. Elle l'aida à nettoyer sa blessure à la tête et à enrayer l'écoulement du sang. Pour son doigt, elle fit de son mieux pour refermer la plaie avec du sparadrap, puis elle l'enserra dans un pansement en attendant que Cosmo aille voir un médecin qui la lui recouse le lendemain. Lendemain où Dieu seul savait où ils allaient pouvoir le faire et se trouveraient. Ilya n'entendait se concentrer que sur la manière de récupérer l'argent de Dmitri.

– On peut partir en courant maintenant, lui dit Cosmo. On a diamants. On trouvera quelqu'un à San Francisco.

– Nous sommes très recherchés, dit-elle. Trop de choses arrivées. On n'a plus temps. La police viendra quand Farley lui parle de nous. Pas le temps d'aller pêcher des gens des diamants à San Francisco. On a besoin argent maintenant. Tu sais, Cosmo, je pourrais repartir jusqu'en Russie. Je ne sais pas.

Il ne savait pas davantage. Tout ce qu'il savait, c'était qu'il avait très peur de se retrouver devant Dmitri sans l'argent du distributeur. Et de devoir essayer de lui raconter des mensonges. Dmitri était très astucieux. Plus astucieux qu'Ilya, songeait-il.

Il appela le numéro de portable que Dmitri lui avait donné.

– Oui, répondit celui-ci.

– Est moi, frère, dit Cosmo.

– Ne dis pas ton nom.

– J'aimerais venir dans demi-heure.

– D'accord.

– Tu es prêt finir affaire ?

– Oui, et toi ?

– Prêt, frère, répondit Cosmo en avalant sa salive.
– Se retrouve dans trente minutes, dit Dmitri et Cosmo eut l'impression de voir son sourire si particulier.

Cosmo mit son béret noir pour cacher sa blessure à la tête. C'était ce que portait Ilya avec son sweater noir et ses bottes quand elle voulait avoir l'air très sexy. Cosmo, lui, avait enfilé une veste de sport d'un blanc pâle, un pantalon bleu et ses plus belles chaussures en cuir. Il glissa le Beretta dans sa ceinture, dans le creux de son dos. Et serra fort sa ceinture pour l'y maintenir en place.

Ilya avait passé la jupe la plus serrée qu'elle ait, un pull avec col en V très plongeant – celui qui faisait ressortir ses seins – et une courte veste noire couverte de sequins par-dessus tout cela. Et puisqu'ils allaient dans un club russe, elle avait enfilé ses genouillères noires à talons de huit centimètres de haut. Elle songea qu'elle ne manquait pas de chien. Elle aimait beaucoup cette expression.

– On va chercher nos 35 000 dollars, Ilya, dit Cosmo en se forçant à sourire courageusement. On va au Goulag.

L'Oracle jeta un coup d'œil à la pendule. Il commençait à avoir faim et la soirée avait été très animée avec la poursuite lancée après un mort, Viktor Chernenko qui lui avait emprunté une de ses voitures et les petites folies hollywoodiennes ordinaires qui s'étaient déclarées ici et là comme si on était à la pleine lune. Il sentit une forte brûlure à l'estomac et s'enfila deux ou trois comprimés d'anti-acide.

Et dit au sergent de la troisième ronde :

– Faut que j'aille faire de la communication pour empêcher un sac de merde d'avocat de déposer plainte contre tous les gens de la division d'Hollywood qui ont jamais rencontré ou pas rencontré sa folle de fille après le PV de crime bidon qu'elle a fait faire. Faut juste que je dégote le nom et l'adresse d'un gérant de night-club, si tant est que ce type en soit vraiment le gérant. Peut-être n'a-t-il que des cartes de visite pour impressionner les nanas qu'il rencontre dans les bars.

– À quel night-club allez-vous ? lui demanda le sergent.

– Un truc russe, le Goulag. Vous connaissez ?

– Non, mais j'imagine que c'est un endroit où traîne la mafia russe. Ils changent plus souvent de noms et de propriétaires que de sous-vêtements.

– Après, je me ferai un code 7 avec Fausto et son coéquipier. Ils ont trouvé un resto familial mexicain génial. Vous m'appelez si c'est nécessaire.

Dès qu'il fut sorti du parking du commissariat d'Hollywood, l'Oracle envoya un message à l'équipe 6-X-76 pour dire qu'il fonçait au Goulag et n'y resterait pas plus d'un quart d'heure.

Le parking du Goulag était bourré de voitures lorsque Cosmo y fit entrer sa Cadillac. Il dut se garer tout au bout, près des bennes à ordures.

– Dmitri devrait engager voituriers, fit remarquer nerveusement Ilya.

– Trop radin, dit Cosmo.

Ils entendirent tout l'établissement vibrer dès qu'ils descendirent de voiture. Cosmo écrasa sa cigarette, tâta son pistolet sous sa veste et gagna l'entrée avec Ilya en boitant.

Ilya se rendit au bar, se joignit à la file de buveurs qui essayaient de se faire servir et appela le barman dégoulinant de sueur :

– Excusez-moi, s'il vous plaît ?

Un jeune mec alcoolisé assis au comptoir se tourna vers elle, regarda son visage, puis ses nichons, se leva de son tabouret et dit :

– Je vous donne mon siège si vous me laissez vous offrir un verre.

Ilya lui décocha son plus beau sourire professionnel, prit son tabouret et lui renvoya :

– Très aimable à toi, chéri.

– Vous êtes russe ? demanda l'autre en souriant à son accent.

– Oui, chéri.

– Et si je vous commandais un Black Russian[1] ?

1. Cocktail à base de vodka, de Coca et de liqueur de café *(NdT)*.

– Je préfère un Américain blanc, lui renvoya-t-elle et, assez ivre pour trouver tout amusant, le jeune mec rit haut et fort.

Ilya regretta que le monde entier ait cessé de fumer. À cet instant, elle aurait bien échangé un diamant contre une cigarette.

Si occupé fût-il, Viktor Chernenko avait fait une promesse à Andi McCrea, et une promesse était une promesse. Il consulta sa montre et informa Charlie le Compatissant qu'il devait aller vite faire un tour dans un night-club russe appelé le Goulag pour aider Andi à forcer la main au propriétaire dans sa langue maternelle. Pour ce qui était des inspecteurs extérieurs qui étaient partis rejoindre le commissariat afin d'aider à remettre en place les pièces du puzzle assassinat de Ramsdale et braquages à Hollywood, Viktor avait prévu de rester aussi longtemps qu'il y aurait un espoir de retrouver la femme de Farley Ramsdale. Il avait une photocopie de son casier judiciaire (petits vols et possession de drogue) et avait compris que cet « Olive Ramsdale » devait être un pseudo récent. Elle avait donné le nom de « Mary Sullivan » aux policiers qui l'avaient arrêtée, mais qui pouvait dire que c'était là son vrai nom ?

Viktor passa vite un coup de téléphone chez lui et eut sa femme, Maria, au bout du fil.

– Allô, ma chérie. Ton mari le plus aimant à l'appareil.

– Nom de Dieu ! s'écria Charlie le Compatissant en regardant Viktor comme si celui-ci venait de dégueuler du gaz poivre.

Charlie le Compatissant ne supportait pas les roucoulades au téléphone.

– Je suis en train de travailler sur l'affaire la plus importante de toute ma carrière, mon petit cœur adoré, reprit Viktor. Il est possible que je dorme ici cette nuit dans la pièce à lits de camp. Je ne suis pas complètement sûr.

Puis il écouta avec un gros sourire de benêt sur son grand visage de Slave, dit « Moi aussi » et oui, fit des bruits de bisous dans l'écouteur avant de raccrocher.

– C'est ton premier mariage, Viktor ? lui demanda Charlie.

– Mon premier, mon dernier.

– Ça doit être un truc russe, dit Charlie en hochant la tête.

– Je ne suis pas russe, lui remontra patiemment Viktor. Je suis ukrainien.

– Rapporte-moi des *kielbasa* si ce Goulag a l'air propre.

– Ça, c'est polonais, pas russe, dit Viktor en se dirigeant vers la porte.

– Polonais, russe, ukrainien ! Lâche-moi un peu, Viktor ! gémit Charlie le Compatissant.

Cosmo frappa à la porte du bureau de Dmitri et entendit : « Entre ! »

Il entra donc, en boitant, et vit Dmitri assis à son bureau dans son fauteuil à haut dossier, mais cette fois, il n'avait pas les pieds sur son bureau et ne regardait pas du porno exotique sur son ordinateur. Costume sombre et cravate à rayures, un homme plus âgé et chauve à l'exception d'une frange irrégulière de cheveux gris était assis sur le canapé en cuir poussé contre le mur.

Debout près de la fenêtre donnant sur le patio fumeurs où s'était produit le meurtre se tenait le barman géorgien – chemise blanche amidonnée, nœud papillon et pantalon noirs. Il avait les cheveux encore plus épais que Cosmo et une mâchoire carrée qu'aucun rasoir n'aurait jamais pu tenir propre. Il adressa un signe de tête à Cosmo.

Dmitri y alla de son sourire insupportable et lança :

– Le mek qui monte est arrrrivé ! S'il te plaît, rencontrer M. Grushin, Cosmo. Et lui montrer marchandise à vendre.

– J'ai quelques échantillons, dit Cosmo, et aussitôt le sourire de Dmitri s'évanouit, son visage semblant devenir tout pâle autour de ses lèvres. Tous les autres diamants avec Ilya en bas, s'empressa-t-il d'ajouter. Pas t'inquiéter, frère.

– Je m'inquiète pas, dit Dmitri en souriant à nouveau. Pourquoi es-tu si blessé ?

– J'expliquerai plus tard, répondit Cosmo.

Puis il sortit un sac à sandwich en plastique de la poche de sa veste et répandit deux bagues, trois jeux de boucles d'oreilles et cinq diamants en vrac sur le bureau de Dmitri.

M. Grushin se leva et gagna le bureau. Le Géorgien lui approcha sa chaise pour qu'il puisse s'asseoir. M. Grushin prit une loupe de joaillier dans sa poche et examina chaque article à la lumière de la lampe de bureau, et quand il eut fini, fit oui de la tête à Dmitri, se leva et quitta le bureau.

– Je peux voir argent maintenant, frère? demanda Cosmo.

Dmitri ouvrit le tiroir du haut de son bureau et en sortit trois grandes piles de billets, qu'il posa sur le bureau devant lui. Et ne demanda pas à Cosmo de s'asseoir.

– OK, mon ami, dit-il. Parle-moi distributeur. Et dis-moi quand je reçois la moitié de l'argent que t'en as eu.

Cosmo sentit l'humidité sous ses bras. Il avait les paumes mouillées lorsqu'il montra le Géorgien de sa main intacte et lança:

– Il nous a donné voiture qui vaut rien. La voiture lâche quand on quitte le distributeur!

Le Géorgien dit vite à Dmitri quelque chose en russe que Cosmo ne put comprendre, se tourna vers ce dernier, fronça les sourcils et s'écria:

– Tu mens! Voiture est bonne voiture! J'ai conduit. Tu mens.

Cosmo sentit gargouiller son estomac et gronder ses intestins. Et dit:

– Non, Dmitri. Ce Géorgien, il ment! On a dû conduire voiture loin du distributeur et garer à la maison d'un type que je connais. On a presque été pris par police!

– Tu mens! hurla le Géorgien en s'avançant vers Cosmo d'un air menaçant jusqu'à ce que Dmitri lève la main pour l'arrêter.

– Assez, dit celui-ci aux deux hommes.

– Je te dis vérité, frère! cria Cosmo. Je jure.

– Bon, Cosmo, où est l'argent du distributeur? demanda Dmitri.

– L'homme où on a dû conduire mauvaise voiture, sa femme a volé notre argent et s'est sauvée de son homme. Mais pas s'inquiéter. Nous la trouverons. Nous aurons argent.

– Cet homme, répondit calmement Dmitri, il ne sait rien sur moi? Rien sur le Goulag?

– Non, frère! Jamais.

– Et qui est cet homme? Komment s'appelle-t-il?

– Farley Ramsdale. C'est un drogué.

Dmitri le regarda l'air incrédule, se tourna vers le Géorgien, revint sur Cosmo.

– Tu laisses argent avec camé?

– Pas le choix, frère! Ce Géorgien nous donne voiture qui roule pas. Et Farley pas chez lui, donc on doit cacher voiture dans son garage et argent sous sa maison. Mais enfoirée de femme camée, elle le trouve et s'enfuit!

Cosmo avait la bouche aussi sèche que du sable et ses lèvres faisaient pop-pop chaque fois qu'elles s'ouvraient. Le Géorgien le fusillait dangereusement du regard, mais Cosmo avait du mal à lâcher les 35 000 dollars des yeux. Le tas d'argent était encore plus gros qu'il ne l'avait imaginé.

– Va chercher Ilya, dit Dmitri. Amène-la ici, je vous paie coup, on finit affaire diamants et tu me dis comment t'attrapes femme kamée et quand tu vas me donner argent distributeur.

C'était l'instant qu'il redoutait. C'était ce qu'Ilya lui avait dit de faire quelle qu'en fût la conséquence.

– Non, frère, répondit Cosmo en avalant sa salive. Je prends argent maintenant et ton Géorgien descend avec moi au bar, Ilya va aux toilettes et prend diamants dans endroit sûr et donne à ce Géorgien. Beaucoup de gens en bas. Sûr pour tout le monde.

Dmitri éclata de rire.

– Cosmo, information à la télé et dans journaux correcte? Combien as-tu trouvé dans la boîte?

– 93 000.

– Nana télé dit 100 000, mais pas grave, je te crois. Donc ça veut dire tu dois moi 46 500 dollars et moi te dois 35 000. Donc on fait mathématiques et on découvre 11 500 dollars tu me dois. Plus les diamants. Très simple, non?

Cosmos ruisselait de sueur. Il avait la chemise trempée et n'arrêtait pas de s'essuyer la paume des mains sur son pantalon, debout là comme un enfant, à regarder ce pervers russe de haut et lever la tête vers le nervi géorgien à côté de lui. Il mourait d'envie de toucher son Beretta, d'en sentir la froideur contre son dos en sueur.

– S'il te plaît, donne-moi trois minutes pour expliquer comment la voiture que ce Géorgien vole pour nous est raison tous les problèmes!

L'Oracle fut très étonné de voir la voiture des inspecteurs garée sur le côté est du night-club, où lui aussi fut obligé de se ranger, essayer de le faire dans le parking étant absolument impossible. Il se demanda de quels inspecteurs il s'agissait et pourquoi ils étaient là. Il se dirigeait vers la porte de l'établissement lorsqu'une voiture de patrouille ralentit, puis s'arrêta, Fausto donnant un petit coup de klaxon pour attirer son attention. L'Oracle gagna le bord du trottoir, se pencha en avant et dit:

– Je ne reste pas longtemps, Fausto.

– Vous voulez de la compagnie? lui demanda Budgie. Je ne suis jamais entrée dans un de ces palaces russes.

– D'accord, mais on va les faire chier de trouille. Y a déjà une équipe d'inspecteurs à l'intérieur.

– Pourquoi? demanda Fausto.

– Peut-être pour le meurtre de l'autre soir. Mais… cinq flics? Ils vont se dire qu'ils sont revenus en URSS!

Dès qu'il entra, suivi de Fausto et Budgie, l'Oracle repéra Andi et Brant debout près des toilettes. Ils parlaient à un type en smoking qui, l'Oracle le pensa, était peut-être le gérant Andrei.

Le niveau des décibels était stupéfiant et des projecteurs et des lumières stroboscopiques balayaient la piste de danse où des couples, la plupart jeunes, « s'éklataient » comme disait Dmitri. De son tabouret au bout du comptoir, Ilya ne vit pas les trois flics en tenue se diriger vers un couloir étroit, à côté des cuisines. L'Oracle, Fausto et Budgie, qui attiraient l'attention, mais pas énormément, surprirent les inspecteurs.

– Qu'est-ce que vous faites ici? dut hurler Andi par-dessus la musique. Ne me dites pas qu'il y a un autre meurtre dont j'ai pas entendu parler!

– C'est vous, Andrei? demanda l'Oracle au type en smoking qui n'avait pas l'air joyeux.

– Oui, répondit le gérant.

– Ce coup-ci vous aurez droit à un coupe-file, lança Andi à l'Oracle. Nous, on attend de voir Dmitri, le propriétaire.

– Faut que je vous cause et que vous me donniez vos nom et adresse, dit l'Oracle à Andrei. Je vous expliquerai dès qu'on trouvera un coin tranquille, si tant est qu'il y en ait ici.

Puis il lança un clin d'œil à Andi, montra Fausto et Budgie du doigt et ajouta :

– Ces deux-là sont mes gardes du corps. Ils me suivent partout où je vais.

Andrei avait pris l'air qu'est-ce-qu'il-peut-encore-m'arriver. Juste au moment où quelque chose de bien pire était sur le point de se produire.

Dmitri gardait les yeux mi-clos tandis que Cosmo lui embellissait les suites du braquage du distributeur, en laissant de côté la confrontation qui venait de l'opposer à Farley Ramsdale.

Et lorsque Cosmo eut terminé, il lança :

– Tu as dû tuer garde ?

– Oui, Dmitri, répondit Cosmo. Il me donne pas l'argent comme tu avais dit.

Dmitri haussa les épaules.

– Des fois, renseignements sur ennemi sont pas bons. Demande au président Bush.

Cosmo sentait l'espoir lui revenir lorsque Dmitri se tourna vers le Géorgien et lui dit :

– Bon, peut-être un bout de vérité pour la voiture. Peut-être voiture pas aussi bonne tu kroyais.

– Dmitri ! s'écria le Géorgien.

Mais, voyant le regard que lui jetait celui-ci, il cessa aussitôt de protester.

– Donc, Cosmo, reprit Dmitri, tu vas avoir argent du distributeur demain quand tu attrapes femme kamée, non ?

– Exactement correct.

– OK, voici je fais pour toi, Cosmo. Tu me dois 11 500 plus diamants ? Je vais annuler argent que tu me dois ! Tu fais monter Ilya, tu me donnes tous les diamants et on est kittes. Demain, quand tu attrapes femme kamée, tu gardes tous 93 000 dollars.

Ta part, ma part. Je pourrais pas être plus généreux avec propre frère, Cosmo.

Et de jeter un coup d'œil au Géorgien pour approbation, celui-ci acquiesçant aussitôt d'un signe de tête signifiant qu'on était très raisonnable et généreux.

C'était sans espoir. Cosmo était l'image même de la désolation. Alors qu'il regardait l'argent sur le bureau de Dmitri, ce dernier rouvrit le tiroir du haut et y remit la première pile de billets. Lorsqu'il tendit la main pour prendre la deuxième, Cosmo eut l'impression d'avoir quitté sa peau et de se voir en train d'écarter le pan de sa veste et d'attraper le Beretta au creux de ses reins.

– Dmitri ! hurla le Géorgien en sortant un petit pistolet, mais d'où ? Cosmo ne le vit pas.

Alors Dmitri cria quelque chose en russe, ouvrit un deuxième tiroir de son bureau et tendit la main pour attraper une arme à son tour.

– On a assez attendu comme ça, dit Andi aux autres flics et à Andrei, le gérant. Je vais frapper à la porte de Dmitri.

Elle fut interrompue par un coup de feu, suivi de deux autres, puis de cinq ! Les deux inspecteurs et les trois flics en tenue se précipitèrent au premier. Andi sortait son pistolet de son sac à main lorsque Fausto et Budgie la dépassèrent et, l'un comme l'autre, mirent un genou à terre avant de pointer leur arme serrée à deux mains sur la porte du bureau de Dmitri. L'Oracle courut de l'autre côté de la porte et, son vieux revolver à six coups à la main, se pointa en renfort. En haut comme en bas, toutes les armes étaient maintenant braquées en diagonale sur la porte.

À l'intérieur, Cosmo Betrossian avait au bras gauche une douleur qui dépassait, et de loin, tout ce qu'il avait dû endurer à cause de Farley Ramsdale et du chien tueur. Il avait le biceps transpercé par une balle et ça brûlait comme du feu liquide.

Le Géorgien, lui, s'était étalé en travers du bureau de Dmitri, du sang lui giclant d'une artère dans le cou. Et les blessures qu'il avait à la poitrine étaient encore plus dévastatrices.

Dmitri était assis dans son fauteuil avec un trou au front, résultat du coup de grâce que Cosmo lui avait infligé alors qu'il agonisait après avoir blessé l'Arménien.

Les grondements qui montaient de la piste de danse sous le bureau de Dmitri ayant étouffé le vacarme au-dessus, tout le monde avait continué de faire la fête. De temps en temps Ilya regardait de l'autre côté de la piste de danse en se demandant pourquoi Cosmo n'était toujours pas revenu.

Avec les piles de billets collés contre sa peau sous sa chemise, Cosmo espérait ne pas s'évanouir avant de rejoindre Ilya au rez-de-chaussée. Ce que cet argent lui semblait bon ! Il allait remettre son arme dans sa ceinture, mais se dit qu'un employé des cuisines avait peut-être entendu les coups de feu. Il garda son pistolet devant lui dans sa main valide et de l'autre il ouvrit la porte.

L'espace était si confiné que Fausto eut l'impression d'entendre un feu nourri d'armes automatiques au Vietnam. Plus tard, Budgie devait, elle, parler d'une énorme explosion. Elle avait été incapable de distinguer les coups de feu.

Cosmo Betrossian réussit à tirer exactement une balle, qui alla frapper le mur au-dessus de la tête des flics. Et reçut, lui, dix-huit projectiles, neuf autres le manquant, probablement au moment où il tombait en se tordant. Les cinq flics le touchèrent chacun au moins deux fois, la palme revenant à Fausto et à Budgie.

Comme c'était la première fois qu'elle tirait, Andi McCrea déclara plus tard à l'équipe de l'Évaluation qu'elle se croyait vraiment dans une scène de film au ralenti. Elle voyait, ou pensait voir, les douilles brûlantes s'éjecter des divers pistolets et la frapper au visage.

L'Oracle déclara pour sa part qu'en quarante-six ans de service c'était la première fois qu'il tirait avec son arme en dehors des séances d'entraînement.

Mais ce fut Budgie qui eut le commentaire le plus intéressant. Elle affirma qu'en un lieu aussi resserré les feux de bouche et la fumée étaient tels qu'en ouvrant les lèvres pour aspirer l'air, elle avait senti son chewing-gum se couvrir de résidus granuleux.

Le pandémonium qui s'ensuivit fut encore pire que ce qui s'était passé le soir du meurtre dans le patio. Les clients entendirent bien l'espèce de rugissement de toutes les armes qui tiraient dans le couloir du premier. Budgie et Fausto descendirent les marches à toute allure pour s'emparer du gérant et de tous les individus qui auraient pu savoir ce qui avait déclenché le premier échange de coups de feu à l'étage. L'Oracle, lui, passa des appels urgents avec sa radio.

Lorsque enfin Viktor Chernenko se gara devant le nightclub, les gens se ruaient dehors et regagnaient leurs voitures en courant. Le parking était plongé dans un tel chaos que les véhicules garés au fond se retrouvèrent dans l'impossibilité de bouger. On faisait des appels de phare et klaxonnait à tout va. Viktor se fraya rudement un passage parmi les clients hystériques et monta l'escalier quatre à quatre.

Arrivé sur les lieux du carnage, il lança à l'Oracle :

– Un de ces Russes est peut-être celui que je cherche ! Peut-être celui qui a tué Farley Ramsdale !

L'Oracle, qui était tout pâle et se payait les plus horribles brûlures d'estomac de sa vie, lui renvoya :

– Un aide-serveur nous a dit que le mec dans le fauteuil est le propriétaire. Celui en travers du bureau est un barman. Celui qu'on a abattu (et du doigt il lui montra le tas de chairs sanguinolentes dans le coin à côté de la porte)… je ne sais pas qui c'est. C'est lui qui a tué les deux autres.

– Vous avez des gants en latex ? lui demanda Viktor.

Quand l'Oracle lui fit signe que non, il s'écria : « Au diable ! », sortit le portefeuille de Cosmo de la poche revolver du mort et dévala l'escalier, les mains tachées de sang.

Arrivé sur le trottoir, il entendit les sirènes des voitures de patrouille qui arrivaient de toutes les directions.

– Viens avec moi ! cria-t-il à Wesley Drubb, qui venait de sauter de la voiture alors que Nate la garait en double file.

Wesley suivit Viktor jusqu'au parking, où Viktor jeta un coup d'œil dans chaque voiture avec sa lampe torche au moment où les véhicules essayaient à tour de rôle de s'engouffrer dans l'entonnoir de l'étroite allée. Dans les trois quarts des véhicules se trouvaient des couples ou des hommes seuls. Moins de dix pour cent étaient conduits par des femmes seules, mais Viktor n'hésita pas à braquer le faisceau de sa lampe en plein sur le visage de toutes celles qui étaient au volant.

Il commençait à se dire qu'il se trompait lorsque, arrivé à la dernière rangée de voitures, il vit une grande blonde avec des seins énormes au volant d'une vieille Cadillac. Il se tourna vers Wesley et, sa lampe torche éclairant le permis de conduire de Cosmo, lui montra le nom qui y était inscrit. Puis il braqua sa lampe sur la Cadillac et lança :

– S'il te plaît, passe-moi vite cette plaque au fichier des immatriculations ! Très vite !

Viktor accrocha son écusson à la poche de sa veste, gagna la portière côté conducteur et tapa à la vitre avec sa lampe, son pistolet qu'il tenait à la main caché juste sous le rebord de la fenêtre. Et sourit.

– Oui, monsieur l'agent ? lui dit la femme en abaissant sa vitre et lui renvoyant son sourire.

– Votre nom, s'il vous plaît.

– Ilya Roskova. Il y a un problème ?

Puis elle regarda pour voir si la file de voitures avançait et constata que non.

– Peut-être, répondit Viktor. Et c'est votre voiture ?

– Non, j'emprunte cette voiture à un ami. C'est une voisine. Je suis si bête que je sais même pas son nom de famille.

– Je peux voir la carte grise ?

– Je regarde dans la boîte à gants ?

– Je vous en prie, faites donc, dit Viktor en éclairant la main droite de la conductrice et la boîte à gants.

Et remontant un peu son arme.

– Non, dit-elle. Pas papiers là-dedans.

– Donc cette voiture appartient à une femme ?

– Oui. Mais pas à celle qui est assise devant vous dans circulation.

Et de lui faire un grand sourire, un rien aguicheur.

Hollywood Nate et Wesley revinrent en courant, Wesley lui soufflant :

– Cosmo Betrossian. Même nom que sur le permis.

– Donc vous connaissez la propriétaire de la voiture ? demanda Viktor à Ilya.

– Oui, répondit prudemment Ilya. Elle s'appelle Nadia.

– Connaissez-vous Cosmo Betrossian ?

– Non, je ne crois pas, répondit-elle.

Viktor monta son pistolet à la hauteur de son visage et lui dit en russe :

– Je vous prie de descendre de voiture et que je puisse voir vos mains à tout instant, madame Roskova.

– Je vais appeler immédiatement avocat. Je suis complètement pleine d'outrage ! s'écria-t-elle tandis que Wesley la menottait dans le dos.

Ils la ramenaient au commissariat lorsque Nate dit à son coéquipier :

– Alors, Wesley, que penses-tu de notre division petits délits, hein ?

20

À 3 heures du matin, Ilya Roskova était assise dans une salle des inspecteurs où il y avait encore plus de monde que dans la journée. Il y avait des gens de la Force Investigation Division, le capitaine du secteur, le commandant de la division des inspecteurs… Pour cette affaire-là tout le monde avait déserté son lit. Et le Goulag avait plus de voitures et de personnel du LAPD tout autour qu'il n'y avait jamais eu de clients pendant la *happy hour*.

Ce qu'on savait pour le moment? Que les diamants trouvés sous le corps du Géorgien étalé sur le bureau correspondaient à la description qu'en avait donnée Sammy Tanampai après inventaire de la bijouterie. Le numéro de série du 9 mm Beretta dont s'était servi Cosmo Betrossian pour tuer Dmitri et le Géorgien s'était avéré être celui de l'arme volée au convoyeur qui avait survécu au braquage du distributeur.

Viktor Chernenko, l'homme qui d'instinct avait eu raison depuis le début, avait été informé qu'avec le capitaine du secteur il allait devoir se préparer à parler aux médias plus tard dans la matinée, après qu'il aurait pris un peu de repos bien mérité. Viktor avait prédit que l'expertise balistique montrerait que le projectile qui avait tué Farley Ramsdale provenait du même Beretta et que Farley Ramsdale avait dû être complice du vol avant de se brouiller avec Cosmo Betrossian.

Dans la salle de garde se trouvait une personne que gardait Budgie Polk et qui savait si oui ou non Viktor voyait juste sur les deux points, mais elle refusait de parler. Elle avait le poignet menotté à un fauteuil et avait répondu *niet* à toutes les questions qu'on lui avait posées, y compris celle de savoir si elle comprenait ses droits constitutionnels. Tout le monde attendait que Viktor trouve le temps de l'interroger dans sa langue.

Andi McCrea et tous ceux qui avaient participé à l'échange de coups de feu étaient interrogés séparément par l'équipe de l'Évaluation des tirs et se trouvaient éparpillés dans plusieurs bureaux du commissariat. Troisième à avoir terminé, elle revint dans la salle des inspecteurs débordant d'animation et passa la bande vidéo saisie avec d'autres pièces à conviction dans le bureau de Dmitri.

Elle visionna la bande avec Brant Hinkle qui regardait par-dessus son épaule et tous deux hochèrent la tête, satisfaits. Les coups de poignard donnés à l'étudiant avaient été saisis on ne peut plus clairement. On ne pouvait pas se tromper sur l'identité de l'agresseur.

– Il va plaider coupable dès que son avocat verra ce truc, dit Andi.

Après avoir rangé la bande pour l'inculpation, elle regarda Ilya Roskova qui, toujours assise dans son fauteuil, fusillait du regard sa gardienne stoïque, Budgie Polk, que l'équipe de l'Évaluation avait interrogée pendant une heure.

Elle prit Viktor à part et lui demanda :

– Tu en as tiré quelque chose ?

– Rien, Andrea. Elle refuse de parler sauf pour demander des cigarettes. Et elle n'arrête pas de vouloir aller aux toilettes. J'allais demander à l'officier Polk de l'y conduire.

Andi, elle, n'arrêtait pas de regarder Ilya et plus particulièrement le bas de son corps qu'elle avait comprimé dans une jupe rouge taille basse aussi moulante que du lycra.

– Laisse-moi l'y emmener, dit-elle. Où est son sac à main ?

– Là-bas, sur le bureau, répondit-il en le lui montrant du doigt.

– Elle a des cigarettes dedans ?

– Oui.

Andi gagna le bureau, y prit le sac à main et rejoignit Ilya Roskova.

– Voulez-vous qu'on vous emmène aux toilettes ? lui demanda-t-elle.

– Oui, répondit Ilya.

– Et après, on dit une petite cigarette ?

– Oui.

– Budgie, enlève-lui la menotte.

Budgie la lui ôta et la prisonnière se leva, se massa le poignet une seconde et se prépara à accompagner les policières.

Elles avaient commencé à marcher lorsque Andi ouvrit le sac à main et dit à Ilya :

– Oui, je vois que vous avez des cigarettes dans ce..

Et le sac lui échappa et tomba par terre.

Ilya regarda Andi, qui se contenta de sourire et dit : « Je suis désolée », mais ne fit aucun geste pour ramasser le sac.

En colère, Ilya se pencha pour le prendre, Andi faisant aussitôt un pas en avant, posant une main sur son épaule et la forçant à s'accroupir complètement avec une main tandis que de l'autre elle tentait de s'emparer du sac en disant :

– Là, laissez-moi vous aider, madame Roskova.

La bouche en cul de poule, Ilya n'était accroupie que depuis quelques secondes lorsqu'un diamant tomba par terre. Puis un deuxième. Puis ce fut une bague avec une pierre de quatre carats qui fit plic-plic-plic en roulant sur le sol jusqu'à ce qu'elle heurte la chaussure de Viktor. Ainsi les diamants dégringolaient-ils de l'« endroit sûr » où elle avait promis à Cosmo de les cacher.

Andi attrapa Ilya sous le bras et la redressa en disant :

– Nous allons vous laisser faire pipi dans un bassin et nous vous surveillerons. Et… Viktor ? Je crois que tu ferais bien de mettre des gants avant de collecter les pièces à conviction.

– Salope ! cria Ilya tandis que les deux femmes, une à chaque bras, la conduisaient à la porte.

– Et vous pouvez vous servir de notre bidet, précisa Budgie. Comme celui que j'ai chez moi. Ça s'appelle un lavabo. Tu sautes dessus, mais nous on fermera la bonde.

– À mon avis, elle pourrait bien te parler maintenant, dit Brant Hinkle à Viktor.

– Comment Andi a-t-elle deviné ? demanda ce dernier tout émerveillé.

– Elle l'a remarqué tout de suite et me l'a dit. Pas de coutures de petite culotte, rien. Elle s'est dit que Roskova allait peut-être vouloir se débarrasser des diamants dès qu'elle pourrait s'isoler.

– Mais l'astuce ? La forcer à se mettre dans cette position ? D'où connaît-elle cette astuce ?

– Viktor, il y a des choses que ni toi ni moi n'avons apprises à l'école des inspecteurs et que les femmes savent, un point c'est tout.

Lorsque, accompagnée d'Andi, elle revint avec la cache de diamants, Budgie déclara :

– Je suis drôlement contente de ne pas avoir été obligée de récolter les éléments de preuve. Je ne peux même pas nettoyer mes gouttières tellement j'ai la trouille des araignées et de toutes les bestioles qui y rampent.

Tard le lendemain, après avoir pris cinq heures de sommeil dans la salle des lits de camp et mis les vêtements de rechange que sa femme, Maria, lui avait apporté au commissariat, Viktor Chernenko acheva son enquête en supervisant une fouille méticuleuse de la voiture et de l'appartement de Cosmo Betrossian, et de la maison de Farley Ramsdale.

Les policiers trouvèrent son Lorcin calibre .380 et le Raven qu'Ilya portait sur elle lors du braquage du distributeur. Chez Farley, ils trouvèrent aussi du courrier volé, une pipe en verre pour fumer de la méthamphétamine et les détritus et autres cochonneries que l'on trouve chez tous les camés. Il y avait bien quelques vêtements féminins, mais il semblait que la compagne de Farley Ramsdale ait disparu.

Viktor et deux autres inspecteurs interrogèrent les habitants de toutes les maisons des deux côtés de la rue, mais n'apprirent rien d'intéressant. Le voisin d'à côté, un Chinois âgé, leur dit dans un anglais à peine compréhensible n'avoir jamais parlé à Farley ni remarqué la moindre femme. Le voisin de l'autre côté était une Roumaine de quatre-vingt-deux ans qui leur dit n'avoir vu l'homme et la femme que lorsqu'ils rentraient tard le soir et que sa vision nocturne était si mauvaise que jamais elle ne les reconnaîtrait en plein jour.

Les interrogatoires des autres résidents, la plupart d'entre eux âgés, ne donnèrent pas plus de résultats. Même lorsqu'on leur montrait la photo d'identité d'Olive, personne ne pouvait dire que la jeune femme leur était familière. C'était, semblait-il, le genre d'individu qui finirait par mourir dans les rues d'Hollywood sans qu'on le remarque.

Après avoir lu la presse sur Farley Ramsdale et le massacre du Goulag, ce fut un Gregori Apramian fortement apeuré qui appela le commissariat d'Hollywood en début d'après-midi pour donner quelques renseignements. À la suite de son appel, sa casse fut déclarée scène de crime, scellée et scrutée par des criminologues et des inspecteurs du centre-ville.

Gregori les accueillit devant son bureau, juste à côté d'un doberman en laisse qui, malgré le plâtre qu'il avait à la patte, grondait et était encore prêt à se battre. Et foutait une trouille à en chier dans son froc à tous les flics qui évoluaient à moins de dix mètres de lui.

Ce que déclara Gregori et qui fut transcrit dans le procès-verbal ?

– Je promets juste à Cosmo de remorquer la Mazda ce soir-là. Je sais rien de vols. Peut-être Cosmo amène ce type Farley à ma casse pour détruire la Mazda ? C'est ce que je pense. Ils vont brûler la Mazda pour faire couverture des vols. Mais quelque chose arrive. Ils se battent et font mal à mon Odar. Et Cosmo tire sur l'homme Farley. Je ne connais pas Farley. Je ne connais pas la femme russe que vous arrêtez. Je connais seulement Cosmo parce qu'on va à la même église arménienne des fois. J'essaie d'être ami avec un camarade immigrant et de faire, comment vous dites, honneur à l'Amérique.

À la fin de sa longue journée, Viktor Chernenko passa un enregistrement de l'interrogatoire d'Ilya Roskova au lieutenant et aux capitaines du commissariat. Ilya avait cessé de dire *niet* après avoir excrété les diamants sur le plancher de la salle des inspecteurs. Elle avait ensuite accepté d'ôter le reste aux toilettes du commissariat, où les pierres avaient été empaquetées, puis mises sous scellés.

Ilya avait été informée de ses droits aussi bien en anglais qu'en russe et avait déclaré les comprendre. Long et assommant, l'interrogatoire concernant son rôle dans les deux braquages avait montré son égoïsme. Elle avait déclaré être totalement esclave de Cosmo Betrossian et mentalement captive d'un être avec lequel elle vivait dans la peur.

Un des capitaines ayant consulté sa montre, Viktor avança la bande jusqu'au moment où étaient analysées les dernières pièces du puzzle : Olive et l'argent du distributeur.

– Olive était là quand Farley a fait chantage sur Cosmo, lança la voix d'Ilya. Quand il a donné grosse menace de dire à la police pour la lettre volée. Mais Olive est, comment vous dites, imbécile. Son cerveau est dans état de destruction à cause drogues. Je suis très stupéfaite qu'elle a assez de cerveau restant pour trouver l'argent Cosmo a volé au distributeur. Très stupéfaite qu'elle peut prendre argent et disparaître en fumée fine.

Puis ce fut la voix de Viktor :

– Croyez-vous possible que Cosmo vous ait caché des choses ? Est-il possible qu'il ait caché l'argent quelque part parce qu'il ne souhaitait pas le partager avec vous ?

Après une longue pause, la voix d'une Ilya en colère reprit ainsi :

– Est pas possible !

Puis, comprenant manifestement qu'elle affaiblissait son image d'esclave, Ilya ajouta :

– Mais bien sûr j'étais tellement en peur que je peux être incorrecte sur ce que Cosmo peut faire. Il était très beaucoup malin. Et avait deux visages.

Viktor éteignit l'appareil et dit à ses supérieurs :

– En ce qui me concerne, nous avons frappé une barrière de pierre. Je pense que Cosmo Betrossian a pris l'argent du distributeur sous la maison de Farley Ramsdale le soir où la voiture a été remorquée jusqu'à la casse. Je crois que Cosmo Betrossian a disposé de l'argent du distributeur avec un ami, probablement une autre femme. La fierté d'Ilya Roskova ne souhaite pas admettre pareille possibilité… qu'il aurait pu avoir une autre femme cachée et qu'il allait la quitter. Je crois que Cosmo a ensuite essayé de raconter des mensonges à Dmitri Zotkin, comme quoi Olive aurait volé l'argent, mais Dmitri était trop malin pour marcher. Et c'est à ce moment-là que la fusillade a éclaté.

– Vous avez eu raison jusqu'à maintenant, lui dit le capitaine du secteur, et donc que pensez-vous qu'il soit arrivé à cette Olive ?

– Je crois qu'elle a fini par avoir assez peur de Cosmo Betrossian pour se sauver de Farley Ramsdale. Elle vit probablement avec un autre camé. Ou alors toute seule dans les rues. Nous la retrouverons morte d'overdose un jour. En vérité, elle n'est plus d'aucune utilité pour cette enquête.

– Pensez-vous que nous mettrons jamais la main sur l'argent du distributeur ? voulut savoir le capitaine du commissariat.

– Nous avons appris que Cosmo Betrossian aimait les femmes russes. Il y en a probablement une en train d'acheter des trucs dans Rodeo Drive avec l'argent du distributeur. Au moment même où nous parlons.

– OK, affaire bouclée, dit le capitaine du secteur. Quand vous en parlerez à la presse, essayez de ne pas évoquer l'argent qui manque. Les autres pièces du puzzle s'emboîtent parfaitement.

– Oui, chef, dit Viktor Chernenko, c'est le seul défaut de la coriace.

21

Lorsque enfin la rotation de juin fut totalement opérante au commissariat d'Hollywood, tout était revenu à la normale. Les flics surfeurs se rendaient à la plage de Malibu chaque fois qu'ils en avaient la possibilité. B. M. Driscoll était sûr d'avoir attrapé une infection des sinus due à ce qui pour lui était une saison d'allergies particulièrement sévères. Benny Brewster avait convaincu l'Oracle de coller B. M. Driscoll avec une des dernières recrues qui ne le connaissait pas et l'Oracle avait accepté. Fausto Gamboa et Budgie Polk formaient une équipe efficace, surtout depuis que Budgie avait persuadé Fausto que celui-ci devait absolument la traiter comme un des mecs. Wesley Drubb avait vu son vœu exaucé et été affecté à une unité de lutte antigang, dans laquelle il pourrait faire un travail de policier plus hard. Et à cause d'un manque de personnel dû aux congés d'été, Hollywood Nate avait accepté d'entraîner temporairement un certain Marty Show, un jeune stagiaire qui l'agaçait énormément en l'appelant constamment « chef ».

Mais mieux que tout pour le service de jour, Mag Takara avait rempilé. Pour l'Oracle, elle devait être affectée à la réception jusqu'à ce que sa vision s'améliore un peu, et elle avait accepté. Elle portait des lunettes et allait bientôt prendre un arrêt-maladie pour subir une opération de chirurgie plastique, mais elle avait très envie de se remettre en tenue et cela lui avait été accordé. Elle avait aussi été informée qu'elle allait recevoir la *Medal of Valor* pour ce qu'elle avait fait dans la bijouterie la nuit de l'incident à la grenade. Elle disait que ses parents en seraient très fiers.

Elle avait même remercié le Bris pour les belles roses qu'il lui avait apportées à l'hôpital, et lui avait dit qu'il était un « méga-ami ». Le Bris en avait rougi.

Dès qu'elle avait vu Mag, Budgie Polk l'avait serrée dans ses bras, avait regardé sa pommette où l'on voyait une légère dépression à l'endroit où les tissus ne s'étaient pas encore entièrement reformés et avait dit :

– N'empêche, t'es toujours la plus belle pute qui ait jamais fait le trottoir dans Sunset Boulevard.

La période de roulement était en train de se terminer un soir où l'équipe des Homicides d'Andi McCrea et Brant Hinkle travaillait tard après avoir arrêté un acteur vieillissant qui était entré dans le bureau de son agent, avait expédié ce dernier dans les vapes avec un faux Oscar dont il se servait comme d'un presse-papiers et l'avait ensuite menacé de revenir avec une arme.

Dès qu'il avait entendu parler de l'incident, Hollywood Nate avait déclaré qu'aucun jury composé de membres de la Screen Actors Guild ne le condamnerait. Peut-être même les jurés obligeraient-ils l'agent à lui acheter un autre faux Oscar.

Ils venaient juste de terminer lorsque l'Oracle entra dans la salle des inspecteurs, l'air lugubre.

– Andi, vous pouvez aller voir le capitaine, s'il vous plaît ? dit-il.

– Qu'est-ce qu'il y a ? demanda-t-elle en le suivant jusqu'au bureau, où elle découvrit un adjudant-chef de l'armée qui tenait sa casquette à deux mains.

– Nooooonnn ! hurla-t-elle et, l'entendant, Brant Hinkle se rua vers elle.

– Il n'est pas mort ! s'empressa de dire l'Oracle. Il est vivant !

Il lui passa le bras autour de la taille, la conduisit jusqu'au bureau et referma la porte.

– Inspecteur McCrea, nous avons appris que votre fils, Max, a été blessé. Je suis sincèrement désolé.

– Blessé, répéta-t-elle comme si ce mot lui était étranger.

– Il n'a pas été blessé par une bombe enfouie au bord de la

route, il est tombé dans une embuscade. Armes automatiques et mortier.

– Ah, mon Dieu! dit-elle en commençant à pleurer.

– C'est sa jambe. Je crains qu'il n'ait perdu la jambe droite, reprit l'adjudant.

Puis très vite il ajouta:

– Mais c'est au-dessous du genou. Ce qui est beaucoup mieux.

– Beaucoup mieux, murmura Andi qui l'entendait et comprenait à peine.

– Il a été rapatrié au centre médical régional de Landstuhl, en Allemagne, et de là il gagnera celui de Walter Reed à Washington.

L'adjudant-chef lui exprima sa gratitude et celle de l'armée, lui offrit de l'aider dans toute la mesure du possible et déclara bien d'autres choses. Et Andi n'en comprit pas un mot.

Quand il eut fini, elle le remercia et passa dans le couloir, où Brant Hinkle la prit dans ses bras et dit à l'Oracle:

– Je vais la ramener chez elle.

Depuis quelque temps il n'y avait pas propriétaire plus heureux dans ce secteur d'Hollywood que Mabel. Tout ce qu'il y avait à faire! Il n'y avait tout bonnement pas assez d'heures dans la journée.

Et d'un, elle avait une porte-moustiquaire neuve. Une belle en aluminium qui, d'après le bonhomme, lui durerait une vie entière. Après avoir dit ça, il l'avait regardée et elle avait compris ce qu'il pensait: «En tout cas, en ce qui te concerne.»

Ensuite ils avaient commencé à repeindre l'extérieur et ce n'était pas fini. Elle devait garder les fenêtres ouvertes tout le temps par cette chaleur, même si l'horrible odeur de peinture entrait dans la maison. Mais cela ne faisait qu'ajouter à l'excitation. Ils allaient bientôt attaquer les peintures à l'intérieur et mettre du papier peint dans la cuisine et la salle de bains. Elle songeait à s'acheter deux ou trois climatiseurs avant que les peintres ne s'y mettent. C'était vraiment un moment où il était palpitant de vivre.

Elles étaient en train de déjeuner lorsque Mabel dit à Olive :

– Tu penses aller à une réunion des Narcotiques anonymes cet après-midi, ma chère ?

– Bien sûr, répondit Olive, encore un peu pâle d'avoir été obligée de se désintoxiquer sans aide.

– Moi, j'ai commencé à aller aux Alcooliques anonymes à soixante-deux ans, dit Mabel. Après la mort de mon mari, la bibine avait pris le dessus. Je ne cesse pas de me soigner depuis. On y trouve des gens géniaux à un appel de portable de distance. Je suis sûre que les réunions des NA sont comme celles des AA, c'est juste une drogue différente. Tu t'en sortiras, je n'en ai aucun doute. Tu es forte, Olive. Tu n'as jamais eu l'occasion de le montrer.

– Oui, ça ira, Mabel, dit Olive en essayant d'avaler des œufs brouillés.

Le médecin de Mabel avait dit à Olive qu'un régime alimentaire bien nutritif était essentiel et, depuis qu'elle était arrivée, Mabel n'arrêtait pas de lui cuisiner des plats. Ayant vu combien avait été pénible la tentative qu'elle avait faite de lâcher la méthamphétamine toute seule, Mabel l'avait emmenée en bus voir le médecin qui la soignait depuis trente ans.

Il avait examiné la jeune femme et lui avait donné des médicaments pour atténuer les symptômes de manque et dit qu'une alimentation saine était la meilleure des cures – en plus de s'abstenir à jamais de consommer de la drogue.

Mabel était heureuse de voir Olive manger des œufs brouillés et un peu de pain grillé, et de faire descendre tout ça avec du jus d'orange. Une semaine plus tôt elle en aurait été incapable.

– Ma chère, dit-elle, te sens-tu de me parler un peu de ton avenir ?

– Bien sûr, Mabel, répondit Olive en se rendant brusquement compte que c'était la première fois de sa vie qu'on lui parlait de son avenir.

Un avenir, elle n'avait jamais cru en avoir. Ni non plus un passé. Elle avait toujours vécu dans le présent.

– Dès que le processus de guérison sera bien engagé, je vais me mettre en viager. Tu sais ce que c'est ?

– Non.

– Je vais te donner cette maison à condition que tu m'autorises à y vivre jusqu'à la fin de mes jours.

– Je ne comprends pas bien ce que vous voulez dire, répondit Olive en la regardant d'un œil vide.

– C'est le moins que je puisse faire après ce que tu m'as donné. J'allais laisser la maison à l'Armée du Salut pour que l'État ne s'en empare pas. C'est ce qui va arriver à celle de Farley, tu sais. Comme il n'avait ni héritiers ni testament, l'État de Californie va la saisir. Et je trouve que le gouverneur Schwarzenegger est assez riche comme ça. Il n'a pas besoin de ma maison en plus.

Il était clair qu'Olive ne comprenait toujours pas.

– Vous me donnez votre maison ? À moi ? dit-elle.

– Tout ce que je te demande, c'est que tu t'occupes de moi aussi longtemps que possible. On pourra engager une infirmière philippine pour aider aux soins désagréables quand j'en serai là. J'aimerais mourir dans ma maison. Je pense que mon médecin m'aidera à accomplir ce vœu. C'est un homme bon et convenable.

– Je ne veux pas que vous mouriez, Mabel ! s'écria Olive, des larmes se mettant soudain à courir sur ses joues.

– Là, là, ma chérie, dit Mabel en lui caressant la main. Mon père et ma mère ont vécu tous les deux jusqu'à presque cent ans. J'espère bien avoir encore quelques années de reste.

Olive se leva et sortit un mouchoir en papier de la boîte posée à côté du fauteuil de Mabel, puis elle revint s'asseoir à la table et s'essuya les yeux.

– Je ne me sers plus jamais de la pièce à coudre, reprit Mabel. Ce sera ta chambre à coucher. On va la décorer très joliment rien que pour toi. Et il y a une belle penderie dedans. On va t'emmener faire des courses pour que tu la remplisses.

– Une chambre à moi ? répéta Olive en continuant de la regarder avec des yeux aussi calmes et pleins d'adoration que ceux d'un chien.

– Certainement, ma chérie. Mais bien sûr, il faudra toujours que nous partagions la salle de bains. Ça ne te dérangera pas de ne pas en avoir une à toi ?

Olive voulait lui dire que jamais de sa vie elle n'avait eu de salle de bains. Ni de chambre. Mais elle était tellement bouleversée qu'elle fut incapable de parler. Qu'elle ne put que hocher la tête.

– J'ai assez envie d'acheter tout de suite une voiture fiable. Tu sais conduire, non ?

– Si, si, dit Olive. Je conduis bien.

– Je pense que dès qu'on aura notre voiture, la première chose qu'on fera sera d'aller visiter les studios Universal. Tu y es déjà allée ?

– Non.

– Moi non plus. Mais il faudra qu'on achète un fauteuil roulant qui se plie. Je ne pense pas pouvoir faire tout à pied. Ça ne t'ennuiera pas de me pousser dans un fauteuil roulant, hein ?

– Je ferais n'importe quoi pour vous, Mabel, dit Olive.

– Tu as un permis de conduire ?

– Non. Ils me l'ont pris quand ils m'ont arrêtée pour conduite en état d'ivresse. Mais je connais un chic type, il s'appelle Phil, qui en fabrique. Ils sont très chers. 200 dollars.

– Très bien, chérie. Comme on a plein d'argent, on t'en fera faire un pour l'instant. Mais un jour tu devrais essayer d'en avoir un vrai.

Et, à y repenser, elle ajouta :

– Je sais que ton vrai nom n'est pas Olive Oyl.

– Non, ça, c'est celui que m'a donné Farley.

– Ça ne m'étonne pas. C'est quoi, ton vrai nom ?

– Adeline Scully. Mais personne ne le sait. Quand je me suis fait arrêter, je leur ai donné un pseudo.

– Adeline ! s'écria Mabel. *Sweet Adeline !* Cette chanson-là, je la chantais quand j'étais gamine. C'est ce nom-là qu'on mettra sur le permis. C'est ce que tu vas être à partir d'aujourd'hui. Adeline. Quel joli prénom !

C'est alors que Tillie, la chatte tigrée qui s'était installée sur la table basse – jamais elle n'avait entendu de paroles négatives depuis que Mabel l'avait sauvée –, termina une boîte de thon et, dégoûtée, éjecta la boîte de la table.

– Ah, mon Dieu ! s'écria Mabel. Tillie est fâchée. Il va falloir qu'on lui ouvre une autre boîte de thon. Après tout, si elle n'avait pas été là, on n'aurait jamais pu se payer cette nouvelle vie absolument merveilleuse, pas vrai ?

– Non, dit Olive en souriant à l'animal.

– Et toi, motus et bouche cousue, Tillie, lança Mabel à la chatte.

– Mabel, dit Adeline, je suis vraiment heureuse.

Et la voyant sourire ainsi, Mabel ajouta :

– Adeline, tu as des cheveux si jolis et si fournis que je te parie qu'un styliste pourrait te faire une coupe superbe. Allez, on va se faire manucurer et couper les cheveux toutes les deux. Et je me demandais... ça ne te plairait pas d'avoir des dents ?

– Oh si ! s'écria Adeline. J'adorerais en avoir !

– C'est la première chose dont on va s'occuper, dit Mabel. On va t'acheter de belles dents toutes neuves !

Lorsque le nouveau roulement débuta, tout commençait à aller mieux côté répartition des équipes dans les voitures. L'Oracle aimait bien la façon dont Mag Takara récupérait et dont sa vue s'améliorait. Il songeait à la renvoyer à la patrouille.

Andi McCrea était allée passer une semaine à Washington, où elle avait vu son fils tous les jours à Walter Reed. En revenant, elle déclara avoir été témoin d'un courage incommensurable et que plus jamais elle ne sous-estimerait la génération de son fils, plus jamais jamais.

Il n'y a pas pires commères au monde que les flics et, peu d'entre eux étant capables de garder un secret, la rumeur courut vite au commissariat qu'Andi McCrea et Brant Hinkle allaient se marier. Charlie le Compatissant y alla aussitôt de son genre particulier de commentaires :

– Encore une cérémonie à deux paires de menottes, dit-il à Viktor Chernenko. Pour l'instant, ils s'envoient des « petit chéri-mon amour » et autres « mon poussin adoré », mais dans six mois ils se boufferont le nez. C'est comme ça à Hollywood.

Très heureux d'apprendre qu'il avait été nommé « inspecteur du trimestre » au commissariat d'Hollywood, Viktor ne prêta aucune attention aux idées assez peu romantiques de Charlie le Compatissant. Il adorait tous ces termes d'affection.

Ce soir-là, avant de rentrer chez lui, il téléphona à sa femme et lui lança :

– Je suis si heureux, ma petite chérie d'amour ! Ça te plairait que je prenne deux ou trois Big Mac et de la glace à la fraise pour mon poussah adoré ?

22

Les congés du 4 juillet approchant, l'Oracle se disait qu'il avait bien résolu le problème du service de nuit. Lorsque Fausto et Budgie lui apportèrent un rapport à signer, il lança :

– Fausto, c'est l'heure de se prendre un petit code 7 à l'autre restaurant mexicain... Comment il s'appelle déjà ?

– Chez Hidalgo.

– C'est moi qui régale.

– T'as gagné à la loterie ?

– L'heure est venue de faire la fête. C'est l'été à Hollywood ! Et en été je me sens expansif.

Fausto jeta un coup d'œil à la bedaine de l'Oracle et lui renvoya :

– Je vois ce que tu veux dire.

– Tu peux causer ! s'écria Budgie à l'adresse de Fausto.

Puis elle se tourna vers l'Oracle et ajouta :

– Je l'ai mis au régime à six *burritos*. Comme il en a déjà avalé cinq cette semaine, il ne pourra en prendre qu'un ce soir.

– Donne-nous quelques minutes, dit Fausto. Faut que j'aie une autorisation pour un PV.

L'Oracle était à nouveau seul lorsqu'il commença à avoir des douleurs en haut de l'estomac. Ces putains de brûlures ! Il s'était mis à suer sans raison et sentit qu'il avait besoin d'air. Il gagna l'entrée en passant sous les photos de tous les policiers tués, dont on trouvait les noms sur le Walk of Fame du commissariat.

Il leva les yeux, regarda la pleine lune, la « lune d'Hollywood » comme il l'appelait, et aspira de l'air par le nez pour le rejeter par la bouche. Mais il ne se sentit pas mieux. Tout d'un coup, il avait une douleur sourde à l'épaule et dans le dos.

Une femme venait au commissariat signaler le vol de la bicyclette de son fils lorsque, une moto passant à côté d'elle en pétaradant, elle vit l'Oracle se prendre la poitrine et s'affaisser sur le trottoir.

– Y a un officier qui vient de se faire tirer dessus ! hurla-t-elle en entrant dans le commissariat.

Fausto faillit la renverser en ouvrant la porte en verre et se mit à courir, suivi de Budgie et de Mag Takara, qui travaillaient à l'accueil.

– On ne lui a pas tiré dessus, dit Fausto en retournant l'Oracle sur le dos.

Puis il s'agenouilla à côté de lui et se mit à lui comprimer la poitrine. Budgie, elle, lui releva le menton, lui pinça les narines et commença à lui souffler dans la bouche pendant que Mag appelait une ambulance. Plusieurs policiers sortirent du commissariat et regardèrent.

– Allez, quoi, Merv ! lança Fausto en comptant les compressions dans sa tête. Reviens-nous !

L'équipe de réanimation arriva vite, mais cela ne changea rien. Budgie et Mag pleuraient toutes les deux lorsque les infirmiers chargèrent l'Oracle dans l'ambulance. Fausto, lui, fit demi-tour et poussa deux flics de service de nuit hors de son chemin pour aller se perdre dans les ténèbres du parking.

Une semaine plus tard à l'appel, le lieutenant déclara :

– L'Oracle n'aura pas l'enterrement habituel. Son testament est très précis et stipule qu'il a pris d'autres mesures.

– Il devrait avoir une étoile sur le Walk of Fame, dit le Bris.

– Oui, mais ça, c'est pour les policiers du commissariat tués en service.

– Mais il l'a été ! s'écria Hollywood Nate. Passer quarante-six ans ici ? Comme si c'était pas ça qui l'a tué !

– Et si on demandait une étoile spéciale pour l'Oracle ? suggéra Mag Takara.

– Il faudra que j'en parle au capitaine, dit le lieutenant.

– S'il y a quelqu'un qui en mérite une, c'est bien cet homme, dit Benny Brewster.

– Pas d'enterrement ? dit le Débris. Faut qu'on fasse quelque chose, lieutenant.

– L'Oracle disait toujours qu'il continuerait de bosser jusqu'à ce que crève son ex, de façon à ce qu'elle n'ait pas un sou de sa pension, fit remarquer B. M. Driscoll. Et elle, hein ? Ont-ils des enfants qui pourraient vouloir un enterrement ?

Un rien agacé, le lieutenant répondit :

– C'est pas moi qui décide. Il a pris des mesures particulières, voilà ce qu'on me dit. Il a laissé tout ce qu'il possédait à la Police Memorial Foundation de L. A. pour payer des bourses. C'est tout ce que je sais.

C'est alors que pour la première fois dans ses trente-quatre ans de carrière Fausto Gamboa se leva à l'appel.

– L'Oracle ne voulait pas qu'on fasse des chichis pour lui après sa mort. Ça, je le sais. On en a parlé y a des années de ça, un soir qu'on se payait une bière au Tree.

– Mais son ex, qu'est-ce qu'elle dit ? voulut savoir B. M. Driscoll.

– Son ex ? Il n'y en a pas, répondit Fausto. C'est l'excuse qu'il avait trouvée pour ne pas arrêter de bosser pendant tout ce temps. Et s'il avait continué de vivre, un jour il aurait fallu lui ôter l'écusson de la poitrine pour s'en débarrasser. Et il aurait pas aimé du tout. Il avait près de soixante-neuf ans, il a profité de la vie et fait un peu de bien, et maintenant il a fini son service.

– Il avait… quelqu'un ? demanda Mag.

– Bien sûr ! Il vous avait, vous. Il avait épousé le boulot de flic et vous étiez ses enfants. Vous et d'autres avant vous.

La salle resta plongée dans le silence jusqu'à ce qu'Hollywood Nate demande :

– Y a pas… un petit truc qu'on pourrait faire pour lui ? Pour honorer sa mémoire ?

– Si, y a quelque chose, répondit Fausto d'une voix tremblante après une pause. Vous vous rappelez comme il disait que pour lui le boulot, c'était du plaisir ? Il disait toujours que faire du bon boulot de flic, c'est plus marrant que tout ce qu'on peut fabriquer dans sa vie entière. Eh bien… allez, sortez et payez-vous un peu de bon temps.

Dès que la nuit fut tombée sur Hollywood, l'équipe 6-X-76 partit pour une mission très spéciale. Une mission dont personne d'autre n'avait entendu parler au commissariat d'Hollywood. Ni l'un ni l'autre ne parlèrent tandis que, au volant de l'atelier, Budgie montait vers Mount Lee, dans les Hollywood Hills. Lorsqu'ils arrivèrent à destination, elle s'approcha d'un portail fermé à clé et s'arrêta.

– Il a presque fallu que je signe avec mon sang pour que le garde forestier me donne cette clé, dit Fausto en ouvrant le portail.

Budgie roula aussi longtemps qu'elle pouvait sur la piste incendie, puis se gara. On n'entendait que le craquètement des cigales et le grondement à peine audible de la circulation tout en bas dans la vallée.

Budgie et Fausto descendirent de voiture, Budgie en déverrouillant le coffre. Fausto fouilla dans son sac de guerre et en sortit l'urne.

Budgie ouvrit la marche avec sa lampe torche, mais ce n'était presque pas nécessaire en ce clair de la pleine lune. Ils avancèrent le long du sentier jusqu'au moment où ils se retrouvèrent au pied de l'inscription. Haute de quatre étages et brillamment éclairée.

– Fais attention, Fausto, dit Budgie en levant les yeux vers le gigantesque H qui les dominait. Tu veux pas me laisser faire ?

– Non, c'est mon boulot, dit-il. Nous avons été amis pendant plus de trente ans.

Le terrain s'étant effrité à côté du H, ils gagnèrent le milieu de l'inscription, soit le Y, où rien n'avait bougé.

L'échelle était en place à côté de l'échafaudage. Lorsqu'il fut à mi-hauteur, Budgie lui cria :

– C'est assez haut, Fausto !

Mais il continua de grimper en suant et soufflant, et dut s'arrêter deux fois avant d'atteindre le sommet. Et quand il y arriva, il ouvrit précautionneusement le couvercle de l'urne et la renversa en disant :

– *Semper flicus*, Merv. À bientôt.

Et les cendres de l'Oracle s'envolèrent dans la nuit chaude d'été, là, devant un panneau « HOLLYWOOD » haut de quatre étages qu'éclairait d'une belle lumière blanche une fort obligeante « lune d'Hollywood ».

Lorsque, leur mission achevée, elle eut ramené Fausto dans les rues d'Hollywood, Budgie brisa le silence en disant :

– Je pensais préparer une dinde. Et si tu venais faire la connaissance de Katie ? Je veux te prendre en photo quand elle fera son rototo. Je prends juste une petite dinde pour toi, ma mère et moi.

– Faut que je vérifie mon emploi du temps, dit-il. Peut-être que je pourrai trouver le temps.

– Mon père est mort depuis trois ans, mais ma mère ne s'est pas remise à sortir. Bref, ça ne te servira probablement pas à grand-chose de lui faire du gringue.

– Ben voyons ! s'écria-t-il. Comme si j'allais faire du gringue à une vieille dame !

– La vieille dame en question a presque dix ans de moins que toi, monsieur ! lui renvoya-t-elle en le regardant.

– Ah ouais ? dit-il en haussant le sourcil droit. Alors, elle est comment, cette dame ?

– Bon, Marty, dit Hollywood Nate à son nouveau stagiaire, ce soir on va se faire du bon travail de flics et se payer du bon temps. T'es prêt ?

– Oui, chef, répondit le jeune flic.

– Putain, Marty, garde ce bordel de « Oui, chef » pour ton vrai formateur. Même qu'y a des chances que ce soit un de ces fous de GI qu'aura grandi en regardant des séries télé sur la guerre ! Moi, je regardais les comédies musicales avec Fred Astaire et Gene Kelly. Je m'appelle Nate. Tu te rappelles ?

– D'accord, Nate. Je m'excuse.

– À propos… tu aimes le cinéma ?

– Oui… Nate.

– Ton vieux ne serait pas riche, des fois, hein ?

– Seigneur, non !

– Bah, dit Nate. Mon dernier coéquipier était riche, mais il ne m'a pas du tout aidé dans ma carrière.

Il y avait une assez jolie foule sur le boulevard. Le jeune flic se tourna vers Nate et lui lança :

– Chef… non, je veux dire Nate, y a un 51-50 qui flanque le boxon devant le Grauman's Chinese Theater.

– Qu'est-ce qu'il fait ? demanda Nate sans regarder.

– Il agite les bras et engueule les gens.

– À Hollywood, ça s'appelle communiquer. Au jour d'aujourd'hui, il est difficile de séparer le fou ordinaire qui fréquente le boulevard du type qui a une oreillette et parle dans son portable.

Mais il jeta un coup d'œil du côté du célèbre théâtre, vit de qui il s'agissait et lâcha :

– Oh là là ! Ce mec est un enquiquineur de première. Peut-être qu'on devrait aller lui parler.

Nate gara la voiture dans la zone rouge et ajouta :

– Marty, celui-là, c'est pour toi. Tu t'occupes de la partie contact, je me charge de te couvrir. Je vais rester ici, près de la voiture, histoire de voir comment tu gères le truc. Tu penses pouvoir t'en débrouiller ?

– Bien sûr, Nate, répondit Marty avec enthousiasme.

Et il descendit de voiture, prit sa matraque et enfila des gants en latex.

Le fou qui agitait les bras le vit de son côté et cessa de hurler. Se cala bien droit sur ses pieds et attendit.

Le jeune Marty Shaw se rappela ce qu'on lui avait enseigné à l'Académie de police : il vaut en général mieux s'adresser à un malade mental d'une manière personnelle. Il se retourna donc un instant vers Nate et lui demanda :

– Vous vous rappelez son nom, par hasard ?

– Pas en entier, non, répondit Hollywood Nate. Mais on l'appelle Al. Al l'Intouchable.

Remerciements

Pour les anecdotes les plus fantastiques et les merveilles du parler flic, je tiens à remercier particulièrement les officiers du Los Angeles Police Department :
Chate Asvanonda, Matt Bennyworth, Michael Berchem, Wendi Berndt, Vicki Bynum, Elizabeth Estupinian, Laura Evens, Heather Gahry, Brett Goodkin, Chuck Henry, Craig Herron, Jack Herron (à la retraite), Brian Hospodar, Andy Hudlett, Jeff Injalls, Rick Jackson, Dennis Kilcoyne, Al Lopez, Tim Marcia, Kathy McAnany, Roger Murphy, Bill Pack, Mike Porter, Rosie Redshaw, Tom Redshaw, Dave Sigler, Bill Sollie, Olivia Spindola, Joe Witty.

Les officiers du San Diego Police Department :
Marc Amancio, Pete Amancio, Andra Brown, Brett Burkett, Laurie Cairncross, Blaine Ferguson, Pete Griffin (à la retraite), Mike Gutierrez, Vanessa Holland, Gerry Kramer, Charles Lara, Vic Morel, Tony Puente (à la retraite), Andy Rios, Steve Robinson, Steve Sloan, Elliott Stiasny, Alex Sviridov, Don Watkins, Joe Winney.

Les officiers du Palm Springs Police Department :
Dave Costello, Don Dougherty, Steve Douglas, Mitch Spike.

Les agents spéciaux du Federal Bureau of Investigation :
Matt Desarno, Jack Kelly (à la retraite).

Et l'écrivain James Ellroy, qui me pressa de revenir aux racines du Los Angeles Police Department.

Du même auteur

Le Crépuscule des flics
Presses de la Cité, 1982

Soleils noirs
Presses de la Cité, 1984
et LGF, « Le Livre de poche », n° 6628

Un chien dans un jeu de flics
Librairie des Champs-Élysées, 1989

La Voix du sang
Presses de la Cité, 1989

Dans la clameur des ténèbres
Éd. du Masque, 1991

Golden Orange
Presses de la Cité, 1992

Les Nuits du fugitif
Presses de la Cité, 1993

La Mort et le Survivant
LGF, « Le Livre de poche », n° 7621

Une semaine d'enfer
Presses de la Cité, 1995

RÉALISATION : PAO ÉDITIONS DU SEUIL
IMPRESSION : FIRMIN-DIDOT AU MESNIL-SUR-L'ESTRÉE
DÉPÔT LÉGAL : AVRIL 2008. N° 90903 (88700)
IMPRIMÉ EN FRANCE

DERNIERS TITRES PARUS DANS LA MÊME COLLECTION

Brigitte Aubert
Une Âme de trop

Peter Blauner
Le Dernier Beau Jour

Lawrence Block
Les fleurs meurent aussi
Le Blues du tueur à gages

C. J. Box
Sanglants Trophées
L'Homme délaissé

Jane Burke
Lignées sanglantes

Michael Connelly
La Défense Lincoln
Chroniques du crime
Echo Park

Arne Dahl
Misterioso

Ed Dee
La Fille de l'arnaqueur

Sue Grafton
S… comme silence

Denise Hamilton
Trafic d'anges
Dans un jardin sauvage

Steve Hamilton
Ciel de sang
Un Chapeau dans la neige

Veit Heinichen
Les Requins de Trieste
Les Morts du Karst
Mort sur liste d'attente

Jonathan Kellerman
La Preuve par le sang
Le Club des conspirateurs
La Psy
Tordu

Jonathan & Faye Kellerman
Double Homicide

Michael Koryta
La Mort du privé
Et que justice soit faite

Henning Mankell
Le Retour du professeur de danse

Alexandra Marinina
L'Illusion du péché

Petros Markaris
Le Che s'est suicidé

Deon Meyer
Le Pic du diable

Walter Mosley
Noirs Baisers

Håkan Nesser
Le Mur du silence

Sara Paretsky
Chicago, banlieue sud

George Pelecanos
Drama City
Les Jardins de la mort

James Swain
Funny Money